Raftul Denisei

Colecție coordonată de
DENISA COMĂNESCU

VIRGINIA WOOLF

Orlando

O biografie

Traducere din engleză și note de
ANTOANETA RALIAN

Prefață de
DANA CRĂCIUN

HUMANITAS
fiction

Redactor: Andreea Răsuceanu
Coperta: Angela Rotaru
Tehnoredactor: Manuela Măxineanu
Corector: Cristina Jelescu
DTP: Andreea Dobreci, Carmen Petrescu

Lucrare executată la Artprint

VIRGINIA WOOLF
ORLANDO: A BIOGRAPHY
Wordsworth Classics, 2003

Descrierea CIP a Bibliotecii Naţionale a României
WOOLF, VIRGINIA
Orlando: o biografie / Virginia Woolf; trad.: Antoaneta Ralian;
pref.: Dana Crăciun. – Bucureşti: Humanitas Fiction, 2013
ISBN 978-973-689-579-1
I. Ralian, Antoaneta (trad.)
II. Crăciun, Dana (pref.)
821.111-31=135.1

EDITURA HUMANITAS FICTION
Piaţa Presei Libere 1, 013701 Bucureşti, România
tel. 021/408 83 50, fax 021/408 83 51
www.humanitas.ro

Comenzi online: www.libhumanitas.ro
Comenzi prin email: vanzari@libhumanitas.ro
Comenzi telefonice: 0372.743.382; 0723.684.194

Pentru V. Sackville-West

Între granit și curcubeu
Orlando și proteismul jocului biografic

Încă de la apariție, în 1928, *Orlando* a stârnit (și mai stârnește și azi) nedumerirea și fascinația cititorilor și criticilor deopotrivă. Etichetat drept „cea mai lungă și mai fermecătoare scrisoare de dragoste din literatură" (Nigel Nicolson), *jeu d'esprit* (Aiken), „fantasmagorie minunată" (MacCarthy) – și lista poate continua –, textul rămâne dificil de categorisit (cit. în Maria Di Battista, 2006:6). Prin tonul satiric pronunțat, genul ambiguu, prezența elementului fantastic, *Orlando* pare, la prima citire, un text radical diferit de celelalte creații woolfiene.

Început în glumă, ca un omagiu tandru-amuzant adus Vitei Sackville-West, de care Woolf era îndrăgostită, *Orlando* se transformă, în ciuda dimensiunii comice, într-o meditație profundă asupra naturii complexe a individualității, asupra timpului și memoriei și a felului în care acestea ne modelează. O componentă esențială vizează felul în care este construită sexualitatea la răscrucea dintre social, cultural, psihologic și biologic. Natura parodică a proiectului are o serie de motivații care vor fi investigate mai în amănunt în paginile care urmează. Abordarea swiftiană pare, într-adevăr, diferită de stilul obișnuit al ficțiunilor Virginiei Woolf. În pofida receptării critice confuze, *Orlando* se încadrează absolut firesc în canonul woolfian, fiind consecvent atât cu intențiile, cât și cu evoluția autoarei.

Născută în 1882 într-o familie cu o bogată tradiție literară (tatăl său, Leslie Stephen, este editorul impresionantului *Dicționar biografic național*), Virginia Woolf ilustrează prin viața și prin opera sa transformările dramatice din societatea britanică de la sfârșitul secolului al XIX-lea și începutul secolului XX. În atmosfera victoriană a copilăriei se împletesc atitudinile conservatoare în ceea ce privește structura și dinamica familiei cu cele umanist-liberale ale tatălui. Acesta își încurajează fiica să citească și îi dă acces fără restricții la impresionanta sa bibliotecă. Lipsa unei educații formale este astfel compensată prin lecturile avide, care îi dezvăluie copilei timide și bolnăvicioase lumi greu accesibile femeilor din epoca respectivă.

În ciuda „evazionismului" literar, copilăria îi e marcată de nedumerirea – uneori fascinantă, alteori doar dureroasă – provocată de poziția precară pe care simte că o are în această familie numeroasă, dominată de un tată taciturn și imprevizibil și o mamă angelică, dar inaccesibilă. Mica Virginia Stephen înțelege că adevăratele sensuri se găsesc dincolo de cuvinte și că nespusul relațiilor umane e mult mai captivant decât ceea ce articulează limbajul. Mai înțelege de timpuriu și că mintea este un mozaic predominant asimetric și că viața interioară se găsește adeseori în contratimp cu exigențele sociale impuse de existența cotidiană. Cu toate acestea, își păstrează convingerea, sau măcar speranța, că există ceva care ține laolaltă, oricât de precar, aceste extreme. În mare măsură, opera ei, de la scrierile critice la non-ficțiune și la ficțiune, poate fi văzută drept o căutare a momentului de fuziune, a cărui intensitate îi compensează cu vârf și îndesat efemeritatea.

Moartea mamei, în 1895, reprezintă un moment de cotitură în viața Virginiei. Consecințele tragicului eveniment sunt dramatice, atât în plan imediat – întreaga familie se scufundă în disperare –, cât și în cel de durată, prin felul în care va modela reacțiile existențiale și artistice ale copiilor. După moartea tatălui, care survine în 1904, Virginia, împreună cu sora ei, Vanessa, și frații Thoby și Adrian, se rup de trecut și încep o viață nouă. Schimbarea domiciliului din Hyde Park Gate în Bloomsbury este mult mai mult decât o schimbare de decor urban; ea reprezintă un salt cultural dramatic, din atmosfera claustrofobă și retrogradă a victorianismului de secol XIX în cea efervescentă, creativă, libertină a începutului de secol XX. Reședința familiei Stephen devine locul de întâlnire al celor care vor fi ulterior identificați de istoria culturală drept „Grupul Bloomsbury". Aceștia, un cerc de tineri artiști și intelectuali dintr-o diversitate de domenii, vor avea un rol decisiv în reformarea culturală a începutului de secol XX în Marea Britanie. Sub influența lor, Virginia dobândește independența socială și intelectuală necesară pentru a scrie și publica. Recenziile literare și articolele critice de început vor fi urmate de primele încercări ficționale, care culminează cu scrierea primului roman, *Călătorie în larg*, în anul 1910 (publicat în 1915).

E o independență foarte costisitoare însă și, din punct de vedere psihologic, niciodată pe deplin asumată. Scriitoarea va simți întotdeauna nevoia unei supape de siguranță. Profund entuziasmată de noile libertăți, ea păstrează totuși reziduurile nevoii de a fi constant protejată și susținută. Acest rol va fi jucat, în principal, de sora ei, Vanessa, și, ulterior, de Leonard Woolf, soțul și principalul consilier literar.

Printre nenumăratele bariere pe care Virginia Woolf le vede căzând în Bloomsbury se numără și cele tradițional asociate relațiilor dintre sexe. Nu e subminată doar instituția căsniciei, ci însuși standardul heterosexualității este pus sub semnul întrebării. Prietenii și chiar membrii familiei experimentează dezinhibat, sfidând, prin practica homosexuală, convențiile sociale și încercând să răspundă impulsurilor interioare. Reacția Virginiei Woolf este ambivalentă. Pe de o parte, încălcarea convențiilor, pasiunea pentru nou îi stârnesc entuziasmul. În fond, toate par a fi în concordanță cu propriile porniri și nevoi. Pe de altă parte, există și un sentiment de confuzie și nesiguranță. În ciuda faptului că se bucură din plin de independența intelectuală dobândită, Woolf continuă să lupte cu îndoielile și nesiguranța creativă. Momentele de însuflețire maximă alternează cu cele de depresie și disperare, conturându-se astfel tiparul în care se va așeza, cu mici variațiuni, restul vieții sale.

Dacă paranteza hermeneutică e deschisă în momentul pierderii mamei, evenimentul care inevitabil o închide este decizia autoarei de a se sinucide. În martie 1941, copleșită de tot ce se întâmplă împrejurul și înăuntrul ei, scriitoarea se îneacă în râul Ouse. Este ultimul episod al unei existențe oscilante, trăite sub semnul a ceea ce azi ar fi diagnosticat drept tulburări maniaco-depresive. Lipsa unui diagnostic precis și diferitele etichete medicale ce i-au fost aplicate în timpul vieții au contribuit la agravarea stării psihice, având consecințe și asupra operei sale. Pe de altă parte, trebuie evitată suprainterpretarea psiho-biografică prin care se riscă reducerea eforturilor creative ale autoarei la o bătălie dintre fazele maniacale și cele depresive ale bolii, sau supralicitarea traumelor copilăriei (o lectură extrem de populară în critica americană a sfârșitului de secol XX).

Extrapolând metaforic, Virginia Woolf a trăit și scris într-o perioadă ce ar putea ea însăși fi descrisă drept un carusel maniaco-depresiv. Marile transformări ce au avut loc la începutul secolului XX, entuziasmul creativ din toate domeniile, precum și avântul distructiv întruchipat sintetic de cele două războaie mondiale, zdruncină profund iluzia de ordine și echilibru a secolului al XIX-lea. În mare măsură, opera Virginiei Woolf (precum și a celorlalți moderniști) trebuie văzută drept o încercare de a explora aceste contradicții, de a le exploata potențialul imaginativ, și nu de a le rezolva. E un efort care, inevitabil, îl plasează pe artist într-o poziție simultan privilegiată și vulnerabilă. Investigarea acestor tensiuni reprezintă – paradoxal – un demers mult mai realist decât cel al realiștilor ce au dominat secolul anterior, prin aceea că urmărește relevarea felului în care funcționăm de fapt, pe baza unor impulsuri emoționale și mentale contradictorii, și nu doar ca urmare a constrângerilor sociale. Bineînțeles, existența acestei tensiuni între exterior și interior nu este o descoperire modernistă. Tipic modernist este însă efortul de a transcrie această tensiune și la nivel formal, al scriiturii, nu doar la cel de conținut.

În 1927, când începe să scrie *Orlando*, Virginia Woolf este deja un nume respectat pe scena modernistă britanică. Textele sale critice articulaseră elocvent nevoia de a depăși convențiile literare victoriene și eduardiene și de a contura un nou stil, care să reprezinte mai convingător noile realități și noii pași făcuți în domeniul psihologiei. În ciuda episoadelor depresive și a îndoielilor privind însușirile sale literare, Woolf reușește să transpună cu succes în practică propriile îndemnuri critice. *Camera lui Jacob* (1922) este primul roman ce stă clar sub semnul exigențelor moderniste referitoare la explorarea interiorității. Vor urma două texte de referință ale canonului modernist, *Doamna Dalloway* (1925) și *Spre far* (1927). Aceste romane arată clar că Virginia Woolf și-a găsit propria voce și că, în ciuda faptului că abordează un stil nu neapărat facil, este destul de încrezătoare în arta sa ca să-l practice indiferent de reacția publică.

Încrederea din ce în ce mai mare în forțele artistice este dublată de o capacitate sporită de a-și controla tulburările emoționale. Mariajul cu Leonard s-a dovedit a fi nu relația sufocantă de care se temuse imediat după căsătorie (teamă care i-a provocat, de altfel, una dintre cele mai serioase și mai lungi depresii), ci o relație de prietenie și extraordinar respect reciproc. Sprijinul lui îi este esențial scriitoarei atât la nivel personal, cât și artistic. Leonard e primul cititor al textelor ei, criticul cel mai de temut, dar și cel mai de încredere. Pe acest fundal de relativ confort psihic, Virginia își înfruntă mai deschis ca de obicei sexualitatea. Anii de lucru înverșunat la *Doamna Dalloway* și *Spre far* sunt și anii legăturii pasionate cu Vita Sackville-West. *Orlando* este, în multe privințe, rezultatul și încununarea acestei legături.

Așa cum avertizam și mai sus însă, nu putem reduce totul la o perspectivă (psiho-)biografică. Relația cu Vita Sackville-West este extrem de importantă pentru felul în care conturează contextul apariției romanul. Textul în sine transcende acest context, transformând pretextul unei biografii fictive într-o examinare captivantă și convingătoare a trei secole și jumătate de metamorfoze literare și sociale.

Biografia (sau romanul, ambii termeni fiind, de fapt, inadecvați în acest caz) se deschide cu un Orlando adolescent, cândva către sfârșitul secolului al XVI-lea. Ne aflăm în timpul domniei reginei Elisabeta și moșia familiei lui Orlando reprezintă simbolic tot ce poate fi mai englezesc. Personajul e și tipic, și atipic: pe de o parte, încearcă să reteze capul maurului atârnat de grinzile tavanului, iar pe de alta, se lasă pradă unor lungi reverii poetice; pe de o parte, se vede împlinind destinul strămoșilor săi, pe de alta, frumusețea naturii îl emoționează până-ntr-acolo, încât simte că trebuie să devină una cu ea pentru a scăpa de trepidațiile existenței cotidiene. Ajuns favorit al reginei, Orlando este chemat la curte și devine un personaj de seamă al acesteia.

Talentul Virginiei Woolf face posibilă alunecarea firească dintr-o epocă într-alta, fără nici un fel de rezistență din partea cititorului. Îl vedem astfel pe Orlando la curtea regelui Iacob îndrăgostindu-se de misterioasa Sașa, prințesa moscovită; abandonat de aceasta și căzut în dizgrație, revine la moșia strămoșească pentru a se dedica istoriei familiei, naturii și literaturii. Patima din urmă îl face să cadă pradă din nou cruzimii omenești și, umilit de Nick Greene, promite că a terminat-o cu oamenii. Apare însă Harriet Griselda de Finster-Aarhorn și Scandop-Boom, imaginara arhiducesă a României, care îl hăituiește cu atâta înverșunare, încât Orlando revine la curte, unde Carol II îl trimite ambasador al coroanei pe lângă sultanul de la Constantinopol. Orlando se achită ireproșabil de îndatoririle diplomatice și este înnobilat din nou de rege. Chiar în toiul petrecerii de la ambasadă izbucnește o răzmeriță. Istovit din toate punctele de vedere, Orlando cade într-un somn adânc și lung de șapte zile, iar la trezire constată că a devenit femeie.

Deloc impresionat de noua realitate a existenței sale, Orlando scapă din Constantinopol cu ajutorul unui țigan și se alătură șatrei acestuia cu care petrece o perioadă, încercând să se rupă de tot ce fusese înainte. Legăturile trecutului sunt prea puternice însă, astfel că Orlando se îmbarcă pe un vas și ajunge în Anglia la sfârșitul secolului al XVII-lea. Pe parcursul luptei pentru a-și redobândi averea și numele, Orlando pendulează din nou între Londra și moșia strămoșească, între vestimentația de femeie și cea de bărbat, căci se simte la fel de îndreptățită la ambele, și este martora tuturor întâmplărilor majore ale secolelor al XVIII-lea și al XIX-lea. Principala sa „obsesie", cum o numește chiar ea, rămâne literatura, astfel că, în ciuda dezamăgirilor anterioare, continuă să caute compania marilor nume ale perioadelor respective.

În epoca victoriană, copleșită de ubicuitatea verighetelor și de imperativul moral al căsătoriei, Orlando se mărită, iar la începutul secolului XX devine chiar și mamă. Biografia-roman se încheie în ziua de „joi, unsprezece octombrie, una mie nouă sute douăzeci și opt", după mai bine de trei secole, o suită de relații amoroase și întâlniri literare fabuloase, după o serie de dezamăgiri produse de rasa umană, după o schimbare de sex, o căsnicie, o naștere și nenumărate meditații pe teme cum ar fi timpul, memoria, sexualitatea, sinele, natura etc.

Granit și curcubeie

Așa cum sugeram la începutul acestor rânduri, *Orlando* are, la prima vedere, o poziție aparte, ambiguă, în canonul woolfian, poziție ce se datorează în mare parte celor două dificultăți principale pe care criticii le-au întâmpinat de-a lungul timpului în raport cu textul. Prima dificultate am putea-o numi „contextuală", ca să continuăm firul celor afirmate mai sus. Relația dintre Vita Sackville-West și Virginia Woolf a fost mult timp – și rămâne chiar și acum într-o oarecare măsură – dificil de clasificat. Lesbianismul asumat cu aplomb de către Vita (în ciuda căsniciei cu Harold Nicolson și a celor doi fii pe care îi au împreună) e greu de asociat cu Virginia Woolf. Biografi de ambele părți (atât Quentin Bell, nepotul Virginiei Woolf, în *Virginia Woolf*, cât și Nigel Nicolson, fiul Vitei, în *Portrait of a Marriage*) s-au străduit să construiască imaginea unui erotism mai mult jucat, reducând impactul pe care legătura l-ar fi avut asupra protagonistelor. Biografii mai recente încearcă să adopte o poziție mai echilibrată, accentuând argumentul „acelei stări bisexuale a minții pe care o numim androgină" (Trautmann, 1973:33).

A doua dificultate ține de forma literară hibridă pe care Woolf o adoptă. *Orlando* nu seamănă cu nici un alt text scris de Woolf. Chiar și cei care admiră romanul, îl consideră doar un interludiu, o creație relativ minoră, facilă, rătăcită cumva printre celelalte realizări mult mai serioase. Recurgând la un singur exemplu în această privință, Mitchell Leaska, un woolfian redutabil care a editat, printre altele, jurnalul de tinerețe al scriitoarei, și a coeditat scrisorile Vitei Sackville-West, a caracterizat romanul drept „genial, dar neîncadrabil" și nu l-a inclus în *The Novels of Virginia Woolf: From Beginning to End* (1977:xii). Pe de altă parte, multe abordări l-au redus în mare măsură la o lectură în cheie strict feministă, un reducționism care contrazice pluralitatea promovată de textul în sine.

Se prea poate ca însăși Woolf să fi dat într-o oarecare măsură tonul acestei receptări ambigue. Numeroase însemnări din jurnalul scriitoarei semnalează faptul că, inițial cel puțin, *Orlando* a fost un proiect imaginat de dragul divertismentului. Astfel, romanul e „o escapadă", „un moft", „prea comic, poate" (*Diary* 3:131, 161, 164). În același timp însă, același jurnal, precum și scrisorile trimise Vitei în această perioadă, o dezvăluie pe Woolf complet absorbită de scris, trecând prin aceleași chinuri și extaze creative ca și în cazul celorlalte texte. Chiar dacă a început ca o glumă, scrisul s-a transformat rapid într-un proiect la fel de serios ca oricare altul.

Ca formulă literară, *Orlando* este o combinație fascinantă. Subtitlul, *O biografie*, stabilește din start cadrul și fixează orizontul de așteptare, pe care textul le va submina constant. Dedicat Vitei Sackville-West, *Orlando* este o biografie ficționalizată a acesteia. În același timp, textul deconstruiește parodic toate convențiile genului. Acesta este unul dintre aspectele prin care *Orlando* se încadrează, de fapt, armonios în canonul woolfian. În majoritatea textelor, începând cu *Camera lui Jacob*, continuând cu *Doamna Dalloway*, *Spre far*, *Valurile*, *Între acte* și sfârșind cu textele de non-ficțiune (jurnalele, schițele autobiografice), Woolf forțează contururile genurilor respective, retrasându-le conform principiilor moderniste ale incertitudinii, ambiguității și pluralității.

Biografia ca explorare obiectivă a unei identități fixe, sau măcar fixabile, este unul dintre exercițiile preferate ale victorienilor. Ca fiică a unuia dintre cei mai importanți biografi victorieni, Virginia Woolf va fi cunoscut îndeaproape nu doar rezultatul final, biografia scrisă, ci și procesul de creație. Ca multe alte convingeri ferme ale victorienilor, și aceasta se bazează pe presupuneri false, pare să spună Woolf. În eseul *The New Biography* (*Noua biografie*) ea identifică sintetic principalul handicap al biografiei ca gen literar. Pornind de la părerea biografului sir Sydney Lee, conform căreia biografia ar reprezenta „redarea fidelă a personalității", Woolf sugerează că dificultatea de bază constă în tensiunea dintre „fidelitate" și „personalitate". „Pe de o parte, avem adevărul; pe de alta, personalitatea. Iar dacă ne imaginăm adevărul ca fiind ceva de tăria granitului și personalitatea ca intangibilă precum un curcubeu și ne gândim că scopul biografiei este de a îmbina aceste două elemente, trebuie să recunoaștem că problema este dificilă și să nu ne mai mire că majoritatea biografilor nu au reușit s-o rezolve" (1967:229). Curcubeul, spune Woolf, trebuie să triumfe asupra granitului. Biografia e nevoită deci să accepte fluiditatea subiectului biografic, imprevizibilitatea impulsurilor subiective, precum și faptul că orice fapt istoric este, în fond, un construct motivat de o serie de mecanisme sociale, culturale etc.

Viziunea modernistă pune sub semnul întrebării nu doar faptul că subiectul biografic, identitatea acestuia, poate fi fixată și cunoscută, ci și abilitatea biografului de a cunoaște dincolo de propria sa subiectivitate. Pe de o parte, nu-l putem cunoaște pe celălalt pentru că acesta este o subiectivitate în continuă transformare; pe de alta, atunci când pretindem că îi articulăm narațiunea, ne dezvăluim propria subiectivitate, și ea în continuă schimbare. Cu alte cuvinte, fluidității inerente a personalității despre care scriem trebuie să i-o adăugăm și pe a noastră. În consecință, actul biografic este unul de profundă incertitudine, mult mai apropiat de arta ficțiunii decât de cea a istoriografiei.

Critica woolfiană trece mult prea ușor cu vederea faptul că *Orlando* nu este un exercițiu biografic izolat. Paradoxul biografic este o preocupare constantă a Virginiei Woolf, vizibilă într-o serie de texte, de la *Camera lui Jacob* (care reconstituie viața protagonistului prin intermediul încăperilor pe care acesta le-a ocupat în scurta sa viață), la *Valurile* (în care sunt conturate poetic biografiile a șase prieteni), la *Flush* (biografia fictivă a câinelui scriitoarei Elizabeth Barrett Browning). *Orlando* oferă una dintre cele mai convingătoare pledoarii în favoarea reconsiderării actului biografic drept unul esențialmente fictiv.

Felul parodic în care biograful-narator intervine în text mărturisindu-și limitele și subminându-și propriul demers ar putea fi caracterizat drept postmodern *avant la lettre*. Dacă la începutul textului, naratorul se prezintă ca sigur pe sine și versat în practica biografiei, el e obligat curând să-și recunoască poziția precară. De multe ori documentele, dovezile indubitabile lipsesc, iar Orlando se dovedește un personaj extrem de dificil. În perioadele lungi de izolare, protagonistul nu face altceva decât să citească, să scrie și să mediteze, ascunzându-se în acel inefabil pe care biograful nu îl poate surprinde. Ca urmare, acesta se cam plictisește. „Ah, dacă subiecții (e dreptul nostru să ne plângem că am ajuns la capătul răbdării) ar avea mai multă considerație pentru biografii lor! Dar cel mai iritant este să-ți vezi subiectul – în care ai investit atâta timp și atâta strădanie – scăpându-ți printre degete și dându-și frâu liber – dovadă oftaturile, uimirile, îmbujorările, pălirile, ochii, când luminoși ca două felinare, când aburiți ca zorii –, ce poate fi mai umilitor decât să fii martorul acestui spectacol mut de emoții și înfiorări care ți se desfășoară în fața ochilor, știind bine ce anume l-a pricinuit – meditația și imaginația – care sunt factori atât de lipsiți de importanță."

Apoi, să nu uităm că avem de-a face cu un personaj care își schimbă pur și simplu sexul peste noapte. Cum poate biograful să redea „credibil" un astfel de eveniment, care, de altfel, nu pare să-l deranjeze prea mult pe protagonist? Și cum să explice faptul că Orlando ignoră cu totul trecerea timpului, că trăiește timp de trei secole și jumătate, iar în 1928, când se încheie textul, este mai plin/ă de energie ca niciodată? Treptat, naratorul-biograf renunță la orice pretenție de control asupra textului, recunoscând că adevărul e imposibil de descoperit. Orice noimă va fi sperat să descifreze în viața protagonistului/protagonistei sale rămâne de nepătruns. Ca urmare, „trebuie să ne întoarcem și să-i spunem sincer cititorului care așteaptă ca pe jar să afle ce e viața – vai, trebuie să-i spunem că n-avem habar".

„Mintea androgină"

Nota parodică în care este scris textul îi permite Virginiei Woolf să abordeze subiecte care, în ciuda libertăților și libertinismului practicate de membrii Grupului Bloomsbury și în ciuda îndrăznelii artistice a moderniștilor, rămân controversate în epocă. Societatea britanică este încă profund puritană. Sexualitatea în general, dar mai ales sexualitatea în forma sa „inversată“ (ca să folosim termenul uzual al perioadei) reprezintă un subiect tabu, iar textele care abordează astfel de teme riscă serioase repercusiuni, chiar și de natură penală. Ca să dăm doar un exemplu, anul 1928, în care apare *Orlando*, este și anul publicării romanului *The Well of Loneliness* (*Fântâna singurătății*) de Radclyffe Hall, un roman despre viața unei lesbiene și despre consecințele sociale ale acestei orientări sexuale. Romanul este declarat obscen de către un tribunal londonez, care dispune să fie distrus.

La adăpostul acestei biografii fantastice a Vitei Sackville-West, Woolf reușește să-și articuleze clar, dar și subtil, ideile legate de sexualitate, homoerotism, androginism etc. în așa fel încât să evite posibilul oprobriu al opiniei publice. Nu numai că nu este ostracizat, dar *Orlando* devine la scurt timp după apariție un succes de public, fiind cartea cel mai bine vândută a Virginiei Woolf (în două luni se vânduseră 6 000 de exemplare și cartea ajungea la a treia ediție).

Nu există nici o îndoială că homoerotismul este unul din aspectele asupra căruia textul îndeamnă la meditație și care va fi stârnit curiozitatea publicului. Dar miza este mult mai mare. Să nu uităm că 1928 este și anul în care Virginia Woolf susține la Cambridge faimoasele prelegeri care vor fi publicate în anul următor sub titlul *O cameră separată*. În mintea care compune *Orlando* germinează simultan și argumentele pe care le va prezenta în fața studentelor de la Newnham College și Girton College. Două idei se conturează cu claritate aparte: cea a rolului jucat de elementul social și cultural în definirea sexualității, și cea a esenței androgine a personalității umane.

În perioada în care este ambasador în Turcia (evident, plasarea acestei transformări într-un spațiu geografic și cultural îndepărtat nu e întâmplătoare), Orlando cade într-un somn lung din care se trezește pur și simplu într-o dimineață dându-și seama că e femeie. Descoperirea nu îi provoacă nici un fel de nedumerire. Lipsa de reacție e explicată de narator prin faptul că, în esență, Orlando e neschimbat. „Că Orlando s-a prefăcut într-o femeie nu încape nici o îndoială. Dar din toate celelalte puncte de vedere, a rămas exact cum fusese întotdeauna. În general, o schimbare de sex, deși poate modifica viitorul, nu alterează câtuși de puțin identitatea. Fața rămăsese, după cum arată portretele, exact aceeași. Memoria lui – dar de acum înainte va trebui, respectând convențiile, să spunem «ei» în loc de «lui» și «ea» în loc de «el» – deci memoria ei trecea în revistă, fără să întâmpine vreun obstacol, toate întâmplările pe care le trăise în trecut."

E foarte interesant că, imediat după această transformare, Woolf îi oferă eroinei un intermezzo alături de o șatră de țigani. Acest tip de societate nomadă răstoarnă toate convențiile lumii din care provine Orlando, permițându-i suspendarea sinelui anterior. În universul strict delimitat și în continuă mișcare al șatrei, Orlando este cea aflată în poziție de inferioritate, chiar dacă țiganii o adoptă cu generozitate și îi împărtășesc meșteșugurile și felul lor de viață. Pentru o vreme, eroina își imaginează că a scăpat de balastul civilizației și este în sfârșit liberă. Se dovedește însă că „unele deprinderi sau boli contractate în Anglia" sunt mult prea cronicizate pentru a mai putea fi eradicate. În această lume profund sincronizată ritmurilor naturii, a idolatriza natura așa cum o face Orlando este un păcat de moarte. Faptul că se închină la „zeul Natură" o face indezirabilă în șatră și trebuie să plece pentru a-și salva viața.

Abia pe vasul care o poartă înapoi spre Anglia începe Orlando să-și asume noua identitate de femeie. E momentul când începe Woolf cu adevărat examinarea condiționărilor sociale ale sexualității. „Cu cele câteva guinee rămase din vânzarea celei de-a zecea perle din șiragul ei, Orlando, și-a cumpărat un set întreg de rochii, după moda femeilor din acei ani, și acum, înveșmântată într-o toaletă de englezoaică de rang înalt, stătea pe puntea vasului *Enamoured Lady*. E un lucru straniu, dar foarte adevărat că, până în acel moment, nu-și făcuse probleme legate de sexul ei. Poate că șalvarii turcești pe care-i purtase tot timpul o făcuseră să nu se gândească; și apoi femeile țigănci, făcând abstracție de unele trăsături extrem de specifice, se deosebesc foarte puțin de bărbații țigani. Oricum, numai după ce a simțit fustele încolăcindu-i-se în jurul picioarelor, și după ce căpitanul vaporului s-a oferit, cu o politețe copleșitoare, să instaleze un cort pe punte special pentru ea, Orlando și-a dat seama, cu un șoc, de avantajele și dezavantajele implicate de situația ei."

Șocul, îndelung analizat de Orlando, este, de fapt, acela de a descoperi cât de ridicol de aleator trasează convențiile sociale diferențele dintre sexe. Având acces deplin la amintirile din existența sa anterioară de bărbat, Orlando își poate analiza situația prezentă din ambele perspective: „Și tot rumegând asemenea gânduri, a constatat, oripilată, ce părere joasă începe să-și formeze despre celălalt sex, sexul tare, căruia până de curând fusese atât de mândră să-i aparțină. Să cazi de pe un catarg pentru că ai zărit gleznele unei femei; să te împopoțonezi ca o paiață și să te fâțâi pe străzi, ca femeile să-ți cânte osanale; să-i interzici unei femei să învețe, ca nu cumva alții să râdă de tine; să fii sclavul unei fetișcane în jupon; și totuși să te împieptoșezi de parc-ai fi creatorul universului; Doamne, ce ne mai înnebunesc femeile, și ce nebune suntem noi!"

În *Orlando,* Woolf pare să sugereze că există totuși o esență a personalității umane, un miez la care constrângerile sociale de suprafață ajung mai greu. Să nu uităm că Orlando se simte același/aceeași, indiferent de sexul pe care îl întruchipează. Acest miez ar putea fi caracterizat drept esența androgină a individualității, o viziune pe care Woolf o definește în *O cameră separată* drept „mintea androgină“ (împrumutând sintagma lui S.T. Coleridge) și care descrie mai degrabă coexistența, decât fuziunea elementelor masculine și feminine. Coexistența este cea care permite uneia sau alteia dintre părți să devină mai puternică decât cealaltă. Dacă în *O cameră proprie*, expresia acestei viziuni va prelua valențe mai metaforice, referindu-se în principal la idealul creativ al intelectului, în *Orlando* ea este mult mai concretă.

Orlando conștientizează atât coexistența celor două sexe – „Aici, din cauza unei ambiguități a termenilor, s-ar părea că denigra în aceeași măsură ambele sexe, ca și cum ea nu ar fi aparținut nici unuia, nici altuia; și, într-adevăr, în acele momente părea să oscileze între a fi bărbat și a fi femeie; cunoștea tainele și împărtășea slăbiciunile ambelor sexe.[…] Și nu-i de mirare, punând față-n față cele două sexe, și descoperind când la unul când la celălalt cele mai deplorabile slăbiciuni, nu mai știa nici ea căruia dintre ele îi aparține…“ –, cât și faptul că accentul se poate muta de la unul la altul – „Oricât de diferite ar fi cele două sexe, între ele există totuși o permanentă interferență. În fiecare ființă umană are loc o oscilare de la un sex la celălalt, și adeseori doar hainele mai rețin înfățișarea bărbătească sau femeiască, în timp ce în adâncuri sexele dezmint ceea ce se vede la suprafață.[…] Deoarece acest amestec între femeie și bărbat care exista în ea, amestec în care prevala când unul, când celălalt, conferea adeseori comportamentului ei unele aspecte neașteptate“.

Orlando nu este însă singurul personaj care ilustrează această oscilație. Arhiducesa Harriet, îndrăgostită de Orlando înainte de plecarea la Constantinopol, devine arhiducele Harry la întoarcerea acestuia. Chiar mai relevant este mariajul lui Orlando cu Marmaduke Bonthrop Shelmerdine. Relația celor doi este atât de armonioasă, reacțiile reciproce atât de firești, încât amândoi sunt cuprinși de o teribilă bănuială:

„— Shel, ești femeie! a strigat ea.

— Orlando, ești bărbat! a strigat el."

Cu alte cuvinte, doar cineva de același sex ar putea fi capabil de atâta empatie.

Chiar dacă în finalul cărții Woolf îi oferă lui Orlando și atributul maternității, părând să o ancoreze astfel definitiv în feminin, personajul rămâne profund ambiguu din punct de vedere sexual. În mecanismele fantastice și parodice din *Orlando*, Woolf găsește instrumentele perfecte pentru sugerarea unei viziuni intangibile, precum curcubeul din analogia referitoare la biografie. *Orlando* a fost des echivalat, mai mult sau mai puțin serios, cu un *roman à clef* despre o iubire interzisă din cauza sexualității inversate. Romanul este însă mult mai mult de-atât, la fel cum persoana supusă diverselor mode vestimentare este mult mai mult decât bărbatul sau femeia desemnate de haine. Sub forma unui text exuberant, Woolf articulează convingător, cu seriozitatea tăioasă a satirei și cea emoționantă a poeziei, argumentul androginului. *O cameră separată* îl va relua, dar formatul prelegerii și apoi al textului critic nu mai posedă aceeași intensitate a pledoariei.

Autoportret în istorie

Parodie a biografiei, pledoarie în favoarea esenței androgine ce ne definește, *Orlando* este și un pelerinaj afectuos prin trei secole și jumătate de istorie literară. Trebuie menționate cel puțin două aspecte legate de această altă modalitate de a citi textul. În primul rând, preocupați de identificarea corespondențelor cu Vita Sackville-West, criticii ignoră deseori măsura în care *Orlando* funcționează ca autoportret. Relația lui Orlando cu literatura, propria sa evoluție creativă, precum și interacțiunea cu marile nume ale diferitelor epoci, oglindesc, de fapt, devenirea autoarei sale. De la fascinația care dăinuie de-a lungul secolelor (să fi fost, oare, Shakespeare figura aceea misterioasă pe care Orlando o zărește la începutul romanului pe când se grăbește să ajungă în compania reginei?) până la lecțiile usturătoare aplicate de Nick Greene și la admirația combinată cu plictis stârnită de Alexander Pope, transformarea protagonistului/protagonistei oferă indicii despre reacțiile autoarei înseși față de redutabilii săi predecesori.

Mai mult, scriitura ca atare, dezinvoltura satirei, finețea ironiei, eleganța criticii și lipsa de respect față de genurile consacrate depun din plin mărturie pentru afinitatea dintre scriitoare și o altă serie de iluștri antemergători, printre care Jonathan Swift sau Laurence Sterne. Scriitorilor de secol XIX nu li se acordă prea mare atenție, fapt care, din nou, lasă puține îndoieli în privința părerii pe care Woolf o are despre ei. (Nu e întâmplător, în acest context, că Nick Greene reapare în epoca victoriană complet transformat, un mic-burghez literar înfundat în mlaștina criticii literare sterile în care pare să se fi cufundat literatura engleză.) Prin intermediul acestei incursiuni în notă parodică și personală, Woolf se include și pe sine în istoria literaturii engleze. Ceea ce nu ar fi avut curajul să facă într-un text „serios“, reușește să sugereze la adăpostul mecanismelor distorsionante ale satirei.

În al doilea rând, accentul pus pe percepția subiectivă a istoriei (a istoriei în general, nu doar a celei literare) face din Woolf un candidat, oarecum improbabil la prima vedere, la statutul de predecesor al autorilor de metaficțiuni istoriografice. Faptele mari și mici ale istoriei sunt filtrate prin prisma subiectivității personajului și există doar în măsura în care acesta le percepe și asumă. Istoria cu majusculă pierde teren în fața celei parțiale, limitate de perspectiva (sexul, sensibilitatea etc.) personajului. Destrămarea discursului unificator, a metanarațiunii istorice, ca să forțăm din nou retrospectiv un termen drag criticii postmoderne, implică o pluralizare a discursurilor, adică tocmai acel element pe care postmodernii îl vor prelua de la generația dinaintea lor.

În concluzie, avem de-a face cu un text care se încadrează organic în canonul woolfian, fiind consecvent cu intențiile reformatoare ale autoarei atât la nivel de conținut, cât și la nivel de formă. Nu există nimic în *Orlando* care să facă notă discordantă cu celelalte creații ale sale. Dacă e să invocăm o diferență majoră, aceasta ar putea fi faptul că Woolf îndrăznește mai mult la adăpostul cadrului parodic decât în demersurile asumate fățiș. *Orlando* este un text de referință, care sintetizează ambițios preocupările de până în acel moment ale creatoarei sale. Început, cum spuneam, ca o glumă, el sfârșește nu doar serios, ci și debordând de energie, într-o explozie de euri. Simfonia textuală de final o reintegrează pe Orlando într-un universal ce amalgamează toate timpurile și geografiile pe care le-a cunoscut. *Stejarul*, poemul început în copilărie și care o aduce până în prezent, și gâsca sălbatică, străbătând prea iute toate cerurile sub care s-a aflat Orlando de-a lungul îndelungatei sale vieți („Anglia, Persia, Italia"), rămân simbolurile acestei contopiri.

E probabil nimerit ca această scurtă introducere să se încheie cu cuvintele lui Jorge Luis Borges, cel care a tradus, de altfel, *Orlando* în spaniolă. Conform marelui modernist argentinian, *Orlando* este „opera cea mai intensă [a Virginiei Woolf] și una dintre cele mai aparte și înnebunitoare ale epocii noastre" (în Pike, 1997:184). O descriere pe care epoca actuală nu face decât s-o confirme și s-o amplifice.

Dana Crăciun

Bibliografie

Bell, Quentin. 1972. *Virginia Woolf: A Biography*. Orlando: Harcourt Brace & Company.

Burns, Christy L. 1994. „Re-Dressing Feminist Identities: Tensions between Essential and Constructed Selves in VirginiaWoolf's *Orlando*", în *Twentieth Century Literature*, Vol. 40, No. 3, pp. 342-364

DiBattista, Maria. 2006. „Introduction" to Virginia Woolf, *Orlando*. Austin, New-York, San Diego, London: A Harvest Book: Harcourt, Inc.

Kaivola, Karen. 1999. „Revisiting Woolf's Representations of Androgyny: Gender, Race, Sexuality, and Nation", în *Tulsa Studies in Women's Literature*, vol. 18, nr. 2, pp. 235-261

Knopp, Sherron E. 1988. „'If I Saw You Would You Kiss Me?': Sapphism and the Subversiveness of Virginia Woolf's *Orlando*", în *PMLA*, vol. 103, no. 1, pp. 24-34.

Leaska, Mitchell. 1977. *The Novels of Virginia Woolf: From Beginning to End*. New York: The John Jay Press.

Nicolson, Nigel. 1973. *Portrait of a Marriage: Vita Sackville-West and Harold Nicolson*. Chicago: Chicago University Press.

Pike, David Lawrence. 1997. *Passage Through Hell: Modernist Descents, Medieval Underworlds*. Ithaca: Cornell University Press.

The Diary of Virginia Woolf (Volume 3: 1925-1930). 1980. Edited by Anne Olivier Bell (assisted by Andrew MacNeillie). San Diego, New York, London: A Harvest Book, Harcourt Brace & Company.

Trautmann, Joanne. 1973. *The Jessamy Brides: The Friendship of Virginia Woolf and V. Sackville-West*. Pennsylvania State University Studies 36. University Park: Pennsylvania State U.

Woolf, Virginia. 1967. „The New Biography", în *Collected Essays of Virginia Woolf*. Vol. 4. New York: Harcourt Brace.

Prefața autoarei

Numeroși prieteni m-au ajutat la elaborarea cărții de față. Unii dintre ei sunt decedați și atât de celebri, încât aproape că nu cutez să-i numesc; dar nimeni dintre cei care citesc și scriu nu ar putea să nu se considere perpetuu îndatorat lui Defoe, lui sir Thomas Browne, lui Sterne, lui sir Walter Scott, lordului Macauley, lui Emily Brontë, lui De Quincey și lui Walter Pater – ca să menționez doar pe primii care îmi vin în minte. Alții sunt în viață și tocmai din această pricină-i par mai puțin formidabili, deși s-au ilustrat poate în aceeași măsură în domeniile lor. Mă simt îndatorată, în mod special, domnului C.P. Sanger, fără de a cărui cunoaștere în ce privește legea proprietăților funciare această carte nu ar fi putut să fie scrisă. Vasta, specifica erudiție a domnului Sydney-Turner, m-a salvat, sper, de unele gafe lamentabile. M-am bucurat și de avantajul – numai eu știu cât de prețios – al cunoștințelor de chineză ale domnului Arthur Waley. Doamna Lopokova (dna J.M. Keynes) m-a ajutat la corectarea greșelilor de limbă rusă. Inegalabilei atracții și imaginații ale domnului Roger Fry le datorez noțiunile și înțelegerea – atâta câtă posed – în ce privește arta plastică. Am profitat, sper, în legătură cu alt departament, de spiritul critic deosebit de pătrunzător, deși sever, al nepotului meu domnul Julian Bell. Neobositele cercetări ale domnișoarei M.K. Snowdon legate de arhivele din Harrogate și Cheltenham au fost extrem de zeloase, deși zadarnice. Am beneficiat și de ajutorul altor prieteni, în domenii mult prea variate pentru a le putea specifica. Trebuie să mă rezum la a-i menționa pe domnul Angus Davidson; doamna Cartwright; domnișoara Janet Case; Lordul Berners (a cărui pricepere în muzica elisabetană s-a dovedit a fi de nepreţuit); domnul Francis Birrell; fratele meu, dr. Adrian Stephen; domnul F.L. Lucas, domnul și doamna Desmond MacCarthy; acel critic stimulativ, care e cumnatul meu, domnul Clive Bell; domnul G.H. Rylands; lady Colefax; domnișoara Nellie Boxall; domnul J.M. Keynes; domnul Hugh Walpole; domnișoara Violet Dickinson; distinsul consilier Edward Sackville-West; domnul și doamna St. John Hutchinson; domnul Duncan Grant; domnul și doamna Stephen Tomlin; domnul și lady Ottoline Morrell; soacra mea, doamna Sidney Woolf; domnul Osbert Sitwell; madame Jacques Raverat; colonelul Cory Bell; domnișoara Valerie Taylor; domnul J.T. Sheppard; domnul și doamna T.S. Eliot; domnișoara Ethel Sands; domnișoara Nan Hudson; nepotul meu, domnul Quentin Bell (un vechi și valoros colaborator literar); domnul Raymond Mortimer; lady Gerald Wellesley; domnul Lytton Strachey; vicontesa Cecil; domnișoara Hope Mirrlees; domnul E.M. Forster; distinsul consilier Harold Nicolson; și sora mea, Vanessa Bell; – dar lista mea amenință să se lungească prea mult și e de pe acum prea cuprinzătoare. Pentru că, în timp ce mie îmi trezește amintiri dintre cele mai plăcute, cititorilor le va stârni așteptări pe care cartea le va înșela. În consecință, voi încheia mulțumindu-le cadrelor de conducere de la British Museum și de la Registrele de Înmatriculare pentru nedezmințita lor amabilitate; îi mulțumesc nepoatei mele, domnișoara Angelica Bell, pentru serviciile pe care numai ea ar fi putut să mi le ofere, și soțului meu pentru răbdarea neabătută cu care m-a sprijinit în investigațiile mele și pentru profundele sale cunoștințe istorice cărora aceste pagini le datorează gradul lor de acuratețe. În sfârșit, aș fi vrut să-i mulțumesc unui anumit domn din America – dacă nu i-aș fi rătăcit numele și adresa – pentru generozitatea dezinteresată cu care mi-a corectat punctuația, referirile botanice, entomologice, geografice și cronologice din operele mele anterioare, și de ale cărui servicii sper să nu fiu lipsită nici în ocazia de față.

Capitolul 1

Băiatul – întrucât asupra sexului nu încăpea nici o îndoială, deși moda vremurilor de atunci reușea să-l camufleze – se căznea să spintece capul unui maur care spânzura din grinzile tavanului. Căpățâna avea culoarea – ba chiar oarecum și forma – unei mingi de fotbal jerpelite, dacă nu țineai seama de obrajii scofâlciți și de vreo două șuvițe de păr aspru, uscat, ca firele de pe coaja unei nuci de cocos. Tatăl lui Orlando, sau poate că bunicul lui, descăpățânase țeasta de pe umerii vreunei matahale de păgân care-i ieșise în drum sub clarul de lună al sălbaticelor plaiuri africane; acum scăfârlia spânzura docil, perpetuu, bălăbănindu-se în boarea continuă care adia prin încăperile podului giganticei locuințe a seniorului care tăiase capul.

Strămoșii lui Orlando străbătuseră călare câmpuri de aișor și câmpuri pietroase și câmpii brăzdate de râuri necunoscute, și retezaseră multe capete de felurite culori de pe nenumărați umeri, căpățâni pe care le spânzuraseră apoi de grinzile din pod. Și așa avea să facă și el, își făgăduia Orlando. Dar cum nu avea decât șaisprezece ani, deci era prea crud ca să-i însoțească în cavalcadele de prin Africa sau Franța, se strecura pe furiș pe lângă maică-sa și pe lângă păunii din grădină și se refugia în pod, unde spinteca și sfârteca și sfărâma aerul cu sabia lui. Uneori tăia sfoara și căpățâna cădea cu un bufnet pe jos, iar el trebuia s-o atârne la loc, legând-o, cu un oarecare spirit cavaleresc, la înălțime, ca să n-o mai poată ajunge, așa încât vrăjmașul îi rânjea triumfător, cu buze negre pârjolite. Țeasta se legăna încoace și încolo, întrucât clădirea, în podul căreia se ascundea, era atât de vastă, încât ai fi zis că prinsese și vântul în măruntaiele ei, vântul care se zbătea de colo-colo ca să se elibereze, fie iarnă, fie vară. Uriașul paravan verde, pe care erau țesute scene de vânătoare, se clătina necontenit. Străbunii lui fuseseră nobili, încă din negura vremurilor. Descălecaseră din cețurile nordului purtând coroane pe creștet. Dârele de întuneric care vărgau podeaua, și heleșteiele de lumină galbenă dintre ele nu erau oare proiectate de razele care se filtrau prin vitraliile blazonului heraldic din fereastră? Orlando stătea acum în mijlocul trupului galben al unui leopard heraldic. Când și-a întins brațul spre pervazul ferestrei ca să deschidă geamul, mâna i s-a colorat pe loc în roșu, apoi în albastru și galben, de parc-ar fi fost o aripă de fluture. Cei care cred în simboluri și se simt atrași să le descifreze ar observa că, deși picioarele frumos modelate ale băiatului, trunchiul arătos și linia elegantă a umerilor erau colorate în nuanțele felurite ale luminii heraldice, chipul, în clipa când a deschis fereastra, i-a fost scăldat doar de soare. Cu neputință să vezi un chip mai candid, dar și mai mohorât. Ferice de mama care a zămislit asemenea făptură, ferice de biograful care-i deapănă viața. Mama nu va cunoaște niciodată frustrarea, biograful nu va avea nevoie să apeleze la ajutorul romancierului sau al poetului. Personajul va înainta din faptă în faptă, din victorie în victorie, din funcție în funcție, iar scribul îl va urma, până vor atinge acea țintă care reprezintă culmea dorințelor lor. Și Orlando, dacă ne uităm la el, fusese croit întocmai pentru o asemenea traiectorie. Obrajii îmbujorați îi erau acoperiți cu un puf ca de piersică, și puful de deasupra buzelor era doar puțin mai des decât cel de pe obraji. Buzele îi erau scurte și-i dezveleau dinții minunat de albi, ca migdalele. Nimic nu știrbea cutezanța săgeții nasului în zborul ei avântat; avea părul închis la culoare și urechi mici, bine lipite de cap. Dar, vai, asemenea înșiruiri de frumuseți tinerești nu pot fi încheiate fără să amintim de frunte și de ochi. Pentru că oamenii nu se pot naște lipsiți de aceste trei trăsături; și așa cum îl privim în față pe Orlando care stă în picioare lângă fereastră, trebuie să recunoaștem că avea ochi ca două violete perlate de rouă, atât de umezi încât păreau să stăvilească în ei apa care îi lărgea și mai mult; și o frunte bombată ca o cupolă de marmură, străjuită de două medalioane netede, tâmplele. Privindu-i ochii și fruntea, simțim nevoia să alunecăm în poezie. Privindu-i ochii și fruntea suntem nevoiți să recunoaștem o mie de senzații neplăcute, pe care un biograf bun se străduie să le ignore. Unele lucruri îl tulburau – ca, de pildă, priveliștea mamei lui, o doamnă foarte frumoasă, îmbrăcată în verde, care ieșise însoțită de Twitchett, slujnica ei, ca să hrănească păunii; alte priveliști îl vrăjeau: păsările și copacii; altele îi purtau gândul spre moarte: cerul înserării, stolurile de ciori care se întorceau acasă; și așa, urcând scara spiralată către creierul lui – care era foarte spațios, – toate aceste priveliști, precum și zgomotele grădinii: bocănitul ciocanelor, pârâitul lemnelor despicate, iscau în el acea deplănuire, acel vălmășag de pasiuni și de emoții pe care orice bun biograf le detestă. Dar să mergem mai departe. – Orlando și-a întors încet capul, s-a așezat la masă și, cu aerul pe jumătate absent al celui care repetă același gest la aceeași oră din fiecare zi a vieții lui, a scos un caiet pe care scria *Æthelbert – o tragedie în cinci acte* și a înmuiat o veche și mânjită pană de gâscă în cerneală.

În scurt timp a umplut zece pagini, în cea mai mare parte cu versuri. Scria curgător, fără îndoială, dar într-un stil abstract. Viciul, Crima și Suferința erau personajele acestei drame; se perindau regi și regine de pe tărâmuri inimaginabile, intrigi odioase îi doborau, sentimente nobile îi sufocau, nu găseai un singur cuvânt din cele pe care le-ar fi rostit el, firesc, totul fusese transformat într-un aflux și o dulcegărie care, ținând seama de vârsta lui – încă nu împlinise șaptesprezece ani – și de faptul că secolul al șaisprezecelea mai avea încă niște ani până să se încheie, erau destul de explicabile. Totuși, în cele din urmă s-a oprit. Descrisese natura – așa cum au descris-o dintotdeauna tinerii poeți, și se străduia acum să armonizeze nuanța de verde pe care tocmai o redase el (și din acest punct de vedere dovedea mai multă temeritate decât majoritatea celorlalți) cu verdele naturii în sine, care, întâmplător, era o tufă de dafin ce creștea sub fereastră. După acest moment, firește că nu a mai putut să scrie. Verdele din natură este unul și verdele din literatură e altul. S-ar părea că există un antagonism între natură și literatură; pune-le față-n față și se vor sfâșia una pe cealaltă. Nuanța de verde pe care o vedeau acum ochii lui Orlando i-a diluat rima și i-a deșirat ritmul. Ba mai mult, natura are vicleșugurile ei. E suficient să te uiți pe fereastră la un roi de albine care se zbenguie printre flori, la un câine care cască alene, la soarele care apune că te și gândești: „De câte ori o să mai contemplu eu oare un asfințit?“ etc., etc. (asemenea gânduri ne sunt prea familiare ca să merite să le mai înșirăm), și, de îndată, îți scapă pana din mână, îți tragi mantaua pe tine, ieși grăbit din încăpere și te împiedici de un scrin pictat. Pentru că Orlando era cam neîndemânatic.

Avea grijă să evite orice întâlnire. S-a ferit de Stubbs, grădinarul care venea în jos pe alee. S-a ascuns după un copac, până ce pericolul a trecut. Pe urmă s-a strecurat printr-o portiță din zidul grădinii. A pornit pe lângă grajduri, pe lângă cuștile câinilor, cămările unde se fabrica bere, atelierele de tâmplărie, spălătorii, magaziile unde se confecționau lumânări de seu, abatoarele unde se tăiau vitele, staulele unde se potcoveau caii, cusătoriile unde se croiau pieptare – pentru că reședința lor era un întreg oraș ce trepida de muncitori cu tot felul de îndeletniciri – și a ajuns, fără să fie văzut, la aleea mărginită de ferigi, care urca sus, pe deal, în parc. E cu putință să existe un fel de interdependență între însușirile unui om; și ca una s-o atragă după sine pe cealaltă, așa încât biograful ține să sublinieze faptul că neîndemânarea se asociază adeseori cu nevoia de solitudine. Dat fiind că se împiedica de scrinuri, Orlando prefera, în mod firesc, locurile singuratice, priveliștile larg deschise, și mereu, mereu dorea să se simtă singur.

Așadar, după un lung răgaz de tăcere, a răsuflat în cele din urmă și a rostit „Sunt singur", dezlipindu-și astfel, pentru prima oară în această povestire, buzele. Urcase dealul cu repeziciune, printre ferigi și hățișuri de mărăcini, speriind căprioarele și păsările sălbatice, și ajunsese într-un loc încununat de un bătrân stejar solitar. Era o creastă foarte înaltă, atât de înaltă încât din vârful ei puteai desluși nouăsprezece comitate englezești desfășurate la poale, ba în zilele foarte senine puteai zări chiar treizeci sau patruzeci de comitate, dacă văzduhul era limpede. Uneori, puteai desluși chiar și Canalul Mânecii, și valurile care încălecau alte valuri. Se vedeau râuri pe care alunecau ambarcațiuni de plăcere; și nave de transport ce se îndreptau spre larg; și vase de luptă din care pufneau fuioare de fum, răzbeau detunături și lovituri înfundate de tun; și forturile de pe coastă;și castelele din câmpii; și câte un turn de pază ori o fortăreață; și multe alte reședințe vaste, ca aceea a tatălui lui Orlando, adunate ca niște orașe în valea încercuită de ziduri. Spre răsărit se sumețeau turlele Londrei și se vălureau ceţurile orașului; și, uneori, când sufla vântul dintr-o anumită parte, se profilau, chiar pe muchia orizontului, vârfurile colțuroase și povârnișurile din Snowdon, spărgând diademele de nori ale munților. O clipă Orlando a rămas locului, chibzuind, contemplând, recunoscând. Da, aici e conacul tatălui său; acolo e cel al unchiului său. Mătușa lui era proprietara celor trei foișoare înalte dintre copacii de mai jos. Lor le aparțineau întregul cuprins și pădurea; ai lor erau și fazanii, și căprioarele, vulpile și viezurii, ai lor erau fluturii.

Orlando a scos un oftat adânc și s-a trântit – cuvântul acesta e justificat de pasiunea care-i însuflețea toate mișcările – s-a trântit, spuneam, pe pământ, la poalele stejarului. În vremelnicia verii avea nevoie să simtă soliditatea, fermitatea vertebrelor pământului, care simțea că sunt rădăcinile scorțoase ale stejarului; sau, pentru că imaginile se perindau alungându-se una pe cealaltă, încerca senzația că a încălecat pe spinarea robustă a unui armăsar; sau că se află pe puntea unei corăbii gata să se scufunde – toate acestea i se năzăreau când simțea ceva solid sub trupul lui; avea mereu nevoie de ceva dur de care să-și agațe inima șovăielnică; inima care i se zbătea sub coaste și care, seară de seară, la ceasul acesta de hoinăreală, părea să se umple de suflări tandre și înmiresmate. Și-a ancorat inima de stejar și, treptat, așa cum zăcea culcat, freamătul din jur părea să fi încremenit; frunzele atârnau nemișcate, căprioarele se opriseră în loc, norii de vară străvezii nu mai pluteau; mădularele i se îngreunaseră și stătea atât de împietrit, încât căprioarele se apropiară încetul cu încetul de el, ciorile fâlfâiră în jurul lui, rândunelele se lăsară în jos și îl încercuiră, libelulele dansară pe lângă el, de parcă trupul îi fusese prins în mreaja țesută din toată fertilitatea și palpitul drăgăstos al serii de vară.

După mai bine de un ceas, soarele porni să scapete vertiginos, norii albicioși se colorară în roșu, dealurile în liliachiu, pădurile se înmuiară în purpură și văile se umplură de întuneric; deodată răzbi sunetul unei trompete. Orlando sări în picioare. Trâmbițatul strident se ridica din vale. Țâșnea de jos, dintr-o pată întunecată, o pată compactă, cu contururi de hartă; un labirint, ca un oraș, dar împrejmuit de ziduri; răzbea din inima reședinței lui adăpostite în vale, care, numai cu o clipă înainte fusese întunecată și acum, în timp ce o privea, iar țipătul trompetei se dublase și se îmbogățise cu alte sunete ascuțite, ieșise din beznă și se lăsase străpunsă de lumini. Unele erau simple licăriri în grăbită mișcare, de parcă servitorii alergau pe coridoare răspunzând feluritelor chemări, altele erau lumini puternice, scânteietoare, aprinse parcă în uriașe săli de ospețe, goale, gata să întâmpine oaspeții care încă nu sosiseră; altele clipeau și se legănau, coborau și se înălțau ca purtate de mâinile unor cohorte de slujitori care se înclinau, îngenuncheau, se ridicau, întâmpinau, supravegheau, escortau, pofteau înăuntru, cu demnitate, o mare principesă care tocmai cobora din caleașcă. Trăsurile se întorceau și se roteau prin curte. Caii își scuturau panașele.

Sosise regina.

Orlando nu a mai stat să se uite. A zbughit-o în goană la vale. A trecut printr-un gard de răchită. A urcat scara în spirală într-un suflet. A dat buzna în camera lui. Și-a aruncat într-un colț ciorapii, în alt colț pieptarul. Și-a muiat capul în apă rece. Și-a clătit mâinile. Și-a pilit unghiile. Privindu-se într-un ciob de oglindă, la lumina a două lumânări vechi, și-a tras pe el în fugă o pereche de pantaloni cărămizii, un guler de dantelă, un veston de tafta și pantofi cu catarame în formă de rozetă, mari cât daliile; totul în mai puțin de zece minute, după ceasul din grajd. Era gata. Cu fața încinsă. Surescitat. Și în mare întârziere.

Luând-o pe scurtături cunoscute numai de el, a străbătut vasta încâlcitură de încăperi și de scări până în sala de banchete aflată în celălalt capăt al casei, la vreo cinci acri depărtare. Dar la jumătatea drumului, trecând prin spatele sectorului cu odăi ale servitorilor, s-a oprit. Ușa camerei de zi a doamnei Stewkley era deschisă – ea se dusese, firește, cu toată legătura de chei, s-o ajute pe stăpână. Dar înăuntru, așezat la masa servitorilor, cu o cană de bere alături și o foaie de hârtie în față, se găsea un bărbat rotofei, sărăcăcios îmbrăcat, cu un guler cam soios și cu haine din postav cafeniu. Ținea în mână o pană, dar nu scria. Părea să frământe o idee în minte, răsucind-o pe o parte și pe alta, până când avea să-i dea o formă după placul lui. Ochii proeminenți și încețoșați, ca două pietre verzi cu o structură ciudată, aveau o privire fixă. Nu l-a văzut pe Orlando. Cu toate că se grăbea atât de tare, băiatul a rămas locului. Să fi fost un poet? Oare scria versuri? Ar fi vrut să-i spună: „Povestește-mi totul despre toată lumea", pentru că Orlando nutrea o convingere aiuristică, absurdă, extravagantă despre poeți și poezie; dar cum să-i vorbească unui om care nu-l vedea? Căruia poate i se arătau satiri, monștri, sau poate adâncurile mării? Așa încât a rămas cu ochii la el, în timp ce omul răsucea pana între degete, încoace și încolo, chibzuind și rumegând până când, deodată, a așternut în viteză vreo șase rânduri și și-a înălțat privirea. Iar Orlando, copleșit de sfială, a luat-o repede din loc și și-a făcut apariția în sala de banchet exact la timp ca să cadă în genunchi și, cu capul plecat, să-i ofere reginei un bol cu apă de trandafiri.

Era atât de covârșit de sfială, încât nu a putut vedea din regină decât o mână încărcată de inele, cufundată în apă. I-a fost însă suficient. O mână memorabilă, o mână subțire, cu degete lungi, încovoiate parcă în jurul unui glob sau al unui sceptru; o mână nervoasă, crispată, bolnăvicioasă; o mână poruncitoare, care trebuia doar să se ridice ca un cap să cadă; o mână, și-a imaginat Orlando, aparținând unui trup bătrân care mirosea ca un dulap cu blănuri păstrate în camfor; un trup înveșmântat încă în tot felul de brocarturi și pietre prețioase; și foarte drept, deși era sfâșiat de junghiuri sciatice; un trup care niciodată nu oscila deși era bântuit de o mie de spaime; și ochii reginei erau de un galben transparent. Orlando a simțit toate aceste lucruri în timp ce inelele grele sclipeau în apa din bol; și după aceea a simțit că ceva îi apasă părul – ceva ce justifică faptul că nu a mai văzut nimic care să-i poată fi de folos istoricului. Și, într-adevăr, în mintea lui se învălmășeau o mulțime de senzații contradictorii: întunericul nopții și lumina orbitoare a lumânărilor, poetul jigărit și magnifica regină, tăcerea câmpurilor și foiala gălăgioasă a servitorilor, așa încât nu mai era în stare să vadă altceva decât o mână.

Privind din același unghi, nici regina nu putea să fi văzut mai mult decât un cap. Dar dacă e cu putință ca din priveliștea unei mâini să reconstitui un întreg trup, dotat cu toate atributele unei mărețe regine, cu duritățile, curajul, fragilitatea și spaimele ei, atunci, de bună seamă, un cap poate fi la fel de ofertant, privit de sus, de pe un jilț de onoare, de către o doamnă ai cărei ochi – dacă e să dăm crezare statuilor de ceară de la mănăstire – erau întotdeauna larg deschiși. Pletele lungi, ondulate, capul brun plecat în fața ei, cu atâta reverență și cu atâta inocență, sugerau cele mai frumos modelate picioare pe care se sprijinise vreodată un tânăr nobil; și doi ochi violeți, și o inimă de aur; și multă loialitate și farmec bărbătesc – calități pe care femeia vârstnică le îndrăgea cu atât mai mult, cu cât le simțea lipsa. Pentru că îmbătrânea și se simțea vlăguită și abătută mai devreme decât ar fi fost firesc. Loviturile de tun îi răsunau întruna în urechi. Mereu i se părea că întrezărește licărul picăturii de otravă sau lucirea pumnalului. Când lua masa, ciulea urechile, auzea bubuiturile din Canalul Mânecii; era înspăimântată – să fi fost un blestem, să fi fost o șoaptă prevestitoare? Inocența, simplitatea îi erau cu atât mai dragi, cu cât contrastau cu fundalul întunecat pe care se profilau. Și chiar în aceeași noapte – așa spune legenda – în timp ce Orlando dormea dus, regina a transferat, lăsându-și pe pergament mâna și pecetea regală, în posesia tatălui lui Orlando, proprietățile mânăstirești care fuseseră ale arhiepiscopului și ulterior ale regelui.

Întreaga noapte Orlando și-a dormit somnul neștiutor. Primise sărutul unei regine fără ca măcar să-și fi dat seama. Și poate că – întrucât inimile femeilor sunt foarte complicate – poate că tocmai această neștiință a lui și felul în care tresărise când buzele ei îl atinseseră au făcut ca imaginea acestui tânăr văr (pentru că erau neamuri de sânge) să rămână mereu trează în mintea ei. În orice caz, nu trecuseră nici doi ani de la aceste liniștite scene campestre și Orlando nu apucase să scrie mai mult de douăzeci de tragedii, o duzină de povestiri și o stivă de sonete, când a sosit un mesaj prin care era invitat să se prezinte în fața reginei la Whitehall.

— Iată! a exclamat ea, urmărindu-l cum înainta de-a lungul nesfârșitei galerii, a venit sufletul nevinovat! (Orlando avea întotdeauna o aură de seninătate care sugera nevinovăție chiar și atunci când, practic, noțiunea nu se mai potrivea.)

— Vino, l-a îmbiat.

Ea ședea, perfect dreaptă, în fața focului. L-a oprit la oarecare distanță și l-a cercetat din creștet până-n tălpi.

Oare își compara aducerile aminte din acea seară trecută cu adevărul care i se înfățișa acum? Oare ce ghicise atunci corespundea realității? Ochii, nasul, gura, coapsele, mâinile – le cântări cu privirea; și în timp ce-l măsura, buzele îi zvâcneau vizibil; dar când i-a privit și picioarele, a izbucnit în râs. Tânărul era însăși întruchiparea unui nobil. Dar pe dinăuntru cum o fi? L-a săgetat cu ochii ei galbeni de șoim, de parcă ar fi vrut să-i străpungă sufletul. Tânărul i-a susținut privirea, roșind ca un trandafir de

Damasc, așa cum îi ședea mai bine. Tărie, grație, romantism, fantezie, poezie, tinerețe – l-a citit ea ca pe o carte deschisă. Pe dată, regina și-a smuls un inel de pe deget (a cărui încheietură era cam umflată) și, potrivindu-l în degetul lui, l-a numit pe loc vistiernicul și maestrul ei de ceremonii; și i-a trecut pe gât colanul noii lui demnități; după care i-a cerut să-și îndoaie un genunchi și i-a legat în jurul piciorului Ordinul Jartierei bătut în diamante. Nimic nu avea să-i mai fie refuzat în viitor. Când regina călătorea în caleașcă, Orlando călărea pe lângă portieră. L-a trimis în Scoția cu o tristă misiune pentru nefericita Regină a scoțienilor. Fusese pe punctul să se îmbarce pentru a lua parte la războaiele poloneze, când regina l-a rechemat. Cum ar fi putut suporta gândul unei măcelăriri a cărnii lui fragede sau al rostogolirii în țărână a capului aceluia cu păr buclat? Într-un moment de culme a triumfului ei, când tunurile bubuiau din Turnul Londrei și aerul era îmbâcsit de praf de pușcă făcându-i pe cetățeni să strănute, iar uralele oamenilor îi hăuleau pe sub ferestre, regina l-a tras pe Orlando între pernele pe care o culcaseră femeile ei (era sleită de puteri și bătrână) și i-a îngropat fața în acea ciudată amestecătură – nu-și mai schimbase rochia de o lună de zile – care mirosea, a gândit el, ca un dulap vechi de acasă, unde maică-sa își ținea blănurile, în copilăria lui. S-a smuls, pe jumătate sufocat de îmbrățișarea bătrânei. „Asta a fost victoria mea", și-a spus ea, chiar în clipa în care o rachetă a țâșnit spre ceruri, vopsindu-i obrajii într-o culoare purpurie.

Pentru că bătrâna era îndrăgostită de el. Regina, care, se spune, știa să prețuiască un bărbat, deși, pare-se, nu în sensul obișnuit al cuvântului, punea la cale o carieră ambițioasă, splendidă pentru Orlando. I-a dăruit pământuri, a trecut case pe numele lui. Urma să fie fiul bătrâneților ei, toiagul slăbiciunii ei, stejarul de care să-și rezeme neputința. Cârâia toate aceste făgăduințe cu o stranie duioșie dominatoare (se găseau la Richmond) și ședea cu spinarea perfect dreaptă, înveșmântată în brocarturile ei țepene în fața focului, care, oricât l-ar fi ințețit, nu o mai putea încălzi.

Lunile lungi de iarnă se scurgeau. Copacii din parc erau dantelați de chiciură. Râul unduia lenevos. Și, într-o zi, cu pământul îmblănit în zăpadă și umbre care se fugăreau prin încăperile panelate, întunecoase, iar cerbii hoinăreau prin parc, regina a zărit în oglinda pe care o ținea întruna lângă ea, de frica spionilor, și prin ușa pe care o ținea mereu deschisă, de frica ucigașilor, un tânăr – să fi fost Orlando? – sărutând o fată – cine naiba să fi fost neobrăzata? Regina a înșfăcat mânerul aurit al sabiei și a izbit violent cu el în oglindă. Sticla a plesnit, oamenii au alergat în grabă, regina a fost ridicată în brațe și așezată din nou în jilțul ei, dar de atunci încolo a rămas ca lovită de paralizie, gemând întruna și bolborosind, până la sfârșitul zilelor ei, despre trădarea bărbatului.

Poate că a fost vina lui Orlando, totuși avem oare dreptul să-l condamnăm?

Ne găsim în epoca elisabetană; morala diferea de cea din zilele noastre; și poeții difereau; și climatul; ba chiar și zarzavaturile. Totul era altfel. Până și vremea, căldura și frigul, vara și iarna, aveau, pare-se, o cu totul altă structură. Ziua luminoasă și îmbibată de iubire era despărțită de noapte la fel de abrupt și de categoric ca uscatul de mare. Asfințiturile erau mai sângerii și mai aprinse; zorii mai lăptoși și mai radioși; clar-obscurul nostru crepuscular, penumbra amurgurilor prelungite nu le erau cunoscute. Ploile sau cădeau torențial, sau nu ploua deloc. Soarele sau strălucea arzător, sau nu se arăta deloc. Transferând aceste fenomene în zonele spiritului, după cum le e obiceiul, poeții cântau cu patetism: trandafirii care se ofileau și petalele care picau. Cântau clipa trecătoare; clipa care moare; noaptea nesfârșită în care ne vom cufunda toți. Artificiul serelor și mijloacele de a prelungi sau a conserva prospețimea rozelor și a culorilor trandafirii nu le erau cunoscute. Sinuozitățile și ambiguitățile timpurilor noastre mai nuanțate, mai ezitante, mai muncite de îndoieli, le erau străine. Totul se petrecea brutal, definitiv. Plantele înfloreau și se uscau. Soarele răsărea și asfințea. Îndrăgostitul iubea și părăsea. Și ceea ce cântau poeții în versuri, tinerii transpuneau în practică. Fetele erau doar trandafiri și anotimpul lor era vremelnic ca și florile. Trebuiau culese înainte de căderea nopții, pentru că ziua era scurtă și ziua însemna totul. Așadar și Orlando se lăsa călăuzit de spiritul vremii, de poeți, de epocă și își culegea florile chiar în timp ce stătea pe scaunul de la fereastră și zăpada acoperea încă pământul, iar regina îl pândea pe coridor; așa încât nu-l putem învinovăți. Era tânăr, era copilăros și se lăsa purtat de îndemnul naturii. Cât despre fată, nu știa mai mult decât știa regina Elisabeta; nici măcar cum o chema. Poate să fi fost Doris, Chloris, Delia sau Diana, pentru că tuturor acestora le închinase pe rând poezii; se poate să fi fost o doamnă de la curte sau vreo slujnicuță. Pentru că Orlando avea gusturi larg-cuprinzătoare: nu iubea numai florile de grădină, ci se lăsa fascinat și de florile de câmp, ba chiar și de buruieni. La acest punct, trebuie, în calitate de biograf, să dezvăluim cu brutalitate o curioasă trăsătură caracteristică, determinată poate de faptul că o anume străbunică a lui purtase un halat de pânză groasă și distribuise urcioare cu lapte. Câteva grăunțe de pământ din Kent sau Sussex se amestecaseră în fluidul de sânge rarefiat, nobil, pe care-l moștenise dinspre partea normandă. Gândea că amestecul de sânge albastru cu pământ zgrunțuros prinde bine. În mod cert, încercase întotdeauna o atracție pentru tovărășia oamenilor de rând, mai ales a celor școliți, al căror spirit îi împinge adeseori în anonimat; s-ar fi spus că avea o rudenie de sânge cu ei. În această perioadă din viața lui, când mintea îi clocotea de rime și el nu se putea duce la culcare până nu emana vreun aforism, Orlando găsea că obrajii fiicei unui hangiu erau mai fragezi și că gândirea nepoatei unui paznic de vânătoare era mai vioaie decât cea a doamnelor de la curte. Drept care a început să facă vizite frecvente în Wapping Old Stairs, și pe la berării; noaptea, înfășurat într-o manta amplă cenușie, care-i ascundea steaua de la gât și jartiera de la genunchi. Prin acele locuri, tolănit cu o cană de bere în față, pe alei acoperite cu nisip și printre terenuri de popice, mărginite de casele cu arhitectură sărăcăcioasă, asculta poveștile marinarilor care-și vărsau năduful istorisind pățaniile și grozăviile îndurate în ciocnirile cu spaniolii; povesteau cum unii își pierduseră degetele de la picioare, alții rămăseseră fără nas, dar întâmplările istorisite de ei nu erau niciodată la fel de șlefuite și de sugestive ca acelea scrise. Îi plăcea mai cu seamă să-i audă cântând cu foc cântecele lor din Azore, în timp ce papagalii pe care-i aduseseră de prin acele părți le ciupeau cerceii din urechi sau ciocăneau cu pliscurile hrăpărețe în rubinele inelelor de pe degete, croncănind înjurături la fel de grosolane ca și stăpânii lor. Femeile nu erau cu nimic mai presus decât păsările, nici în vorbă, nici în purtări. Se cocoțau pe genunchii lui Orlando, îi înlănțuiau gâtul cu brațele și, ghicind că sub mantaua aceea catifelată se ascundea ceva mai deosebit, erau la fel de curioase ca și el să ajungă la miez.

Prilejuri se iveau din belșug. Râul colcăia zi și noapte de bărci, șlepuri și de toate soiurile de ambarcațiuni. Nu era zi să nu plece vreo navă arătoasă spre India, din când în când câte o corabie înnegrită, cu pânze flenduroase și bărbați străini, bărboși, la bord, se târa greoi spre cheiul de ancorare. Nimeni nu se sinchisea dacă vreun băiat și o fată se hârjoneau pe malul apei după ce apunea soarele; nimeni nu pleca urechea la vreo bârfă că fuseseră văzuți dormind buştean, unul în braţele celuilalt, printre sacii cu comori de pe covertă. Şi o asemenea aventură le-a fost sortită lui Orlando, lui Sukey şi contelui de Cumberland. Fusese o zi de arşiţă; se iubiseră de zor şi după aceea adormiseră printre rubine. Târziu în noapte, contele, ale cărui avuţii se trăgeau în bună parte din isprăvile cu spaniolii, s-a ivit pe furiş, cu un felinar, ca să-şi inspecteze prada. A proiectat lumina felinarului pe un butoi şi a tresărit, înjurând de mama focului. Două fantome dormeau înlănţuite lângă butoi. Cum era o fire superstiţioasă, şi avea o conştiinţă încărcată cu numeroase crime, contele şi-a închipuit că perechea aceea înfăşurată într-o mantie roşie şi cu sânii lui Sukey albi ca zăpezile eterne din poeziile lui Orlando ar fi strigoii unor marinari înecaţi, întorşi din mormânt ca să se răfuiască cu el. Şi-a făcut cruce. A făcut legământ de căinţă. Şirul de aziluri care se ridică şi azi pe Sheen Road e rezultatul palpabil al acelui moment de groază. Douăsprezece bătrâne amărâte din parohia respectivă, care-şi beau azi ceaiul, îl binecuvântează seara pe Înălţimea Sa pentru că le-a dăruit un acoperiş deasupra capului; aşa încât iubirea nelegiuită de pe puntea unei corăbii cu comori... dar să lăsăm morala la o parte.

Totuşi, în scurt timp Orlando s-a săturat, nu numai de aspectele dizgraţioase ale unui asemenea mod de viaţă şi de uliţele înghesuite din vecinătate, ci şi de apucăturile primitive ale oamenilor de acolo, căci se cuvine să ne aducem aminte că, pentru cei din epoca elisabetană, crima şi mizeria nu prezentau atracţia pe care o exercită azi asupra noastră. Ei nu cunoşteau stinghereala noastră modernă faţă de învăţătura de carte; şi nu împărtăşeau convingerea noastră că a te naşte ca fiu de măcelar e o adevărată binecuvântare şi a fi analfabet e o virtute; nu aveau ideea că ceea ce numim azi „viaţă" şi „realitate" trebuie să fie legate de ignoranţă şi de violenţă; sau măcar de un echivalent al acestor două cuvinte. Când se însoțise cu acei oameni, Orlando nu căutase „viață" și nici când i-a părăsit n-a căutat „realitatea". Dar, după ce ascultase de nenumărate ori cum acei Jake își pierduseră nasul și acele Sukey își pierduseră fecioria – Orlando a început să se plictisească de atâtea repetări; pentru că un nas nu poate fi retezat decât într-un singur fel și o feciorie nu poate fi pierdută decât tot într-un singur fel – cel puțin așa gândea el – în timp ce arta și știința îi ofereau o mare diversitate de variante care-i stârneau curiozitatea. Așa încât, continuând să le păstreze mereu o caldă amintire, a încetat să mai frecventeze berăriile în aer liber și popicăriile, și-a atârnat mantaua cenușie în dulap, a lăsat steaua să-i strălucească la gât și jartiera să-i sticlească la genunchi și și-a făcut din nou apariția la curtea regelui Iacob. Era tânăr, bogat, chipeș. Nimeni nu putea fi întâmpinat cu mai multe aclamații. E neîndoielnic că numeroase doamne s-au arătat dispuse să-i ofere favorurile lor. Cel puțin trei dintre ele și-au legat numele de intenții matrimoniale: Clorinda, Favilla, Eufrosina – așa le-a botezat el în sonetele sale.

Să le luăm pe rând: Clorinda era o tânără blajină, tandră – într-adevăr Orlando a fost serios îndrăgostit de ea timp de șase luni și jumătate; dar fata avea gene albicioase și nu suporta să vadă sânge. Leșina când un iepure fript era adus la masa tatălui ei. Era și foarte bisericoasă și păstra rufele de corp ca să le dea de pomană femeilor sărace. Își luase misiunea să-l izbăvească pe Orlando de păcate, lucru care l-a cam îngrețoșat, așa încât s-a răzgândit în privința căsătoriei, fapt pe care nu l-a regretat prea tare când, la scurt timp după aceea, fata a murit de vărsat.

Favilla, a doua la rând, era cu totul diferită de prima. Era fiica unui gentilom scăpătat din Somersetshire; prin multă râvnă și datorită ochilor ei frumoși își croise drum la Curte, unde dibăcia cu care călărea, ținuta elegantă și grația cu care dansa îi atrăseseră admirația tuturor. Totuși, o dată a avut nefericita inspirație să biciuiască un prepelicar care-i rupsese o pereche de ciorapi de mătase (și trebuie să spunem în apărarea ei că nu prea avea multe perechi de ciorapi și majoritatea erau de bumbac) chiar sub fereastra lui Orlando, lăsând animalul mai mult mort decât viu. Orlando, care era un pătimaș iubitor de animale, a observat abia acum că dinții Favillei erau strâmbi și că cei doi dinți din față erau plantați mai îndărătul celorlalți, ceea ce la o femeie, spunea el, e semn de perversitate și de cruzime, așa încât, chiar în acea seară a rupt definitiv logodna cu ea.

Cea de a treia, Eufrosina, a fost de departe cea mai serioasă dintre înflăcărările lui. Făcea parte din clanul irlandez Desmond, așadar avea un arbore genealogic la fel de vechi și de bine înrădăcinat ca și cel al lui Orlando. Era blondă, înfloritoare și ușor flegmatică. Vorbea bine limba italiană, avea o dantură perfectă, în special dinții de sus, pentru că cei de pe maxilarul inferior erau vag decolorați. Ținea întotdeauna un câine în poală și îl hrănea cu pâine albă chiar din farfuria ei; cânta duios la clavecin. Niciodată nu-și isprăvea toaleta și nu se arăta înainte de ora prânzului, pentru că era extrem de îngrijită și atentă cu înfățișarea ei. Într-un cuvânt, ar fi fost o soție perfectă pentru un nobil ca Orlando, și lucrurile ajunseseră atât de departe, încât avocații ambelor părți erau ocupați până peste cap cu redactarea contractelor, tratativelor, înțelegerilor pentru stabilirea reședințelor, proprietăților și a tot ce mai era necesar înainte ca o mare avere să se împerecheze cu o altă mare avere, când, cu imprevizibilitatea și duritatea care marcau pe atunci clima englezească, a survenit Marele Îngheț.

Istoricii afirmă că acel Mare Îngheț a fost cel mai cumplit din toate câte s-au abătut vreodată asupra insulelor noastre. Păsările înghețau în zbor și cădeau apoi pe pământ ca niște pietroaie. La Norwich o țărancă tânără a dat să traverseze drumul, cu pasul ei robust, obișnuit, și cei din jur au văzut-o cu ochii lor cum, la colțul străzii, femeia s-a prefăcut în praf și pulbere suflată de crivățul înghețat peste acoperișurile caselor. Oile și vitele mureau pe capete. Cadavrele înghețau în pat și nu mai puteau fi desprinse din așternut. Adeseori dădeai peste o turmă întreagă de porci înghețați, încremeniți pe uliță. Câmpiile erau presărate cu ciobani și plugari, cu hoarde de cai și băiețandri care încercaseră să sperie și să alunge păsările, pietrificați chiar în mijlocul acțiunii, unul cu mâna la nas, altul cu sticla la gură, un al treilea cu o piatră în mână, gata s-o arunce în corbul care înlemnise, ca împăiat, pe gardul viu din apropiere. Grozăvia era atât de mare, încât uneori se produsese o adevărată pietrificare în masă și în general se presupune că marea aglomerare de stânci din felurite zone din Derbyshire nu ar proveni din erupții, care de fapt n-au avut loc, ci din solidificarea unor drumeți nefericiți, care fuseseră literalmente prefăcuți în stane de piatră chiar pe locul unde se aflaseră. Biserica nu poate furniza multe informații în această chestiune și, cu toate că unii moșieri au sfințit asemenea relicve, cea mai mare parte dintre ei au preferat să le folosească fie ca pietre de hotar, fie ca țarcuri pentru oi, fie, atunci când forma lor permitea, ca troace pentru adăparea vitelor, scopuri pe care le slujesc cu succes până în ziua de azi.

Dar în timp ce oamenii de la țară sufereau cele mai devastatoare lipsuri și negoțul ajunsese la sapă de lemn, Londra huzurea într-un continuu carnaval de plăceri. Curtea se mutase la Greenwich și noul rege profita de sărbătorile încoronării ca să-și atragă simpatia cetățenilor. A poruncit ca fluviul, care înghețase până la o adâncime de vreo șase metri, și pe o întindere de nouă, zece kilometri de o parte și de alta, să fie curățat și amenajat ca să arate ca un parc sau ca un lăcaș de petreceri, cu boschete, labirinturi, alei, chioșcuri cu băuturi, etc., totul pe cheltuiala lui. Pentru persoana sa și pentru curteni a rezervat un spațiu special, chiar în fața porților palatului; spațiu care, fiind despărțit de public doar printr-o frânghie de mătase, a devenit curând centrul celei mai înalte societăți englezești. Oameni de stat, celebri, cu bărbi și gulere înalte, dantelate, dezbăteau treburile țării pe sub copertinele roșii ale pagodei regale. Militarii puneau la cale victorii asupra maurilor și nimicirea turcilor, adunându-se în corturi vărgate, cu pene de struț în vârf. Amiralii se foiau în sus și-n jos pe aleile înguste, cu pahare în mâini, scrutând orizontul și depănând povești despre pătrunderea spre nord-vest și despre Armada spaniolă. Îndrăgostiții se tolăneau pe canapele acoperite cu blănuri. Când trecea regina cu alaiul ei de doamne, o ploaie de trandafiri înghețați le cădea în cap. Baloane multicolore pluteau nemișcate în aer. Ici-colo ardea câte un foc de tabără din lemne de cedru și de stejar, zdravăn muiate în sare, astfel încât flăcările țâșneau verzi, portocalii, liliachii. Dar oricât de duduitoare erau focurile, nu răspândeau destulă căldură ca să topească gheața care, deși arăta neobișnuit de transparentă, era de o duritate de oțel. Era atât de străvezie, încât puteai vedea cu ochiul liber, la o adâncime de câțiva metri, ici un porc de mare congelat, colo o plătică. Bancuri întregi de țipari zăceau imobili, ca paralizați, dar cărturarii discutau nedumeriți dacă erau într-adevăr neînsuflețiți sau doar într-o temporară suspensie de viață, din care căldura ar fi putut să-i redeștepte. În vecinătatea Turnului Londrei, unde fluviul înghețase până la o adâncime de vreo douăzeci de stânjeni, zăcea epava clar vizibilă a unei lotci culcate într-o rână pe albia râului, în locul unde se scufundase cu o toamnă în urmă, încărcată cu mere. Bătrâna luntrașă, care pornise să-și vândă fructele la târgul de la Surrey, stătea acolo, încotoșmănată în pături și în fustele ei crețe, cu un morman de mere în poală, de-ai fi putut jura că era gata să servească un mușteriu; numai buzele vineții trădau adevărul. Era o priveliște care-i plăcea mult regelui Iacob; uneori venea cu câte o ceată de curteni ca s-o admire împreună.

Pe scurt, nimic nu putea întrece strălucirea și veselia acestor scene, la lumina zilei. Dar distracțiile carnavalești își atingeau culmea pe parcursul nopții. Întrucât gerul nu se înmuia peste noapte, totul era perfect nemișcat, luna și stelele scânteiau pe cer cu fixitate de diamant, și curtenii dansau în muzica tulburătoare a flautelor și trompetelor.

Ce-i drept, Orlando nu se număra printre iubitorii de pași ușori în ritm de *curantă* și *lavolta*; era stângaci și cam distrat. Prefera dansurile de pe meleagurile lui, în care se prinsese pe vremea copilăriei, și nu-l atrăgeau ritmurile acestea străine și bizare. Într-o seară de șapte ianuarie, pe la orele șase, tocmai își odihnea picioarele după un astfel de cadril sau menuet, când a zărit venind dinspre pavilionul ambasadei Moscovei o siluetă despre care nu puteai spune dacă-i de băiat sau de fată, întrucât cazaca largă și pantalonii bufanți, după moda rusească, te înșelau asupra sexului persoanei, dar care i-a stârnit în cel mai înalt grad curiozitatea. Persoana respectivă, indiferent de sex, era de înălțime mijlocie, extrem de zveltă și frumos modelată și îmbrăcată din cap până-n picioare în catifea de culoarea stridiei, garnisită cu un soi de blană necunoscută, verzuie. Dar toate aceste detalii erau eclipsate de farmecul extraordinar degajat de acea făptură. În mintea lui Orlando s-au alcătuit imagini, metafore extreme și extravagante, înlănțuite și împerecheate. Într-un spațiu de trei secunde și-a imaginat-o ca pe un cantalup, ananas, un măslin, un smarald, o vulpe în zăpadă; nu-și dădea seama dacă o auzise, o gustase, o văzuse sau toate trei laolaltă. (Căci, deși nu se cuvine să întrerupem nici pentru un moment narațiunea, trebuie totuși să observăm fugitiv că, pe vremea aceea, imaginile făurite de Orlando erau elementare, pe măsura simțurilor lui, încolțite din lucrurile pe care le gustase și care-i plăcuseră în copilărie. Iar dacă simțurile lui erau elementare, erau, în același timp, foarte intense. Dar nu se cade să ne oprim ca să depistăm rațiunea acestor lucruri.)

Un cantalup, un smarald, o vulpe în zăpadă, așa și-o imagina în delir, așa i se nălucea. Când băiatul – pentru că, vai! trebuie să fi fost băiat, nici o femeie n-ar fi putut patina cu asemenea viteză și vigoare – trecu aproape tiptil pe lângă el, lui Orlando îi venea să-și smulgă părul din cap de ciudă că o asemenea făptură era de același sex cu el și deci nu ar fi putut s-o strângă în brațe. Dar patinatorul s-a apropiat tot mai mult. Picioarele, mâinile, ținuta erau ale unui băiat; dar nici un băiat n-ar fi putut avea asemenea sâni; nici un băiat n-ar fi putut avea ochi care păreau proaspăt pescuiți din fundul mării. În cele din urmă patinatorul s-a oprit și, după o reverență extrem de grațioasă în fața regelui care tocmai își târșâia picioarele, sprijinit de brațul unui înalt demnitar, făptura necunoscută a rămas locului. La o palmă depărtare de Orlando. Era femeie. Orlando a privit-o, s-a înfierbântat, apoi l-au străbătut fiori reci; a tânjit să plonjeze în aerul verii; să zdrobească ghinde sub tălpi; să strângă în brațe fagii și stejarii. Dar n-a făcut altceva decât să-și ridice buza de sus, peste dinții albi; și-a deschis ușor gura de parcă ar fi fost gata să muște; a închis-o de parcă ar fi mușcat. Și lady Eufrosina îi atârna de braț.

A aflat că străina se numea prințesa Marușka Stanikovska Dagmar Natașa Iliana Romanovici și că venise cu trenul, împreună cu ambasadorul rus, care era unchiul, sau poate tatăl ei, ca să asiste la încoronare. Se știau foarte puține lucruri despre cei din Moscova. Stăteau foarte tăcuți, cu bărbile lor mari și cu căciulile lor de blană; beau un lichid negricios pe care-l scuipau din când în când pe gheață; nici unul dintre ei nu vorbea limba engleză, iar franceza, care unora dintre ei le era familiară, nu se vorbea pe atunci la Curtea englezească.

Orlando și prințesa s-au cunoscut datorită următoarei întâmplări. Erau așezați unul în fața celuilalt la marele dineu oferit într-un cort uriaș, în cinstea marilor demnitari. Principesa fusese plasată între doi tineri nobili: de o parte lordul Francis Vere și de cealaltă tânărul conte de Moray. Era amuzant să urmărești încurcătura în care se găseau pentru că, deși amândoi erau, în felul lor, de viță nobilă, știau tot atâta franceză cât un prunc încă nenăscut. Când, la începutul mesei, prințesa s-a întors spre conte și i-a spus, cu o drăgălășenie care i-a topit acestuia inima:

— *Je crois avoir fait la connaissance d'un gentilhomme qui vous était apparenté en Pologne l'été dernier*[1] sau *La beauté des dames de la Cour d'Angleterre me met dans le ravissement. On ne peut pas voir une dame plus gracieuse que votre reine, ni une coiffure plus belle quie la sienne*[2], atât lord Francis, cât și contele s-au arătat cât se poate de încurcați. Unul din ei i-a oferit din belșug sos de hrean, celălalt și-a fluierat câinele și l-a pus să facă sluj pentru un os cu măduvă. Principesa nu și-a mai putut reține râsul, iar Orlando, prinzându-i privirea peste capetele de porc mistreț și păunii împăiați, a râs la rândul lui. A râs, dar râsul i-a înghețat pe buze, cuprins de un val de nemulțumire. Pe cine iubise el până atunci, ce iubise până atunci – s-a întrebat inundat de un tumult de emoții. O femeie bătrână, toată

---

1 Cred că vara trecută, în Polonia, am făcut cunoștință cu un gentilom care vă e rudă (fr.).

2 Mă farmecă frumusețea doamnelor de la Curtea Angliei. Nu am văzut o doamnă mai grațioasă decât regina dumneavoastră și nici o coafură mai frumoasă decât a ei (fr.).

numai piele și os, și-a răspuns. Desfrânate cu obraji boiți, prea multe la număr pentru a le mai înșira. O mironosiță care scâncea întruna. O aventurieră cu inimă de piatră și gură crudă. Un morman de dantele și de conformism social. Iubirea nu însemnase pentru el decât rumeguș și cenușă.

Bucuriile dragostei fuseseră total insipide pentru el. Se minuna cum de trecuse prin ele fără să caște de plictiseală. Pentru că, pe măsură ce o privea pe prințesă, simțea cum sângele i se topește, gheața din lăuntrul lui se prefăcea în vin; auzea izvoarele clipocind și păsările ciripind, primăvara izbucnind peste întinderile iernatice; bărbăția i se deșteptase, și-a încleștat mâna pe mânerul sabiei, a înfruntat în gând un vrăjmaș mai puternic decât polonezul sau maurul; s-a cufundat în ape adânci; a văzut floarea primejdiei răzbind printr-o spărtură de stâncă; a întins mâna s-o culeagă de fapt – i se alcătuia în minte unul dintre sonetele lui cele mai pătimașe, când prințesa i s-a adresat:

— Sunteți amabil să-mi dați solnița?

Orlando a roșit puternic.

— Cu cea mai mare plăcere, *madame*, i-a răspuns într-o franceză cu accent desăvârșit. Pentru că, Domnul fie lăudat, vorbea franceza la fel de fluent ca și limba maternă; o învățase de la camerista mamei lui. Dar poate c-ar fi fost mai bine pentru el dacă n-ar fi învățat niciodată această limbă; dacă nu ar fi răspuns niciodată acelui glas; dacă nu s-ar fi lăsat niciodată călăuzit de lumina acelor ochi.

Prințesa a continuat. L-a întrebat cine erau cei doi nătăfleți de lângă ea, care se purtau ca niște grăjdari? Ce era amestecătura aceea grețoasă pe care i-o turnaseră în farfurie? În Anglia câinii mâncau la aceeași masă cu oamenii? Persoana aceea caraghioasă din capul mesei cu părul cocoțat în vârful capului ca o prăjină (*comme une perche mal fagotée*[1])

---

1 Ca o prăjină prost înfiptă (fr.).

era într-adevăr regina Angliei? Și regelui întotdeauna îi curgeau balele ca acum? Și care dintre papagalii din jur era George Villiers? La început, asemenea întrebări l-au cam derutat pe Orlando, dar îi erau puse cu atâta cochetărie și cu atâta umor, încât nu se putea împiedica să râdă, și cum fețele inexpresive ale celorlalți îl asigurau că nu înțelegeau un cuvânt, răspundea și el cu aceeași degajare, vorbindu-i într-o franceză perfectă.

Și astfel s-a înfiripat între cei doi o intimitate care curând avea să devină un scandal la Curte.

În scurt timp s-a observat că Orlando îi acorda moscovitei mult mai multă atenție decât i-ar fi cerut doar bunacuviință. Era tot timpul în preajma ei și discuțiile lor, deși neinteligibile pentru ceilalți, erau atât de însuflețite, le stârneau atâtea îmbujorări și hohote de râs, încât și cei grei de cap pricepeau despre ce era vorba. Mai mult, în Orlando se petrecuse o extraordinară schimbare. Nimeni nu-l mai văzuse atât de înflăcărat. Peste noapte se descotorosise de stângăcia lui adolescentină, se prefăcuse dintr-un puștan bosumflat, care nu putea intra în iatacul unei doamne fără să-i răstoarne jumătate din bibelourile de pe masă, într-un nobil cu maniere grațioase, radiind de curtoazie masculină. Felul cum o ajuta pe moscovită (așa i se spunea) să urce în sanie, cum îi oferea mâna la dans, cum îi ridica batistuța brodată pe care o lăsase să-i cadă sau cum executa toate celelalte mici îndatoriri bărbătești la care se așteaptă stăpâna visurilor și pe care îndrăgostitul se grăbește să le anticipeze, era menit să reaprindă o scânteie în ochii stinși ai celor vârstnici și să întețească bătăile de inimă ale celor tineri. Dar peste toate acestea plutea un nor. Bătrânii ridicau din umeri. Tinerii râdeau pe sub mustață. Toată lumea știa că Orlando era logodit cu altă tânără. Lady Margaret O'Brien O'Dare O'Reilly Tyrconnel (căci acesta era numele real al Eufrosinei din sonetele lui) purta pe inelarul mâinii stângi splendidul safir pe care i-l dăruise Orlando. Ea era cea îndreptățită la întreaga atenție a lui Orlando. Și totuși ea n-avea decât să scape pe gheață toate batistele din scrinul ei (și avea numeroase duzini), că Orlando nu s-ar fi aplecat să i le ridice. Putea aștepta și douăzeci de minute să o ajute să urce în sanie, și până la urmă se mulțumea cu ajutorul servitorului ei negru. Când patina, ceea ce făcea cu destulă neîndemânare, nimeni nu o însoțea ca să-i dea curaj, și când aluneca și cădea destul de greoaie, nimeni nu o ajuta să se ridice și nu-i scutura zăpada de pe fuste. Deși era cam flegmatică din fire și nu se simțea cu ușurință jignită, și îi venea foarte greu să creadă că o venetică o alungase din inima lui Orlando, totuși până la urmă și lui lady Margaret i-a încolțit bănuiala că se pregătea ceva menit să-i răstoarne liniștea sufletească.

Într-adevăr, pe măsură ce se scurgea timpul, Orlando se sinchisea tot mai puțin să-și ascundă sentimentele. Sub un pretext sau altul, se ridica de la masă de cum se termina dejunul, sau se făcea nevăzut printre patinatorii care se adunau pentru un cadril. Un moment mai târziu, dispărea și moscovita. Dar ce-i scandaliza mai mult pe membrii Curții și-i atingea la coarda cea mai sensibilă, care e orgoliul, era faptul că respectiva pereche se lăsa frecvent văzută strecurându-se pe sub coarda de mătase care separa țarcul regal de părțile publice de pe malul fluviului; cei doi se dizolvau în fluxul oamenilor de rând. Fiindcă principesa obișnuia să bată furios din picior și să strige:

— Scoate-mă de aici! Urăsc șleahta voastră englezească!

Prin aceste cuvinte se referea la nobilii de la Curte. Nu-i mai putea suporta. Roiau cucoanele bătrâne gata să iscodească și să se zgâiască la tine, spunea ea, și tinerii mitocani care te calcă pe picior. Și toți miroseau urât. Câinii lor ți se împleticeau printre picioare. Te simțeai ca întemnițat într-o cușcă. La ei, în Rusia, erau râuri late de șaisprezece kilometri, pe care puteai mâna în galop șase cai deodată, timp de o zi întreagă, fără să întâlnești țipenie de om. Și apoi, ea era dornică să vadă Turnul Londrei și gărzile și capetele din Temple Bar și prăvăliile cu giuvaieruri din centru. Așa s-a făcut că Orlando a dus-o în partea comercială a orașului, i-a arătat gărzile și capetele rebelilor și i-a cumpărat tot ce i-a poftit inima. Dar nici asta nu le-a fost de-ajuns. Fiecare din ei dorea din ce în ce mai mult să se bucure întreaga zi de tovărășia celuilalt, prin locuri unde să nu fie nimeni care să se mire și să caște ochii la ei. Drept care, în loc să o ia pe drumul Londrei, au pornit în direcția opusă, și au ajuns curând dincolo de mulțime, pe largile spații înghețate ale Tamisei, unde nu întâlneai un suflet în afară de păsările de mare sau de vreo țărancă bătrână care se căznea să spargă gheața, încercând zadarnic să umple o găleată cu apă sau să adune câteva vreascuri și frunze uscate ca să încropească un foc. Calicii nu se urneau din cocioabele lor, iar cei mai înstăriți, care-și puteau îngădui, mergeau la oraș să caute căldură și puțină veselie.

Prin urmare, Orlando și Sașa – așa-i prescurtase el numele, pentru că așa botezase pe vremuri o vulpiță albă, rusească pe care o căpătase, o făptură cu blană albă ca zăpada, dar cu dinți de oțel, care-l mușcase atât de sălbatic, încât tatăl lui fusese nevoit să o ucidă –, așadar fluviul era numai al lor. Înfierbântați de patinaj și de dragoste se aruncau într-un colț mai ferit, mărginit de păpurișul galben de pe mal, și se înfășurau într-o mantie mare de blană; Orlando o strângea în brațe și gusta, pentru prima oară în viață – așa murmura el – deliciile dragostei. După aceea, când extazul se mistuia și zăceau amândoi pe gheață toropiți de o dulce sfârșeală, el îi povestea despre celelalte iubiri ale lui, care, în comparație cu ea, fuseseră de lemn, de pânză de sac, de cenușă. Și, râzând de vehemența lui, ea i se răsucea în brațe și-i dăruia, de dragul dragostei, încă o îmbrățișare.

După care se minunau că gheața nu se topise sub fierbințeala lor și o compătimeau pe sărmana bătrână care nu dispunea de asemenea mijloace naturale de topire a gheții, ci trebuia să izbească în ea cu o toporișcă de oțel rece. Pe urmă, înveliți în blănurile lor, pălăvrăgeau despre câte-n lună și în soare; despre priveliști și călătorii, despre mauri și păgâni; despre barba cutăruia și tenul cutăreia; despre șoarecele care-i mâncase din palmă la masă; despre paravanul de acasă care vibra neîncetat; despre chipul unuia; despre o pană. Nimic nu era prea neînsemnat ca să constituie subiect de conversație, și nimic nu era prea grandios.

Și apoi, brusc, Orlando cădea într-una dintre crizele sale de melancolie; poate că priveliștea bătrânei care șchiopăta pe gheață să fi fost cauza; sau poate că nimic; dar se arunca pe oglinda gheții cu fața în jos, scruta adâncurile apei solidificate și se gândea la moarte. Căci bine a gândit filozoful care a spus că între bucurie și melancolie hotarul nu-i mai gros decât o lamă de cuțit; ba chiar, a mai spus el, cele două sunt surori gemene; și de aici a ajuns la concluzia că toate sentimentele extreme duc la nebunie; drept care ne-a îndemnat să ne găsim refugiu în Biserica cea adevărată (după el, Biserica anabaptistă) care constituie singurul liman, singurul post, singurul punct de ancorare etc., pentru cei purtați de valurile mării.

— Totul sfârșește în moarte, declara Orlando, cu fața înnegurată, înălțându-și spinarea. (Pentru că în acest sens lucra acum mintea lui, făcând o disperată navetă între viață și moarte, fără nici o oprire intermediară, așa încât nici biograful nu se poate opri, ci e nevoit să alerge cât poate de repede pentru a ține pasul cu acțiunile și cuvintele nechibzuite, pătimașe, demențiale, extravagante, pe care – e cu neputință să negăm – le profera Orlando în această etapă din viața sa.)

— Totul sfârșește în moarte, declara Orlando, înălțându-se în capul oaselor pe gheață. Dar Sașa, în vinele căreia, în fond, nu curgea sânge englezesc, ci venea din Rusia, unde asfințiturile sunt mai prelungite, zorii mai puțin grabnici, iar frazele sunt lăsate adeseori neterminate, pentru că nu știi cum e mai bine să le termini, Sașa se uita la el, poate că își bătea joc de el pentru că trebuie să-i fi părut pueril, și nu răspundea nimic. Dar la un moment dat, gheața de sub ei se răcea prea tare, ceea ce nu-i plăcea, așa încât îl trăgea să se scoale, și-i vorbea atât de fermecător, atât de rațional, atât de înțelept (dar din nefericire în franceză, ori se știe că această limbă își pierde valoarea în traducere), încât Orlando uita de apele înghețate și de căderea nopții și de bătrână și de ce-o mai fi fost, și încerca să-i spună – plonjând și plescăind printre mii de imagini ajunse la fel de râncede ca și femeile care le inspiraseră – încerca să-i spună cum e ea. Zăpadă, frișcă, marmură, cireșe, alabastru, fir de aur? Nimic din toate astea. Era ca o vulpe, sau ca un măslin: ca valurile mării privite de sus, de pe o înălțime; ca un smarald; ca soarele ivit de după un deal împădurit, încă încununat de nori; – era ca nimic din tot ce văzuse sau cunoscuse el în Anglia. Oricât și-ar fi scormonit limbajul, nu izbutea să găsească cuvintele potrivite. Simțea nevoia de un alt decor și de un alt limbaj. Engleza era prea directă, prea candidă, prea dulceagă pentru Sașa. Pentru că, în tot ce rostea ea, oricât ar fi fost de deschisă sau de voluptuoasă, exista ceva ascuns, un miez de mister; și în tot ce făcea, oricât de bruscă și de fățișă ar fi părut, exista ceva tăinuit. Așa cum flacăra verde pâlpâie ascunsă în inima smaraldului sau cum soarele pare uneori captiv în trupul unui deal. Claritatea era numai de suprafață; înăuntru tremura o văpaie unduitoare. Se ivea, se mistuia, niciodată nu strălucea ca lumina neclintită a unei femei din Anglia: – și la acest punct, amintindu-și de lady Margaret și de straturile ei de jupoane, Orlando atingea o culme a exaltării și o trăgea pe Sașa după el, pe gheață, iute, tot mai iute, jurând să dibuiască flacăra, să se cufunde în căutarea nestematei și așa mai departe și așa mai departe, cuvintele spulberându-i-se odată cu suflarea de pe buze, cu patima poetului ale cărui stihuri sunt pe jumătate strivite de durere. Dar Sașa păstra tăcerea. După ce Orlando isprăvea să-i înșire că e o vulpe, un măslin, o creastă de deal înverzit, după ce îi depăna întreaga poveste a familiei lui, subliniindu-i că neamul lor era unul dintre cele mai vechi din Britania; și că descinseseră din Roma, odată cu Cezarii, și deci dețineau dreptul de a se plimba pe Corso (adică pe strada principală din Roma) sub un baldachin cu ciucuri, privilegiu atribuit doar celor cu sânge împărătesc (avea el o naivitate orgolioasă destul de simpatică) se oprea din vorbă și apoi începea să-i pună întrebări: Unde era casa ei? Ce era tatăl ei? Avea frați? De ce era aici singură cu unchiul ei? După care, deși ea îi răspundea prompt, se lăsa între ei un soi de stinghereală. La început, Orlando a bănuit că poate rangul ei social nu era atât de înalt pe cât i-ar fi plăcut să fie, sau poate că se rușina de apucăturile sălbatice ale poporului ei; auzise el că la Moscova femeile au barbă și că bărbații sunt acoperiți cu blană de la mijloc în jos; și că și femeile, și bărbații se ung cu seu ca să se apere de frig, că la masă rup carnea cu degetele și că locuiesc în niște cocioabe în care un nobil englez nu și-ar ține nici vitele; din această pricină evita să o tragă de limbă. Dar dacă stătea să se gândească, își spunea că tăcerea ei nu se putea datora unor asemenea cauze, pentru că ea nu avea nici un fir de păr pe bărbie; era îmbrăcată numai în catifele și perle, iar manierele nu erau nici pe departe cele ale unei femei crescute într-un staul de vite.

Și atunci, ce anume îi ascundea? Îndoiala care mușca din temelia sentimentelor lui atât de puternice era ca o întindere de nisip mișcător pe care s-ar fi clădit un monument; monument care se clatină făcând să oscileze întregul eșafodaj. Chinurile îndoielii îl prindeau pe neașteptate. Și atunci izbucnea în asemenea crize de furie, încât ea nu știa cum să-l mai potolească. Sau poate că nici nu dorea să-l potolească; poate că-i plăceau crizele lui și le stârnea deliberat; temperamentul moscovit e foarte pieziș și alunecos. Dar să mergem mai departe cu povestea: în ziua aceea au patinat mai departe ca de obicei și s-au pomenit în partea fluviului unde fuseseră ancorate corăbiile, acum pietrificate de gheață. Printre ele se afla și nava ambasadei rusești, pe al cărei catarg fâlfâise drapelul cu cele două capete de vultur negru, acum împodobit cu țurțuri multicolori, lungi de câțiva metri. Sașa își lăsase o parte din îmbrăcăminte la bord și, convinși că nava e pustie, au urcat pe punte ca să o recupereze. Aducându-și aminte de unele experiențe din trecut, Orlando n-ar fi fost mirat să constate că niscaiva oameni buni se refugiaseră pe vapor înaintea lor; și chiar așa s-a întâmplat. Abia făcuseră câțiva pași, când un tânăr chipeș s-a ivit de după un colac de odgoane unde trebăluia ceva și i-a informat, pare-se – pentru că vorbea rusește – că face parte din echipaj; oferindu-se să o ajute pe prințesă să găsească ce căuta; a aprins un ciot de lumânare și a dispărut cu ea în partea de jos a navei.

Trecea timpul, dar Orlando, înfășurat în visurile lui, se gândea doar la plăcerile pe care i le oferea viața, la giuvaierul pe care i-l dăruise lui; își spunea de ce raritate avea el parte; și ce trebuia să facă pentru ca raritatea să fie irevocabil și indisolubil numai a lui. Avea de biruit obstacole și vitregii. Ea era hotărâtă să trăiască în Rusia, unde se întindeau imense râuri înghețate și hălăduiau hoarde de cai sălbatici și de bărbați gata să-ți sară la beregată. Ce-i drept, nu-l prea atrăgea un peisaj de brazi și de zăpezi eterne, de desfrânare și de omoruri. Și nici nu-l trăgea inima să renunțe la bucuriile vieții de țară, la sporturi și la plantarea pomilor, la îndatoririle lui oficiale, la cariera lui; să vâneze reni în loc de iepuri; să bea vodcă în loc de vin de Canare; să țină un pumnal ascuns în mânecă – nici nu înțelegea în ce scop. Totuși, era gata să accepte toate acestea, ba chiar și mai multe de dragul ei. Cât despre cununia cu lady Margaret, care urma să aibă loc peste o săptămână de la acea zi, i se părea o asemenea absurditate, încât nici nu merita să-i acorde un gând. Familia ei avea să-l blameze pentru că părăsise o distinsă doamnă; prietenii lui aveau să râdă de el pentru că sacrificase cea mai strălucită carieră pentru o femeie cazacă și o întindere de zăpadă pustie – dar toate acestea nu trăgeau nici cât un fulg în balanță pe lângă fericirea de a o avea pe Sașa. În prima noapte întunecoasă aveau să fugă împreună. O să se îmbarce în nava rusească. Asemenea gânduri îl năpădeau; ăsta era planul pe care îl uneltea în timp ce se plimba în sus și-n jos pe punte.

S-a trezit la realitate când, întorcându-se cu fața spre apus, a văzut soarele atârnând ca o portocală de crucea catedralei St. Paul. Un soare sângeriu, care aluneca rapid la vale. Probabil că se lăsase seara. Sașa plecase de mai bine de un ceas. Cuprins brusc de presimțirile negre care-i umbreau și cele mai fericite gânduri legate de ea, a pornit pe unde o văzuse coborând în beznă în cală, și după ce s-a poticnit printre lăzi și butoaie, a zărit într-un cotlon o slabă licărire de lumină, ceea ce însemna că cei doi se găseau acolo. Și, vreme de o secundă i-a văzut ca într-o străfulgerare: Sașa pe genunchii marinarului; a întrezărit-o lipindu-se de el; le-a surprins îmbrățișarea înainte ca lumina să pălească sub norul roșu al furiei lui. Orlando a scos un urlet de durere atât de sfâșietor, încât întreaga navă s-a cutremurat. Sașa s-a aruncat între ei, altminteri marinarul ar fi fost strâns de gât înainte de-a fi avut timp să-și scoată cuțitul. După care Orlando a fost cuprins de un rău de moarte; l-au întins pe jos și i-au dat o gură de coniac, care l-a mai înviorat. Pe urmă, după ce și-a revenit în simțiri și l-au așezat pe un maldăr de saci de pe punte, Sașa s-a aplecat, strecurându-se prin fața ochilor lui năuciți, cu mișcări molatice, sinuoase, asemenea vulpiței care-l mușcase, ba dezmierdându-l, ba mustrându-l, așa încât Orlando a ajuns să se îndoiască de ceea ce văzuse. Nu cumva lumânarea picurase și pâlpâise? Nu cumva i se năluciseră niște umbre? Cutia cu hainele ei era foarte grea, l-a asigurat Sașa, și marinarul o ajutase să o ridice. O clipă, Orlando a crezut-o – poate că furia îl făcuse să i se năzărească lucrul de care se temuse cel mai mult –, dar în clipa următoare a devenit și mai violent, și mai orbit de chinul trădării ei. După un timp, Sașa s-a făcut albă la față, a bătut cu piciorul în podeaua punții, a amenințat că o să plece chiar în acea noapte și l-a invocat pe Dumnezeu să o trăsnească dacă ea, o Romanovici, se cuibărise în brațele unui marinar de rând. Într-adevăr, dacă te uitai la cei doi (lucru pe care Orlando nu se putea îndura să-l facă) erai scandalizat de morbiditatea unei imaginații care putea plasa o făptură atât de fragilă în labele unei brute păroase. Bărbatul era uriaș: măsura peste doi metri, așa cum stătea în ciorapi; purta cercei de sârmă în urechi și arăta ca un armăsar pe care s-ar fi cățărat un graur sau o pitulice. Așa încât Orlando a cedat, a crezut-o, ba chiar i-a cerut iertare. Totuși, când au coborât de pe vas, din nou îndrăgostiți, Sașa s-a oprit cu mâna pe scară, și i-a zvârlit bestiei negricioase și fălcoase o rafală de cuvinte în rusește, fie saluturi, glume sau vorbe de alint, din care Orlando n-a înțeles o iotă. Dar în tonul ei era ceva (poate că numai din cauza consoanelor rusești) care i-a amintit lui Orlando de o scenă petrecută cu câteva seri în urmă, când o găsise într-un colț, ronțăind în taină un capăt de lumânare de seu, pe care o găsise pe jos. E drept că era o lumânare roz și aurită; căzută de la masa regelui; totuși era seu și ea îl ronțăia. N-o fi existând ceva putred în ea? s-a întrebat

Orlando când a condus-o pe gheață; ceva grosolan, vreo vână țărănească? Și și-a închipuit-o, cu ochii minții, cum o să arate la patruzeci de ani, grasă și planturoasă, deși acum era zveltă ca o trestie, fleșcăită, deși acum era sprintenă ca o ciocârlie. Dar din nou, în timp ce lunecau spre Londra, bănuielile i s-au dizolvat, și încerca senzația că un pește gigantic îi încleștase nasul și îl trăgea prin valuri, fără voia lui, și totuși cu consimțământul lui.

Era o seară de o frumusețe uluitoare. Pe măsură ce soarele asfințea, toate cupolele, turnurile, turlele și domurile Londrei se profilau negre ca cerneala pe fundalul de purpură în flăcări al norilor. Crucea incrustată de la Charing; cupola catedralei St. Paul; corpul masiv de clădiri ale Turnului Londrei; capetele înfipte în sulițele din Temple Bar, ca o pădure de copaci despuiați de frunze, păstrând doar câte un smoc în vârf; ferestrele Westminster Abbey erau aprinse și sclipeau ca un scut ceresc, multicolor (în imaginația lui Orlando), spre apus, întreaga boltă era o fereastră de aur dincolo de care pândeau cete de îngeri (tot în imaginația lui Orlando) ce coborau și urcau întruna treptele cerești. Și ei păreau să patineze pe nemăsurabile cuprinsuri de văzduh, atât de albastră și de sticloasă arăta gheața, încât glisau din ce în ce mai repede spre oraș, în timp ce pescărușii albi se roteau în jurul lor, despicând aerul cu aripile și descriind pe cer aceleași volute pe care le imprimau ei pe gheață.

Sașa, dorind parcă să-l liniștească, era mai tandră ca de obicei și chiar mai fermecătoare. Rareori îi vorbea despre trecutul ei, dar acum îi povestea cum în Rusia, iarna, asculta urletele lupilor din stepă, și, ca să-l convingă, a urlat de trei ori ca un lup. Iar el i-a povestit despre cerbii din ținuturile înzăpezite de acasă, care pătrundeau până în holul mare al conacului ca să se încălzească, și despre bătrânul care-i hrănea dintr-o găleată cu terci de ovăz. Și pe urmă ea a început să-l copleșească cu laude pentru iubirea lui față de animale; pentru galanteria manierelor lui, pentru frumusețea picioarelor lui. Amețit de elogiile ei și rușinat de felul în care o înjosise imaginându-și-o pe genunchii unui marinar grobian sau grasă și fleșcăită la patruzeci de ani, i-a declarat că nu poate găsi cuvinte care s-o laude îndeajuns; totuși, pe dată a asemuit-o cu primăvara, cu iarba verde, cu apele care se rostogolesc, și, strângând-o mai puternic ca de obicei, a tras-o după el până pe la mijlocul râului, iar pescărușii și cormoranii i-au însoțit. La un moment dat, ea s-a oprit cu răsuflarea tăiată și i-a declarat, gâfâind ușor, că-i evocă un brad de Crăciun împodobit cu un milion de lumânări (așa cum au ei în Rusia) și cu globuri aurii, incandescente; destule cât să lumineze o întreagă stradă; cam așa s-ar traduce ce i-a spus) pentru că, așa cum arăta cu obrajii îmbujorați, buclele brune, mantia roșie cu negru, părea să ardă într-un foc lăuntric, în strălucirea propriei lui văpăi.

Curând însă, toate culorile, în afară de roșeața obrajilor lui Orlando, au pălit. I-a învăluit noaptea. Lumina portocalie a asfințitului a fost urmată de o orbitoare strălucire albă, însoțită de torțele, focurile de tabără, felinarele și celelalte moduri de iluminare a râului; și atunci s-a produs cea mai stranie transformare. Fațadele de piatră albă ale numeroaselor biserici și palate ale nobililor apăreau acum doar ca niște dungi și pete, de parcă ar fi plutit desprinse în aer. Mai cu seamă din catedrala St. Paul nu mai rămăsese decât o cruce aurită. Mânăstirea apărea ca scheletul cenușiu al unei frunze. Totul devenise imaterial și metamorfozat. Când s-au apropiat de carnavalul regal, au auzit un ecou grav, înfundat, vibrând parcă dintr-un diapazon care clincănea din ce în ce mai tare, până s-a prefăcut în bubuit. Din timp în timp o bufnitură teribilă era urmată de câte o rachetă luminoasă care spintecа aerul. Treptat au început să deslușească siluete răzlețe ce se desprindeau din mulțime și se foiau încoace și încolo ca niște țânțari pe suprafața apei. Deasupra și în jurul cercului strălucitor plana o noapte neagră de iarnă, ca un uriaș bol de întuneric. Și deodată, în mijlocul tenebrelor, porniră să se ridice intermitent, cu pauze care-i ținea pe oameni într-o așteptare încordată, cu gura căscată, rachete înfoiate, semilune, serpentine șerpuitoare, o cunună. Într-o frântură de clipă pădurile și dealurile îndepărtate se iveau verzi ca într-o zi de vară; și în clipa următoare totul era înghițit din nou de bezna iernii.

Când Orlando și prințesa s-au apropiat de țarcul regal, au găsit drumul blocat de o mare aglomerare de oameni din popor, care se înghesuiau cât puteau de aproape de frânghia de mătase. Nedorind să-și destrame intimitatea și să înfrunte privirile iscoditoare ațintite asupra lor, cei doi au zăbovit în mulțime, cot la cot cu ucenici, croitori, neveste de pescari, geambași, braconieri, studenți lihniți, cameriste cu bonete pe cap, precupețe care vindeau portocale, rândași, oameni de treabă, cârciumari răi de gură și o puzderie de gură-cască, dintre cei care mereu se înfig pe marginile unei mulțimi, toți țipând și împleticindu-se printre picioarele oamenilor, – toată drojdia străzilor Londrei se îngrămădise acolo, făcând haz, jucând zaruri, ghicind viitorul, îmbrâncindu-se, gâdilându-se, pișcându-se, unii râzând în hohote, alții mohorâți; unii cu gura căscată până la urechi; alții la fel de zurbagii ca stăncuțele de pe acoperiș; îmbrăcați în fel și chip, după cum le îngăduia punga și poziția: unii în blănuri și stofe groase, alții în zdrențe, apărându-și tălpile de ger doar printr-o cârpă de vase legată de picior. Cea mai mare îngrămădeală era în fața unei tarabe sau scene, asemănătoare cu acelea în care se joacă azi teatrul de păpuși cu Punch și Judy, pe care avea loc un soi de reprezentație teatrală. Un bărbat tuciuriu la față dădea din mâini și vocifera. Era și o femeie albă culcată pe un pat. Cu toate că piesa era jucată grosolan, actorii urcau și coborau întruna pe niște trepte și uneori se împiedicau, iar publicul izbea din picioare și fluiera, iar când se plictiseau, aruncau cu coji de portocale pe care un câine se repezea să le adulmece, totuși neobișnuita, sinuoasa melodicitate a cuvintelor l-a impresionat pe Orlando ca o muzică. Rostite cu mare repeziciune și cu o agilitate care-i amintea de cântecele marinarilor din berăriile în aer liber din Wapping, cuvintele, chiar lipsite de înțeles, îl îmbătau ca un vin. Dar din când în când câte o frază răzbea peste gheață până la el, ca ruptă din adâncurile inimii lui. Exaltarea maurului i se părea a fi propria lui exaltare, și când maurul a sugrumat-o pe femeia din pat, a avut impresia că el a omorât-o pe Sașa cu propriile lui mâini.

În cele din urmă piesa s-a terminat. Întunericul s-a înstăpânit din nou peste tot. Lacrimile i se prelingeau pe obraji. A ridicat privirile spre cer și nu a văzut decât beznă. „Ruina și moartea acoperă totul, pretutindeni“, și-a spus. „Viața omului sfârșește în mormânt. Și viermii ne devorează.“

Cred că trăim o gigantică eclipsă
De Soare și de Lună, și că Pământul înspăimântat
Ar trebui să se caște…

Chiar când a gândit acest gând, o stea cam palidă s-a aprins în mintea lui. Da, noaptea era întunecoasă, beznă de tăiat cu cuțitul; dar o asemenea noapte așteptau ei, pe o asemenea noapte plănuiseră să fugă. I-a revenit în minte totul. Da, sosise momentul. Într-o izbucnire de pasiune, a strâns-o pe Sașa la piept și i-a șoptit în ureche: „*Jour de ma vie*“[1]. Era semnalul lor. La miezul nopții urmau să se

1 Ziua vieții mele (fr.).

întâlnească într-un han de lângă Blackfriars. Acolo îi vor aștepta caii. Totul fusese pregătit pentru evadarea lor. Așadar s-au despărțit, Sașa îndreptându-se spre cortul ei, Orlando spre al lui. Mai aveau un ceas de așteptare.

Dar Orlando a venit la locul de întâlnire cu mult înainte de miezul nopții. Era o noapte neagră ca cerneala, încât un om s-ar fi putut năpusti peste tine înainte de puteai să-l deslușești, ceea ce era un lucru convenabil pentru ei; dar domnea atâta solemnă tăcere, încât puteai auzi ropotul potcoavei unui cal sau strigătul unui copil de la un kilometru distanță. Și Orlando, străbătând întruna cu nerăbdare curticica hanului, s-a oprit în multe rânduri, ținându-și răsuflarea, la auzul unui tropot de căluț pe pietriș sau la foșnetul unei rochii. Dar călărețul se dovedea a fi doar vreun negustor întârziat care se întorcea acasă sau vreo femeie din cartier, mânată de interese nu chiar nevinovate. Treceau, și tăcerea umplea din nou strada. Și pe urmă, luminile care ardeau în încăperile de jos ale caselor mărunte, înghesuite, în care locuia calicimea orașului, au început să se mute sus, în camerele de dormit, și apoi să se stingă, una câte una. Prin locurile astea prăpădite felinarele de stradă erau puține la număr și, din pricina neglijenței lampagiilor, își dădeau duhul mult înainte de ivirea zorilor. Așadar întunericul se aduna tot mai compact. Orlando a inspectat fitilul felinarului său, a strâns chingile de la șa, și-a examinat pistoalele și tocurile armelor, și după ce a repetat aceste operații de vreo douăsprezece ori, nu a mai găsit nimic de făcut. Dar mai erau vreo douăzeci de minute până la miezul nopții, așa că nu se îndura să intre în han, unde gazdele încă serveau o poșircă de vin de Canare unor mateloți care zăceau în neștire, cântând de zor și înșirând povești despre Drake, Hawkins și Grenville[1],

1 Căpitani de nave și exploratori din epoca elisabetană.

până când se rostogoleau beți turtă pe sub bănci și adormeau pe podeaua presărată cu nisip. Întunericul îi mai mângâia inima rănită și crunt îndurerată. Ciulea urechile la fiecare pas, la fiecare sunet. Icnetul vreunui bețiv sau vaietul vreunui nenorocit adăpostit în paie ori zbătându-se în chinuri îl străpungea până-n măduva inimii și i se părea a fi o prevestire sinistră pentru soarta lor. Totuși nu se temea pentru Sașa. Curajul ei sfida orice aventură. Avea să vină singură, în mantaua ei și în pantaloni, încălțată cu cizme, ca un bărbat. Și pașii ei erau atât de aerieni, încât abia de-i auzeai chiar în deplinătatea tăcerii.

Și continua să o aștepte în beznă. Brusc, s-a simțit plesnit în obraz de ceva moale și totuși greu. Era atât de încordat de așteptare, încât a tresărit și a încleștat mânerul sabiei. Plesnitura s-a repetat de nenumărate ori, pocnindu-l și pe frunte, și pe față. Gerul uscat ținuse vreme atât de îndelungată, încât lui Orlando i-a luat un minut până să-și dea seama că-l pocneau picăturile de ploaie. La început, au picat cu încetineală, rar, una câte una. Curând însă, cei șase stropi s-au prefăcut în șaizeci, apoi în șase sute; după care s-au împreunat într-un puhoi de apă. S-ar fi zis că cerul dur și solidificat se revărsa acum în cascadă. În cinci minute Orlando s-a pomenit muiat până la piele.

După ce a adăpostit în grabă caii, s-a refugiat sub cornișa unei uși, de unde putea încă să supravegheze curtea. Aerul devenise foarte dens și masele de apă degajau asemenea abur și atâta freamăt, încât nu mai puteai distinge un pas de om sau de animal. Drumurile, ciuruite de gropi, erau înecate de ape și, probabil, impracticabile. Dar încă nu se gândea la consecințele potopului asupra planului lor. Toate simțurile îi erau concentrate pe scrutarea drumului acoperit cu pietriș – care sclipea în lumina felinarului – ca s-o zărească pe Sașa venind. Uneori, în întuneric, avea impresia că vede silueta ei alcătuindu-se din vâltoarea ploii. Dar fantoma se destrăma pe dată. Deodată, cu un glas cavernos și lugubru, un glas răsunând a groază și amenințare care i-a răvășit întreg sufletul, catedrala St. Paul a lansat prima bătaie a miezului de noapte. După care, necruțătoare, a mai răsunat de patru ori. Cu superstiția îndrăgostitului, Orlando și-a făgăduit că la cea de-a șasea bătaie o să se ivească Sașa. Dar și cea de-a șasea bătaie s-a răspândit în văzduh, și a șaptea și a opta, iar pentru spiritul lui zbuciumat aceste ecouri prevesteau și pe urmă anunțau moarte și dezastru. La cea de a douăsprezecea bătaie a știut că blestemul lui fusese pecetluit. În zadar partea rațională din el îi spunea că poate Sașa întârziase; poate că intervenise o piedică; poate rătăcise drumul. Inima pătimașă și simțitoare a lui Orlando cunoștea adevărul. Acum răsunau și alte orologii, dăngăneau unul după celălalt. Întregul glob pământesc părea să vestească trădarea ei și umilința lui. Vechile sale suspiciuni subterane, care-i mușcau sufletul, au țâșnit iar la suprafață. Era sfârtecat de o avalanșă de șerpi, unul mai veninos decât altul. Stătea în pragul ușii, scăldat de torentele de ploaie, fără să se clintească. Pe măsură ce se scurgeau minutele, genunchii au început să i se înmoaie. Potopul nu mai contenea. Și din densitatea apelor păreau să răzbească lovituri de tun. Bubuieli asurzitoare ca de stejari doborâți, dezrădăcinați. Și țipete barbare, gemete înfiorătoare, neomenești. Dar Orlando a rămas neclintit până când ceasornicul de la St. Paul a bătut orele două din noapte, și atunci a strigat în gura mare, cu o cumplită ironie, dezgolindu-și toți dinții: „*Jour de ma vie!*“ Și a azvârlit felinarul, și-a încălecat calul și a pornit în galop către nicăieri.

Un instinct orb, pentru că gândirea nu-i mai funcționa, l-a împins spre malul fluviului, în direcția mării. Și când au mijit zorii, ceea ce s-a petrecut cu neobișnuită bruschețe, și cerul s-a colorat într-un galben spălăcit, iar ploaia a încetat, Orlando s-a pomenit pe țărmul Tamisei, la Wapping.

Și i s-a înfățișat o priveliște absolut extraordinară. În locurile unde de trei luni și mai bine fusese gheață masivă, atât de groasă încât părea să se fi transformat în rocă permanentă, slujind de postament unui întreg oraș petrecăreț, se prăvăleau acum puhoaie de ape gălbui, furioase. Peste noapte, fluviul își redobândise libertatea. S-ar fi zis că un izvor sulfuros (și numeroși cărturari împărtășeau această părere) izbucnise din măruntaiele vulcanice ale pământului și gheața de deasupra explodase cu o forță care împrăștiase în dreapta și-n stânga blocuri uriașe, compacte. Numai cât te uitai la vâltoarea apelor, și te lua amețeala. Totul era învolburare și rostogolire. Fluviul era presărat cu ghețari. Unele dintre masele de gheață erau întinse cât un teren de popice și înalte cât o casă; altele nu erau mai mari decât o pălărie, dar răsucite și învălătucite. Ba venea la vale câte un convoi de blocuri de gheață care scufundau tot ce întâlneau în cale. Ba contorsionându-se spasmodic ca un șarpe torturat, râul se zbătea printre frânturile de gheață, împingându-le de la un mal la celălalt, astfel că le auzeai izbindu-se de cheiuri și de piloni. Dar cea mai înfiorătoare, mai înfricoșătoare priveliște era cea a ființelor umane prinse peste noapte în capcana apelor; și acum îngroziți, oamenii se cramponau de insulele lor precare, plutitoare. Erau neîndoielnic osândiți, fie că săreau în valuri, fie că se agățau de ghețari. Uneori, apărea câte un grup de asemenea creaturi damnate, unii închinându-se în genunchi, alții hrănindu-și pruncii. Un bătrân citea cu glas tare dintr-o carte sfântă. Alteori, câte un nenorocit singur – și soarta acestora era poate cea mai cumplită – plutea solitar pe crâmpeiul lui de insulă. Când erau vărsați în mare, îi auzeai pe unii strigând zadarnic după ajutor, sau făcând nebunești promisiuni de căință, mărturisindu-și păcatele și făgăduind să ridice altare și să împartă averi dacă Dumnezeu le va asculta rugile. Alții erau atât de buimăciți de groază, încât stăteau încremeniți în tăcere, privind țintă în față. O ceată de tineri, mateloți sau poate că luntrași judecând după uniformele lor, urlau și hăuleau cât îi ținea gura, rostind cele mai porcoase cuvinte din cântecele de beție, cu un soi de fanfaronadă parcă, dar s-au ciocnit de un copac și s-au scufundat în valuri, rostind de astă dată vorbe de blestem. Un nobil bătrân – așa-l defineau mantia îmblănită și lanțul gros de aur – s-a prăbușit la mică depărtare de locul unde se oprise Orlando, jurând să se răzbune pe rebelii irlandezi, care, striga el cu ultima-i suflare, puseseră la cale toată această diabolică năpastă. Mulți își dădeau sufletul strângând la piept câte un vas de argint sau alt obiect de valoare și unii nenorociți piereau înecați de propria lăcomie, aruncându-se de pe mal în valuri, preferând să moară decât să le scape vreun pocal de aur sau să nu înșface vreo capă de blană care se ducea la fund. Pentru că lespezile de gheață transportau mobile, obiecte de preț, bunuri de toate felurile. Printre lucrurile cele mai ciudate, puteai vedea o pisică lingându-și puii; o masă împodobită pentru un somptuos dineu de douăzeci de oaspeți; un bărbat și o femeie culcați în pat; și o sumedenie de ustensile de bucătărie.

Orbit și năucit, o bucată de vreme Orlando nu a putut face nimic altceva decât să se holbeze la năvala nebună a apelor care îl asaltau. În cele din urmă, părând să-și revină în simțiri, a dat pinteni calului și a pornit în galop de-a lungul malului, în direcția mării. Urmând o cotitură a fluviului, a ajuns în golful unde, cu mai puțin de două zile în urmă, corăbiile ambasadelor zăcuseră încremenite în gheață. Le-a trecut în revistă în grabă: corabia franceză, cea spaniolă, cea austriacă. Toate se legănau ancorate, doar cea franțuzească se smulsese din ancoră, iar cea turcească se alesese cu o spărtură laterală, prin care se repezea apa mării. Dar nava rusească nu era de văzut. O clipă, Orlando și-a spus că poate s-a scufundat, dar când s-a înălțat în șa și și-a dus mâna streașină la ochii lui de șoim, a deslușit pe dunga orizontului silueta unei nave. Vulturii negri fâlfâiau în vârful catargului. Nava ambasadei moscovite plutea în larg.

Zvârlindu-se jos de pe cal, s-ar fi zis că, în spasmele furiei, o să se arunce pieptiș în valuri. Dar, cufundat în apă până la genunchi, a împroșcat-o pe femeia necredincioasă cu o ploaie de invective, sortite dintotdeauna celor de sexul ei: infidelă, nestatornică, rea de muscă, diabolică, adulterină, nemernică; și apele în clocot i-au preluat cuvintele și, în schimb, i-au aruncat la picioare o oală spartă și un mănunchi de paie.

Capitolul 2

Biograful se confruntă acum cu o dificultate pe care e de preferat, poate, să o mărturisească fără să o comenteze. Până la acest punct din povestea vieții lui Orlando, biograful a avut posibilitatea să îndeplinească cea mai importantă dintre misiuni, anume aceea de a păși pe urmele de neșters ale adevărului, fără să privească nici în dreapta, nici în stânga, și aceasta datorită folosirii unor documente atât particulare, cât și istorice; obligația de a nu se lăsa ispitit de înflorituri; de a ignora nuanțele; de a merge, metodic, drept înainte, până când se va rostogoli în groapă și va grava cuvântul *finis* pe piatra de mormânt de deasupra capului. Dar acum am ajuns la un episod care ne taie calea, așa încât nu-i chip să-l ocolim. Deși e neguros, misterios și nesusținut de documente; așadar, nu avem cum să-l explicăm. S-ar putea scrie tomuri întregi care să-l interpreteze; s-ar putea elabora adevărate sisteme religioase bazate pe semnificația lui. Datoria noastră, însă, este pur și simplu aceea de a expune faptele, în măsura în care ne sunt cunoscute, și de a-l lăsa pe cititor să tragă singur concluziile.

Vara care a urmat acelei ierni dezastruoase cu teribilul ei îngheț, potopul, miile de morți a însemnat și totala năruire a speranțelor lui Orlando – a fost expulzat de la Curte, deoarece căzuse în dizgrația celor mai puternici nobili ai vremurilor: clanul irlandez Desmond, mâniat pe bună dreptate; și așa regele avea destule necazuri cu irlandezii, deci nu avea nevoie de o bătaie de cap în plus, – drept care, în acea vară, Orlando s-a retras în vastul său conac de la țară, unde a dus o viață de absolută solitudine. Într-o dimineață de iunie – mai exact în dimineața de sâmbătă 18 iunie – Orlando nu s-a trezit la ora lui obișnuită, și, când valetul s-a dus să-l scoale, l-a găsit cufundat într-un somn profund și n-a izbutit să-l trezească. Zăcea într-un soi de transă, aproape fără să respire; și, cu toate că au pus dulăii să-i latre sub fereastră, cu toate că au bătut întruna în chimvale și în tobe și au ciocnit instrumente de os în camera lui; cu toate că i-au vârât o legătură de grozamă sub pernă și i-au pus prișnițe cu muștar la tălpi, totuși nu s-a deșteptat, nu a pus nimic în gură, nu a dat nici un semn de viață timp de șapte zile neîntrerupte. În cea de-a șaptea zi s-a trezit la ora lui obișnuită (exact la opt fără un sfert), a alungat din cameră toată șleahta de țațe gălăgioase și de prezicători aduși din sat, așa cum se și cuvenea; dar, în chip cu totul straniu, nu dădea nici un semn că și-ar aminti ceva din transa lui; s-a îmbrăcat, a cerut să-i fie adus calul, de parcă tocmai se deșteptase după o singură noapte de somn. Totuși, s-a bănuit că o anume modificare avusese loc în încăperile creierului său, pentru că, deși se dovedea perfect rațional și părea mai serios și mai temperat în felul său de a fi în comparație cu deprinderile lui anterioare, lăsa impresia unei imperfecte amintiri a vieții sale din trecut. Asculta atent când i se povestea despre marele îngheț, și despre patinat, sau despre carnavalul de la Curte, dar niciodată nu dădea vreun semn că fusese martorul tuturor acestor fapte, cu excepția gestului repetat de a-și trece mâna peste frunte ca și cum ar fi încercat să îndepărteze un nor. Când se discutau evenimentele petrecute cu șase luni în urmă, părea mai curând nedumerit decât deprimat, de parcă îl bântuiau amintiri confuze ale unor vremuri de mult apuse, sau se străduia să-și aducă aminte de ceva ce-i povestise altcineva. Dar s-a mai observat că, de câte ori erau pomenite cuvintele Rusia, prințesă sau corăbii, cădea într-o stare de stânjenitoare tristețe, se ridica și se ducea la fereastră, sau își chema unul dintre câini sau lua un cuțit și începea să cioplească o bucată de lemn de cedru. Însă medicii, care nu erau cu nimic mai pricepuți pe atunci decât sunt astăzi, după ce i-au prescris odihnă și exerciții fizice, o dietă strictă și o alimentație substanțială, o viață socială și singurătate totală, odihnă permanentă la pat și călărit pe o distanță de șaizeci de kilometri zilnic între prânz și cină, sedative și energizante, rețete diversificate după cum îi tăia capul, infuzii cu salivă de salamandră dimineața la sculare și fierturi din fiere de păun seara la culcare, l-au lăsat în plata Domnului și și-au exprimat diagnosticul: anume că dormise timp de o săptămână.

Dar dacă somn a fost, nu-i cu putință să nu ne întrebăm care-i natura unui astfel de somn? Să fie, oare, o măsură terapeutică, acest gen de letargie prin care cele mai chinuitoare amintiri, menite parcă să-ți schilodească viața pe vecie, sunt șterse cu o aripă neagră care le netezește asperitățile și le poleiește, conferind un lustru, o incandescență până și celor mai respingătoare, celor mai josnice trăiri? Oare e necesar din când în când ca moartea să-și lase degetul asupra tumultului vieții, pentru ca nu cumva să ne zdrobească? Oare suntem astfel alcătuiți încât e necesar ca zilnic să înghițim câte o mică doză de moarte, ca să putem face față treburilor vieții? Și atunci ce anume sunt aceste forțe stranii care pătrund în cele mai tainice cute ale sufletului și care ne modifică fără voia noastră cele mai prețioase valori? Oare Orlando, sleit de suferințele lui extreme, a murit timp de o săptămână, și apoi a revenit la viață? Și dacă așa s-a întâmplat, care-i natura morții și care-i natura vieții?

Dat fiind că a trecut mai bine de o jumătate de oră de când aştept răspunsurile la aceste întrebări şi nu am primit nici unul, îmi reiau povestirea.

În acea perioadă, Orlando s-a dedicat unei vieţi de o singurătate absolută. Dizgraţia în care căzuse la Curte şi violenţa suferinţei prin care trecuse constituiau, în parte, cauza solitudinii lui, dar, cum nu făcea nici un efort să se apere şi rareori invita pe cineva să-l viziteze (deşi avea numeroşi prieteni care ar fi fost dispuşi să-l ajute), s-ar fi zis că viaţa singuratică în vastul conac al familiei lui era cea mai prielnică temperamentului său. Solitudinea era propria lui alegere. Cum îşi petrecea timpul, nu ştia nimeni. Servitorii fuseseră păstraţi cu toţii, deşi nu aveau nimic de făcut decât să şteargă praful în camerele pustii şi să netezească cuverturile unor paturi în care nu dormea nimeni, urmăreau, la căderea serii, adunaţi la o bere şi la o turtă, o lumină care se plimba prin galerii, apoi străbătea sălile de ospeţe, după care urca scările, pătrunzând în dormitoare; şi atunci ştiau că stăpânul lor cutreiera casa, de unul singur. Nimeni n-ar fi cutezat să-l urmărească, pentru că, se ştie, casa era bântuită de o întreagă varietate de stafii şi apoi, în vastitatea încăperilor te pândea primejdia să te rătăceşti sau să cazi pe nişte trepte ascunse vederii sau să deschizi o uşă pe care s-o trântească curentul şi să rămână închisă pe veci – accidente care se petrecuseră, pare-se, deseori, dacă ţineai seama de scheletele frecvent descoperite, schelete de oameni şi de animale în poziţii care sugerau suferinţe cumplite. După un timp, lumina pierea şi doamna Grimsditch, îngrijitoarea casei, îi spunea domnului Dupper, capelanul, că speră ca Înălţimea Sa să nu fi suferit vreun accident. Domnul Dupper era de părere că, fără îndoială, în momentul acela Înălţimea Sa stătea îngenuncheat printre mormintele străbunilor săi, în capela care se găsea în curtea de lângă sala de biliard, la o jumătate de milă depărtare, spre sud. Pentru că Înălțimea Sa avea o conștiință destul de încărcată, așa bănuia domnul Dupper; la care doamna Grimsditch îi replica repezit că cei mai mulți dintre noi au conștiința încărcată, iar doamna Stewkley și doamna Field și Carpenter, bătrâna doică, își uneau glasurile întru lauda Înălțimii Sale, iar valeții și grăjdarii jurau că e de o mie de ori păcat să vezi un tânăr nobil atât de ales tândălind prin casă în loc să vâneze vulpi sau să hăituiască cerbii; și până și fetișcanele de la spălătorie și de la spălatul vaselor, cele cu nume ca Judy sau Faith, și care le serveau celorlalți căni cu bere și turte, se amestecau în vorbă și contribuiau la slăvirea mărinimiei Înălțimii Sale, pentru că nu s-a mai văzut vreodată un gentleman mai inimos sau mai darnic cu monedele acelea de argint cu care cumpărai o fundă sau o panglică sau o floare de pus în păr; până și femeia neagră, maură, pe care o botezaseră Grace Robinson ca să aibă și ea un nume creștinesc, înțelegea despre ce e vorba și se declara de acord că Înălțimea Sa era un domn frumos, un drăguț și un scump, păreri pe care le emitea în singurul mod în care reușea să se exprime, adică rânjind cu toți dinții și cu gura până la urechi. Într-un cuvânt, toată liota de slujitori și slujitoare îl respectau din inimă pe Înălțimea Sa și o blestemau crunt pe venetica aceea de prințesă (pe care ei o numeau în alt chip cu mult mai puțină deferență) care-l adusese în halul ăsta.

Deși probabil că numai lașitatea și pofta de bere fierbinte îl făcuseră pe domnul Dupper să și-l imagineze pe Înălțimea Sa printre morminte, astfel încât el personal să fie scutit de datoria de a-l căuta, totuși domnul Dupper nu era departe de adevăr. În acele zile Orlando resimțea o stranie plăcere când se gândea la moarte și la putreziciune și, după ce pribegea prin interminabilele galerii și săli de ospețe, ținând o lumânare în mână și contemplând picturile, portret după portret, de parcă ar fi căutat o asemănare cu o persoană pe care nu o putea găsi, urca în strana familiei și zăcea acolo ceasuri întregi, însoțit de câte un liliac sau de un fluture cap-de-mort; stătea privind flamurile care fluturau în vânt, și clarul de lună care tremura pe cer. Dar nu-i era de ajuns; simțea nevoia să coboare în cripta în care, – de zece generații – dormeau străbunii lui, coșciug peste coșciug. Atât de rar călca picior de om în această criptă, încât șobolanii huzureau acolo și ajunseseră să roadă până și metalul sicrielor, drept care câte un os femural se agăța de mantaua lui Orlando când trecea pe lângă el sau, uneori, simțea pârâindu-i sub talpă craniul vreunui bătrân sir Malise, care se rostogolise pe jos. Era o criptă lugubră; săpată adânc sub temeliile casei, de parcă primul lord întemeietor al familiei, care venise din Franța odată cu William Cuceritorul, urmărise să demonstreze că tot ce-i fastuos în viață e clădit pe putrefacție și descompunere; carnea maschează scheletul; și noi cei care cântăm și dansăm sus la suprafață, va trebui să ajungem dedesubt; catifelele purpurii se prefac în pulbere; și inelul (Orlando și-a aplecat felinarul și a cules de jos un cerc gros de aur din care căzuse piatra prețioasă, rostogolită prin vreun ungher) își pierde rubinul, iar ochiul care scânteiase își pierde strălucirea: „Nimic nu a rămas din toți principii ăștia!“ își spunea Orlando, îngăduindu-și o lesne explicabilă înălțare a rangului lor, „Nimic altceva decât o falangă de deget“, spunea ridicând de pe jos scheletul unei mâini și îndoindu-i degetele în toate direcțiile. „A cui mână să fi fost? Să fi fost mâna unui bărbat sau a unei femei? O mână de om tânăr sau vârstnic? Să fi fost o mână care a strunit un cal de luptă sau care a meșterit acul de brodat? O mână care a cules un trandafir sau care s-a încleștat pe oțelul rece? Să fi fost...“ dar aici fie că fantezia nu-l mai ajuta, fie – ceea ce e mult mai plauzibil – că îi oferea mult prea multe exemple de ceea ce poate face o mână, astfel încât a evitat, după cum îi era obiceiul, faza capitală a compoziției, și anume sintetizarea; a adunat osemintele risipite gândindu-se tot timpul la un scriitor numit Thomas Browne[1], un doctor din Norwich, ale cărui scrieri legate de asemenea subiecte îi captaseră extraordinar atenția.

Așadar, după ce s-a asigurat că osemintele fuseseră așezate la locul lor, pentru că Orlando, deși un mare romantic, era extrem de ordonat și detesta să vadă un ghem de sfoară pe jos, darămite craniul unui strămoș; și-a luat felinarul și s-a întors la acea curioasă și extravagantă hoinăreală prin galerii, la scrutarea portretelor în căutarea a ceva ce nu găsea, hoinăreală întreruptă în cele din urmă de un spasmodic acces de plâns, în fața unui tablou al unui anonim olandez care înfățișa un peisaj înzăpezit. În clipele acelea gândea că viața nu merită să fie trăită. Uitase de osemintele străbunilor și de faptul că viața se întemeia pe un mormânt; stătea în fața tabloului, scuturat de sughițuri de plâns, sfâșiat de dorul după o femeie îmbrăcată în pantaloni rusești, o femeie cu ochi oblici, o gură îmbufnată și un șirag de perle în jurul gâtului. Pierise. Îl părăsise. Nu avea să o mai vadă niciodată. Plângea cu sughițuri. În asemenea stare a bâjbâit drumul spre camerele lui, și doamna Grimsditch, văzând lumina reapărând în fereastră, și-a desprins cana de bere de la buze și a murmurat: „Slavă Domnului, Înălțimea Sa e teafăr și s-a întors în căminul lui". În tot acest timp se temuse că Înălțimea Sa fusese ucis mișelește.

Orlando și-a tras scaunul la masă, a deschis opera lui sir Thomas Browne și a pornit să analizeze articulațiile delicate ale celei mai lungi și mai admirabil complexe dintre cugetările lui.

1 Thomas Browne (1605-1682), prozator și eseist englez, al cărui biograf a fost scriitorul Lytton Strachey, bun prieten al Virginiei Woolf.

Deși toate acestea nu sunt chestiuni asupra cărora ar putea să speculeze un biograf, totuși, pentru acei cititori care și-au împlinit rolul de cititori, adică au izbutit să reconstituie conturul și circumferința unui om în carne și oase doar din simplele sugestii scăpate de noi pe ici, pe colo; cei care au auzit un glas viu în ceea ce noi doar am șoptit; cei care i-au văzut de multe ori chipul deși noi n-am spus aproape nimic în această privință; cei care au știut exact ce gândește, cu toate că noi nu le-am oferit nici un cuvânt călăuzitor; pentru astfel de cititori scriem noi – și pentru astfel de cititori e limpede ca lumina zilei că Orlando avea o personalitate alcătuită din multiple tendințe contrastante – melancolie, indolență, pasiune, nevoia de singurătate, ca să nu mai vorbim de acele contorsiuni și subtilități temperamentale pe care le-am înfățișat în primele pagini ale acestei cărți, când s-a duelat cu căpățâna unui maur mort, a doborât-o, apoi a atârnat-o, cavalerește, într-un loc unde n-o mai putea ajunge; după care s-a dus la fereastră ca să citească o carte. Gustul pentru lectură i-a fost sădit de timpuriu. În copilărie, fusese uneori descoperit de câte un paj, în miez de noapte, citind o carte. I-au luat lumânarea și, în consecință, Orlando a început să crească licurici, ca să citească la lumina lor. I s-au luat și licuricii și aproape că a dat foc casei cu o bucată de iască aprinsă. Pe scurt, lăsând în sarcina romancierului să-i netezească porțiunile șifonate ale mantiei, și toate implicațiile acestora, Orlando poate fi considerat un nobil îndrăgostit de literatură. Mulți dintre contemporanii săi, de același rang cu el, nu se lăsaseră contaminați de această boală, și deci erau liberi să alerge, să călărească, să facă amor după placul inimii. Dar unii se molipsiseră de morbul despre care se spune că a fost zămislit din polenul de aișor adus de vânt din Grecia și din Italia, un morb atât de primejdios, încât făcea să tremure mâna ridicată să lovească, încețoșa ochiul care își urmărea prada și împiedica limba care-și declara dragostea. Natura fatală a acestei boli te făcea să iei o fantomă drept realitate, așa încât Orlando, care se bucura de toate darurile belșugului – veselă, așternuturi, case, servitori, covoare, paturi, toate din abundență – nu avea decât să deschidă o carte și toate vastele lui avuții se prefăceau în fum. Cele nouă pogoane de piatră din care fusese clădită casa lui se volatilizau; cei o sută cincizeci de slujitori dispăreau, cei optzeci de cai de călărie deveneau invizibili; ne-ar lua prea mult timp să numărăm covoarele, canapelele, harnașamentele, porțelanurile, vasele, încălzitoarele, platourile, și alte bunuri mobile, cele mai multe din aur masiv, care, sub miasma bolii se evaporau ca aburii mării. Așa se întâmpla și Orlando rămânea de unul singur, despuiat.

Acum, în viața lui de solitudine, boala a pus cu repeziciune gheara pe Orlando. Adeseori citea câte șase ore din noapte, și când angajații veneau la el așteptând ordine privind tăierea vitelor și recoltarea cerealelor, împingea cartea la o parte și se uita la solicitanți ca și cum nu înțelegea ce voiau de la el. Era un lucru destul de trist și le rupea inimile lui Hall, paznicul de vânătoare, lui Giles, valetul, doamnei Grimsditch, îngrijitoarea, domnului Dupper, capelanul. Un nobil deosebit, cum e Înălțimea Sa, spuneau ei, n-are nevoie de cărți. Cărțile sunt bune pentru neputincioși și pentru muribunzi. Dar ce-i mai rău abia urma să vină. Pentru că din momentul în care boala cititului pune stăpânire pe un organism, îl slăbește până când cade pradă unei alte belele care-și are rădăcinile în călimară și rodește prin pană. Nefericitul se apucă de scris. Și dacă asemenea pacoste e destul de gravă pentru un om nevoiaș, a cărui singură avuție e un scaun și o masă sub un acoperiș spart, pentru că în fond amărâtul n-are mare lucru de pierdut; cazul devine vrednic de milă și de-a dreptul îngrozitor pentru un bogătaș, care posedă case și vite, servitori și așternuturi, și, cu toate acestea, se apucă să scrie cărți. Bucuria bogățiilor seacă în el; așchii înroșite în foc îl împung; viermii îl mușcă. Și-ar da și ultimul bănuț (până-ntr-atât de malign e morbul) ca să poată scrie măcar o cărticică menită să-i aducă faima, dar tot aurul din Peru nu-i poate cumpăra comoara la care râvnește: un rând bine adus din condei. Drept care cade răpus de oftică sau de altă boală, își zboară creierii, se întoarce cu fața la perete. Nu are importanță în ce atitudine a fost găsit. Omul a trecut prin porțile Morții și a cunoscut focul Infernului.

Din fericire, Orlando avea o constituție robustă și (din motive care urmează să fie expuse) boala nu l-a răpus, așa cum i-a răpus pe mulți din semenii săi. Dar a fost crunt lovit de ea, așa cum veți constata din urmările pe care i le-a lăsat. Pentru că după ce a citit mai bine de un ceas din cartea lui sir Thomas Browne, iar scheunatul cerbului și chemarea nocturnă a paznicului l-au încredințat că e miez de noapte și că totul e liniștit, s-a ridicat, a străbătut camera, a scos o cheie de argint din buzunar și a descuiat ușile unui scrin masiv, incrustat, aflat într-un colț. Înăuntru era împărțit în vreo cincizeci de sertare din lemn de cedru, și pe fiecare dintre ele era lipită câte o etichetă scrisă cu grijă de mâna lui Orlando. O clipă s-a oprit locului, de parcă șovăia ce sertar să deschidă. Pe unul scria *Moartea lui Ajax*, pe altul *Nașterea lui Priam*, pe altul *Ifigenia în Aulida*, pe altul *Moartea lui Hippolit*, pe altul *Meleagru*, iar pe altul *Întoarcerea lui Odiseu* – de fapt aproape că nu exista sertar care să nu poarte un nume mitologic și o criză din viața personajului. Și în fiecare sertar se găsea câte un document de dimensiuni considerabile, scris de mâna lui Orlando. Adevărul e că acesta devenise de mulți ani dependent de scris. Nici un copil nu cerșise vreodată mere așa cum cerșise el hârtie, nici un copil nu cerșise vreodată dulciuri așa cum cerșise el cerneală. Furișându-se de la jocuri sau de la taclale, se ascunsese pe după draperii sau prin chiliile preoțești sau în dulapul de lângă dormitorul mamei lui, care avea o gaură în podea și mirosea urât, a găinaț de graur, ținând într-o mână o călimară de os, o pană în cealaltă mână și un sul de hârtie pe genunchi. Așa fuseseră scrise, până să împlinească douăzeci și cinci de ani, vreo patruzeci și șapte de piese de teatru, povestiri, romanțuri, poeme, unele în versuri; unele fuseseră scrise în franceză, altele în italiană, toate însă foarte romantice și foarte lungi. Tipărise una dintre ele la John Ball of the Feathers and Coronet, de peste drum de catedrala St. Paul, în Cheapside, dar cu toate că priveliștea cărții îi dădea o stare de încântare, niciodată nu a îndrăznit să o arate, nici măcar mamei lui, pentru că a scrie și, mai ales a publica, însemna pentru un nobil, știa bine, o rușine de neiertat.

În orice caz, acum, singur în toiul nopții, a extras din depozitul lui un manuscris voluminos, intitulat *Xenofila – o tragedie*, sau cam așa ceva, și un altul subțire, intitulat simplu *Stejarul* (unicul titlu format dintr-un singur cuvânt, din întregul lot), după care a luat călimara de os, a pipăit pana și a executat alte mici avansuri, din cele cu care dependenții de acest viciu își încep ritualul. După care s-a oprit.

Cum această oprire e foarte semnificativă pentru istoria vieții lui, mult mai importantă decât numeroase acte de vitejie ale altora, care-i fac pe vrăjmași să îngenuncheze sau să se verse valuri de sânge, se cuvine să ne întrebăm de ce s-a oprit Orlando și, după un răstimp de gândire, să răspundem că din rațiunea următoare. Natura, care ne-a jucat felurite farse, plămădindu-ne, disproporționat, din lut și diamante, din curcubeie și granit, amestecate într-o carcasă de cele mai multe ori nepotrivită, pentru că poetul are mutră de măcelar și măcelarul chip de poet, natura care se delectează cu enigme și mistere, astfel încât nici azi

(1 noiembrie 1927)[1] nu știm de ce urcăm scările, de ce le coborâm din nou, iar mișcările noastre cotidiene seamănă cu plutirea unei nave pe o mare necunoscută, iar marinarii, cocoțați în vârful catargului principal întreabă, îndreptându-și lunetele spre zare: „Se zărește uscatul sau nu?", la care, dacă suntem profeți răspundem „Da" și dacă suntem sinceri răspundem: „Nu"; natura, care poartă răspunderea atâtor încurcături, în afară de lungimea greoaie a acestei fraze, pentru că și-a complicat și îngreunat misiunea, sporindu-ne confuzia, nu numai pentru că ne-a dotat cu un amestec de vrute și nevrute – o bucată de stofă din pantalonii unui polițist lipită de vălul de mireasă al reginei Alexandra –, dar a urzit și planul ca toate aceste petice răzlețe să fie însăilate laolaltă cu un singur fir. Memoria e cusătoreasa, și încă una cu toane. Memoria își înfige acul în interior și la suprafață, în sus și-n jos, într-o parte și-n alta. Nu știm ce urmează și nici ce va urma după urmare. Și așa, cele mai banale gesturi, ca, de pildă, instalarea la o masă și luarea unei călimări, pot să declanșeze o mie de frânturi de imagini bizare, disparate, unele luminoase, altele încețoșate, suspendate, legănându-se, agitându-se, fluturând și fâlfâind ca rufele unei familii de paisprezece persoane, atârnate pe frânghie într-o zi cu vânt. În loc să se coaguleze într-o entitate unică, întreagă, dreaptă, directă, de care nici un om nu ar trebui să se rușineze, cele mai obișnuite acțiuni ale noastre ne revin într-o aură tremurătoare și pâlpâitoare, cu un fâlfâit de aripi printre lumini care se aprind și se sting. Așa se explică faptul că Orlando, când și-a înmuiat pana în cerneală, a văzut dintr-odată fața zeflemitoare a prințesei pierdute și, pe dată, și-a pus un milion de întrebări, care-l dureau ca tot atâtea săgeți înmuiate în venin. Unde era ea

---

1 Virginia Woolf a început să scrie *Orlando* în octombrie 1927, astfel încât e posibil ca la 1 noiembrie să fi ajuns la capitolul 2.

acum și de ce îl părăsise? Ce era acel ambasador rus, unchiul sau amantul ei? Oare uneltiseră împreună? Să fi fost ea cumva forțată? Să fi fost oare măritată? Poate că murise? – toate aceste întrebări își picurau otrava în el și, ca să-și verse amarul, și-a înfipt cu atâta furie pana în călimară, încât cerneala a țâșnit pe masă, întâmplare care ar putea explica (dar nu e posibilă nici o explicație, pentru că Memoria e inexplicabilă) cum de chipul prințesei a fost înlocuit pe loc de un chip cu totul diferit. Dar al cui era? s-a întrebat Orlando. Și i-a trebuit o jumătate de minut, în care a privit noua imagine suprapusă peste cealaltă, așa cum într-o lanternă magică mai apare jumătate din vechea poză pe sub cea nouă, până să-și spună: „Asta-i fața grăsunului acela șleampăt care ședea în camera lui Stewkley, acum nu știu câți ani, când bătrâna regină Bess a venit la noi la cină; și eu l-am zărit stând la o masă, când am furișat o privire pe ușa deschisă" – a continuat Orlando să-și spună, agățându-se de unul dintre peticele acelea colorate; „și avea cei mai formidabili ochi pe care i-am văzut vreodată", și-a spus în continuare, „dar cine naiba să fi fost?" Orlando se întreba, dar aici Memoria l-a ajutat adăugând la frunte și la ochi, întâi un guler soios, grosolan, apoi o haină cafenie și, în cele din urmă, o pereche de cizme bucănoase, cum poartă cetățenii din Cheapside. „Nu era un nobil, nu era unul dintre noi", și-a spus Orlando (frază pe care n-ar fi rostit-o cu glas tare, pentru că el era unul dintre cei mai politicoși gentlemeni, dar acest gând arată ce efect poate avea o origine nobilă asupra spiritului și, întâmplător, cât e de greu pentru un nobil să fie scriitor); aș crede mai curând că era un poet". După toate regulile, acum, după ce-l tulburase suficient, Memoria ar fi trebuit să-i șteargă totul din minte, sau să-i înfățișeze un aspect atât de prostesc și de absurd – un câine care fugărește o pisică sau o babă care-și suflă nasul într-o basma roșie –, încât, văzând că nu mai poate să țină pasul cu divagațiile ei, Orlando să izbească cu pana în hârtie. (Căci, dacă suntem în stare să luăm o hotărâre, putem izgoni din casă târfa asta de Memorie, cu toată adunătura ei de scursori.) Dar Orlando s-a oprit. Memoria continua să-i țină în fața ochilor imaginea unui bărbat șleampăt, cu ochi mari, strălucitori. Și cu cât privea mai mult acel chip, cu atât se simțea mai inert. Pauzele acestea ne dezmembrează. În aceste răgazuri pătrunde în fortăreață răzvrătirea, și trupele noastre se răscoală. Se mai oprise cândva, și atunci dragostea, cu debandada ei înfricoșătoare, cu oboiurile, chimvalele ei zgomotoase, cu capetele cu bucle însângerate smulse de pe umeri, pătrunsese în el. Din dragoste suferise chinurile osândiților. Acum s-a oprit din nou. Dar de astă dată, în răgazul creat, au sărit zgripțuroaica de Ambiție, vrăjitoarea Poezie și dezmățata de Dorință de Faimă; toate s-au luat de mână și și-au făcut din inima lui ringul lor de dans. Orlando s-a ridicat în picioare, în singurătatea camerei lui, și a făcut un jurământ: va fi primul poet din neamul lui și va aduce un nimb de glorie numelui lor. A declarat (înșirând numele și isprăvile de vitejie ale străbunilor lui) că sir Boris s-a luptat cu Păgânul și l-a doborât; sir Gawain s-a luptat cu Turcul; sir Miles cu Polonezul; sir Andrew cu Francul; sir Richard cu Austriacul; sir Jordan cu Francezul; și sir Herbert cu Spaniolul. Dar din toate omorurile astea și din bătălii, din beții, din amoruri, din sindrofii și vânători, din călărie și din ospețe, ce-a rămas? Un craniu, o falangă de deget. În timp ce, a grăit el întorcându-se spre o pagină din cartea lui sir Thomas Browne, care zăcea deschisă pe masă, – și din nou s-a oprit. Ca o incantație care s-ar fi răspândit din toate colțurile încăperii, din adierea nopții și din clarul de lună, se țesea divina melodie a acelor cuvinte pe care, ca să nu aducem o umilință acestei pagini, le vom lăsa acolo unde se găsesc îngropate, dar nu moarte, ci mai curând îmbălsămate, atât de vii încă în culoarea lor, atât de proaspete în răsuflarea lor – și Orlando, punând această izbândă alături de cele ale strămoșilor săi, a strigat că străbunii și isprăvile lor erau praf și cenușă, pe când omul acesta și cuvintele lui înseamnă nemurirea.

Totuși, și-a dat curând seama că bătăliile cu cavaleri înarmați purtate de sir Miles și de ceilalți, pentru a dobândi un regat, nu erau nici pe jumătate atât de înflăcărate ca bătălia cu limba engleză în care se lansa el acum, pentru a dobândi nemurirea. Cititorul familiarizat cât de cât cu rigorile compoziției literare nu trebuie informat asupra tuturor detaliilor actului, cum scria și i se părea bun ce a scris; recitea și i se părea prost; corecta și rupea; tăia; adăuga; cădea în extaz; în disperare; avea nopți bune și dimineți rele; prindea câte o idee, apoi o pierdea; își vedea cartea aievea, în fața ochilor, și pe urmă se volatiliza; în timp ce mânca, juca rolul personajelor sale; bolborosea cuvintele lor în timp ce mergea; ba plângea; ba râdea; oscila între o manieră stilistică și alta; ba prefera stilul eroic și pompos; ba stilul plat și simplu; ba îl atrăgeau văile râului Tempe; ba câmpiile din Kent sau Cornwall; și nu putea hotărî dacă el era cel mai divin geniu sau cel mai mare idiot.

Tocmai pentru a găsi un răspuns la această întrebare, a decis, după multe luni de acută frământare, să pună capăt solitudinii în care trăia de ani de zile și să reia comunicarea cu lumea de afară. Avea un prieten la Londra, pe nume Giles Isham, din Norfolk, care, deși avea origine nobilă, cunoștea scriitori și, fără îndoială, ar fi putut să-l pună în legătură cu vreun membru al acestei binecuvântate, sacre frății. Căci pentru Orlando, în starea în care se afla acum, omul care scrisese o carte și o publicase era încununat de o glorie care eclipsa orice altă victorie de pe câmpul de luptă, sau politică. În imaginația lui, până și trupurile celor infuzați cu asemenea gânduri divine trebuie să fi fost transfigurate. Probabil că pe creștet le creșteau aureole în loc de păr, respirau tămâie în loc de aer, și între buze le răsăreau flori – ceea ce nu se aplica la persoana lui sau a domnului Dupper. N-ar fi existat fericire mai mare pentru el decât să se fi putut ascunde după o draperie și asculta discuțiile scriitorilor. Numai cât își imagina asemenea discuții și simțea că ceea ce obișnuia el să vorbească cu prietenii de rangul lui – despre un câine, un cal, o femeie, o partidă de joc de cărți – erau chestiuni extrem de grosolane. Totuși se simțea mândru că el fusese întotdeauna ironizat pentru înclinația lui spre singurătate și pentru dragostea de lectură. Niciodată nu se pricepuse la conversații de salon. În prezența doamnelor stătea țeapăn ca o buturugă, roșea și părea greoi ca un grenadier. Fiind foarte distrat, i se întâmplase în două rânduri să cadă de pe cal. Cândva, în timp ce compunea în minte un vers, rupsese evantaiul lui Lady Winchilsea. Își aducea aminte cu bucurie de toate aceste împrejurări și de altele care-i vădeau nepotrivirea cu viața de societate – și îi încolțea o inefabilă speranță că neliniștile tinereții lui, stângăcia, îmbujorările, nesfârșitele-i plimbări, preferința pentru viața la țară erau dovezi că el aparținea mai curând speciei sacre decât nobilimii – că se născuse mai mult poet decât aristocrat. Pentru prima dată după noaptea de pomină a potopului se simțea fericit.

Așadar, i-a cerut domnului Isham din Norfolk să-i transmită domnului Nicholas Greene din Clifford's Inn o scrisoare prin care Orlando își exprima admirația pentru operele acestuia (pentru că domnul Nicholas Greene era un scriitor celebru la acea vreme) precum și dorința de a-l cunoaște personal, ceea ce abia de cuteza să-i ceară; întrucât el nu avea nimic de oferit în schimb; dar dacă domnul Nicholas Greene ar fi binevoit să-i facă o vizită, o trăsură cu patru cai l-ar putea aștepta la colț cu Peter Lane, la orice oră i-ar conveni domnului Greene, și l-ar conduce la locuința lui Orlando. Putem să ne închipuim singuri frazele care au mai urmat, precum și încântarea lui Orlando când, în scurt timp, domnul Greene i-a comunicat că acceptă invitația nobilului lord; s-a instalat în trăsură și a fost depus în sala din aripa de sud a clădirii principale, la ora șapte fix, luni douăzeci și unu aprilie. Numeroși regi, regine și ambasadori fuseseră primiți în acea sală; judecători în robele lor de hermină poposiseră acolo. Și cele mai frumoase doamne din ținut se lăfăiseră acolo; și cei mai vajnici războinici. Atârnau acolo flamuri aduse de la Flodden și de la Azincourt. Acolo se înșirau armurile pictate cu blazoanele nobiliare, lei, leoparzi, coroane. Acolo se întindeau mesele lungi cu vesela lor de aur și de argint și acolo încălzeau căminele din marmură italiană sculptată, în care ardea, seară de seară, câte un stejar întreg, cu un milion de frunze și cu cuiburile de ciori și de pitulici, până se prefăceau în cenușă. Și acum, iată-l acolo pe Nicholas Greene, poetul, îmbrăcat modest, cu pălăria pleoștită pe ochi, o haină neagră și o pungă în mână. E firesc ca Orlando să fi fost puțin dezamăgit când s-a grăbit să-l întâmpine. Poetul era de înălțime mijlocie; avea o figură banală, era slăbănog și ușor gârbovit și, cum la intrare se împiedicase de dulău, s-a ales și cu o mușcătură. Mai mult, Orlando, cu toată priceperea lui la oameni, nu știa unde să-l plaseze. Era ceva în el care nu ținea nici de servitori, nici de moșieri, nici de nobili. Capul cu fruntea bombată și nasul acvilin era frumos, dar bărbia era teșită. Ochii îi scânteiau, dar buzele îi atârnau fleșcăite, lăsând să i se scurgă balele. Totuși expresia feței, în ansamblu, te intriga. Nu avea nimic din liniștita și impunătoarea stăpânire de sine care face ca fețele nobililor să fie atât de atrăgătoare, dar nu avea nimic nici din servilismul înțepat al feței unui servitor manierat; era o față ridată, brăzdată, suptă. Deși era poet, părea mai deprins să mustre decât să măgulească; să se încaiere decât să alinte; să se cațăre decât să călărească; să se zbată decât să se relaxeze; să urască decât să iubească. Toate acestea se vedeau din mișcările lui abrupte și din privirea mânioasă și bănuitoare. Orlando era derutat. Dar porniră să cineze.

Orlando, căruia asemenea lucruri i se păreau firești, s-a simțit rușinat, pentru prima oară în viață, de numărul mare al servitorilor și de splendoarea mesei. Mai ciudat, s-a gândit, cu mândrie – deși de obicei gândul i se părea dezgustător – , la străbunica lui, Moll, lăptăreasa care mulgea vacile. Era gata să aducă vorba despre femeia aceea umilă, când poetul i-a luat-o înainte, spunându-i că, în mod bizar, deși Greene era un nume comun, strămoșii lui veniseră în Anglia alături de Cuceritor și făcuseră parte din înalta nobilime franceză. Din păcate, au decăzut și n-au realizat altceva decât să dea numele comitatului regal Greenwich. Povestiri pe această temă, despre castelele pierdute și blazoane, veri baroneți în nord, căsătorii cu familii nobile din vest, faptul că unii din neamul Greene își scriau numele cu un *e* în coadă și alții fără e, s-au întins până când s-a adus la masă vânatul. Abia atunci a reușit și Orlando să strecoare câteva cuvinte despre străbunica Moll și vacile ei, și când începură să se înfrupte din păsările sălbatice, și-a mai ușurat și el povara de pe inimă. Dar numai când vinul Malmsey a început să curgă din belșug și-a luat Orlando inima în dinți și a pomenit despre ceea ce i se părea lui a fi mult mai important decât clanul Greene și vacile lui Moll, anume sacrul subiect al poeziei. Când a rostit cuvântul, ochii poetului au scăpărat scântei; s-a lepădat pe loc de aerele de gentleman rasat, a izbit cu paharul în masă și s-a avântat în cea mai lungă, cea mai încâlcită, cea mai pătimașă, cea mai amară poveste pe care a ascultat-o vreodată Orlando, în afară poate de aceea a unei femei abandonate; o poveste despre o piesă pe care o scrisese poetul, și despre un alt poet și un critic. Despre ce înseamnă poezia în sine, Orlando n-a putut înțelege altceva decât că se vinde mai greu decât proza și că, deși versurile sunt mai scurte, îți iau mai mult timp să le scrii. Monologul a continuat, cu interminabile divagații, până când Orlando s-a hazardat să dea de înțeles că și el a comis imprudența de a scrie – dar în momentul acela, poetul a sărit ca ars de pe scaun. A explicat că a auzit chițcăitul unui șoarece îndărătul unui lambriu. Adevărul, a subliniat el, e că nervii lui ajunseseră în asemenea hal, încât un chițcăit de șoarece îl întorcea pe dos timp de două săptămâni. Fără îndoială, casa era plină de felul ăsta de lighioane, însă Orlando nu le auzise niciodată. După aceea, poetul i-a făcut lui Orlando întregul istoric al bolilor lui din ultimii zece ani. Trecuse prin atâtea belele, încât era de mirare că încă se mai găsea în viață. Avusese o paralizie, gută, malarie, hidropizie, trei soiuri de accese succesive de friguri, și, colac peste pupăză, avea inima mărită, splina dilatată și ficatul afectat. Dar, cel mai grav dintre toate, i s-a plâns el lui Orlando, avea niște senzații în șira spinării, care nici nu puteau fi descrise. Mai avea o umflătură la cea de-a treia vertebră de sus care-l frigea ca focul și o bulfă la cea de-a doua vertebră de jos, care era rece ca gheața. Uneori se trezea cu capul greu de parcă avea plumb în creier, alteori avea impresia că o mie de lumânări îi ardeau în cap și că oamenii aprindeau focuri de artificii în trupul lui. Era în stare să simtă o petală de trandafir prin saltea și cunoștea aproape toate străzile din Londra după pavajul și pietrele pe care le simțea sub tălpi. În ansamblu, persoana lui constituia un mecanism, o mașinărie atât de fin șlefuită și atât de ciudat închegată (la aceste cuvinte, cu un gest mecanic, a ridicat mâna, care, într-adevăr, era extrem de fin modelată), încât nu putea înțelege cum de vânduse doar cinci sute de exemplare din poemul său, dar asta se explica desigur printr-o conspirație urzită împotriva lui. Tot ce putea spune, a declarat în concluzie, izbind cu pumnul în masă, era că în Anglia arta poeziei murise.

Cum ar fi fost posibil așa ceva când existau un Shakespeare, un Marlowe, Ben Jonson, Browne, Donne, toți care scriau încă de zor, sau încetaseră de curând să mai scrie, a protestat Orlando, înșirând numele poeților săi favoriți; nici nu putea fi vorba de așa ceva.

Greene a izbucnit într-un râs sardonic. Shakespeare, a recunoscut el, a scris câteva piese bunicele, dar pe cele mai multe le-a furat de la Marlowe. Marlowe, la rândul lui, a fost un băiat promițător, dar cum poți judeca un tip care murise înainte de a împlini treizeci de ani? Cât despre Browne, ăsta pleda pentru poezia în proză, ceea ce e foarte plicticos pentru cititori. Donne era un măscărici care-și masca gândirea găunoasă sub cuvinte criptice. Prostănacii se lăsau amăgiți; dar până-ntr-un an stilul lui avea să fie cu totul demodat. Cât despre Ben Jonson – ăsta era prietenul lui și el niciodată nu-și bârfea prietenii.

Nu, a tras el concluzia, marea epocă a literaturii a apus; marea glorie a literaturii fusese cea greacă; epoca elisabetană era inferioară celei grecești din toate punctele de vedere. În epocile triumfale oamenii nutriseră o ambiție de esență divină, care ar putea fi numită *La Gloire* (a pronunțat *Glouar*, așa încât, la început, Orlando n-a înțeles despre ce era vorba). În zilele noastre, a continuat poetul, toți tinerii scriitori nu sunt decât niște mercenari ai librarilor și sunt gata să scrie orice gunoi care se vinde. Din punctul ăsta de vedere, Shakespeare era capul răutăților, dar își ispășea de pe acum pedeapsa. Epoca lor, afirma Greene, se caracteriza prin prețiozități și experimente nesăbuite – pe care grecii nu le-ar fi îngăduit nici o clipă. Și, oricât îl durea să afirme asemenea lucru – pentru că el iubea literatura așa cum își iubea viața –, nu izbutea să vadă nimic bun în prezent și nu întrevedea nici o speranță pentru viitor.

Spunând acestea, și-a umplut din nou paharul cu vin.

Orlando era șocat de toate aceste verdicte, dar nu se putea împiedica să observe că acerbul critic nu părea deloc deprimat. Dimpotrivă, cu cât își denigra mai aprig contemporanii, cu atât mai mulțumit părea.

Își aducea aminte, spunea el, de o seară la taverna Cock din Fleet Street, când fuseseră de față Kit Marlowe[1] și alții. Kit era foarte bine dispus, cam cherchelit, ceea ce i se întâmpla cu mare ușurință și debita tot felul de prostioare. Parcă-l vedea ridicând paharul în fața celorlalți cheflii și rostind printre sughițuri: „Bill (ăsta era Shakespeare), să-mi pice mie ouăle dacă nu vine în curând un mare val și tu ai să fii pe creastă", adică, voia să spună, a explicat Greene, că se aflau pe muchia unei grandioase epoci în literatura engleză și că Shakespeare avea să ajungă un scriitor de oarecare importanță. Din fericire pentru el a fost omorât două nopți mai târziu într-o gâlceavă de bețivi, așa că n-a apucat să vadă ce s-a ales de profeția lui.

— Bietul nenorocit, auzi, să spună una ca asta. O epocă grandioasă – epoca elisabetană să fie o epocă grandioasă! a continuat să se mire Greene. Așadar, dragul meu Lord, a urmat el instalându-se mai comod pe scaun și frecând paharul cu vin între palme, trebuie să facem cum e mai bine, să îndrăgim trecutul și să-i respectăm pe scriitorii – încă mai avem câțiva în viață – care-și iau drept model Antichitatea și care scriu nu pentru bani, ci pentru *Glouar* (Orlando ar fi dorit ca Greene să fi avut un accent mai

1 Christopher Marlowe (1564-1593), dramaturg elisabetan, contemporan și colaborator al lui Shakespeare. A murit ucis într-o încăierare într-o cârciumă.

bun). *Glouar*, a repetat Greene, noțiunea care stimulează spiritele nobile. Eu, dac-aș fi avut o pensie de trei sute de lire pe an, plătită trimestrial, aș fi trăit numai pentru *Glouar*. Aș fi zăcut dimineață de dimineață în pat, citindu-l pe Cicero. I-aș fi imitat atât de bine stilul, că nici nu ne-ai fi putut deosebi. Asta-i ceea ce numesc eu o scriere bună, asta-i ce numesc eu *Glouar*. Dar pentru asta îți trebuie o pensie.

În timpul ăsta, Orlando abandonase orice speranță de a mai discuta cu poetul despre opera lui, dar lucrul conta acum mai puțin, întrucât discuția alunecase spre viețile și caracterele lui Shakespeare, Ben Jonson și ale celorlalți, pe care Greene îi cunoștea în intimitate și în legătură cu care avea de povestit o mie de anecdote dintre cele mai amuzante. În viața lui n-a râs Orlando cu atâta poftă. Deci așa arătau idolii lui! Jumătate dintre ei erau bețivani și cu toții erau muieratici. Cei mai mulți se certau cu nevestele; nici unul dintre ei nu se dădea în lături de la o minciună sau de la o intrigă dintre cele mai meschine. Își mâzgăleau versurile pe dosul chitanțelor de la spălătorie, sprijinite de spatele băieților trimiși de tipografie, care așteptau în prag. Așa a plecat în tipografie *Hamlet*; așa au plecat *Lear* și *Othello*. Nu-i de mirare, aprecia Greene, că piesele astea au greșelile pe care le au. Restul timpului și-l petreceau în chefuri și dezmățuri prin cârciumi și berării în aer liber, unde îndrugau lucruri incredibil de hazlii și făceau lucruri în comparație cu care isprăvile aiuristice ale curtenilor păleau. Greene povestea toate astea cu o vervă care-l propulsa pe Orlando pe culmile încântării. Avea un talent formidabil la mimat, cu un umor care i-ar fi sculat și pe morți din morminte, și se pricepea să vorbească minunat despre cărți, cu condiția să fi fost scrise cu trei sute de ani înainte.

Așa treceau zilele și Orlando nutrea pentru oaspetele lui un straniu amestec de simpatie și dispreț, de admirație și milă, precum și un sentiment prea nedefinit pentru a putea avea un nume, în care se îmbinau însă un soi de frică și un soi de fascinație. Greene vorbea tot timpul despre el însuși, dar era atât de plăcut la vorbă, că puteai sta să asculți la infinit povestea malariei lui. Era atât de spiritual, atât de libertin; vorbea cu atâta nepăsare despre Dumnezeu și despre Femeie; vădea atâtea măiestrii nebănuite și avea atâtea stranii cunoștințe; cunoștea trei sute de feluri diferite în care poate fi preparată o salată; știa tot ce se poate ști despre amestecul băuturilor; cânta la vreo șase instrumente muzicale și era prima persoană, sau poate că ultima, care se pricepea să prăjească brânză în fastuosul cămin italienesc. Că nu reușea să deosebească o mușcată de o garoafă, un stejar de un mesteacăn, un dulău de un ogar, un berbec de o oaie, secara de grâu, un lan de o miriște; că habar nu avea de recolte; că era convins că portocalele cresc sub pământ și ridichile în copaci; că prefera orice peisaj orășenesc oricărui peisaj de la țară – toate astea și multe altele îl uluiau pe Orlando, care nu mai întâlnise până atunci asemenea gen de persoană. Până și slujnicele, care îl disprețuiau, chicoteau la glumele lui, iar servitorii, care-l detestau, zăboveau prin preajmă ca să-i asculte poveștile. Într-adevăr, casa nu fusese niciodată atât de plină de viață, ca acum când o însuflețea el – ceea ce-i dădea mult de gândit lui Orlando și-l determina să compare modul actual de viață cu cel din trecut. Își aducea aminte de conversațiile pe care le purtase în legătură cu apoplexia regelui Spaniei, sau despre împerecherea unei cățele; își aducea aminte cum își petrecea zilele între grajduri și camera lui de garderobă; își aducea aminte cum sforăiau lorzii deasupra paharelor cu vin și cum se înciudau pe cei care-i trezeau. Reflecta cât de dinamici și de cutezători erau ei din punct de vedere fizic, și cât de blegi și de îngâmfați erau la minte. Tulburat din pricina unor asemenea comparații și incapabil să-și găsească un echilibru, a ajuns la concluzia că primise în casă un spirit malefic, frământat, care avea să-l împiedice să mai doarmă liniștit vreodată.

În chiar același moment, Nick Greene a ajuns exact la concluzia opusă. Tolănit dimineața în pat, pe pernele cele mai pufoase cu putință, în așternuturile cele mai netede, și privind pe geamul verandei la gazonul care de trei secole nu fusese maculat de vreo păpădie sau de vreo buruiană, și-a spus că, dacă n-o să evadeze în vreun fel de acolo, o să ajungă îngropat de viu. Când s-a sculat și a auzit uguitul porumbeilor și susurul fântânii, și-a spus că, dacă n-o să mai audă hodorogitul căruțelor pe pietrele din Fleet Street, n-o să mai poată scrie un vers. „Dacă toate astea mai durează mult", și-a zis el în gând, auzind feciorul care ațâța focul în camera alăturată și așternea masa cu vesela de argint, „o să adorm aici" (în clipa asta a căscat de i s-au rupt fălcile) „și o să mor în somn".

Drept care s-a dus în camera lui Orlando și i-a explicat că întreaga noapte n-a putut închide un ochi din cauza tăcerii. (Într-adevăr casa era împrejmuită de un parc cu o circumferință de douăzeci și patru de kilometri, și de un zid înalt de trei metri.) Tăcerea, a explicat el, era lucrul cel mai sâcâitor pentru nervii lui. Cu voia lui Orlando, avea să pună capăt vizitei chiar în acea dimineață. La auzul acestor cuvinte, Orlando a simțit o oarecare ușurare, dar și un sentiment de împotrivire la gândul de a-l lăsa să plece. Și-a spus că, fără Greene, în casă o să fie o mare plictiseală. La despărțire (pentru că până atunci nu avusese curajul să pomenească de acest subiect) și-a luat inima în dinți și i-a vârât în mână piesa lui, *Moartea lui Hercule*, cerându-i să-și spună părerea. Poetul a luat-o, a mormăit ceva despre *Glouar* și Cicero, dar Orlando i-a curmat vorba promițându-i să-i plătească o pensie trimestrială; iar Greene, după o ploaie de efuziuni și declarații de afecțiune, a sărit în trăsură și dus a fost.

Sala mare nu arătase niciodată atât de vastă, atât de splendidă, atât de pustie ca în clipa când s-a auzit uruitul trăsurii. Orlando a știut că n-o să mai aibă niciodată inima să prăjească brânză în căminul italienesc. Că niciodată n-o să mai aibă cutezanța să glumească pe seama picturilor italienești; că niciodată n-o să mai amestece punciul cu îndemânarea cu care trebuie amestecat; și că o mie de glume picante și de calambururi vor rămâne pierdute pentru el. Și totuși ce ușurare să nu mai audă glasul acela arțăgos, ce tihnă să fie din nou singur, și deci să fie silit să mediteze, și-a spus Orlando în timp ce dezlega dulăul, care fusese legat timp de șase săptămâni pentru că, de îndată ce-l vedea pe poet, se repezea să-l muște.

Nick Greene a fost depus chiar în acea după-masă la colțul Fetter Lane, și a găsit toate lucrurile aproape așa cum le lăsase. Adică într-o cameră doamna Greene năștea un copil, iar în alta Tom Fletcher sugea gin. Pretutindeni pe jos erau împrăștiate cărți; mâncarea pregătită pentru cină – atâta câtă era – fusese așezată pe o măsuță de toaletă, pe care copiii plămădiseră tarte de lut. Dar asta era atmosfera în care putea scrie, a simțit Greene, și s-a și pus pe scris. Subiectul era gata pregătit. Un nobil lord la el acasă. *O vizită la un nobil de țară* – cam așa urma să sune titlul noului său poem. Greene a luat în mână pana cu care băiețașul lui gâdilase până atunci urechea pisicii, a înmuiat-o în suportul de ou care servea drept călimară, și a încropit atunci și acolo o satiră foarte spirituală. Adusă astfel din condei încât nimeni nu ar fi putut avea vreo îndoială că tânărul Lord perpelit pe jăratic era Orlando, cu cele mai intime spuse și fapte ale lui, cu entuziasmele și nesăbuințele lui, portretizat până la culoarea părului și la accentul străin cu care rula litera *r*, totul redat cu exactitate. Și dacă ar mai fi putut exista vreo urmă de îndoială, Greene a risipit-o introducând, fără vreo încercare de deghizare, pasaje din aristocratica tragedie *Moartea lui Hercule*, pe care a găsit-o, așa cum se așteptase, prolixă și bombastică la culme.

Pamfletul, care s-a bucurat imediat de mai multe ediții și a acoperit cheltuielile nașterii celui de-al zecelea copil al doamnei Greene, i-a fost în scurt timp expediat lui Orlando de către acei prieteni care au grijă de asemenea lucruri. După ce l-a citit de la cap la coadă cu o stăpânire de sine aproape mortală, și-a sunat valetul, i-a întins tipăritura prinsă la capătul unui clește și i-a poruncit s-o arunce în cea mai împuțită groapă de gunoi de pe moșie. Pe urmă, când valetul a dat să plece, l-a oprit și i-a spus:

— Alege din grajd cel mai iute dintre cai și repede-te la Harwich cu o viteză de parcă ți-ar fi pielea în joc. Ajuns acolo, îmbarcă-te pe o corabie cu destinația Norvegia. Cumpără-mi din crescătoria regelui cei mai buni câini de vânătoare, un mascul și o femelă, din rasa cultivată de rege. Adu-i aici cât poți de repede, pentru că, a murmurat el abia perceptibil, întorcându-se cu fața la cărți, eu am terminat-o cu oamenii.

Valetul, care era perfect antrenat în îndatoririle sale, s-a înclinat și s-a făcut nevăzut. Și-a îndeplinit misiunea cu asemenea competență, încât la trei săptămâni din acea seară s-a întors ținând în lesă cei mai frumoși doi câini de vânătoare, unul din cei doi, femela, fătând sub masa din sala de ospețe opt cățeluși. Orlando i-a luat în dormitorul lui.

— Pentru că, a spus el, am terminat-o cu oamenii.

Totuși, a plătit pensia trimestrială.

Și uite așa, la treizeci de ani, acest tânăr gentilom nu numai că trecuse prin toate experiențele pe care le poate oferi viața, dar se și convinsese de deșertăciunea acestora. Amorul și ambiția, femeile și poeții nu erau decât deșertăciune. Literatura era o farsă. În noaptea de după citirea poemului lui Greene, *O vizită la un nobil de țară*, a dat foc, într-o uriașă vâlvătaie, la cincizeci și șapte de opere poetice, păstrând doar *Stejarul*, care reprezenta visul lui adolescentin și era foarte scurt. Pentru el nu mai existau decât două elemente în care se putea încrede: câinii și natura; un ogar și o tufă de trandafiri. Lumea, în întreaga-i varietate, viața, în întreaga-i complexitate se reduseseră la atât. Câinii și un tufiș reprezentau totul. Și așa, dezbărat de un întreg munte de iluzii, și deci despuiat, își chema câinii și hoinărea prin parc.

De atâta amar de vreme se izolase în singurătate, scriind și citind, încât aproape că uitase de minunățiile naturii, care, acum, în luna iunie, se ofereau din belșug. Când urca pe acea ridicătură de unde, în zilele senine, se înfățișa jumătate din Anglia, și câte o bucată din Țara Galilor și din Scoția, se trântea sub stejarul lui drag și simțea că în viața lui nu va mai avea vreodată nevoie să vorbească cu vreun bărbat sau cu vreo femeie, doar dacă nu cumva ogarii lui vor dobândi brusc facultatea de a vorbi: și dacă nu îi va mai ieși în cale un poet sau o prințesă; ar putea să-și petreacă anii care i-au mai rămas într-o relativă mulțumire.

Așadar, venea în acest loc zi de zi, săptămână de săptămână, lună de lună, an de an. Urmărea fagii poleindu-se cu aur și ferigile fragede înfoindu-se; urmărea luna răsărind întâi ca un corn, apoi rotunjindu-se, urmărea – dar probabil că cititorul își poate închipui ce ar putea să urmeze, și știe că fiecare copac și fiecare plantă din jur întâi e verde, pe urmă arămie; și fiecare lună răsare și fiecare soare apune; și primăvara vine după iarnă și toamna după vară; iar noaptea urmează după zi și ziua după noapte; și că întâi se dezlănțuie o furtună după care vine vremea bună; și că lucrurile rămân așa cum sunt două-trei sute de ani sau chiar mai mult, doar că se mai așterne puțin praf peste ele, sau se mai țese o pânză de păianjen, pe care o bătrânică le șterge într-o jumătate de oră; e o concluzie care, orice am spune, ar fi putut să fie rezumată prin simpla frază „Timpul a trecut (cât timp anume se putea indica în paranteză) și nimic nu s-a întâmplat".

Dar din păcate, timpul, deși face ca animalele și plantele să crească și să se ofilească cu o uimitoare punctualitate, asupra minții omenești nu exercită aceeași influență. Ba mai mult, mintea omenească lucrează, la rândul ei, tot atât de ciudat asupra ființei timpului. O anumită oră, din momentul în care pătrunde în acel bizar element care e mintea omului, se poate lungi de cincizeci sau de o sută de ori în raport cu dimensiunea stabilită de ceasornic; pe de altă parte, aceeași oră poate echivala cu o secundă pe ecranul minții omenești. Această extraordinară discrepanță dintre timpul obiectiv, măsurat de ceasornic, și reprezentarea lui în mintea noastră, e mult mai puțin cunoscută decât ar trebui să fie și ar merita o investigație mai serioasă. Dar biograful, al cărui interes, după cum știți, e strict limitat, trebuie să se mulțumească cu o simplă constatare: pentru un om care a împlinit treizeci de ani, așa ca Orlando, timpul în care meditează apare deosebit de lung; și timpul în care acționează apare deosebit de scurt. Astfel încât Orlando dădea dispoziții și supraveghea treburile vastelor sale proprietăți cu repeziciunea unei săgeți; dar când se găsea pe dealul înalt, sub stejarul lui, secundele porneau să se dilate și să se umfle de-ai fi zis că n-o să mai cadă niciodată. Mai mult, se umpleau cu un ciudat vălmășag de lucruri. Căci, Orlando nu numai că se confrunta cu probleme la care n-au găsit răspuns cei mai înțelepți oameni din lume, ca de pildă „Ce e iubirea?", „Ce e prietenia?", „Ce e adevărul?", dar ajungea să-și revadă întregul trecut în lumina acestor întrebări; trecutul, care i se părea extrem de lung și de variat, năvălea în acea secundă trecătoare, o umfla până ajungea de douăsprezece ori mai mare decât în realitate, o colora într-o mie de nuanțe și o umplea cu toate ciudățeniile din univers.

În asemenea meditații (căci ce alt nume le-am putea da?) și-a petrecut ani și luni din viață. Nu exagerăm dacă spunem că, atunci când ieșea din casă, după micul dejun, era un bărbat de treizeci de ani, și când se întorcea seara la cină era un bărbat de cel puțin cincizeci și cinci de ani. Unele săptămâni adăugau veacuri la vârsta lui, altele durau cel mult trei secunde. În general, capacitatea de a estima durata vieții omenești (despre cea a animalelor nu îndrăznim să vorbim) ne depășește, pentru că, atunci când spunem despre ceva că a durat secole, ni se amintește că viața ține mai puțin decât căderea unei petale de trandafir. Dintre cele două forțe care guvernează, când alternativ, când – ceea ce e și mai derutant – concomitent, sărmanele noastre minți năuce – adică scurtimea timpului și prelunga lui durată, – Orlando se afla uneori sub influența zeului cu labe de elefant, și alteori a gâzei cu aripi de țânțar. Viața i se părea de o lungime miraculoasă. Și totuși, viața zboară ca o săgeată. Dar chiar când viața i se întindea nemăsurat și clipele se umflau la maximum, iar el părea să pribegească singur prin deșerturi de eternitate, tot nu găsea timp să desfășoare și să descifreze pergamentele acelea rulate sul, pe care i le depozitaseră în inimă și în creier cei treizeci de ani trăiți printre bărbați și femei. Cu mult înainte de a-și fi încheiat meditațiile despre iubire, (pe parcursul lor stejarul înfrunzise și își pierduse frunzele de vreo douăsprezece ori) își făcea apariția ambiția, care o izgonea pe predecesoare, pentru a fi apoi înlocuită, la rândul ei, de prietenie sau de literatură. Și cum prima întrebare – „Ce e iubirea?" – nu primise încă răspuns, revenea la cea mai mică provocare sau chiar fără a fi provocată, și îmbrâncea într-o parte cărțile și metaforele și întrebarea „Care-i rostul vieții?", silindu-le să aștepte până li se va ivi o nouă șansă de a ocupa primul plan. Procesul părea și mai lung din pricina sumedeniei de ilustrații, prezentate nu numai prin imagini,

– precum cea a bătrânei regine Elisabeta, tolănită pe canapeaua tapisată cu brocarturi trandafirii, prizând tutun dintr-o tabacheră de fildeș ținută în mână, și cu sabia cu mâner de aur alături –, ci și prin mirosuri – era puternic parfumată – și prin sunete – icnetele cerbilor în Richmond Park în ziua aceea de iarnă. Și astfel, gândul la iubire era smălțuit de zăpadă și de iarnă; buturugi lungi arzând în cămin; de rusoaice; de săbii aurite; de icnetele cerbilor; de bătrânul rege Iacob căruia îi curgeau balele; de focurile de artificii; de sacii cu comori din calele corăbiilor elisabetane. De îndată ce începea să disloce un lucru din locul pe care i-l ocupa în minte, descoperea că era împletit cu multe altele, ca o bucată de sticlă care, după ce a zăcut timp de un an pe fundul mării, s-a împănat cu oseminte și libelule și monede și plete de femei înecate.

Pe Jupiter! Altă metaforă! a exclamat când a gândit cele de mai sus, ceea ce ne indică modul dezordonat și sinuos în care funcționa mintea lui și ne lămurește totodată cum de stejarul înfrunzise și se ofilise de atâtea ori înainte ca el să fi ajuns la o concluzie în ce privește iubirea. Și ce rost are? se întreba. De ce să nu spui lucrurile simplu, direct, pe șleau?, după care rumega ideea timp de jumătate de oră – sau poate că timp de doi ani și jumătate –, cum puteai spune în cuvinte simple, pe șleau, ce e iubirea?

Dar o figură de stil ca aceea care-i trecuse prin cap era complet neplauzibilă, își argumenta el în gând, pentru că libelulele n-au ce căuta pe fundul mării, decât în cine știe ce împrejurări excepționale. Și dacă literatura nu-i mireasa și partenera de pat a Adevărului, atunci ce e?

— Fir-ar să fie, a strigat, de ce să-i mai spun „parteneră de pat“, când i-am spus „mireasă“? De ce să nu mă exprim în cuvinte directe, să spun ce gândesc și gata?

Drept care a încercat să spună că iarba e verde și cerul albastru, și, în felul ăsta, să îmblânzească spiritul auster al poeziei, pe care încă nu se putea împiedica să-l venereze, deși de la distanță. Cerul e albastru, a spus el, și iarba e verde. Dar când și-a înălțat privirile a văzut că, dimpotrivă, pe cer o mie de Madone lăsaseră să le cadă voalurile de pe cap, și iarba unduia și își schimba culoarea ca un stol de fecioare care fugeau dintr-o pădure vrăjită, ferindu-se de îmbrățișările unor satiri păroși.

— Zău așa, a murmurat Orlando, (care căpătase neplăcuta deprindere de a-și vorbi cu glas tare), zău dacă-mi dau seama care din cele două forme e mai aproape de adevăr. Ambele sunt total false.

Și și-a pierdut nădejdea de a înțelege vreodată ce e poezia și ce e adevărul, ceea ce l-a împins într-o adâncă stare de depresie.

Ajunși aici am putea profita de o pauză în solilocviul lui pentru a reflecta cât de ciudat era să-l vezi pe Orlando culcat pe jos, sprijinit în cot, într-o zi de iunie, și a ne întreba cum e cu putință ca un tânăr chipeș, în deplinătatea facultăților mintale, sănătos la trup, așa cum dovedeau obrajii și membrele lui – un bărbat care n-ar fi pregetat să fie în fruntea unei șarje sau să lupte într-un duel –, să se lase cotropit de letargia meditațiilor, să devină atât de sensibil, încât dacă se pomenea cuvântul „poezie“ sau se vorbea despre implicarea lui în literatură, devenea sfios ca o copilă ascunsă după ușa casei părintești. Din câte ne putem da noi seama, felul în care Greene îi ridiculizase tragediile îl usturase la fel de dureros ca și felul în care prințesa îi batjocorise iubirea. Dar să ne întoarcem la ale noastre...

Orlando continua să mediteze. Se uita la iarbă și la cer și încerca să-și închipuie cum le-ar descrie un poet adevărat, unul ale cărui versuri fuseseră publicate la Londra. Între timp, memoria (despre ale cărei năravuri am mai vorbit) se încăpățâna să-i țină în fața ochilor chipul lui Nicholas Greene, de parcă individul acela sardonic, cu buze fleşcăite, care se dovedise atât de pervers, ar fi fost muza lui în persoană, și lui ar fi trebuit Orlando să-i aducă omagii. Așadar, în acea dimineață de vară, Orlando i-a oferit o variată paletă de fraze, unele simple, directe, altele metaforice, și Nick Greene clătina din cap, îl ironiza și bombănea ceva despre *Glouar* și despre Cicero și despre moartea poeziei în zilele noastre. După un lung răstimp, Orlando s-a ridicat în picioare (acum era o zi de iarnă și un frig năprasnic) și a rostit unul dintre cele mai grave jurăminte din viața lui, un legământ care îl condamna la cea mai strictă dintre servituți. A jurat: „Să fiu blestemat dacă o să mai scriu vreodată un cuvânt sau o să încerc să scriu vreun cuvânt care să fie pe placul lui Nick Greene sau al muzei poeziei. Bun, prost sau mediocru, începând din această zi o să scriu numai ce-mi place mie"; și rostind aceste cuvinte, a făcut un gest de parcă ar fi rupt un maldăr întreg de hârtii și le-ar fi aruncat în fața omului aceluia batjocoritor, cu buze fleşcăite. După care, asemenea unei potăi care se chircește când te apleci să dai cu o piatră în ea, memoria i-a șters din văz efigia lui Nick Greene; și nu i-a pus nimic în loc.

Totuși, Orlando a continuat să mediteze. Și, realmente, erau multe lucruri care să-i dea de gândit. Pentru că, atunci când a rupt pergamentul, a sfâșiat, din aceeași mișcare, și documentul strâns rulat, sulul parafat cu steme și blazoane, sulul favorabil, pe care și-l alcătuise singur, în solitudinea camerei sale, și prin care se autointitulase – așa cum un rege își numește ambasadorii – primul poet din neamul lui, primul scriitor al timpului său, conferind astfel nemurire sufletului său și făgăduind trupului un mormânt printre lauri și sacrele stindarde de onoare ale unui popor care te venerează. Oricât ar fi fost de semnificative toate acestea, acum le rupsese în bucăți și le aruncase în lada de gunoi. „Faima", și-a spus el (și cum de astă dată nu mai exista nici un Nick Greene care să-l fâneze, s-a desfătat cu imagini, din care noi vom alege doar una sau două, dintre cele mai potolite), faima e ca o manta împodobită cu galoane care-ți îngreunează mersul; ca o armură de argint care-ți apasă inima; ca un scut pictat care ascunde o sperietoare de ciori etc. etc. Sensul acestor imagini era că, în timp ce faima te îngreunează și te constrânge, obscuritatea te învăluie ca o ceață; obscuritatea e umbroasă, cuprinzătoare, liberă; obscuritatea îngăduie spiritului să-și urmeze în voie calea lui. Peste omul obscur se lasă, mângâietor și alinător, adierea întunericului. Nimeni nu știe încotro merge sau de unde vine. El, cel obscur, poate căuta adevărul și îl poate rosti; doar el se bucură de libertate; doar el poate fi sincer; doar el poate cunoaște tihna. Și astfel, Orlando a alunecat într-o stare de calm sufletesc, acolo, la poalele stejarului, ale cărui rădăcini noduroase, izbucnite afară din pământ, i se păreau extrem de confortabile.

Pierdut, vreme îndelungată, în profunzimea gândurilor legate de binefacerile obscurității, de încântarea de a nu avea un nume, de a fi asemenea unui val care se reîntoarce în pântecele adânc al mării; spunându-și că obscuritatea îți curăță mintea de mușcăturile invidiei și ale ciudei; că îți infuzează în vene talazul generozității și al mărinimiei; că îți îngăduie să dăruiești și să primești fără obligativitatea mulțumirilor sau a laudelor; bănuia că asta trebuie să fi fost traiectoria marilor poeți; (deși cunoștințele lui de greacă erau prea firave pentru a-i susține convingerile); desigur că Shakespeare trebuie să fi scris în felul ăsta, și întemeietorii Bisericii trebuie să le fi întemeiat în felul ăsta, anonim, nedorind să li se mulțumească sau să li se cunoască numele, având nevoie doar să-și facă munca în timpul zilei, și să bea puțină bere seara, „Ce minunată trebuie să fie o asemenea viață!" și-a spus, întinzându-și mădularele la poalele stejarului. Și de ce să nu se bucure de ea începând chiar din clipa asta? Gândul l-a izbit ca un glonț. Ambiția s-a desprins din el ca un fulg. Lecuit de arsurile iubirii respinse și ale vanității terfelite, precum și de toate împunsăturile și junghiurile cu care-l torturase „patul cu țepi" al vieții, atâta timp cât fusese ros de ambiția faimei, și care îl ocolesc pe cel căruia nu-i pasă de glorie, Orlando a deschis ochii, pe care-i ținuse larg deschiși tot timpul, dar care nu văzuseră decât gânduri, și deodată i s-a înfățișat, cuibărită în căușul văii, casa lui.

Se înălța, scăldată în lumina proaspătă a primăverii. Arăta mai curând ca un oraș decât ca o casă, un oraș clădit nu la întâmplare, după cheful unuia sau al altuia, ci după un plan organizat de un singur arhitect, ghidat de o singură idee. Curți și clădiri, cenușii, roșii, albăstrii, se așterneau ordonat și simetric; unele dintre curți erau dreptunghiulare, altele pătrate; într-una șipotea o fântână, într-alta se arcuia o statuie; clădirile erau unele scunde, altele țuguiate; într-un loc se ivea o capelă, într-altul o clopotniță; și pretutindeni pajiști cu iarbă de un verde-crud, pâlcuri de cedri, și răzoare de flori luminoase; toate încercuite – și totuși atât de spațios răsfirate încât fiecare avea libertatea să se desfășoare în voie – de un zid masiv; și din puzderia de coșuri fumul se despletea în văzduh. „Aceste construcții vaste, dar ordonate, care puteau adăposti o mie de oameni și poate două mii de cai, fuseseră ridicate", își spunea Orlando, „de zidari ale căror nume rămăseseră necunoscute. Aici viețuiseră de-a lungul multor secole, mai multe decât pot eu număra, generații obscure din propria mea familie obscură: nici unul dintre acești Richard, John, Anna, Elizabeth, nu a lăsat ceva în urma lui, dar cu toții, prin săbiile lor sau prin acele de cusut, prin amorurile lor și zămislirea de urmași, au lăsat ceea ce se vede acum".

Niciodată conacul nu a arătat mai nobil și mai uman.

Și atunci de ce a avut el ambiția să se ridice deasupra lor? Părea o vanitate gratuită și o extremă aroganță să încerci să îmbunătățești această operă de creație anonimă; truda acelor mâini care nu mai existau: e mai bine să trăiești neștiut de nimeni și să lași în urma ta o arcadă, un atelier de olărit, un zid alături de care să se coacă piersicile în pom, decât să arzi ca un meteor și să nu lași în urmă nici măcar pulbere. Pentru că, la urma urmei, și-a spus Orlando însuflețindu-se pe măsură ce contempla ampla construcție din valea verde care i se așternea la poale, anonimii lorzi și înaltele doamne, care și-au dus viața acolo, nu uitau niciodată să pună deoparte ceva pentru cei care vor veni după ei; pentru acoperișul care s-ar putea să se spargă; pentru arborele care s-ar putea să se prăbușească. În locuința lor exista întotdeauna în bucătărie un colțișor cald pentru bătrânul păstor; un blid cu mâncare pentru cel flămând; vasele lor străluceau întotdeauna, chiar și când zăceau bolnavi; în ferestrele lor luminile erau aprinse chiar și când trăgeau să moară. Deși erau lorzi, se mulțumeau să trăiască în același anonimat ca și vânătorii sau zidarii lor. Nobili dați uitării, constructori dați uitării – așa îi definea Orlando, evocându-i cu o căldură care contrazicea întru totul părerile criticilor lui; aceștia îl găseau rece, indiferent, indolent (adevărul e că, adeseori, o calitate se ascunde dincolo de zidul unde o căutăm); astfel își reconsidera acum Orlando casa și familia, folosind termenii celei mai mișcătoare elocințe; dar când aceasta a ajuns la perorație – și ce e elocința fără perorație? – s-a cam poticnit. I-ar fi plăcut să-și încheie perorația cu o înfloritură, în genul că va păși și el pe urmele străbunilor săi și va mai adăuga o piatră la zidirile lor. Dar cum construcția se întindea pe nouă pogoane, chiar și o singură piatră ar fi fost de prisos. S-ar fi putut oare referi la mobilier în perorația lui? Poți dezvolta o perorație vorbind despre scaune, mese, covorașe din fața paturilor? Pentru că, indiferent de ce ar fi sunat bine într-o perorație, de asemenea lucruri avea casa nevoie. Curmându-și pentru moment discursul, a coborât dealul, hotărât ca pe viitor să se dedice mobilării conacului. Vestea – anume că urma să-l ajute neîntârziat – a făcut-o pe buna doamnă Grimsditch să lăcrimeze, pentru că îmbătrânise oarecum. Și, împreună, au pornit să cutreiere casa.

Suportul de prosoape din dormitorul regilor (și ultima oară dormise acolo regele Iacob, i-a atras atenția doamna Grimsditch, dându-i a înțelege că trecuse amar de vreme de când nu mai dormise un rege sub acoperișul lor; dar acum se terminase cu urâcioasa guvernare a Parlamentului și domnea din nou o coroană în Anglia), ei da, suportul de prosoape era șchiop de un picior; și lipsea lavoarul pentru căni din cămăruța pajului de lângă sala de așteptare a Ducesei; și domnul Greene, cu pipa lui puturoasă, făcuse o pată pe covorul din camera unde dormise, pe care ea și Judy o frecaseră din răsputeri dar nu izbutiseră s-o scoată; într-adevăr, când Orlando începu să ia în calcul remobilarea cu scaune din lemn de trandafir și scrinuri din lemn de cedru, ligheane de argint, urcioare de porțelan, covoare persane, al fiecăruia dintre cele trei sute șaizeci și cinci de dormitoare din conac, și-a dat seama că nu era o sarcină prea ușoară; chiar dacă-i mai prisoseau câteva mii de lire peste veniturile lui din proprietăți, tot nu i-ar fi ajuns decât pentru tapisarea câtorva galerii, pentru câteva fotolii din lemn sculptat în sufragerii, câteva oglinzi cu rame de argint, mese și scaune din același material (pentru care avea o predilecție specială) și remobilarea dormitoarelor regale.

Dar s-a pus serios pe treabă, așa cum putem dovedi, fără nici o urmă de îndoială, dacă aruncăm o privire prin registrele lui. Să urmărim unul dintre inventarele lucrurilor cumpărate în zilele acelea, cu sumele cheltuite notate pe margine, dar pe acestea le vom omite.

„Cincizeci de perechi de cuverturi spaniole, plus draperiile din tafta rubinie cu alb, cuverturile fiind asortate din satin alb brodat cu mătase rubinie și albă.

Șaptezeci de scaune tapisate cu satin galben și șaizeci de taburete asortate cu huse la culoare.

Șaizeci și șapte de mese din lemn de nuc.

Șaptesprezece duzini de cutii fiecare conținând câte cinci duzini de pahare din cristal.

O sută două covoare, fiecare de câte o lungime de douăzeci și șapte de metri.

Nouăzeci și șapte de perne îmbrăcate în damasc purpuriu brodat cu dantelă argintie și scăunașe pentru picioare din postav, precum și scaune asortate.

Cincizeci de candelabre a câte o duzină de brațe fiecare..."

Deja ne-a apucat căscatul, – ăsta-i efectul pe care-l au asupra noastră listele. Ne oprim deoarece catalogul e plicticos, și nu pentru c-ar fi ajuns la capăt. Mai urmează nouăzeci și nouă de pagini, iar suma totală a cheltuielilor se ridică la multe mii de lire – adică la milioane din banii de azi. Așa își petrecea lordul Orlando zilele, dar și noaptea îl puteai găsi calculând cât l-ar costa nivelarea unui milion de mușuroaie de cârtiță, dat fiind că muncitorii erau plătiți cu zece pence pe oră, sau de câte sute de cuie de câte cinci centimetri și jumătate ar fi nevoie pentru a repara gardul din jurul parcului, care avea o circumferință de douăzeci și patru de kilometri? Și așa mai departe și așa mai departe.

Povestea, așa cum spuneam, e plictisitoare pentru că un dulap seamănă aidoma cu un altul și un mușuroi de cârtiță nu diferă de alte un milion de mușuroaie. Dar i-a prilejuit lui Orlando câteva călătorii plăcute și unele aventuri interesante. Ca, de pildă, cea de lângă Bruges, când a angajat un orășel întreg de femei oarbe să-i coasă draperii pentru un pat cu baldachin de argint, sau aventura lui cu un maur din Veneția, de la care a cumpărat (dar numai după ce și-a folosit vârful sabiei) o casetă lăcuită; poate că altcineva n-ar socoti toate acestea vrednice de a fi povestite. Oricum, treburile acestea nu erau lipsite de variație, fiindcă îi sosea la conac echipa din Sussex care-i căra copaci întregi ce urmau a fi tăiați cu fierăstrăul și transformați în dușumele pentru galerii sau primea câte o lădiță din Persia, umplută cu lână și rumeguș, din care scotea o singură farfurie sau un inel cu topaz.

În cele din urmă, totuși, nu a mai fost loc în încăperi nici pentru o singură masă; nu a mai fost loc pe mese nici pentru o singură casetă; nu a mai fost loc în casete nici pentru un singur bol cu petale de trandafiri; nu a mai fost loc în boluri nici pentru o singură petală parfumată; nu a mai fost loc nicăieri pentru nimic; pe scurt, conacul era complet mobilat. În grădină, ghioceii, brândușele, zambilele, magnoliile, trandafirii, crinii, ochiul-boului, toate varietățile de dalii, merii, perii, cireșii, duzii și încă o sumedenie de tufișuri cu flori rare și arborii pereni și imortelele se îndesiseră în asemenea măsură, încât se împleteau unele peste rădăcinile altora și nu mai exista un petic de pământ neînflorit și nici o fâșie de pajiște neumbrită. Pe deasupra, importase niște specii de păsări sălbatice cu penaj vesel colorat, și doi urși malaiezi a căror înfățișare ursuză, gândea Orlando, ascundea, de bună seamă, inimi calde și sincere.

Totul era acum terminat: și când se lăsa seara și nenumăratele candelabre se aprindeau, iar briza diafană care sufla prin galerii clătina ușor tapiseria albastră și verde, creând impresia că vânătorii călăreau aievea și Daphne alerga; când argintăria sclipea, mobila lăcuită lucea și lemnele scânteiau în foc; când jilțurile sculptate își întindeau brațele și delfinii înotau pe pereți călăriți de sirene; când toate acestea și multe altele atinseseră deplinul și îi erau pe plac,

Orlando se plimba prin casă, cu dulăii la picior, și se simțea satisfăcut. Acum, își spunea, își poate desăvârși perorația. Poate că ar trebui să-și ia discursul de la capăt. Totuși, în timp ce cutreiera galeriile, simțea că ceva lipsește încă. Scaunele și mesele, oricât de bogat aurite și ornamentate, canapelele, odihnindu-se pe labe de leu și gâturi arcuite de lebădă, paturile, chiar dacă așternute cu cel mai alb și mai moale puf de lebădă, nu erau de-ajuns, ele în sine. Oameni care s-ar fi lăfăit pe ele, oameni care s-ar fi culcat în ele le-ar fi insuflat viață, în chip uluitor. Mânat de acest gând, Orlando a început să ofere o serie de fabuloase sindrofii nobililor și gentilomilor din vecinătate. Cele trei sute șaizeci și cinci de dormitoare au început să fie ocupate, toate odată, pe câte o lună întreagă. Oaspeții roiau pe cele cincizeci și două de scări interioare. Trei sute de servitori mișunau prin cămări. Ospețele se țineau lanț, aproape noapte de noapte. În foarte scurt timp, catifelele lui Orlando și-au pierdut lustrul și jumătate din averea lui s-a volatilizat, dar s-a ales în schimb cu buna părere a vecinilor și cu o droaie de demnități în comitat; și, an de an, căpăta în dar câte o duzină de cărți cu dedicații către Înălțimea Sa, formulate în termeni mieroși de către poeți recunoscători. Căci, deși se ferea să se însoțească cu scriitorii la modă și se ținea la distanță de doamnele cu origini străine, totuși era cât se poate de generos și cu doamnele, și cu poeții, și ambele categorii îl adulau.

Dar când petrecerile erau în toi și oaspeții săi se desfătau și se dezmățau, Orlando era în stare să se retragă în camera lui, de unul singur. Acolo, după ce încuia ușa și se asigura că e doar cu el însuși, scotea un caiet vechi, ale cărui pagini erau cusute între ele cu fire de mătase furate din cutia de lucru a mamei lui, și care purta un titlu scris în caligrafia rotunjită a unui școlar: *Stejarul – Un poem.* Și continua să scrie în el mult timp după ce răsunau bătăile miezului de noapte. Dar cum ștergea tot atâtea versuri câte adăuga, adeseori, la sfârșit de an, numărul lor era mai mic decât fusese la început, și s-ar fi spus că, până la urmă, poemul va sfârși nescris.

Faptul că își schimbase stilul în mod uluitor e un lucru care-i privește pe istoricii literari. Înfloriturile fuseseră înfrânate; bombasticismul domolit; epoca prozei înghețase izvoarele fierbinți. Ba chiar și peisajele exterioare erau mai puțin înzorzonate cu ghirlande; mărăcinișurile păreau mai puțin ghimpoase și încâlcite. Poate că și simțurile i se mai tociseră, iar mierea și frișca își mai pierduseră din gustul atât de apetisant pentru cerul gurii. Până și faptul că străzile erau mai puțin noroioase și casele mai bine iluminate îi influența, neîndoielnic, stilul.

Într-o zi, în timp ce adăuga, cu mare strădanie, un vers sau două la *Stejarul – Un poem*, o umbră i-a căzut pe colțul ochiului. Curând și-a dat seama că nu era o umbră, ci silueta unei doamne foarte înalte, cu o glugă pe cap și o mantie pe umeri, care traversa curtea pătrată spre care dădea fereastra lui. Cum această curte era una dintre proprietățile cele mai retrase, și doamna îi era complet necunoscută, Orlando s-a întrebat cum de pătrunsese acolo. Trei zile mai târziu, și-a făcut iar apariția, și într-o după-amiază de miercuri s-a ivit a treia oară. De astă dată, Orlando a hotărât să o urmărească, dar doamna nu părea deloc speriată că fusese descoperită, pentru că și-a încetinit pasul când l-a văzut apropiindu-se și l-a privit drept în ochi. Orice altă femeie surprinsă de un proprietar pe un domeniu strict privat s-ar fi înspăimântat. Orice altă femeie cu un asemenea chip, o asemenea glugă și o asemenea înfățișare s-ar fi înfășurat în mantie ca să se ascundă. Dar această doamnă aducea leit cu un iepure; un iepure buimăcit, dar încăpățânat; un iepure a cărui sfială a fost biruită de o imensă și nebunească îndrăzneală; un iepure care se proțăpește în fața urmăritorului său și se holbează la el cu ochi mari, bulbucați, cu urechi ciulite dar tremurânde, cu un nas ascuțit, dar zvâcnitor. Mai mult, iepurele ăsta era înalt de doi metri și, pe deasupra, mai purta și o glugă de model demodat, care o făcea să arate și mai înaltă. Găsindu-se fața-n față cu Orlando, îl privea cu un bizar amestec de timiditate și temeritate. În primul rând i-a cerut, făcându-i o reverență cuviincioasă dar cam stângace, să-i ierte încălcarea domeniului. Pe urmă, ridicându-se cât era de lungă, – și depășea doi metri – a continuat să vorbească, dar cu atâtea chicoteli de râs nervos și cotcodăcit, cu atâtea ă-ă-ă-uri și bâiguieli, încât Orlando și-a spus c-o fi vreo evadată dintr-o casă de nebuni; l-a informat că e arhiducesa Harriet Griselda de Finster-Aarhorn și Scandop-Boom, aflate pe teritoriu românesc. I-a mai spus că dorise, mai mult decât orice, să-l cunoască. Închiriase o cameră deasupra unei brutării de lângă porțile parcului. Îi văzuse portretul și semăna leit cu o soră de-a ei care – și aici a izbucnit în hohote de râs – murise de mult. Venise în vizită la Curtea englezească. Era verișoară cu regina. Regele era un tip cumsecade, dar rareori i se întâmpla să nu se culce beat. Și iar a chicotit și a hăhăit. Pe scurt, Orlando s-a văzut nevoit să o invite în casă și să-i ofere un pahar cu vin.

Înăuntru, și-a redobândit manierele elegante firești pentru o arhiducesă română; și, dacă n-ar fi dovedit o pricepere la vinuri, rară în cazul unei femei, și dacă n-ar fi făcut câteva observații pertinente în legătură cu armele de foc și cu obiceiurile vânătorilor din țara ei, conversația și-ar fi dat duhul. În cele din urmă, sărind în picioare, l-a informat că o să vină și a doua zi, apoi a executat o altă prodigioasă reverență și a dispărut. A doua zi, Orlando a plecat călare. În următoarea, i-a întors spatele și a tras draperiile. În cea de a patra zi ploua și, cum nu putea să lase o doamnă în ploaie, iar, pe de altă parte, simțea nevoia de puțină tovărășie, a invitat-o înăuntru; printre altele, i-a cerut părerea asupra unei armuri care aparținuse unui străbun al său, și anume dacă era opera lui Jacobi sau a lui Topp. El înclina spre Topp, dar ea era de altă părere – nu contează de ce părere. Dar pentru povestirea noastră are oarecare importanță, căci, pentru a-și argumenta spusele în legătură cu piesele componente ale armurii, arhiducesa Harriet a luat jartiera de aur și a potrivit-o pe piciorul lui Orlando.

Am mai arătat că tânărul avea o pereche din cele mai frumos modelate picioare pe care se poate sprijini un nobil.

Poate că ceva din felul în care i-a prins catarama la gleznă: poate poziția ei aplecată; sau îndelunga abstinență a lui Orlando; sau firescul fluid dintre sexele opuse; sau poate că vinul de Burgundia; sau poate căldura focului – oricare dintre aceste împrejurări ar putea să poarte vina, pentru că în mod cert a existat vinovăție de o parte sau de cealaltă; când un nobil cu educația lui Orlando, întreținându-se în casa lui, cu o doamnă mai în vârstă cu mulți ani decât el, o doamnă cu o față lungă de un cot și ochi bulbucați, îmbrăcată ridicol, cu o mantie de călărie deși era în plină vară, – nu poate fi decât o atitudine vinovată dacă un atare nobil se simte brusc și violent invadat de o pasiune atât de covârșitoare, încât să se vadă nevoit să părăsească încăperea. Dar, ne putem întreba, ce fel de pasiune poate fi aceasta? Și răspunsul e cu două fețe, așa cum e și iubirea. Pentru că Iubirea – dar să lăsăm deocamdată Iubirea la o parte și să vedem ce s-a întâmplat!

Când arhiducesa Harriet Griselda s-a aplecat ca să-i prindă jartiera, Orlando a auzit, brusc și inexplicabil, de la mare depărtare, fâlfâitul aripilor Iubirii. Îndepărtata vibrație a acelor pene moi a trezit în el o mie de amintiri ale unor puhoaie de ape, ale splendorii zăpezii și ale trădării în mijlocul torentelor; și sunetele s-au apropiat din ce în ce; iar el a simțit că i se urcă sângele în obraji și că îl trece un tremur; și s-a simțit mișcat; el, care crezuse că nu se va mai simți niciodată mișcat; era gata să ridice mâinile și să se predea, lăsând pasărea măiastră să i se așeze pe umăr când – o, grozăvie! – un croncănit ca acela al ciorilor care dau buzna pe ramuri a început să reverbereze; văzduhul părea să se fi întunecat de aripi negre, greoaie, sunete cârâite; au pornit să-i cadă în cap cocoloși de pai, rămurele, pene desprinse; și pe umăr i s-a lăsat cea mai apăsătoare și mai urâcioasă dintre păsări: vulturul. Drept care a părăsit încăperea și și-a trimis valetul să o conducă pe arhiducesa Harriet la trăsură. Fiindcă Iubirea, la care acum ne putem reîntoarce, are două fețe, una albă și una neagră; are două trupuri, unul neted și unul păros. Are două mâini, două picioare, două cozi, din fiecare membru are câte două, și unul e opusul celuilalt. Și totuși, atât de strâns sunt îmbinate între ele, încât nu le poți separa. În cazul de față, Iubirea și-a luat zborul spre Orlando, întorcând către el fața-i albă și trupu-i neted și frumos. Se apropia tot mai mult, vestindu-se prin adieri de fericire pură. Dar, deodată, (probabil că la priveliștea arhiducesei) s-a răsucit brusc și s-a întors cu partea cealaltă; s-a arătat neagră, păroasă, hirsută; a apărut vulturul, pofta trupească, și nu Iubirea, pasărea Paradisului; vulturul care i-a picat greoi pe umăr, rău mirositor și dezgustător. De aceea a fugit, de aceea și-a trimis valetul.

Dar de o harpie nu poți scăpa chiar atât de ușor. Nu numai că arhiducesa nu s-a mutat din camera de deasupra brutăriei, dar Orlando era asaltat zi și noapte de arătări din cele mai respingătoare. Se pare că degeaba își ornase casa cu argint și își îmbrăcase pereții în tapiserii când, în orice moment, o pasăre care se tăvălise prin scârnă se putea lăsa pe masa lui de scris. Era mereu prezentă, dând din aripi și zburătăcind printre scaune; o vedea aruncându-se molatic printre perne; o vedea balansându-se dizgrațios prin galerii. Uneori se cățăra greoaie pe apărătoarele din fața căminelor. Când o alunga din casă, se întorcea și ciocănea cu pliscul în geam până îl spărgea.

Orlando și-a dat seama că propria lui casă devenise de nelocuit și că trebuia să ia măsuri pentru a pune capăt cât mai urgent întregii povești; a procedat așa cum ar fi procedat orice alt tânăr în locul lui, și i-a cerut regelui Carol să-l trimită ca ambasador extraordinar la Constantinopol. Regele se plimba prin Whitehall, cu Nell Gwyn[1] agățată de brațul lui. Ea îl îndopa cu alune.

— Mare păcat, a oftat îndrăgostita doamnă, că niște picioare atât de frumoase părăsesc țara noastră.

Dar soarta a fost crudă cu ea; n-a putut face altceva decât să-i trimită, peste umăr, un sărut din vârful degetelor, înainte ca Orlando să pornească în larg.

---

1 Nell Gwyn (1650-1687), actriță și amantă a regelui englez Carol II.

Capitolul 3

Din nefericire, în mod absolut regretabil, tocmai din acest stadiu al carierei lui Orlando, în care a jucat un rol atât de important în viața publică a țării sale, deținem cele mai puține informații. Știm că s-a achitat admirabil de îndatoririle lui – martori ne sunt Ordinul Bath și rangul de duce care i s-au acordat. Știm că a luat parte la unele dintre cele mai discrete negocieri care s-au dus între regele Carol și turci – mărturie stau tratatele care se află sub bolțile Arhivelor Naționale. Dar revoluția care a izbucnit în această perioadă și marele incendiu care i-a urmat au deteriorat și chiar au distrus în asemenea măsură acele documente din care am fi putut extrage dovezi credibile, încât nu putem oferi decât unele aspecte lamentabil de incomplete. Cele mai multe dintre acte au câte o gaură arsă, scorțoasă, în mijlocul celor mai importante prevederi. Chiar atunci când s-ar fi putut elucida câte un secret care i-a intrigat vreme de o sută de ani pe istorici, apare în manuscris o gaură mare de-ți poți vârî degetul în ea. Am făcut tot ce ne-a stat în putință ca să reconstituim câte un mesaj din fragmentele arse care s-au păstrat, dar adeseori am fost nevoiți să recurgem la speculații, la presupuneri sau chiar să ne folosim imaginația. Se pare că o zi a lui Orlando se scurgea în felul următor: se trezea pe la șapte dimineața, se înfășura într-un halat lung, turcesc, își aprindea o narghilea și își rezema coatele de balustrada balconului. Stătea așa, urmărind freamătul orașului de sub el, nemișcat, căzut parcă în transă. La acea oră, ceața era atât de deasă, încât cupolele Sfintei Sofia și ale celorlalte moschei păreau să plutească; treptat ceața le dezvelea și atunci se vedea că ceea ce păruse a fi niște baloane de săpun erau de fapt construcții bine înfipte în pământ; apărea și râul; și Podul Galata; și pelerinii cu turbane verzi, fără ochi sau fără nas, care cerșeau pomeni; apăreau și câinii de pripas care scormoneau prin gunoaie; pe urmă se iveau și femeile îmbrobodite în văluri; și nenumărații măgăruși; bărbați călare, cu prăjini lungi în mâini. În scurt timp, întregul oraș se trezea la viață cu pocnete de bici, bătăi de gong, chemări la rugăciune, șfichiuirea spinărilor de măgari, zornăit de roți încercuite în metal, în timp ce mirosurile de pâine dospită, de tămâie și de mirodenii se răspândeau până la înălțimile Pera, de parc-ar fi fost însăși răsuflarea mulțimii strident colorate și barbare.

Contemplând priveliștea care licărea acum în bătaia soarelui, Orlando își spunea că nimic nu poate fi mai diferit de comitatele Surrey sau Kent, ori de orașele Londra și Tunbridge Wells. În dreapta și în stânga se sumețeau piscurile pleșuve și stâncoase ale neprietenoșilor munți asiatici, printre care se mai răzlețea câte un castel al unei căpetenii de tâlhari; dar nu se vedea nici urmă de case parohiale, de conacuri, de căsuțe, de stejari, ulmi, violete, iederă sau măceși. Nu existau garduri și tufe de ferigi, și nici câmpuri pe care să pască oile. Casele erau albe ca niște coji de ou și la fel de golașe. Că Orlando, care era englez din cap până-n picioare, îndrăgea din adâncul inimii panorama care i se înfățișa și privea cu nesaț trecătorile și crestele muntoase, plănuind să le străbată cu piciorul și să se cațere pe poteci călcate numai de capre și de păstori; că îi plăceau până la patimă florile viu coloroate, cu totul neobișnuite, că iubea câinii vagabonzi, lățoși, nețesălați, chiar mai mult decât își iubea câinii de vânătoare de acasă; că inhala cu voluptate miasmele acre, pătrunzătoare ale străzilor, era o realitate care-l surprindea și pe el. Se întreba dacă nu cumva pe vremea Cruciadelor vreunul dintre strămoșii lui se încurcase cu vreo țărancă circaziană; își spunea că ar fi fost posibil; ba chiar i se năzărea că tenul lui avea o oarecare nuanță smeadă și, intrând în casă, se retrăgea în baie.

O oră mai târziu, dichisit, parfumat, cu părul uns și buclat, primea vizitele altor înalți demnitari, care-i aduceau, pe rând, niște cutii roșii ce puteau fi deschise numai cu cheița lui de aur. În cutii se găseau hârtii de cea mai mare însemnătate, din care ne-au rămas doar frânturi, ici o literă înflorită, dincolo o pecete zdravăn aplicată pe o fâșie de mătase arsă. Nu putem vorbi despre conținutul acestor documente, putem doar afirma că Orlando era tot timpul ocupat cu peceți și ceară, cu felurite panglici colorate care trebuiau atașate la diverse dosare, cu titluri care trebuiau subliniate, cu înflorituri în jurul literelor capitale, până la ora prânzului – un ospăț care se compunea din vreo treizeci de feluri.

După masă, lacheii îl anunțau că trăsura lui cu șase cai îl aștepta la poartă, și pleca, precedat de ieniceri în uniforme roșii, care alergau pe jos și agitau deasupra capetelor niște evantaie mari, din pene de struț; se ducea în vizită la alți ambasadori sau înalți demnitari. Ceremonia era invariabilă. Când ajungeau în curte, ienicerii ciocăneau cu evantaiele în ușa principală, care se deschidea pe dată, lăsând la vedere o încăpere vastă, splendid mobilată. Aici erau întâmpinați de două persoane, de obicei de sex opus. Se schimbau plecăciuni și reverențe adânci. În prima dintre încăperi era îngăduit să discuți numai despre vreme. După ce anunța că afară era frumos sau umed, cald sau frig, ambasadorul trecea în cea de a doua încăpere, unde alte două siluete se ridicau să-l întâmpine. Aici era îngăduit doar să compari Constantinopolul, ca oraș de reședință, cu Londra și, firește, ambasadorul declara că preferă Constantinopolul, iar gazdele declarau, firește, că preferă Londra, deși nu o văzuseră niciodată. În încăperea următoare, se discuta, oarecum în amănunt, starea sănătății regelui Carol și cea a sultanului. În încăperea următoare se discuta, mai pe scurt, starea sănătății soției gazdei. Iar în următoarea încăpere, ambasadorul își elogia gazda pentru mobilierul său de bun-gust, iar gazda îl elogia pe ambasador pentru veșmintele sale. În încăperea următoare se ofereau dulciuri, gazda se plângea că nu erau gustoase, iar ambasadorul le găsea delicioase. În cele din urmă, ceremonia se încheia cu câte o narghilea și o cafea. Dar deși gesturile fumatului și ale sorbitului cafelei erau mimate la perfecție, nu exista nici tutun în pipă, nici cafea în cană, căci dacă fumatul și băutul ar fi fost reale, organismul uman n-ar fi putut rezista excesului. Deoarece, de îndată ce ambasadorul își încheia vizita, urma o alta similară. Exact cu același ceremonial, în exact aceeași ordine, care se repetau zilnic de șase, șapte ori, în locuințele diverșilor înalți demnitari, așa încât ambasadorul se întorcea adeseori acasă seara, la ore târzii. Cu toate că Orlando se achita admirabil de toate aceste îndatoriri și n-ar fi negat nici un moment că vizitele sale constituiau, poate, partea cea mai importantă a misiunii diplomatice, totuși, fără îndoială, se simțea obosit și uneori cădea într-o asemenea stare de depresie, încât prefera să-și ia dejunul singur, cu câinii săi. Cu aceștia putea fi auzit discutând în limba lui. Și se mai spune că, uneori, ieșea pe porțile reședinței noaptea, târziu, atât de bine deghizat, încât santinelele nu-l recunoșteau. Și se amesteca în gloata de pe Podul Galata, sau cutreiera prin bazare, ori se descălța în pragul moscheilor și se alătura credincioșilor care se închinau. Odată, când s-a îmbolnăvit de friguri, ciobanii care-și vindeau caprele la piață au povestit că au văzut un lord englez cocoțat în vârful muntelui și l-au auzit rugându-se Dumnezeului său. Se bănuiește că era vorba chiar despre Orlando, iar rugăciunea era, fără îndoială, un poem recitat cu glas tare, pentru că e fapt știut că purta mereu asupra sa, în buzunarul de la pieptul mantalei, un manuscris zdrențuit, iar servitorii care trăgeau cu urechea pe la uși îl auzeau pe ambasador, când era singur, intonând ceva, un fel de melopee ciudată. Doar din frânturi de felul ăsta ne străduim să închegăm descrierea vieții și a comportamentului lui Orlando din acei ani. Dăinuie până-n ziua de azi zvonuri, legende, anecdote orale, neautentificate, despre viața lui Orlando la Constantinopol – (am menționat doar câteva dintre ele) care dovedesc că, acum, aflat în floarea vârstei, poseda forța de a stârni imaginația și de a se imprima în ochii oamenilor, forță care se păstrează proaspătă în memorie, chiar când alte însușiri mai durabile cad în uitare. Forța aceasta e o misterioasă îmbinare între frumusețe, noblețe și o calitate mai rară pe care am putea-o numi farmec; și cu asta am spus totul. Sașa se exprimase cândva că un milion de lumânări ard în el, fără să-și dea osteneala să aprindă măcar una. Se mișca grațios ca o căprioară, fără să se gândească o clipă la picioarele lui. Vorbea cu glasul său obișnuit, dar ecoul cuvintelor lui suna ca un gong de argint. Drept care zvonurile se țeseau în jurul lui. Era adorat de femei dar și de unii bărbați. Nu era necesar să se discute cu el sau măcar să fie văzut; îi evocau imaginea cu ușurință, mai cu seamă într-un decor romantic, sau în lumina asfințitului; li se arăta în fața ochilor silueta fină a unui gentilom în ciorapi de mătase. Și avea aceeași puternică influență asupra celor săraci și lipsiți de educație, ca și asupra celor bogați. Păstorii, țiganii nomazi, cărăușii cu măgari, toți îl cântau în baladele lor pe „Lordul englez care arunca smaralde în fântână"; neîndoielnic, se refereau la Orlando care, pare-se, cândva, într-un moment de furie sau de buimăceală și-ar fi smuls giuvaierurile și le-ar fi aruncat într-o fântână; de unde au fost pescuite de un paj. Dar, după cum se știe, această forță romantică e, de cele mai multe ori, asociată cu o fire extrem de retrasă. Se pare că Orlando nu-și făcuse prieteni. Din câte știm, nu se atașase de nimeni. O anumită mare doamnă parcursese tot drumul din Londra ca să se găsească în preajma lui și-l asediase cu atențiile ei, dar Orlando și-a văzut neobosit de îndatoririle diplomatice, cu atâta zel, încât nu trecuseră nici doi ani și jumătate din misiunea lui de ambasador la Cornul de Aur, când regele Carol și-a exprimat intenția de a-i acorda cel mai înalt grad nobiliar. Invidioșii pretind că ar fi fost inițiativa lui Nell Gwyn, în amintirea picioarelor lui, dar cum această doamnă nu-l văzuse decât o singură dată, într-un moment când era ocupată să-l bombardeze cu alune pe regescul ei stăpân, e mai plauzibil că meritele, și nu gambele lui Orlando i-au asigurat rangul de duce.

Aici trebuie să facem o pauză, întrucât am ajuns la o cotitură de mare însemnătate în cariera lui Orlando. Deoarece conferirea înaltului rang a prilejuit un faimos și, într-adevăr, mult disputat incident, pe care va trebui să-l redăm croindu-ne drum printre hârtii arse și fragmente de documente, atât cât ne va sta în putință. Ordinul Bath și decretul de înnobilare au sosit cu o fregată comandată de sir Adrian Scroe, la sfârșitul marelui post al Ramadanului, iar Orlando a organizat cu acest prilej o sărbătorire mai grandioasă decât tot ce a cunoscut Constantinopolul până atunci, ca și de atunci încoace. Era o noapte frumoasă; se adunase o mulțime uriașă și toate ferestrele ambasadei erau puternic luminate. Subliniem iar, nu cunoaștem detalii, pentru că incendiul a distrus toate probele, lăsându-ne la dispoziție doar niște crâmpeie amăgitoare, în care cele mai importante chestiuni sunt îngropate în întuneric. Totuși, din jurnalul lui John Fenner Briggs, un ofițer naval englez, care s-a numărat printre oaspeți, aflăm că au participat la festivitate reprezentanți ai tuturor naționalităților, și că lumea era înghesuită ca scrumbiile într-un butoi. Oaspeții se îmbulzeau și se îmbrânceau atât de neplăcut, încât Briggs s-a cățărat într-un arbore juda ca să vadă mai bine tot ce se întâmplă. Printre băștinași se răspândise zvonul (și iată o dovadă în plus a forței pe care o exercita Orlando asupra imaginației oamenilor) că urma să se petreacă un soi de miracol. „Așadar“ scrie Briggs în jurnal, (dar și manuscrisul lui e plin de găuri și de arsuri, și unele fraze sunt de-a dreptul ilizibile) „așadar, când rachetele luminoase au început să se înalțe spre ceruri, am fost cuprinși de teama ca nu cumva băștinașii să fie speriați... să se ivească urmări neplăcute... niște doamne englezoaice aflate de față. Mărturisesc că am încleștat pumnalul. Din fericire“, continuă Briggs în stilul lui cam dezlânat, „temerile noastre s-au dovedit neîntemeiate și, urmărind reacțiile băștinașilor... am ajuns la concluzia că această demonstrație a măiestriei noastre în arta pirotehnică era prețioasă numai pentru că impresiona populația... superioritatea britanicilor... Într-adevăr spectacolul era magnific, de nedescris. M-am pomenit că, pe de-o parte îi mulțumeam lui Dumnezeu pentru că-mi îngăduie... și-aș fi dorit ca și sărmana mea mamă iubită... din ordinul ambasadorului, ferestrele lungi, care constituie o caracteristică impunătoare a arhitecturii orientale, ...deși ignoranți din multe puncte de vedere... erau larg deschise; și înăuntru se putea zări un tablou vivant sau mai curând o scenă teatrală în care niște doamne englezoaice și niște gentilomi... reprezentau o piesă cu măști a unui... Nu puteam auzi cuvintele dar priveliștea atâtor compatrioți de-ai mei, domni și doamne, îmbrăcați cu mare eleganță și distincție..., m-a emoționat la lacrimi, fapt de care nu mă rușinez, deși nu sunt în stare... observam cu mare atenție uimitorul comportament al cunoscutei lady – care era de natură să atragă privirile tuturor și să arunce o pată de rușine asupra sexului feminin și a țării ei, când... din nefericire s-a rupt craca arborelui juda".

Locotenentul Briggs a căzut din copac, iar restul notațiilor lui din jurnal cuprind doar expresia gratitudinii față de Providență (care ocupă o mare parte din jurnal) și descrierea exactă a neplăcerilor provocate de căzătură.

Din fericire, domnișoara Penelope Hartopp, fiica generalului cu același nume, a asistat dinăuntru la întreaga ceremonie și a redat mai departe descrierea, într-o scrisoare, foarte deteriorată la rândul ei, adresată unei prietene din Tunbridge Wells. Domnișoara Penelope nu-i cu nimic mai puțin exuberantă în aprecierile ei decât bravul nostru ofițer. „Colosal", exclamă ea de zece ori pe aceeași pagină, „minunat... depășește posibilitățile mele de a descrie... farfurii de aur... candelabre... servitori negri în pantaloni de catifea... piramide de gheață, ...fântâni de un... aspicuri care reproduceau corăbiile Maiestății sale... lebede aranjate în formă de nuferi... păsări în colivii de aur... nobili înveșmântați în catifele purpurii... doamne cu diademe înalte de *cel puțin* doi metri, cutii muzicale... Domnul Peregrine mi-a declarat că arăt *foarte* drăguț, ceea ce îți spun numai ție, draga mea, pentru că știu... O! Ce dor mi-era de voi toți... întrecea tot ce-am văzut vreodată la Pantiles... oceane de băuturi... câțiva domni amețiți... Lady Betty de-o frumusețe răpitoare... Biata Lady Bonham a făcut nefericita greșeală de a da să se așeze fără să aibă un scaun sub fund... toți domnii foarte galanți... aș fi vrut de o mie de ori ca tu și draga de Betty... Dar privirile tuturor, astrul, centrul atenției,... așa cum a recunoscut toată lumea, pentru că nimeni nu putea fi atât de meschin încât să nege, era însuși ambasadorul. Ce gambe! Ce chip! Ce maniere princiare! Dacă l-ai fi văzut cum și-a făcut intrarea în sală! Dacă l-ai fi văzut cum a ieșit din sală! Și în expresia feței lui persistă o notă *interesantă* care nu știu de ce îți sugerează că a *suferit*. Se spune că din pricina unei femei. Ce monstru lipsit de inimă trebuie să fi fost! Cum a putut cineva din *faimosul nostru sex slab* să dea dovadă de asemenea cruzime? Ambasadorul e necăsătorit și jumătate din doamnele de aici sunt îndrăgostite nebunește de el... Transmite mii și mii de sărutări lui Tom, Gerry, Peter și scumpei de Miau“ (probabil pisica).

Din gazetele vremii, extragem următoarele: „Când orologiul a bătut ora douăsprezece, ambasadorul și-a făcut apariția în balconul central împodobit cu covoare de mare preț. Șase turci din Garda de Corp imperială, fiecare dintre ei înalt de peste doi metri, străjuiau în dreapta și în stânga ambasadorului, ținând în mâini torțe aprinse. La apariția sa, rachetele luminoase au spintecat văzduhul, și din mulțime s-au ridicat puternice aclamații, pe care ambasadorul le-a primit cu o adâncă plecăciune, rostind apoi câteva cuvinte de mulțumire în limba turcă, pe care, datorită dibăciei sale, o vorbește fluent. După care, a înaintat spre el sir Adrian Scrope, înveșmântat în uniforma completă de amiral englez; ambasadorul s-a lăsat într-un genunchi; amiralul i-a trecut în jurul gâtului colanul celui mai înalt rang nobiliar, Ordinul Bath; după care i-a prins în piept Steaua; după aceea, un alt gentilom din corpul diplomatic s-a apropiat cu măreție, i-a așezat pe umeri roba ducală și i-a înmânat, pe o perniță roșie, coroana ducală.“

În cele din urmă, cu o atitudine de o grandoare și o grație extraordinare, Orlando, după o nouă adâncă plecăciune, s-a ridicat trufaș în picioare, a luat coronița împletită din frunze de fragi de aur și, cu un gest pe care nimeni dintre cei de față nu-l va uita vreodată, și-a așezat-o pe frunte. În acel moment s-au declanșat primele semne de turbulență. Fie că poporul se așteptase la un miracol – unii spun că se prorocise o ploaie de aur care să cadă din cer – ceea ce nu s-a întâmplat – fie că acesta era semnalul pentru începerea atacului; nimeni nu pare să știe; dar când coroana a atins fruntea lui Orlando, s-a stârnit o zarvă cumplită. Clopotele au început să dăngăne, strigătele stridente ale profeților acopereau larma mulțimii; numeroși turci s-au prăbușit și și-au lipit frunțile de țărână; o ușă s-a deschis brusc. Băștinașii au năvălit în sala de ospețe. Femeile țipau; o anumită doamnă, îndrăgostită foc de Orlando, a înșfăcat un sfeșnic și l-a trântit la pământ. Nimeni nu știe ce s-ar fi putut întâmpla dacă n-ar fi fost de față sir Adrian Scrope și o companie de marinari englezi. Amiralul a ordonat să sune goarnele; pe dată, o sută de marinari englezi au luat poziția de luptă; răscoala a fost înăbușită și, măcar pentru moment, lucrurile s-au potolit.

Până aici, am pășit pe solul ferm, chiar dacă oarecum ciuntit, al adevărului confirmat. Dar nimeni nu știe cu precizie ce s-a mai întâmplat în acea noapte. Din mărturiile santinelelor și ale altora rezultă că ambasada s-ar fi golit de oaspeți și ușile s-au încuiat, ca de obicei, la două noaptea. Ambasadorul a fost văzut îndreptându-se spre camera lui, continuând să poarte însemnele rangului, și apoi închizând ușa. Se pare chiar că a zăvorât-o, ceea ce nu-i stătea în fire. Alții susțin că târziu, noaptea, au auzit în curtea de sub fereastra ambasadorului o muzică țărănească, din cele cântate de păstori. O spălătoreasă, care n-avea somn pentru că o dureau dinții, pretindea că văzuse ieșind pe balcon o siluetă bărbătească, înfășurată într-o manta sau o haină de casă. Pe urmă, pretinde ea, a văzut o femeie foarte înfofolită, care părea însă o țărancă, venind sub balcon și cățărându-se pe o frânghie lăsată în jos de bărbat. Pe urmă, povestea spălătoreasa, cei doi s-au îmbrățișat pătimaș, „ca niște amanți", și au intrat împreună în casă, unde au tras draperiile, așa încât nu s-a mai putut vedea nimic.

A doua zi dimineață, ducele – căci așa trebuie să-i spunem de acum înainte – a fost găsit de secretarii lui cufundat într-un somn adânc, în mijlocul unui pat cu așternutul foarte răvășit. Camera era în dezordine, coroana ducală alunecase pe jos, iar mantia și jartiera zăceau claie peste grămadă pe un scaun. Masa era încărcată cu teancuri de hârtii. La început nimeni nu a bănuit nimic, au crezut că-i vorba de o oboseală firească, după o zi grea. Dar la orele amiezii, când ducele continua să doarmă, a fost chemat un medic. I s-au aplicat aceleași remedii ca și data trecută, adică prișnițe, urzici, furnici etc., dar fără nici un rezultat. Orlando continua să doarmă. Atunci secretarii și-au spus că e de datoria lor să examineze hârtiile de pe masă. Multe dintre acestea erau mâzgălite cu versuri, în care se pomenea frecvent de un stejar. Altele erau documente oficiale sau acte personale legate de proprietățile din Anglia. Dar la urmă au dat peste un document de o extraordinară însemnătate. Nici mai mult, nici mai puțin decât un certificat de căsătorie, redactat, parafat, semnat de martori; o căsătorie între Înălțimea Sa Orlando, cavaler al Ordinului Jartierei etc. etc. etc. și Rosina Pepita[1], dansatoare, din tată necunoscut dar bănuit de a fi la origine țigan, mamă necunoscută, bănuită a fi precupeață de fier vechi în piața de pe Podul Galata. Secretarii s-au uitat, consternați, unul la celălalt. Și Orlando continua să doarmă. Îl vegheau zi și noapte; dar, în afară de faptul că respira regulat și obrajii aveau culoarea trandafirie obișnuită, nu dădea nici un

1 Josefa Duran, renumită dansatoare spaniolă, al cărei nume de scenă era Pepita și care a fost bunica intimei prietene a Virginiei Woolf, Vita Sackville-West, căreia îi este dedicată această carte.

semn de viață. Au folosit cele mai ingenioase metode științifice pentru a-l trezi.

În cea de a șaptea zi de transă (joi, 10 mai), s-a auzit prima împușcătură din acea teribilă și sângeroasă insurecție, ale cărei prime simptome fuseseră detectate de locotenentul Briggs. Turcii s-au răsculat împotriva sultanului, au dat foc orașului și își implântau sabia sau biciuiau la tălpi pe orice străin care le ieșea în cale. Puțini englezi au izbutit să evadeze, dar, așa cum era de așteptat, domnii de la ambasada britanică au preferat să moară apărându-și cutiile roșii sau, în cazuri extreme, înghițind lanțuri întregi de chei decât să le lase să cadă în mâinile păgânilor. Răsculații au năvălit și în camera lui Orlando, dar văzând că, după toate aparențele, era mort, l-au lăsat în plata Domnului și s-au mulțumit să fure coroana ducală și mantia de cavaler al Jartierei.

Și acum suntem din nou învăluiți în întuneric, un întuneric pe care l-am fi dorit însă mai adânc. Aproape că am dori să nu fi putut desluși nimic în opacitatea lui. Am dori ca aici să fi putut lua pana și să scriem cuvântul *Finis*, la capătul acestei povestiri. Am fi dorit să-l scutim pe cititor de cele ce urmează și să-i spunem limpede că Orlando a murit și a fost îngropat. Dar, vai! Adevărul, Inocența și Onestitatea, cei trei zei crunți care veghează și stau de pază lângă călimara biografului, strigă: NU! Își duc goarnele de argint la gură și cer într-o singură suflare: Adevărul! Apoi strigă din nou: Adevărul! și suflând a treia oară într-o deplină concordanță, cer în acord: Adevărul și numai Adevărul!

La care – Cerul fie lăudat că ne mai oferă un răgaz să ne tragem răsuflarea – ușile se deschid lin, de parcă le-a suflat adierea celui mai blând și mai sacru zefir, și pătrund înăuntru trei siluete. Prima vine doamna Puritate, a cărei frunte e legată cu fâșii din cea mai albă lână de miel; are un păr de zăpadă suflată de vânt; și în mână ține o pană albă de gâscă virgină. E urmată de doamna Castitate, care pășește mai trufaș, a cărei frunte se aseamănă cu o turlă aprinsă care arde, dar nu frige, ca o diademă din țurțuri de gheață; ochii îi sunt stele pure, iar degetele ei, dacă te ating, îți îngheață și măduva din oase. Imediat în urma ei, pitindu-se parcă în umbra surorilor mărețe, vine doamna noastră Modestia, cea mai gingașă și mai frumoasă dintre cele trei, al cărei chip strălucește domol, ca un corn de lună nouă, vulnerabilă și pe jumătate ascunsă printre nori. Fiecare dintre cele trei înaintează spre mijlocul camerei în care Orlando zace adormit; cu mișcări ademenitoare și totodată autoritare; doamna Puritate a vorbit prima:

— Eu sunt păzitoarea tânărului cerb adormit; zăpada îmi este dragă; și luna când răsare; și marea de argint. Cu vălurile mele acopăr ouăle de găină pătate și scoicile de mare vărgate; acopăr viciul și sărăcia. Vălul meu învăluie ce-i bolnăvicios sau întunecat sau îndoielnic. De aceea nu-mi vorbiți, nu mă despuiați de văluri. Păzea! O, păzea!

În clipa aceea goarnele se porniră:

— Puritate, piei din fața noastră! Șterge-o!

După ea, a vorbit doamna Castitate:

— Eu sunt cea a cărei atingere te îngheață și a cărei privire te preface în stană de piatră. Eu am frânat steaua care dansa și valul care se rostogolea. Sălașul meu e în creștetul Alpilor și când pășesc, îmi scapără fulgere în păr; privirile mele îl ucid pe cel asupra căruia cad. Decât să-l las pe Orlando să se trezească, mai bine îl ingheț până-n măduva oaselor. Păzea! O, păzea!

În clipa aceea goarnele se porniră:

— Castitate, piei din fața noastră Șterge-o!

Și atunci a vorbit doamna noastră, Modestia; dar cu un glas atât de firav, încât de-abia am putut-o auzi:

— Eu sunt ceea ce oamenii numesc Modestie. Sunt virgină și așa voi rămâne mereu. Câmpurile rodnice și viile fertile nu-s pe placul meu. Belșugul mi se pare respingător și, când merii înmuguresc sau vitele se prăsesc, fug, fug, fug; las mantia să-mi cadă. Părul îmi acoperă ochii. Nu văd. Păzea! O, păzea!

Și se porniră iarăși goarnele:

— Modestie, piei din fața noastră! Șterge-o!

Cu mișcări îndurerate și cu vaiete, cele trei surori se prind de mână și pornesc să danseze lent, învolburându-și vălurile și cântând:

— Adevărule, nu ieși din bârlogul tău urâcios. Ascunde-te cât mai adânc, înspăimântătorule Adevăr! Fiindcă tu scoți la iveală, în necruțătoarea lumină a soarelui, lucruri care ar fi mai bine să rămână necunoscute și fapte care ar trebui să rămână neînfăptuite; tu dezvălui învelișul rușinii, și limpezești obscurul. Ascunde-te! Ascunde-te! Ascunde-te!

În acest moment, surorile au dat să-l învăluie pe Orlando în vălurile lor. Dar goarnele au răsunat puternic:

— Adevărul și numai Adevărul!

Și atunci surorile au încercat să astupe gura goarnelor cu vălurile lor, ca să le înăbușe, dar în zadar, pentru că toate goarnele s-au pornit laolaltă.

— Plecați, surori respingătoare!

Surorile erau mâhnite și se văitau la unison, continuând să se rotească și să-și fluture vălurile.

— Nu a fost întotdeauna așa! Dar acum bărbații nu ne mai doresc și femeile ne detestă. Dispărem, dispărem! Eu (a grăit Puritatea) mă retrag în cotețul de găini. Eu (a grăit Castitatea) mă retrag în piscurile încă necălcate de picior omenesc din Surrey. Eu (a grăit Modestia) mă retrag în orice colțișor intim cu iederă, ascunsă după perdele. Pentru că acolo, și nu aici (grăiesc ele, toate odată, luându-se de mână și făcând gesturi de adio și de amărăciune în direcția patului în care doarme Orlando), acolo s-au statornicit, în cuiburi tainice și în culcușuri moi, în birouri și în judecătorii, cei care ne iubesc și ne onorează; fecioare și oameni de afaceri, avocați și medici, adică cei care interzic; care neagă; care se căciulesc servili fără să știe de ce; care laudă fără să înțeleagă; foarte numeroasele (Cerul fie lăudat) triburi de oameni respectabili: cei care preferă să nu vadă; care doresc să nu știe; care îndrăgesc tenebrele; cei care ni se închină, și pe bună dreptate, pentru că noi le-am adus avuția, prosperitatea, confortul, bunăstarea. La ei ne întoarcem, și pe voi vă părăsim. Veniți, surioarelor, veniți! Aici nu e loc de noi!

Și s-au retras în grabă, trăgându-și vălurile pe cap, de parcă se fereau să privească ceva ce n-ar fi vrut să vadă; și au închis ușa în urma lor.

Deci am rămas acum singuri în încăpere, doar cu Orlando cel adormit și cu gorniștii. Aceștia, înșiruiți în coloană, mai suflă o dată din rărunchi: „ADEVĂRUL!"

La care Orlando se deșteaptă. Își întinde mădularele. Se ridică. Stă drept, în fața noastră, complet gol; și cum goarnele vuiesc „Adevărul! Adevărul! Adevărul!" n-avem încotro, trebuie să mărturisim: Orlando s-a trezit femeie.

Sunetul goarnelor se mistuia și Orlando stătea gol pușcă. Nici o făptură omenească, de la începutul lumii și până acum, nu a putut arăta atât de desăvârșit. Se îmbinau în el forța bărbătească și grația femeiască. În timp ce sta acolo, trâmbițele de argint își prelungeau sunetele de parcă nu le venea să părăsească superba priveliște pe care ele o aduseseră la viață; iar Castitatea, Puritatea și Modestia, îmboldite, desigur, de Curiozitate, trăgeau cu ochiul prin crăpătura ușii și au încercat să arunce înăuntru spre silueta nudă ceva ca un prosop, care, din păcate, nu și-a nimerit ținta și a căzut la o depărtare de câțiva centimetri. Orlando s-a contemplat din cap până-n picioare într-o oglindă înaltă, fără să dea vreun semn de tulburare, după care s-a dus, probabil, la baie.

Profităm de această pauză în povestire pentru a face unele constatări. Că Orlando s-a prefăcut într-o femeie nu încape nici o îndoială. Dar din toate celelalte puncte de vedere, a rămas exact cum fusese întotdeauna. În general, o schimbare de sex, deși poate modifica viitorul, nu alterează câtuși de puțin identitatea. Fața îi rămăsese, după cum arată portretele, exact aceeași. Memoria lui – dar de acum înainte va trebui, respectând convențiile, să spunem „ei" în loc de „lui" și „ea" în loc de „el" – deci memoria ei trecea în revistă, fără să întâmpine vreun obstacol, toate întâmplările pe care le trăise în trecut. Poate că se înfiripa uneori o vagă împâclire, ca niște stropi întunecați picați în heleșteul limpede al memoriei; unele lucruri păreau ușor aburite, dar asta era tot. Prefacerea părea să se fi produs fără dureri și atât de radical, încât însuși Orlando nu manifesta nici o surpriză. Multe persoane preocupate de acest fapt și susținând că o schimbare de sex constituie un fenomen împotriva naturii, și-au dat osteneala să dovedească: 1) că Orlando fusese întotdeauna femeie, și 2) că Orlando a rămas totuși bărbat. N-au decât să hotărască biologii și psihologii. Pentru noi e suficient să stabilim un fapt simplu: până la vârsta de treizeci de ani Orlando a fost bărbat; de la treizeci de ani a devenit femeie și așa a rămas. Alte condeie n-au decât să scrie despre sex și sexualitate; noi ne scuturăm pe cât posibil de asemenea subiecte odioase. Și deci Orlando s-a spălat și s-a îmbrăcat în tunica și șalvarii aceia turcești care pot fi purtați și de bărbați, și de femei, și apoi s-a simțit nevoită să chibzuiască la situația ei. O chestiune foarte precară și stânjenitoare, așa cum își poate da seama orice cititor care i-a urmărit povestea cu simpatie. Tânără, nobilă, frumoasă, s-a pomenit într-o situație cum nu se poate mai delicată pentru o persoană de rang nobiliar. N-am putea s-o condamnăm dacă ar fi tras alarma, ar fi țipat, ar fi leșinat. Dar Orlando nu a dat semne de nervozitate. Toate acțiunile ei erau extrem de chibzuite și ar fi putut într-adevăr să ne ducă cu gândul la premeditare. În primul rând, a examinat cu atenția hârtiile de pe masă; le-a luat pe cele așternute cu versuri și le-a ascuns în sân; pe urmă și-a chemat ogarul care în toate aceste zile nu se dezlipise o clipă de patul lui, deși era pe jumătate mort de foame; i-a dat de mâncare și l-a pieptănat; după care și-a vârât două pistoale la brâu; în cele din urmă, și-a încins mijlocul cu câteva șiraguri de smaralde și de perle orientale, din cele mai fine, care făcuseră parte din garderoba ambasadorului. Când a terminat cu toate acestea, s-a aplecat pe fereastră, a fluierat încetișor și a coborât scara șubrezită și pătată de sânge, presărată acum cu ghemotoace de hârtie scoase din coșurile de gunoi, tratate, depeșe, peceți, ceară de sigiliu etc.; a coborât în curte... Acolo, în umbra unui smochin uriaș, aștepta un țigan bătrân călare pe un măgar. Ținea de căpăstru alt măgar, pe care l-a încălecat Orlando; și astfel, însoțită doar de un câine deșirat, călărind pe un măgar, în tovărășia unui țigan, a părăsit Constantinopolul ambasadorul Marii Britanii la Curtea sultanului.

Au mers călare câteva zile și câteva nopți și au făcut față unor felurite aventuri, unele provocate de oameni, altele de natură; dar în toate avatarurile, Orlando a dat dovadă de curaj. După o săptămână, au ajuns la podișul Brussa, locul unde se instalase șatra de țigani căreia i se alăturase Orlando. Adeseori privise din balconul ambasadei munții aceia semeți și tânjise să fie printre ei; a te pomeni într-un loc în care ai visat întotdeauna să te găsești înseamnă mult material de reflecție pentru o minte obișnuită să mediteze. În primele zile, însă, s-a simțit prea bine ca să-și strice plăcerea cu gânditul. Bucuria de a nu mai trebui să semneze și să sigileze documente, de a nu mai trebui să deseneze înflorituri la litere, de a nu mai trebui să facă vizite îi umplea sufletul. Țiganii se orientau după firul ierbii: când vitele o terminau, căutau alt loc de tabără. Orlando se spăla în râu – atunci când se spăla – și nimeni nu-i mai aducea cutii roșii, albastre sau verzi; nu exista în șatră nici o cheie – ca să nu mai vorbim de o cheie de aur – cât despre „vizite“, nici nu se cunoștea acest cuvânt. Orlando mulgea caprele, aduna vreascuri, fura din când în când câte un ou de găină, dar de fiecare dată lăsa câte o monedă sau o perlă în locul oului; ducea vitele la păscut; culegea ciorchinii de struguri din vii; strivea boabele sub tălpi pentru must; bea apă din burdufuri de piele de oaie; și, când își aducea aminte cum altădată la aceeași oră din zi mima că bea cafea și că fumează dintr-o cană și o narghilea goale, izbucnea în râs; își rupea câte un coltuc de pâine și-l ruga pe bătrânul țigan Rustum să-l lase să tragă un pufăit din pipa lui umplută cu bălegar de vacă.

Țiganii, cu care, evident, stabilise o legătură încă înainte de revoluție, o considerau ca pe una de-a lor, ceea ce e supremul compliment pe care ți-l poate oferi un popor; iar părul ei negru și tenul smead le dădea convingerea că se născuse printre ei și fusese răpită în pruncie de către un duce englez care o dusese în țara aceea barbară, unde oamenii locuiesc în case pentru că sunt prea nevolnici și bolnăvicioși ca să trăiască în aer liber. De aceea, deși le era inferioară din multe puncte de vedere, o ajutau cu dragă inimă să ajungă ca ei; o învățau meșteșugurile lor, să facă brânză, să împletească coșuri, o inițiau în arta furatului și a șterpelitului de păsări, și se pregăteau chiar s-o mărite cu unul de-ai lor.

Dar Orlando contactase în Anglia unele deprinderi sau boli (vă las libertatea să decideți care din cele două) care, pare-se, nu pot fi eradicate. Într-o seară, când se adunaseră cu toții în jurul unui foc de tabără, și apusul soarelui învăpăia dealurile Thessaliei, Orlando a exclamat:

— Ce mâncare bună! (În limba țigănească nu există cuvântul „frumos“. Expresia folosită de ea e cea mai apropiată ca sens.)

Toți tinerii și femeile au izbucnit în hohote de râs. Auzi, cerul să fie bun de mâncat! Bătrânii însă, care cunoscuseră la viața lor mai mulți străini, au devenit bănuitori. Observaseră că, uneori, timp de ceasuri întregi, Orlando nu făcea altceva decât să privească în dreapta și-n stânga; o găseau pe câte o coamă de deal, cu privirea pironită drept în fața ei, fără să-i pese dacă turma de capre păștea sau se răzlețise. Bătrânii au început să o suspecteze că ar avea alte crezuri decât ale lor; bărbații și femeile își spuneau că, probabil, căzuse în ghearele celui mai hapsân și mai crud dintre toți zeii, și anume Natura. Și nu erau departe de adevăr. Boala asta englezească, dragostea de natură, era înnăscută în ea, și aici, unde natura era mult mai vastă și mai dominantă decât în Anglia, pusese stăpânire pe ea, cu mai multă putere ca oricând. E o maladie bine cunoscută și a fost prea frecvent descrisă ca să mai necesite încă o descriere, oricât de concisă. Orlando era înconjurată de munți, de văi, de râuri. Se cățăra pe poteci, pribegea prin văi, visa pe malul apelor. Asemuia dealurile cu metereze, cu pieptul porumbeilor, cu unduioasele coapse ale vacilor. Compara florile cu emailul și gazonul cu covoarele turcești. Copacii erau niște babornițe zbârcite, oile erau bolovani cenușii. Toate erau altceva. Când descoperea în vârf de munte un lac, era gata să se arunce în el, să caute înțelepciunea despre care gândea că se ascunde în fundul apelor și, când de pe creasta muntelui deslușea, în depărtare, dincolo de Marea Marmara, plaiurile Greciei, (avea ochi admirabili) i se nălucea că vede Acropole, traversat de vreo două benzi albe care, gândea ea, trebuie să fi fost Partenonul; îi creștea inima odată cu pupilele și se ruga să poată împărtăși măreția dealurilor, să poată cunoaște seninătatea câmpiilor etc. etc. așa cum se roagă toți credincioșii. Pe urmă își cobora privirile, iar zambilele purpurii și irișii liliachii aproape îi aduceau lacrimi de extaz în ochi, în fața mărinimiei și splendorii naturii; și, când își înălța din nou privirile, vedea vulturul în zbor și își imagina încântarea lui, care devenea și a ei. Și când se întorcea acasă, îmbrățișa cu privirea fiecare stea, fiecare pisc, fiecare foc de tabără, de parc-ar fi fost semnale adresate doar ei; și, în cele din urmă, când se culca pe rogojina din cortul țiganilor, nu se putea abține să exclame: „Ce mâncare bună! Ce mâncare bună!“ (E curios că, deși făpturile umane au niște mijloace de comunicare atât de imperfecte, încât nu pot spune decât „mâncare bună“ când ar voi să spună „frumos“, și viceversa, totuși preferă să fie ridiculizate și neînțelese mai degrabă decât să-și păstreze doar pentru ele experiența trăită.) Toți țiganii tineri râdeau de ea. Dar Rustum el Sadi, bătrânul care o scosese din Constantinopol, călare pe măgar, nu rostea o vorbă. Bătrânul avea un nas ca un iatagan și niște obraji brăzdați și scofâlciți de parcă de veacuri fuseseră loviți de o grindină de fier; era oacheș și avea ochi ageri și, în timp ce pufăia din narghilea, o cerceta cu luare aminte pe Orlando. Îl muncea îndoiala că zeul ei era Natura. Într-o zi a surprins-o cu ochii înlăcrimați. Văzând în acest lucru o pedeapsă a zeului ei, i-a declarat că nu e deloc mirat. Și i-a arătat degetele mâinii lui stângi, stâlcite de degerături; i-a arătat piciorul lui drept, zdrobit de căderea unei stânci. Așa ceva le făcea oamenilor zeul ei. Și când ea i-a spus „Dar e atât de frumoasă!“ folosind cuvântul englezesc, bătrânul a clătinat din cap, și, când ea și-a repetat cuvintele, bătrânul s-a mâniat. Și-a dat seama că ea nu credea în ce credea el și, oricât era de bătrân și de înțelept, a fost destul ca să-și iasă din minți.

Această ciocnire de păreri a tulburat-o pe Orlando, care fusese perfect fericită până atunci. A început să-și pună întrebarea dacă Natura era frumoasă sau crudă, și, în cazul ăsta, ce era frumusețea; dacă era ceva ce aparținea lucrurilor sau era ceva ce exista în sine; și de aici gândurile i-au alunecat la esența realității, și de acolo la adevăr, care, la rândul lui, a condus-o la Iubire, Prietenie, Poezie (ca pe vremea orelor petrecute pe dealul de acasă), meditații care, din moment ce nu le putea împărtăși nimănui, au făcut-o să tânjească, cum nu mai tânjise niciodată, după pană și cerneală.

— Ah! Dacă măcar aș putea să scriu! se lamenta Orlando (pentru că nutrea ciudata convingere îngâmfată a celor care scriu, anume că ceea ce e scris e și împărtășit de alții). Nu avea cerneală și dispunea de prea puțină hârtie. Dar și-a preparat singură cerneală din boabele de mure și vin și, găsind câteva margini albe și spații goale în manuscrisul *Stejarului*, a izbutit să descrie priveliștile într-o caligrafie stenografică, compunând un poem lung, în versuri albe, și să noteze un dialog concis cu ea însăși despre Frumos și Adevăr. Ceea ce a făcut-o să se simtă fericită ceasuri la rând. Dar țiganii erau tot mai bănuitori. La început, au observat că era mai puțin entuziastă ca înainte când mulgea caprele și făcea brânză; pe urmă au remarcat că adeseori șovăia când trebuia să dea un răspuns și, odată, un țigan tânăr, care dormea dus, s-a deșteptat speriat simțind că-l privea fix. Uneori, un soi de stinghereală se răspândea prin întregul trib, care număra câteva zeci de maturi, bărbați și femei. O stinghereală născută dintr-un simț (și simțurile lor erau foarte ascuțite, mult superioare vocabularului folosit) că tot ce făceau li se fărâma în mâini, ajungea cenușă. Să zicem că o bătrână împletea un coș și un băiat jupuia o oaie, cântând sau mormăind satisfăcuți de munca lor; și intra peste ei Orlando, care se trântea în fața focului și privea îndelung flăcările. Chiar dacă nu se uita la ei, cei doi simțeau că era de față cineva care se îndoiește (facem o traducere brută din limba țigănească), cineva care nu-și face munca de dragul de a o face și nu privește de dragul de a privi; cineva care nu crede nici în pielea de oaie, nici în împletirea coșului; cineva care vede altceva (și se uitau îngrijorați de jur împrejurul cortului). Și un simțământ vag și neplăcut începea să pună stăpânire pe băiat și pe bătrână. Papura li se rupea în mână; se tăiau la degete. Un val de furie le năvălea în suflet. Ar fi dorit ca Orlando să iasă din cort și să nu se mai întoarcă niciodată. Și totuși recunoșteau că era o tânără veselă și binevoitoare, și apoi cu o singură boabă din perlele ei puteau cumpăra o turmă de capre în Brussa.

Treptat, Orlando a început să simtă că exista o deosebire între ea și țigani, ceea ce o făcea uneori să ezite la gândul de a se mărita și a se statornici printre ei. La început a încercat să justifice deosebirea prin faptul că ea se trăgea dintr-un neam cu vechime și civilizat, pe când țiganii erau un popor ignorant, nu mult mai înaintat decât sălbaticii. Într-o seară, când i-au pus întrebări despre Anglia, Orlando nu și-a putut înfrâna mândria de a le vorbi despre casa în care s-a născut; despre faptul că avea trei sute șaizeci și cinci de dormitoare, și se găsea în posesia familiei ei de patru sau cinci sute de ani. Le-a povestit că strămoșii ei fuseseră conți și chiar duci. Cu acel prilej a observat iar că țiganii păreau stânjeniți, dar nu furioși ca atunci când elogiase frumusețile naturii. Acum se arătau politicoși, dar oarecum jenați, asemenea persoanelor de rang nobil în fața unui străin care le vorbește despre originea sa umilă și de sărăcia în care s-a născut. Când a ieșit din cort, Rustum a venit după ea ca să-i spună că nu trebuie să se simtă prost pentru că tatăl ei a fost duce și a posedat atâtea dormitoare și toată mobila aceea despre care vorbise ea. A asigurat-o că nici unul dintre țigani n-o să-și schimbe părerea despre ea din cauza asta. Auzindu-l, Orlando a fost cuprinsă de o rușine cum nu mai simțise niciodată. Era limpede că Rustum și ceilalți țigani considerau că o familie veche de patru, cinci sute de ani e o nimica toată. Familiile lor aveau rădăcini împlântate cu două, trei mii de ani în urmă. Pentru țiganii ai căror strămoși construiseră piramidele din Egipt, cu veacuri înainte de nașterea lui Christos, genealogia neamurilor Howard și Plantagenet nu era cu nimic mai bună sau mai proastă decât cea a unui oarecare Smith sau Jones, adică întru totul neglijabilă. Pe de altă parte, când și un simplu păstor țigan avea o genealogie atât de impresionantă, nu exista nimic special, memorabil sau dezirabil, în faptul că te-ai născut într-o familie cu oarecare vechime. Până și vagabonzii și cerșetorii se puteau lăuda cu originile lor. Pe urmă, deși Rustum era prea politicos ca să spună lucrurilor pe nume, reieșea clar că țiganii considerau că nu există ambiție mai vulgară decât aceea de a avea sute de dormitoare (cei doi discutau pe o clină de deal; era noapte și munții îi încercuiau) când tot pământul poate fi al tău. Orlando înțelegea că, privit prin prisma țiganilor, un duce nu e decât un profitor, un bandit care jefuise pământurile și banii de la alții care prețuiau tot asemenea lucruri lipsite de reală valoare, și care nu s-a putut gândi să facă ceva mai bun cu banii decât să-și clădească trei sute șaizeci de dormitoare, când unul singur le-ar fi fost de-ajuns, sau când nici unul ar fi fost și mai bun. Orlando nu putea să nege că străbunii ei acumulaseră pământ după pământ, case peste case, ranguri peste ranguri; și totuși nici unul dintre ei nu fusese un sfânt sau un erou, sau vreun mare binefăcător pentru omenire. Nu se simțea în stare să-i aducă argumente (Rustum era prea gentleman ca să-i ceară răspunsuri, dar ea înțelegea); și anume că orice om care ar proceda azi cum au procedat străbunii ei cu trei sau patru sute de ani în urmă, ar fi condamnat – și ar fi privit, chiar de cei din familia ei – ca un parvenit vulgar, un aventurier, un *nouveau riche*[1].

S-a străduit să răspundă argumentelor lui printr-o familiară metodă ocolită, lăturalnică, arătând că viața țiganilor e grosolană și barbară, și astfel, în scurt timp s-au întărâtat și și-au făcut sânge rău. Într-adevăr, deosebirile de opinii sunt suficiente ca să provoace vărsări de sânge și revoluții. Orașe întregi au fost devastate din pricini și mai neînsemnate și un milion de martiri s-au lăsat să fie arși pe rug decât să cedeze o iotă din ideile în numele cărora combăteau. Oamenii nu cunosc o pasiune mai arzătoare decât dorința de a-i face și pe alții să creadă în ce cred ei. Nimic nu atacă mai crunt rădăcina fericirii și nu-l înveninează mai aprig pe un om decât gândul că un altul disprețuiește ceea ce el prețuiește. *Whigs* și *Tories*. Partidul Liberal și Partidul Laburist – de ce se luptă între ele dacă nu pentru propriul prestigiu? Nu dragostea de adevăr, ci ambiția de preponderență întărâtă o provincie împotriva alteia și determină o parohie să dorească prăbușirea altei parohii. Fiecare om jinduiește după satisfacția sufletească și după satisfacția predominării, nu după triumful adevărului sau slăvirea virtuților – dar toate vorbele astea moralizatoare le aparțin și trebuie lăsate istoricilor, pentru că sunt insipide ca apa stătută.

— Trei sute șaizeci și cinci de dormitoare să nu însemne nimic pentru el! a oftat Orlando.

— Auzi, să prefere un apus de soare unei turme de capre! a rostit țiganul.

Orlando nu mai știa ce ar trebui să facă. Să-i părăsească pe țigani și să redevină ambasador era un gând de nesuportat. Dar i se părea cu neputință și să rămână acolo, unde nu avea nici cerneală, nici hârtie, unde nu exista nici

1 Parvenit (fr.).

respect pentru cei din neamul Talbot și nici admirație pentru o multitudine de dormitoare. Așa stătea și chibzuia, într-o dimineață senină, pe o coastă abruptă a muntelui unde păzea caprele. Și atunci Natura, în care avea atâta încredere, fie că i-a făcut o farsă, fie că a înfăptuit un miracol – în acest punct părerile devin atât de diferite, încât nu-i posibil să adopți vreuna. Orlando privea dezolată coasta povârnită din fața ei. Era miezul verii și, dacă ar fi să găsim o comparație pentru peisajul care i se înfățișa, nu ne-am putea gândi decât la un os uscat, la un schelet de oaie, la un craniu uriaș, care a fost ciugulit de o mie de vulturi. Era o căldură zăpușitoare, și smochinul firav sub care se adăpostise Orlando nu reușea decât să proiecteze umbre de frunze de smochin pe burnuzul ei ușor.

Și deodată, pe muntele pleșuv din fața ei, s-a ivit o umbră, deși nu exista nimic care să arunce o umbră. Umbra se aduna tot mai deasă și, în scurt timp, a apărut o scobitură verde acolo unde nu fusese decât stâncă golașă. Pe măsură ce Orlando o privea, scobitura se adâncea și se lărgea, până ce a alcătuit un spațiu vast, cât un parc, deschis în pântecele dealului. Înăuntru se putea vedea o pajiște pe care unduia iarba; a mai putut desluși ici-colo și câte un stejar; ba chiar și sturzi țopăind printre copaci. Se mai vedeau și căprioare sărind grațios de la o umbră la alta; ba auzea chiar și zumzetul gâzelor, precum și suspinul gingaș și freamătul unei zile de vară în Anglia. După ce a privit, vrăjită, un lung răstimp, priveliștea s-a schimbat: au început să cadă fulgi și întregul parc a fost acoperit cu zăpadă, umbre violete s-au întins în locul petelor de soare galbene. Și-au făcut apariția acum niște care greoaie încărcate cu trunchiuri de copaci, despre care știa că urmau să fie tăiate și prefăcute în lemne de foc; și în cele din urmă s-au conturat și acoperișurile, clopotnițele, turlele și curțile propriului ei cămin. Ninsoarea cădea neîntrerupt și ea auzea foșnetul zăpezii care aluneca pe acoperiș și bufnitura cu care se prăvălea pe pământ. Fumul se despletea dintr-o mie de coșuri. Totul i se arăta cu atâta claritate și minuțiozitate, încât ondula și o stăncuță care scurma în zăpadă după viermișori. Și pe urmă, încetul cu încetul, umbrele violete s-au întunecat și s-au împreunat peste căsuțe, peste pajiști și chiar peste casa cea mare. Totul a fost înghițit de umbră. Nu a mai rămas nici urmă din scobitura ierboasă; peluzele verzi s-au retras lăsând în locul lor coasta pârlită a dealului, ciupită de o mie de vulturi care o lăsaseră golașă. Confruntată cu această priveliște, Orlando a izbucnit într-un plâns amarnic și, întorcându-se cu pași repezi în tabăra țiganilor, i-a anunțat că trebuie să se îmbarce chiar a doua zi și să se înapoieze în Anglia.

A fost o inițiativă norocoasă. Tinerii țigani tocmai ticluiseră planul uciderii lui Orlando. Așa cerea onoarea, afirmau, pentru că ea nu gândea ca ei. Totuși le-ar fi părut rău să-i taie beregata, așa că au primit cu bucurie vestea plecării ei. Norocul a făcut ca un vas comercial englezesc să fie pe punctul de plecare din golf, întorcându-se în Anglia, și Orlando, desprinzând încă o perlă din colierul ei, a reușit nu numai să-și plătească drumul, ci să mai și rămână cu ceva bani în pungă. I-ar fi plăcut să le dea banii în dar țiganilor, însă știa bine că ei disprețuiesc avuțiile, așa că s-a resemnat doar cu îmbrățișările care, în ce o privea pe ea, erau sincere.

Capitolul 4

Cu cele câteva guinee rămase din vânzarea celei de-a zecea perle din șiragul ei, Orlando și-a cumpărat un set întreg de rochii, după moda femeilor din acei ani, și acum, înveșmântată într-o toaletă de englezoaică de rang înalt, stătea pe puntea vasului *Enamoured Lady*. E un lucru straniu, dar foarte adevărat că, până în acel moment, nu-și făcuse probleme legate de sexul ei. Poate că șalvarii turcești pe care-i purtase tot timpul o făcuseră să nu se gândească; și apoi femeile țigănci, făcând abstracție de unele trăsături extrem de specifice, se deosebesc foarte puțin de bărbații țigani. Oricum, numai după ce a simțit fustele încolăcindu-i-se în jurul picioarelor, și după ce căpitanul vaporului s-a oferit, cu o politețe copleșitoare, să instaleze un cort pe punte special pentru ea, Orlando și-a dat seama, cu un șoc, de avantajele și dezavantajele implicate de situația ei. Dar șocul nu a fost provocat de ceea ce ne-am fi așteptat. Adică nu a fost pricinuit, pur și simplu, de gândul la castitatea ei și la mijloacele de a o prezerva. În împrejurări normale, o femeie tânără și frumoasă, singură, ar fi fost preocupată numai de un asemenea gând; aceasta e piatra de temelie a edificiului speței femeiești; castitatea e giuvaierul lor cel mai de preț; ornamentul de bază, pe care-l ocrotesc până la isterie, și dacă-l pierd, își pierd și viața. Dar când timp de treizeci de ani ai fost bărbat, ba și ambasador pe deasupra, când ai strâns o regină în brațe și încă alte câteva doamne de rang mai puțin înalt – dacă zvonurile sunt adevărate –, când ai fost căsătorit cu o Rosina Pepita și așa mai departe, poate că șocul prin care treci în legătură cu asemenea lucru nu-i chiar atât de puternic. În orice caz, șocul lui Orlando era de o natură foarte complexă, care nu poate fi explicată în două cuvinte. De altfel nimeni nu a acuzat-o vreodată că ar fi fost unul din spiritele acelea superficiale care expediază problemele într-un minut. I-a fost necesar întregul interval al călătoriei ca să descifreze semnificația morală a acelui șoc; iar noi o vom urmări în același ritm.

„Doamne", și-a spus când și-a revenit din șoc, întinzându-se cât era de lungă sub cortul ei; „fără îndoială că e un mod de viață plăcut și lenevos. Dar", a continuat ea să gândească, scuturându-și picioarele, „fustele astea sunt o adevărată belea în care ți se încâlcesc călcâiele. Totuși materialul din care sunt confecționate (brocart înflorat) e cel mai frumos din lume. Niciodată nu mi-am văzut pielea (se uita la mâna care i se odihnea pe genunchi) arătând atât de bine ca acum. Dar aș putea oare să sar peste bord și să înot în niște haine ca astea? Nu! Ar trebui deci să mă încred în bunăvoința protectoare a unui marinar. Și oare am ceva împotrivă?" s-a întrebat și, în acest punct, a dat peste primul nod din firul neted al meditațiilor ei. Prânzul a fost servit înainte de a fi putut să dezlege nodul, dar l-a dezlegat comandantul vasului – căpitanul Nicholas Benedict Bartolus – un căpitan cu o înfățișare foarte distinsă; l-a dezlegat oferindu-i o felie de friptură de vită:

— Poate să fie și un strop de grăsime, doamnă? a întrebat-o. Să vă tai felia cea mai subțire, ca unghia degetului dumneavoastră.

Un fior delicios a străbătut trupul lui Orlando la auzul acestor cuvinte. O legănau cântul păsărilor și rostogolirea apelor. Îi evocaseră acea senzație de plăcere indescriptibilă pe care o încercase când o văzuse prima oară pe Sașa, în urmă cu sute și sute de ani. Atunci el domina, acum era ea dominată. Cine cunoaște cele mai intense clipe de extaz? Bărbatul sau femeia? Sau poate că amândoi la fel? Nu, și-a spus ea, (mulțumindu-i căpitanului și refuzându-l), cel mai plăcut lucru este să refuzi și să-l vezi necăjindu-se. Mă rog, dacă el insista, până la urmă va accepta cea mai subțire, cea mai infimă feliuță din lume. Faza aceasta era cea mai plăcută din toate: să cedezi până la urmă și să-l vezi zâmbind. Pentru că, și-a spus ea când și-a reluat culcușul în cort și și-a continuat meditațiile, nimic nu-i mai încântător decât să reziști și apoi să cedezi, să cedezi și apoi să rezisti. Asta îți inoculează în spirit o plăcere pe care nimic altceva nu ți-o poate dărui. Așadar, și-a urmat gândurile, nu sunt sigură că, până la urmă, n-am să mă arunc peste bord, numai din plăcerea de a fi salvată de un marinar.

(E necesar să ne aducem aminte că Orlando era ca un copil care intră în posesia unei grădini fermecate sau a unei minunate lăzi cu jucării; desigur că gândurile ei nu ar fi putut încolți în mintea unor femei mature, care au avut parte toată viața de asemenea plăceri.)

„Dar cum le spuneam noi, tinerii aflați la bordul corăbiei *Marie Rose*, femeilor care se aruncau în mare din plăcerea de a fi salvate de marinari? Aveam noi un nume pentru ele. Ah! Mi-am amintit..." (Dar noi aici trebuie să omitem acest cuvânt; e extrem de jignitor la adresa femeilor și total nepotrivit pe buzele unei lady.) „Doamne! Doamne!" a strigat Orlando încheindu-și meditațiile, „oare trebuie să încep să respect părerile sexului opus, oricât de monstruoase mi se par? Dacă port fuste, dacă nu pot să înot, dacă trebuie să fiu salvată de un marinar, Dumnezeule! Trebuie s-o fac!" Și la aceste gânduri a cuprins-o mâhnirea. Avea o fire candidă și nu accepta echivocurile, astfel încât o irita faptul că era nevoită să mintă. Minciuna i se părea o cale ocolită de a obține ceva. Și totuși, a continuat ea să gândească, brocarturile înflorate, plăcerea de a fi salvată de un marinar, dacă toate acestea puteau fi dobândite numai pe căi ocolite, atunci pe căi ocolite va trebui să pășească; probabil că da. Și-a adus aminte cum, în tinerețea ei de bărbat, susținuse că femeia trebuie să fie supusă, castă, parfumată și superb înveșmântată. Și acum, își spunea, va trebui să răscumpăr toate aceste idei cu propria mea persoană, pentru că, (judecând după scurta mea experiență în cadrul acestui sex) femeile nu sunt, din fire, supuse, caste, parfumate și superb înveșmântate. Aceste grațioase însușiri – fără de care n-ar putea gusta nici una dintre bucuriile vieții – nu pot fi dobândite decât printr-o disciplină extrem de plicticoasă. Trebuie să-ți coafezi părul, și numai asta o să-mi ia o oră din dimineață, trebuie să te studiezi în oglindă, și asta o să-mi ia o altă oră; pe urmă legatul șireturilor la corset, spălatul și pudratul, schimbatul de la mătase la dantelă, și de la dantelă la brocart; și obligația de a rămâne castă în tot lungul anului... Aici a bătut nervoasă din picior, dezgolindu-și câțiva centimetri din gleznă. Un marinar cocoțat pe catarg, care în momentul acela a privit din întâmplare în jos, a tresărit atât de violent, încât i-a alunecat piciorul și a scăpat ca prin urechile acului de o căzătură. „Dacă priveliștea gleznei mele poate să pricinuiască moartea unui om de treabă, care, fără îndoială, are o soție și o familie de întreținut", și-a spus Orlando, „e clar că, din cel mai elementar simț de omenie, trebuie să-mi țin gleznele acoperite". Da, picioarele constituiau una dintre cele mai atrăgătoare trăsături ale ei. Și și-a spus că am ajuns la un stadiu cât se poate de ciudat, dacă o femeie trebuie să-și ascundă tot ce are mai frumos, ca nu cumva un marinar să cadă din vârful catargului. „Fir-ar al naibii să fie!“ a exclamat, dându-și seama pentru prima dată că, în împrejurări normale, ar fi învățat de mic copil sacrele responsabilități ale unei femei. „Și asta-i ultima oară când mai pot să înjur“, și-a spus, „înainte de a pune piciorul pe pământ englezesc. Și nu voi mai putea niciodată să crăp capul unui om; sau să-i spun verde în față că-i mincinos; sau să-mi scot sabia și s-o împlânt în el; sau să mă răsfăț cu cei de un rang cu mine; sau să port o coroană; sau să iau parte la o procesiune; sau să condamn un om la moarte; sau să conduc o oaste; sau să mă fudulesc în Whitehall călare pe un cal de luptă; să-mi agăț în piept șaptezeci și două de medalii. Tot ce o să pot face, când o să pun piciorul pe pământ englezesc, va fi să torn ceaiul în cești și să-i întreb pe domnii și stăpânii mei cum le place. «Doriți zahăr? Un strop de lapte?»“ Și tot rumegând asemenea gânduri, a constatat, oripilată, ce părere proastă începe să-și formeze despre celălalt sex, sexul tare, căruia până de curând fusese atât de mândră să-i aparțină. Să cazi de pe un catarg pentru că ai zărit gleznele unei femei; să te împopoțonezi ca o paiață și să te fâțâi pe străzi, ca femeile să-ți cânte osanale; să-i interzici unei femei să învețe, ca nu cumva alții să râdă de tine; să fii sclavul unei fetișcane în jupon; și totuși să te împieptoșezi de parc-ai fi creatorul universului; Doamne, ce ne mai înnebunesc femeile, și ce nebune suntem noi! Aici, din cauza unei ambiguități a termenilor, s-ar părea că denigra în aceeași măsură ambele sexe, ca și cum ea nu ar fi aparținut nici unuia, nici altuia; și, într-adevăr, în acele momente părea să oscileze între a fi bărbat și a fi femeie; cunoștea tainele și împărtășea slăbiciunile ambelor sexe. Se găsea într-o stare de spirit derutantă și năucitoare. Consolarea ignoranței îi era cu desăvârșire oprită. Era ca o pană purtată de vânt. Și nu-i de mirare, punând față-n față cele două sexe, și descoperind când la unul, când la celălalt cele mai deplorabile slăbiciuni, nu mai știa nici ea căruia din ele îi aparține, – așadar e de înțeles că-i venea să strige că ar dori să se întoarcă în Turcia și să reintre în tabăra țiganilor, când ancora căzu cu un puternic plescăit în apă; velele se lăsară în jos pe punte, și Orlando a văzut (atât de cufundată fusese în gândurile ei, încât de câteva zile nu mai văzuse nimic) că nava fusese ancorată pe coasta Italiei. Pe dată, căpitanul a trimis pe cineva să o întrebe dacă-i face onoarea să-l însoțească într-o șalupă, să viziteze țărmul.

A doua zi de dimineață, când s-a întors din această escapadă, s-a întins din nou pe culcușul ei din cort, și și-a strâns cu mare grijă fustele în jurul gleznelor.

„Neștiutoare și slabe cum suntem noi", și-a reluat ea meditațiile din punctul unde le întrerupsese cu o zi în urmă, „și înarmați cu toate armele dure cum sunt ei, în timp ce se străduie să ne oprească pe noi până și de la cunoașterea alfabetului" (și din aceste cuvinte deducem clar că peste noapte se petrecuse ceva care o făcuse să încline acum spre sexul feminin, pentru că gândea mai mult ca o femeie decât ca un bărbat și cu o doză de satisfacție) „totuși ei sunt aceia care cad de pe un catarg." Aici a căscat cât o ținea gura și apoi a adormit. Când s-a trezit, corabia, împinsă de o briză prielnică, plutea atât de aproape de coastă, încât orașele sădite pe muchea țărmului păreau gata să cadă în apă, oprite doar de câte o stâncă viguroasă sau de rădăcinile încolăcite ale câte unui măslin străvechi. Mireasma de portocale se răspândea dintr-un milion de pomi încărcați cu fructe și ajungea până la ea pe punte. Un cârd de delfini albaștri săreau din când în când pe lângă vas, legănându-și cozile în aer. Orlando și-a întins brațele (învățase că brațele nu au același efect fatal ca picioarele) și i-a mulțumit cerului că nu trebuia să se împăuneze prin Whitehall călare pe un cal de luptă, și nici să condamne un om la moarte. „E mai bine să ai parte de slăbiciune și de ignoranță, căci astea sunt veșmintele femeii; e mai bine să lași reglementările și disciplina societății în sarcina altora; e mai bine să nu cunoști ambițiile războinice și setea de putere și toate celelalte năzuințe bărbătești, dacă așa te poți bucura de cele mai minunate delectări ale spiritului omenesc, adică" – a rostit ea cu glas tare, cum obișnuia când era adânc mișcată – „să guști contemplația, solitudinea, iubirea. Slavă Domnului că sunt femeie", a strigat și era gata să alunece în acea stare de țicneală extrem de deprimantă și la femei, și la bărbați, anume orgoliul sexului căruia îi aparține, când i-a revenit în minte cuvântul acela singular care, deși noi ne-am „străduit să-l punem la locul lui, s-a strecurat totuși la sfârșitul ultimei ei fraze: Iubire. Iubire?" a repetat Orlando. Și, brusc – atât e de impetuos acest cuvânt – iubirea a îmbrăcat o formă omenească – într-atât e de îngâmfat. În timp ce alte gânduri se mulțumesc să rămână într-o formă abstractă, acesta din urmă nu se lasă până nu capătă carne și sânge, o mantie sau un jupon, pantaloni și o tunică. Și cum toate iubirile lui Orlando fuseseră femei, acum, datorită condamnabilei încetineli cu care ființa umană se adaptează la convenții, deși Orlando era femeie, iubirea ei se întruchipa tot într-o femeie: și conștiința faptului că erau de același sex nu avea alt efect decât să întețească și să adâncească sentimentele pe care le trăise ca bărbat. Pentru că acum îi deveniseră clare o mie de aluzii și de mistere care în trecut zăcuseră în întuneric. Acum, tenebrele care despart cele două sexe și în a căror umbră mișună o puzderie de impurități se risipiseră și, dacă exista ceva în spusele poetului despre adevăr și frumos, iubirea lui Orlando câștiga în frumusețe ceea ce pierduse în falsitate. În sfârșit, acum o înțelegea pe Sașa așa cum fusese și, în ardoarea acestei descoperiri și în recunoașterea comorilor care îi erau dezvăluite, Orlando era atât de absorbită și de transportată, încât a fost zguduită ca de o lovitură de tun în ureche când o voce de bărbat i-a șoptit:

— Îmi permiteți, doamnă? și o mână bărbătească a ajutat-o să se ridice în picioare; și niște degete bărbătești, dintre care cel mijlociu era tatuat cu o corabie cu trei catarge, i-au indicat orizontul. Faleza Angliei, doamnă, i-a spus căpitanul și mâna care-i indicase orizontul s-a înălțat într-un salut.

Orlando a trecut acum prin al doilea șoc, mai violent decât primul.

— Isuse Christoase! a strigat.

Din fericire, priveliștea țării ei natale, după o atât de lungă absență, îi scuza și tresărirea puternică, și exclamația; altminteri ar fi fost foarte dificil să-i explice căpitanului Bartolus emoțiile sfâșietoare și contradictorii care clocoteau în ea. Cum să-i spună că ea, care tremura acum la brațul lui, a fost duce și ambasador? Cum să-i explice că ea, care era înfășurată în falduri de brocart ca un crin în teacă, retezase capete, se dezmățase cu femei ușoare printre sacii cu comori de pradă în calele corăbiilor de pirați sau în nopțile de vară când lalelele erau în floare și albinele bâzâiau prin Wapping Old Stairs? Nici ei înseși nu-și putea justifica șocul puternic prin care a trecut când ferma mână dreaptă a căpitanului i-a arătat stâncile Insulelor Britanice.

„Să refuzi apoi să cedezi", a murmurat ea, „ce minunat e să urmărești, apoi să cucerești; ce sublim e să percepi, apoi să meditezi". Nici unul dintre aceste cuvinte astfel împreunate nu i s-a părut deplasat; totuși, pe măsură ce țărmul stâncos se apropia, a început să se simtă vinovată, dezonorată, maculată, ceea ce era ciudat pentru cineva care niciodată nu nutrise asemenea gânduri. Aproape, tot mai aproape pluteau, până când culegătorii de anason de mare, agățați la jumătate din înălțimea stâncilor, au putut fi deslușiți cu ochiul liber. Privindu-i, Orlando a simțit cum o străbate, în sus și în jos, ca o fantomă care într-o clipă avea să-și adune fustele în jur și să se facă nevăzută, Sașa cea pierdută, Sașa cea din amintire, a cărei realitate și-o dovedise de curând, în chip atât de surprinzător, – Sașa care, simțea ea, își bătea joc și îi maimuțărea pe culegătorii de anason, schimonosindu-se și adresându-le tot felul de gesturi obscene, și când marinarii au început să intoneze bâiguit „Adio și la revedere, doamne din Spania“, cuvintele au avut ecou în inima întristată a lui Orlando și a simțit că, deși debarcarea însemna confort, însemna opulență, însemna continuitate și rang (pentru că, fără îndoială, o să pună ea mâna pe vreun prinț nobil și o să domnească, în chip de prințesă consoartă, peste jumătate din Yorkshire), totuși, dacă asta însemna acceptarea convențiilor, dacă însemna sclavie, dacă însemna înșelăciune, dacă însemna să renunțe la iubire, să fie legată de mâini și de picioare, și să-și țină gura, atunci ar fi fost gata să se întoarcă pe loc, cu aceeași corabie, îndărăt la țigani. În iureșul acestor gânduri, a răsărit deodată, ca o cupolă de marmură albă, netedă, ceva care, fie că era realitate, fie nălucire, i-a impresionat atât de puternic imaginația înfierbântată, încât s-a concentrat asupra vedeniei, așa cum urmărești un roi de libelule tremurătoare, care aterizează, cu vizibilă satisfacție, pe clopotul de sticlă care adăpostește o plantă gingașă. Dar forma acestei bolți îi evoca, printr-un hazard al fanteziei, acea efigie timpurie, persistentă, omul cu frunte înaltă din camera lui Stewkley, omul care stătea la o masă scriind sau mai curând privind, dar nu la ea, pentru că se pare că nici nu o zărise, așa cum era gătită cu toate finețurile ei, deși trebuie să fi fost, lucru pe care nu-l putea nega, un băiat încântător; și de câte ori se gândea la omul acela, gândul arunca în jur, precum luna care se oglindește în ape tulburate, o pânză de liniște argintie. De astă dată, mâna ei s-a îndreptat spre sân (cealaltă mână era încă prizonieră sub brațul căpitanului), locul care adăpostea în siguranță poemul ei. S-ar fi zis că era vorba de un talisman pe care-l ținea acolo. Confuzia care o răscolise cu privire la sexul căruia îi aparținea și ce semnificație avea, se domolise; acum se gândea numai la gloriile poeziei; mărețele versuri ale lui Marlowe, Shakespeare, Ben Johnson, Milton au început să-i răsune și să i se reverbereze în minte, de parcă un ciocănel de aur ar fi lovit un clopot de aur, în turnul catedralei din imaginația ei. În realitate, domul de marmură pe care ochii ei îl deslușiseră atât de vag încât i-a sugerat o frunte de poet și i-a stârnit o avalanșă de idei învălmășite, nu era o închipuire, ci o realitate; și pe măsură ce corabia înainta acum pe Tamisa, împinsă de aceeași briză prielnică, imaginea părelnică, cu toate asociațiile pe care le iscase, făcea loc adevărului, și se contura, nici mai mult nici mai puțin, ca o cupolă a unei ample catedrale, înconjurată de o dantelărie de turle albe.

— Catedrala St. Paul, a lămurit-o căpitanul Bartolus, care stătea lângă ea. Iată și Turnul Londrei, a continuat el. Spitalul Greenwich, ridicat în memoria reginei Mary, de către soțul acesteia, Maiesatea sa, răposatul William al Treilea; Westminster Abbey – Parlamentul. Pe măsură ce vorbea, fiecare dintre mărețele edificii se impunea privirii. Era o frumoasă dimineață de septembrie. O miriadă de mici ambarcațiuni împestrițau râul de la un mal la celălalt. Rareori i s-a înfățișat unui călător care se întorcea acasă un spectacol mai vesel sau mai interesant. Orlando stătea aplecată peste provă, absorbită și uimită. De multă vreme încoace, ochii ei se obișnuiseră doar cu sălbatici și cu natura pură, așa încât splendorile acestea urbane o fermecau. Deci asta era catedrala St. Paul pe care o construise domnul Wren câtă vreme lipsise ea. Și în apropiere, o coamă de păr auriu izbucnea dintr-o coloană. Căpitanul Bartolus, aflat lângă ea, a informat-o că acesta era Monumentul:

avusese loc o cumplită molimă și un incendiu. Fără voia ei, Orlando a simțit că ochii i s-au umplut de lacrimi pe care nu le putea stăvili; dar amintindu-și că unei femeri îi stă bine să plângă, le-a lăsat să-i șiroiască. Aici, în locul ăsta unde acum săltau valurile, se aflase pavilionul regal. Aici o văzuse prima oară pe Sașa. Pe undeva pe aici, ceva mai încolo (și-a aruncat privirile în largul apelor scânteietoare) zăcuse negustoreasa înghețată, cu merele ei în poală. Tot fastul și toată decăderea se mistuiseră. Se mistuise și noaptea de beznă, potopul monstruos, violentele valuri de inundație. Acolo unde se rotiseră și se învârtejiseră frânturi de ghețari gălbui, de vârful cărora se cramponau nenorociți împietriți de panică, plutea acum un șir de lebede, trufașe, unduioase, superbe. Londra se transformase cu totul de când nu o mai văzuse. Pe vremuri fusese o îngrămădeală de case scunde, negre, ca niște roiuri de gândaci, își amintea ea. Și căpățânile rebelilor care rânjeau înfipte în parii din Temple Bar. Și pavajele din pietre, mirosind a varză și a murdărie. Acum, când vasul a plutit pe lângă Wapping, a zărit străzi și piețe largi și drepte. Trăsuri impozante, trase de perechi de cai bine hrăniți, așteptau la ușile unor case ale căror geamuri din sticlă plumbuită și mânere bine lustruite vorbeau despre bunăstarea și modesta demnitate a celor care le locuiau. Doamne îmbrăcate în mătăsuri înflorate (Orlando și-a dus la ochi binoclul căpitanului) se plimbau pe trotuare înălțate deasupra carosabilului. Bărbați înveșmântați în vestoane brodate prizau tutun pe la colțuri de stradă, sub felinare. A mai văzut o întreagă varietate de firme pictate, care se clătinau în briză, și din imaginile reprezentate putea să-și dea seama pe dată care erau dughene de tabac, de tutun de prizat, de mătăsuri, prăvălii de articole din aur, de argintărie, de mănuși, de parfumuri, și de o droaie de alte obiecte. Și când vasul s-a apropiat de locul de ancorare de lângă Podul Londrei, n-a putut face altceva decât să arunce o privire la vitrinele cafenelelor, pe ale căror terase, întrucât vremea era frumoasă, se lăfăia un mare număr de cetățeni, având în față farfurii de porțelan și pipe alături, în timp ce unul dintre ei citea cu glas tare de pe o fițuică cu știri, întrerupt mereu de râsetele sau comentariile celorlalți. Acestea să fi fost tavernele, și clienții să fi fost oameni de spirit, să fi fost poeți? L-a întrebat pe căpitanul Bartolus care, îndatoritor, a informat-o că dacă întoarce puțin capul spre stânga, în direcția indicată de degetul lui arătător, tocmai treceau prin fața Cocotierului – da, aici era – și ar putea să-l zărească pe domnul Addison, luându-și cafeaua; și ceilalți doi domni acolo, doamnă, în dreapta felinarului, sunt domnii Dryden și Pope[1].

— Niște neisprăviți, a adăugat căpitanul, referindu-se la faptul că erau papistași, cu toate astea oameni de talent, a subliniat el, grăbindu-se să se ducă la pupă, pentru a supraveghea manevrele de acostare.

— Addison, Dryden, Pope, a repetat Orlando ca și cum numele făceau parte dintr-o vrajă.

Dar preț de o clipă a revăzut munții semeți care încercuiau Brussa; și în momentul următor a pus piciorul pe pământul ei natal.

Acum însă Orlando avea să învețe cât de puțin valorează cele mai vibrante și năvalnice emoții în fața fermității de oțel a legii; cu cât e mai dură legea decât pietrele din Podul Londrei; cu cât e mai severă decât gura unui tun. De îndată ce s-a întors în casa ei din Blackfriars, i s-a adus la cunoștință de către o echipă de curieri din Bow Street

1 Căpitanul s-a înșelat, probabil, după cum ne indică toate referințele din istoriile literare; dar cum greșeala lui era pornită din bunăvoință, să i-o trecem cu vederea (*n. a.*).

și de către niște trimiși ai Curții de Judecată, cu mutre grave, că era implicată în trei procese serioase, întrucât în absența ei fusese dată în judecată, precum și într-o droaie de litigii minore, unele fiind consecințe ale proceselor, altele depinzând de ele. Acuzațiile cele mai importante care i se aduceau erau: 1) întrucât decedase, nu putea să mai dețină nici o proprietate; 2) era femeie, ceea ce ducea la aceeași urmare; 3) întrucât era un duce englez care se căsătorise cu o anume Rosita Pepita, o dansatoare; căsătorie din care rezultaseră trei fii care declaraseră că tatăl lor murise și revendicau acum toate proprietățile lui, în calitate de moștenitori. Asemenea acuzații grave cer, desigur, timp și bani pentru a fi rezolvate. Până la declararea sentinței, toate proprietățile lui trecuseră în custodia statului și titlurile îi fuseseră suspendate. Așadar, Orlando se găsea într-o situație foarte ambiguă, neexistând certitudinea dacă era vie sau moartă, bărbat sau femeie, duce sau un anonim. Drept care a plecat la conacul ei de la țară, ca să aștepte acolo hotărârea judecătorească; i s-a dat o învoire legală să locuiască acolo, dar incognito sau incognita, după cum avea să fie cazul.

A sosit într-o frumoasă seară de decembrie, cu ninsoare și umbre violete, care cădeau pieziș, așa cum le visase ea pe dealul din Brussa. Clădirea imensă, care semăna mai mult cu un oraș decât cu o casă, cafenie și albastră, trandafirie și purpurie acum în zăpadă, cu toate coșurile fumegând pline de sârg de parcă ar fi avut o viață proprie. Văzând-o așa calmă și masivă, tolănită în mijlocul pajiștilor, Orlando nu și-a putut reține un strigăt. Când trăsura galbenă a intrat în parc și a înaintat pe aleea dintre copaci, cerbii roșcați și-au înălțat capetele, parcă plini de speranță, și s-a observat că, în loc să-și arate sfiala firească speciei lor, au urmat trăsura și au rămas în curte până aceasta a tras la scară. Unii își scuturau coarnele, alții loveau cu copita în pământ, în timp ce scărița era lăsată în jos și Orlando a coborât. Se povestește că un cerb a îngenuncheat pur și simplu în zăpadă, în fața ei. Până să apuce să bată cu ciocănelul în ușă, ambele canaturi ale intrării s-au deschis larg și s-au ivit, cu felinare și torțe aprinse, ținute deasupra capului, doamna Grimsditch, domnul Dupper, și o armată de servitori, cu toții veniți s-o întâmpine. Dar procesiunea a fost întreruptă, întâi de impetuozitatea lui Canute, dulăul, care s-a aruncat cu atâta ardoare asupra stăpânei lui, încât aproape că a dărâmat-o, apoi de agitația doamnei Grimsditch care, făcând întruna plecăciuni, era copleșită de emoție și nu reușea decât să îngaime „Milord! Milady! Milady! Milord!“ până când Orlando a potolit-o cu câte un sărut zdravăn pe amândoi obrajii. După care, domnul Dupper s-a apucat să citească dintr-un pergament, dar câinii lătrau, vânătorii suflau în corn, și cerbii, care în toată hărmălaia aceea pătrunseseră în curte, hămăiau la lună; l-au împiedicat și, curând, adunarea s-a risipit, oamenii intrând în casă, după ce se înghesuiseră în jurul stăpânei, dovedindu-i, fiecare în felul lui, bucuria că se întorsese.

Nici un moment vreunul din ei nu a dat vreun semn de îndoială că Orlando nu ar fi Orlando pe care-l cunoscuseră ei. Dacă ar fi încolțit vreo îndoială într-o minte omenească, atașamentul pe care i-l arătau cerbii și câinii ar fi risipit-o, pentru că se știe că necuvântătoarele sunt judecători mai buni ai identității și ai caracterului decât suntem noi.

Mai mult, i-a mărturisit doamna Grimsditch, în seara aceea, domnului Dupper, în fața cănilor de porțelan cu ceai, dacă stăpânul era acum o doamnă, apoi în viața ei nu văzuse una mai frumoasă, și ar fi fost tare greu să alegi între ei, pentru că fiecare era la fel de înzestrat ca și celălalt; erau ca două piersici pe aceeași ramură; și, de fapt, a adăugat doamna Grimsditch cu o voce misterioasă, ea una avusese mereu unele bănuieli (și a dat din cap și mai misterios), așa că pentru ea nu era o surpriză (aici a dat din cap, atotștiutoare) și, în ceea ce o privea pe ea, era o mare ușurare, căci dacă te gândești la noianul de prosoape care trebuiau cârpite și la perdelele mâncate de molii din biroul capelanului, era timpul să mai fie și o stăpână în casă:

— Ba și niște stăpâni și stăpâni mai mititei, care să vină după ea, a adăugat domnul Dupper, care, în virtutea sfintei lui misiuni, se bucura de privilegiul de a vorbi pe șleau despre asemenea chestiuni delicate.

Și așa, în timp ce bătrânii servitori bârfeau în sectorul rezervat lor, Orlando a luat o lumânare într-un sfeșnic de argint și și-a reluat pribegirile prin holuri, galerii, curți, dormitoare; s-a simțit iar privită de sus de chipul întunecat al cutărui lord păstrător al sigiliului sau al cutărui lord șambelan; se plimba printre străbunii ei și, din când în când, se așeza pe câte un jilț impunător sau se întindea în câte un ademenitor pat cu baldachin; urmărea tapiseria clătinată de curenții de aer, cu vânătorii ei călărind și Daphne alergând; își scălda mâna, așa cum îi plăcuse să facă în copilărie, în baia de lumină galbenă pe care clarul de lună, răzbind prin leopardul heraldic din vitraliul ferestrei, o proiecta pe lespezile lucioase ale galeriei; a trecut în partea cealaltă a galeriei, alunecând pe dalele lustruite lună, căptușite însă, pe dedesubt cu cherestea grosolană; atingea când un tapet de mătase, când o fâșie de satin, și își imagina că delfinii sculptați înotau; își peria părul cu peria de argint a regelui Iacob; își îngropa obrajii în esența parfumată *potpouri*, pe care o preparau din trandafiri după o rețetă pe care o învățaseră cu sute de ani în urmă de la William Cuceritorul; arunca o privire în grădină și își închipuia că vede șofranul dormind și daliile somnoroase, și nimfele gingașe strălucind albe în zăpadă, și gardurile vii de tisă întunecate, groase și dense cât o casă; serele de portocali și moșmonii uriași – asta vedea, și fiecare priveliște, fiecare sunet, oricât le-am descrie noi de prozaic, îi umpleau inima cu o asemenea plăcere senzuală și cu un asemenea balsam al bucuriei, încât până la urmă, istovită, a intrat în capelă și s-a prăbușit în bătrânul jilț roșu din care străbunii ei ascultaseră slujba. Aici și-a aprins o pipă (obicei pe care-l adusese cu ea din Orient), și a deschis cartea de rugăciuni.

Era o cărticică legată în catifea, brodată cu fir de aur, pe care o ținuse în mâini Mary, regina Scoției, pe eșafod și, cu ochiul credinței, puteai desluși pe ea o pată maronie, despre care se povestea că era urma unei picături de sânge regal. Dar cine ar putea spune ce gânduri pioase se iscaseră în Orlando, sau poate ce pasiuni păcătoase îi adormise atingerea cărții, din moment ce comuniunea cu divinitatea este o chestiune cu totul impenetrabilă? Romancierul, poetul, istoricul, toți rămân blocați la această ușă, și nici însuși credinciosul nu ne poate clarifica, nu poți ști dacă el e mai pregătit pentru moarte decât ceilalți oameni sau dacă e nerăbdător să-și împartă avuțiile cu alții. Oare nu deține și el la fel de multe servitoare și cai de trăsură ca toți ceilalți? Și totuși, afirmă el, e însuflețit de o credință care vede în bunurile materiale doar deșertăciuni, iar în moarte ceva dezirabil. În cartea de rugăciuni a Reginei, pe lângă pata de sânge, se mai găseau o buclă de păr și o fărâmă de cozonac; Orlando a adăugat acum la aceste vestigii și un firicel de tutun, și așa, citind și fumând, s-a simțit impresionată de această amestecătură atât de omenească – bucla de păr, bucățica de cocă, pata de sânge, tutunul – și a alunecat într-o stare de spirit contemplativă, ceea ce i-a conferit o mină solemnă, potrivită cu ambianța, deși se spune că nu exista nici un fel de trafic între ea și Dumnezeu. Oricum, nimic nu presupune mai multă aroganță – deși e faptul cel mai comun – decât să pretinzi că dintre toți Dumnezeii unul singur e valabil și că, dintre toate religiile, nu contează decât cea a vorbitorului. Se pare că Orlando avea o credință a ei proprie. Și acum, animată de cea mai exaltată ardoare religioasă, reflecta la păcatele și la toate abaterile care se strecuraseră în viața ei spirituală. Litera „S“, își spunea ea, reprezintă șarpele din paradisul poetului. Orice ar fi făcut, tot rămâneau prea multe din reptilele astea perfide în primele strofe din *Stejarul*. Dar litera „S“ nu era nimic pe lângă terminațiile în „ând“, era de părere. Gerunziul e diavolul în persoană, a continuat ea (acum când ne găseam într-un loc în care te puteai gândi la diavoli). Ocolirea unor asemenea ispite constituia datoria de frunte a poetului, a conchis ea, căci, dacă urechea este anticamera sufletului, poezia poate să corupă și să distrugă mai drastic decât pofta trupească sau ghiuleaua de tun. Așadar, poetul, a reflectat Orlando în continuare, are misiunea cea mai înaltă. Cuvintele lui ajung acolo unde ale altora nu pot pătrunde. Un cântecel ușor al lui Shakespeare a avut o mai puternică influență asupra celor sărmani sau păcătoși decât toate predicile și toate acțiunile filantropice din lume. Nici o pierdere de timp, nici o dăruire de sine nu e prea mare dacă ajută ca mesajul nostru să-și atingă, neștirbit, ținta. Trebuie să ne șlefuim cuvintele până ajung să fie o epidermă subțire a gândurilor noastre. Gândurile sunt de natură divină etc. E un lucru evident că Orlando revenise în hotarele propriei ei credințe, pe care timpul scurs și absența nu făcuseră decât să o întețească și care acum își redobândea rapid intoleranța unei religii.

„Mă maturizez“, și-a spus ea, reluând lumânarea și închizând cartea de rugăciuni a reginei Mary; „îmi pierd unele iluzii, poate pentru a dobândi altele“; după care a coborât în cripta în care odihneau osemintele străbunilor ei.

Dar parcă și rămășițele strămoșilor, sir Miles, sir Gervase și ceilalți, își pierduseră din sanctitate, din seara aceea când Rustum el Sadi îi minimalizase printr-un gest al mâinii, acolo, printre munții Asiei. Faptul că numai cu trei sau patru sute de ani în urmă scheletele acelea fuseseră oameni care-și croiau drum în lume, ca orice parvenit modern, și că și-l croiseră acumulând case și slujbe, jartiere și panglici, așa cum face orice parvenit, în timp ce poeții și oamenii de spirit și cultură preferaseră liniștea rurală, alegere pentru care plăteau cu pedeapsa sărăciei extreme și, mulți dintre ei, măsurau acum stofele și pânzeturile în prăvăliile din Strand sau duceau oile la păscut, îi umplea sufletul de remușcări. A reflectat în timp ce zăbovea în criptă, că piramidele egiptene, și ceea ce era îngropat sub ele, și dealurile mărețe, golașe, care străjuiesc Marea Marmara, păreau a fi în acea clipă un lăcaș mai grandios decât reședința ei cu nenumărate camere, în care nici un pat nu era lipsit de cuverturi și nici un castron nu era lipsit de capacul de argint.

„Da, mă maturizez", și-a spus Orlando, luându-și lumânarea; „îmi pierd iluziile, poate pentru a dobândi altele noi"; și a pornit să străbată galeria lungă, în drum spre camera ei. Trecea printr-un proces neplăcut și răscolitor. „Dar cât de interesant și cât de surprinzător", și-a spus, când și-a întins picioarele în fața focului de buturugi (din fericire, nu era nici un marinar de față) și și-a revăzut, de parcă ar fi fost o stradă populată de mari edificii, drumul parcurs de propria-i persoană de-a lungul propriului ei trecut.

Cât de mult îi plăcuse rezonanța cuvintelor, pe când era băiat, și crezuse că revărsarea tumultuoasă a silabelor de pe buze înseamnă splendoarea poeziei. Pe urmă – poate să fi fost efectul dragostei pentru Sașa și a marii lui deziluzii – în frenezia lui exaltată picaseră câțiva stropi negri care prefăcuseră muzica în tărăgăneală. Treptat, s-au deschis în ea niște labirinturi încâlcite, cu multe încăperi, pentru care aveai nevoie de o torță ca să le poți explora, dar scriind proză, și nu versuri; și și-a adus aminte cu câtă pasiune îl studiase pe acel doctor Browne din Norwich, a cărui carte o avusese pe atunci la îndemână. Și acolo, în singurătate, după aventura cu Greene, își formase sau încercase să-și formeze, pentru că numai cerul știe că pentru asemenea transformări îți trebuie secole, un spirit de rezistență. „O să scriu", și-a spus atunci, „numai ce o să-mi placă să scriu"; și a turnat douăzeci și șase de volume. Și totuși, în pofida călătoriilor ei și a multiplelor trăiri, a profunzimii meditațiilor ei și a cotiturilor atât de variate, se găsea încă într-un proces de formare. Și numai Dumnezeu știa ce-i rezervă viitorul. Schimbările nu încetează niciodată. Bastioane ale gândirii, obiceiuri care păruseră durabile precum piatra, se destrămaseră ca niște umbre la contactul cu alte spirite, și lăsaseră un cer gol pe care clipeau stele noi. În acest punct, Orlando s-a îndreptat spre fereastră și, în ciuda frigului, nu s-a putut opri s-o deschidă. S-a aplecat, sorbind aerul jilav al nopții. A ascultat lătratul unei vulpi în pădure și foșnetul unui fazan care se foia printre ramuri. A auzit zăpada alunecând pe acoperiș și căzând cu o bufnitură surdă pe pământ.

„Pe viața mea", a exclamat, „e de o mie de ori mai bine decât în Turcia. Rustum", i-a strigat, de parcă era prinsă într-o conversație cu țiganul (și în această nouă capacitate de a purta o discuție contradictorie în minte și a o prelungi cu cineva care nu era de față ca să o contrazică vedea o nouă dovadă a evoluției ei sufletești), „da, Rustum, n-ai avut dreptate. E mult mai bine decât în Turcia. Păr, cocă, tutun, din câte nimicuri ciudate suntem alcătuiți", i-a spus (gândindu-se la cartea de rugăciuni). „Ce fantasmagorie mai e și mintea noastră și ce lăcaș de brambureală! În momentul ăsta ne plângem că ne-am născut și ne văităm de starea noastră, aspirând spre puritatea ascetismului, și în momentul următor ne lăsăm copleșiți de miresmele unei cărări dintr-o grădină veche și ne dau lacrimile când auzim cântul sturzilor."

Și buimăcită, ca de obicei, de multitudinea lucrurilor care s-ar cere explicate și care își imprimă în noi mesajul fără să ne ofere cea mai mică sugestie legată de sensul lor, Orlando și-a aruncat pipa pe fereastră și s-a dus la culcare.

A doua zi de dimineață, ca o urmare a tuturor acestor gânduri, și-a scos pana și hârtia și a reînceput să lucreze asupra poemului *Stejarul*, pentru că a avea cerneală și hârtie din belșug, când a trebuit să te descurci cu mure și margini de pagini, era o bucurie de neconceput. Ba ștergea câte un vers, cu adâncă disperare, ba scria unul nou cu extatică avântare, când o umbră i-a întunecat pagina. Și-a ascuns în grabă manuscrisul.

Cum fereastra camerei ei dădea în cea mai importantă dintre curți, și cum poruncise ca nimeni să nu o deranjeze, cum nu cunoștea pe nimeni și ea însăși, din punct de vedere legal, era o necunoscută, apariția umbrei la început a surprins-o, apoi a indignat-o și pe urmă (când a ridicat privirea și a văzut cui aparținea), a înveselit-o. Pentru că era o umbră familiară, o umbră grotescă, era, nici mai mult nici mai puțin, umbra personajului ce fusese arhiducesa Harriet Griselda de Finster-Aarhorn și Scand-oj-Boom, de pe teritoriul României. Țopăia prin curte înveșmântată în vechea ei manta de călărie, ca și altă dată. Nici un fir de păr nu i se schimbase. Deci aceasta era femeia care o alungase din Anglia! Ea era cuibul acelui vultur obscen – sau chiar fatala pasăre răpitoare în persoană. La gândul că bătuse tot drumul până în Turcia ca să scape de mrejele seducției ei (acum total dispărute), Orlando a izbucnit în râs. Apariția ei era de un comic inexprimabil. Semăna – așa cum Orlando observase și înainte – cu un iepure monstruos. Avea ochii holbați, obrajii flești căiți, creștetul înalt, întocmai ca acea vietate. Acum se oprise, ca un iepure înfipt pe labele dindărăt, când se crede neobservat, și se zgâia la Orlando, care o privea, la rândul ei, pe fereastră. După ce s-au fixat cu privirea reciproc o bucată de timp, Orlando s-a simțit nevoit să o invite înăuntru și, în scurt timp, cele două doamne făceau schimb de amabilități, în timp ce arhiducesa își scutura zăpada de pe mantie.

„Dracu' să le ia pe femei! își spunea Orlando în sinea ei, în timp ce se îndrepta spre bufet ca să-i servească un pahar cu vin, niciodată nu-ți lasă un moment de răgaz. Nici că există vreo altă specie mai scormonitoare, mai iscoditoare, mai băgăreață! Ca să scap de prăjina asta am plecat din Anglia, și acum...", s-a întors cu tava ca s-o servească pe arhiducesă și a văzut că acum, în locul ei stătea un domn înalt, îmbrăcat în negru. Pe jos, lângă grătarul din fața căminului, zăcea un morman de haine. Era singură în cameră cu un bărbat.

Conștientă subit de sexul ei, de care uitase complet, și de sexul musafirului, amintindu-și de neplăcuta experiență de care nu se îndepărtase îndeajuns pentru a nu mai fi încă răscolitoare, Orlando aproape că a leșinat.

— Doamne, a strigat, ducându-și mâna la inimă, ce m-ai speriat!

— Încântătoare făptură, a strigat arhiducesa lăsându-se într-un genunchi și ducând la buzele lui Orlando un tonic înviorător, iartă-mi înșelătoria la care te-am supus!

Orlando a sorbit vinul tonic, iar arhiducele a îngenuncheat iar și i-a sărutat mâna.

Pe scurt, timp de zece minute și-au jucat cu mult zel rolul de bărbat și femeie, după care s-au lansat într-o discuție firească – arhiducesa (dar pe viitor trebuie să-i spunem arhiducele) i-a istorisit povestea lui – era bărbat și bărbat fusese întotdeauna; văzuse un portret al lui Orlando și se îndrăgostise nebunește de el; pentru a-și atinge scopurile, se deghizase în femeie și se instalase deasupra brutăriei; a fost deznădăjduit când Orlando a plecat în Turcia; pe urmă a aflat de schimbarea prin care trecuse și s-a grăbit să vină să-și ofere serviciile (la aceste cuvinte a chicotit și-a hohotit într-un chip de nesuportat). Pentru el, a continuat arhiducele, ea era și va fi întotdeauna Pasiunea, Perla, Perfecțiunea sexului ei. Cei trei „P“ ar fi fost mai convingători dacă n-ar fi fost acompaniați de hăhăieli și behăieli extrem de ciudate. „Dacă asta e iubire“, și-a spus Orlando în sinea ei, privindu-l pe arhiduce care se găsea de cealaltă parte a apărătoarei din fața căminului și judecându-l acum prin ochii femeii, „atunci are ceva nespus de ridicol în ea“.

Arhiducele Harry a căzut în genunchi și i-a debitat cea mai pasionată declarație legată de persoana lui. I-a mărturisit că posedă vreo douăzeci de milioane de ducați puși la păstrare într-un sipet ferecat în castelul său. Poseda mai multe hectare de pământ decât oricare alt nobil din Anglia. Vânatul de pe terenurile lui era excelent; îi putea făgădui tolbe întregi de potârnichi și de cocoși sălbatici, și nici un ținut englezesc sau chiar scoțian nu ar fi putut rivaliza cu el. E drept că fazanii cam suferiseră de scabie în perioada absenței ei și căprioarele își cam pierduseră puii, dar toate acestea pot fi remediate și vor fi, cu ajutorul ei, când vor locui împreună în România. În timp ce vorbea, lacrimi enorme îi inundau ochii bulbucați și se prelingeau prin brazdele nisipii ale obrajilor lungi și fleșcăiți...

Că burlacii pot să plângă la fel de des și de irațional ca și femeile, Orlando știa din propria ei experiență de bărbat; dar își dădea seama că femeile ar trebui să fie șocate când văd un bărbat care-și dă frâu liber emoțiilor în prezența lor, așa încât s-a arătat șocată.

Arhiducele și-a cerut scuze. Și-a recăpătat controlul de sine în suficientă măsură cât să-i spună că acum o va părăsi, dar că se va întoarce a doua zi ca să-i afle răspunsul.

Acestea se petreceau într-o zi de marți. A revenit miercuri, a revenit joi, a revenit vineri, chiar și sâmbătă. E drept că de fiecare dată începea, continua și încheia cu o declarație de dragoste, dar între declarații se căscau spații lungi de tăcere. Ședeau de o parte și de alta a căminului și, uneori, arhiducele răsturna cleștele de foc și Orlando îl ridica. După un timp, arhiducele a început să-i povestească cum a împușcat el un elan în Suedia și Orlando l-a întrebat dacă elanul a fost mare; iar arhiducele i-a mărturisit că nu fusese chiar atât de mare ca renul pe care-l vânase în Norvegia; și Orlando l-a întrebat dacă a vânat vreodată un tigru, iar arhiducele l-a informat că împușcase un albatros, iar Orlando l-a întrebat (mascându-și un căscat) dacă albatrosul era la fel de mare ca un elefant, iar arhiducele i-a răspuns ceva foarte rațional, fără îndoială – numai că Orlando nu l-a auzit pentru că se uita ba la masa ei de lucru, ba pe fereastră, ba la ușă. Iar când arhiducele i-a spus: „Te ador!" în aceeași clipă în care Orlando i-a spus: „Cred că începe să plouă", amândoi au rămas cam fâstâciți, și au roșit și nici unul din ei nu a mai găsit ceva de spus. Într-adevăr, Orlando nu mai știa ce să discute cu el, când i-a venit ideea unui joc numit „Uite musca" la care se puteau pierde sume mari de bani, cu foarte puțină cheltuială de gândire; presupunea că, altminteri, ar fi trebuit să-l ia de bărbat, pentru că nu vedea altă modalitate cum să scape de el. Oricum, era un joc foarte simplu – care nu necesita decât trei bucăți de zahăr și o cantitate de muște – menit să evite stinghereala conversațiilor și nevoia de a se mărita cu el. Acum arhiducele era gata să parieze cinci sute de lire contra unui șiling, că o muscă se va așeza pe o anumită bucată de zahăr și nu pe cealaltă. În felul acesta, își ocupau toată dimineața pândind muștele (care, dat fiind anotimpul, erau pe jumătate amorțite și uneori le trebuia câte un ceas ca să facă ocolul tavanului), până când, în cele din urmă, câte o muscă mare, albastră, își alegea bucata de zahăr și cel care pariase pe ea câștiga. Sute de lire au trecut dintr-o mână în cealaltă, la acest joc despre care arhiducele, care era un jucător înnăscut, spunea că e la fel de palpitant ca și cursele de cai, și afirma că ar fi gata să-l joace toată viața. Dar Orlando începuse să se plictisească:

„La ce bun să fiu o femeie frumoasă, în floarea vârstei?" se întreba ea, „dacă trebuie să-mi petrec toate diminețile urmărind muște albastre împreună cu un arhiduce?"

Îi era scârbă să mai vadă zahăr, iar muștele îi dădeau amețeli. „Trebuie să existe vreo portiță de scăpare din pacostea asta", își spunea, dar era încă stângace în ce privește trucurile caracteristice sexului ei și cum nu-i mai era îngăduit să-i dea unui bărbat cu ceva în cap sau să-i înfigă o spadă în trup, la altă metodă nu se putea gândi. Așa că a prins o muscă albastră, a strivit-o ușor până și-a dat duhul (de fapt, musca fusese pe jumătate moartă, altminteri slăbiciunea ei pentru necuvântătoare nu i-ar fi permis să o omoare) și a lipit-o cu o picătură de gumă arabică pe o bucată de zahăr. În timp ce arhiducele stătea cu ochii în tavan, Orlando a înlocuit bucata de zahăr pe care pariase, cu cea cu musca lipită și a strigat: „Uite, uite musca!", declarând deci că a câștigat pariul. Își spusese că arhiducele, cu toată priceperea lui la vânătoare și la cursele de cai, o să detecteze imediat înșelătoria și, cum a trișa la „Uite musca!" era considerat un delict de extremă gravitate, și numeroși jucători care se pretaseră la așa ceva fuseseră izgoniți din societatea omenească în comunitatea maimuțelor de la tropice, Orlando spera că arhiducele va fi atât de demn încât să refuze să mai aibă de-a face cu ea. Dar a subevaluat naivitatea amabilului nobil. Adevărul e că nu se pricepea la muște. O muscă moartă nu i se părea cu nimic diferită de o muscă vie. Orlando și-a repetat trucul de vreo douăzeci de ori, și Arhiducele i-a plătit peste 17 250 de lire (ceea ce echivalează cu vreo 40 885 de lire, 6 șilingi și 8 pence în banii noștri de azi), până când Orlando a trișat atât de grosolan, încât nici măcar arhiducele nu s-a mai lăsat înșelat. Când, în sfârșit, a înțeles ce se petrece, a urmat o scenă penibilă. Arhiducele s-a ridicat cât era de lung. Obrajii i s-au învinețit. Lacrimile au pornit să i se rostogolească pe față, una câte una. Faptul că pierduse o avere nu conta; Orlando n-avea decât să câștige; faptul că-l dusese de nas conta oarecum – era dureros să o știe capabilă de așa ceva; dar să trișeze la „Uite!" era de neiertat. Să iubești o femeie care trișează la joc era o imposibilitate, afirma el. Era complet dărâmat. Din fericire însă, a constatat revenindu-și puțin, nu exista nici un martor. La urma urmei, Orlando nu era decât o femeie. Pe scurt, cu simțul lui cavaleresc, era gata să o ierte și s-a aplecat ca să-și ceară el iertare pentru violența cuvintelor pe care le rostise, dar Orlando i-a curmat efuziunile, când l-a văzut cu capul înclinat, vârându-i o broscuță între piele și cămașă.

Ca să nu o nedreptățim, trebuie să spunem că ar fi preferat de o mie de ori să-i vâre o spadă. Broaștele sunt niște vietăți vâscoase și e foarte neplăcut să ții una ascunsă o dimineață întreagă. Dar dacă spada ți-e interzisă, trebuie să recurgi la broaște. Mai mult, cu broaște și cu râsete reușești uneori mai mult decât ai reuși cu oțelul. Orlando a râs. Arhiducele s-a roșit ca para focului. Orlando a râs. Arhiducele a înjurat. Orlando a râs. Arhiducele a trântit ușa în urma lui.

— Slavă Domnului! a strigat Orlando, continuând să râdă.

A auzit zgomotul roților trăsurii care străbătea curtea într-o goană furibundă. Le-a auzit apoi ropotul pe drum. Zgomotul se auzea din ce în ce mai slab. Până la urmă a amuțit cu totul.

— Sunt singură! a strigat Orlando, din moment ce nu era nimeni care s-o audă.

Faptul că tăcerea e mai profundă când vine după gălăgie trebuie încă să fie confirmat de oamenii de știință. Dar că singurătatea e mai greu de suportat după ce ai fost iubită, e un fapt pentru al cărui adevăr pot depune mărturie multe femei. Când huruitul roților arhiducelui s-a mistuit, Orlando a simțit cum se îndepărtează tot mai mult de ea un arhiduce (asta n-o supăra), o avere (nici asta n-o supăra), un rang (nici asta n-o supăra), siguranța și statornicia vieții conjugale (dar nici asta nu o supăra); însă i se părea că aude viața îndepărtându-se de ea, viața și un iubit. „Viața și un iubit" a murmurat; s-a îndreptat spre masa de lucru, și-a înmuiat pana în cerneală și a scris:

„Viața și un iubit", un vers lipsit de ritm și care nu se potrivea deloc cu ce era notat mai sus pe aceeași hârtie, anume o metodă de a scălda oile ca să previi râia. Recitindu-și versul, a roșit și a repetat: „Viața și un îndrăgostit". Pe urmă a lăsat pana din mână, s-a dus în dormitor, s-a așezat în fața oglinzii și și-a aranjat colierul de perle la gât. Dat fiind însă că perlele nu prea sunt puse în valoare de o rochie de dimineață din bumbac imprimat, a schimbat-o cu una de tafta cenușie ca pieptul de porumbel; și după aceea a încercat o alta de culoarea florii de piersic, după care a urmat una de brocart, de culoarea vinului. Poate n-ar strica să intervină și puful de pudră, și-a spus, și dacă și-ar aranja și părul – uite așa, pe frunte, s-ar putea să-i vină bine. După care și-a vârât picioarele în niște papuci cu vârf ascuțit și și-a trecut un inel cu smarald pe deget. „Acum e acum", s-a gândit când a terminat să se gătească și a aprins cele două sfeșnice de argint care se găseau de o parte și de alta a oglinzii. Care femeie nu ar fi scăpărat de plăcere dacă ar fi văzut ceea ce a văzut atunci Orlando arzând în zăpadă – pentru că s-ar fi spus că în oglindă se așternuseră pajiști înzăpezite, și ea era ca o văpaie, un tufiș în flăcări, iar razele lumânărilor îi încununau capul cu frunze de argint; sau poate că oglinda era o apă verde și ea o sirenă cu trupul înlănțuit în perle, o sirenă într-o peșteră, cântând atât de îmbietor, încât luntrașii se aplecau peste marginea bărcilor și cădeau adânc, în adâncuri, ca să o îmbrățișeze; atât de întunecată, atât de luminoasă, atât de fermă, atât de moale era, atât de neînchipuit de seducătoare, încât păcat, de o mie de ori păcat, că nu era nimeni acolo care să spună pe șleau: „Să fiu al naibii, doamnă, dacă nu sunteți însăși frumusețea întruchipată". Ceea ce era perfect adevărat. Până și Orlando (care nu era deloc încrezută) știa ce vede, pentru că a zâmbit cu acel zâmbet involuntar cu care zâmbesc femeile când propria lor frumusețe, care pare să le fie străină, se cristalizează ca o picătură gata să cadă sau ca o fântână arteziană care se înalță pe neașteptate și le înfruntă în oglindă – cu asemenea zâmbet a zâmbit și Orlando, apoi a rămas o clipă în așteptare, dar nu a auzit decât foșnetul frunzelor și ciripitul vrăbiilor, și atunci a suspinat: „Viața și un iubit", după care s-a răsucit pe călcâie cu mare rapiditate; și-a smuls colierul de perle de la gât, și-a dezgolit trupul de mătăsuri; și, stând dreaptă și nemișcată în pantalonii bufanți din mătase neagră ca un gentilom oarecare, a tras de șnurul clopoțelului. Când a apărut servitorul, i-a cerut să-i pregătească trăsura cu șase cai și totul să fie gata pe dată. Era obligată să plece la Londra cu treburi urgente. La o oră după plecarea arhiducelui pornea și ea la drum.

Și în timp ce Orlando călătorește, noi putem profita de ocazie – dat fiind că peisajul era unul obișnuit englezesc, deci nu-i nevoie să-l mai descriem – și să atragem atenția cititorului asupra unor aspecte pe care le-am menționat la momentul respectiv printr-una sau două remarci presărate, ici, colo, pe parcursul narațiunii. De pildă, poate ați sesizat că Orlando își ascundea manuscrisele ori de câte ori era întreruptă din lucru. Și că se studia îndelung și cu atenție în oglindă; și acum, în drum spre Londra, am putea observa că tresărea puternic și își înăbușea un strigăt ori de câte ori caii galopau mai impetuos decât îi plăcea. Modestia ei cu privire la scrieri și vanitatea legată de persoana ei, ca și temerile referitoare la siguranța ei fizică par să sugereze că afirmația făcută de noi puțin mai sus, anume că nu exista nici o diferență între Orlando-bărbat și Orlando-femeie, nu mai e absolut adevărată. Orlando devenise ceva mai modestă cu privire la gândirea ei – așa cum sunt femeile – și ceva mai vanitoasă cu privire la înfățișarea ei – așa cum sunt femeile. Unele susceptibilități se accentuaseră, altele se diminuaseră. Filozofii vor spune că schimbarea îmbrăcăminții joacă un rol preponderent în această chestiune. Deși hainele par doar niște elemente de orgoliu, lipsite de însemnătate, afirmă filozofii, ele au totuși o menire mai importantă decât aceea de a ține cald. Ele modifică concepția noastră despre lume și concepția lumii despre noi. De exemplu, când căpitanul Bartolus a văzut fustele lui Orlando, a dat imediat dispoziții să se instaleze un cort special pentru ea, i-a oferit o felie de friptură în plus, a invitat-o în barca lui cu pânză să viziteze țărmul. Toate aceste amabilități nu s-ar fi produs dacă în locul fustelor vaporoase, materialul ar fi fost mulat pe picioarele ei sub formă de pantaloni bărbătești. Și când suntem tratați cu curtoazie, se cuvine să răspundem în același fel. Orlando a făcut reverențe, a acceptat, l-a flatat pe bunul căpitan, i-a încurajat dispoziția, ceea ce nu s-ar fi întâmplat dacă în locul pantalonilor lui eleganți ar fi apărut fustele unei femei și dacă în locul tunicii lui cu fireturi ar fi apărut un pieptar femeiesc din satin. Așadar, suntem îndreptățiți să afirmăm că hainele ne poartă pe noi, și nu noi pe ele; noi le putem modela după brațele sau pieptul nostru, dar ele ne modelează inimile, creierul, limba, după placul lor. Și cum de o bună bucată de vreme Orlando purta fuste, o anumită schimbare se produsese în ea, schimbare vizibilă și pe chip. Dacă am compara portretul lui Orlando-bărbat cu cel al ui Orlando-femeie, am percepe – deși ambele sunt, neîndoielnic, portretele aceleiași persoane – anumite diferențe. Bărbatul își ține o mână liberă ca să-și poată încleșta sabia; femeia își folosește mâna ca să susțină mătăsurile care-i alunecă de pe umeri. Bărbatul privește lumea drept în față, de parcă ar fi fost creată pentru nevoile lui și după gustul lui. Femeia îi aruncă o privire piezișă, plină de subtilitate, ba chiar bănuitoare. Dacă amândoi ar fi purtat aceleași veșminte, poate că și înfățișările lor ar fi fost identice.

Așa sună concepția unor anumiți filozofi, dintre cei mai înțelepți dar, privind lucrurile în ansamblu, noi înclinăm spre altă părere. Deosebirea dintre sexe este, din fericire, una de mare profunzime. Hainele nu sunt decât un simbol a ceva ascuns adânc dedesubt. Schimbarea care l-a îndemnat să aleagă îmbrăcămintea femeiască și sexul feminin s-a produs în însăși firea lui Orlando. Și poate că prin această transformare nu făcea decât să exprime cu mai multă sinceritate decât de obicei – era într-adevăr sufletul naturii ei – ceva ce li se întâmplă aproape tuturor oamenilor, fără să poată fi exprimat fățiș. Pentru că aici ne lovim din nou de o dilemă. Oricât de diferite ar fi cele două sexe, între ele există totuși o permanentă interferență. În fiecare ființă umană are loc o oscilare de la un sex la celălalt, și adeseori doar hainele mai rețin înfățișarea bărbătească sau femeiască, în timp ce în adâncuri sexele dezmint ceea ce se vede la suprafață. Fiecare dintre noi cunoaște complicațiile și confuziile rezultate din această situație, pe care le-am experimentat personal; dar aici evităm chestiunile generale și ne referim doar la efectul ciudat avut în cazul particular al lui Orlando.

Deoarece acest amestec între femeie și bărbat care exista în ea, amestec în care prevala când unul, când celălalt, conferea adeseori comportamentului ei unele aspecte neașteptate. Persoanele băgărețe de același sex cu ea se mirau, de pildă, cum de Orlando, dacă era femeie, nu pierdea niciodată mai mult de zece minute ca să se îmbrace? Și cum de rochiile ei erau alese la întâmplare, și uneori arătau chiar neglijente? Pe de altă parte însă, observau că nu avea nimic din atitudinea rigidă a unui bărbat, sau din setea de putere a bărbaților. Orlando era de o duioșie excesivă. Nu suporta să vadă un măgar biciuit sau un pui de mâță înecat. Dar, în același timp, era evident că detesta treburile gospodărești, că se scula cu noaptea în cap și ieșea în câmp, vara, înainte de răsăritul soarelui. Nici un fermier nu cunoștea mai multe decât ea în legătură cu recoltele. Era în stare să bea zdravăn și îi plăceau jocurile de noroc. Călărea admirabil și se pricepea să mâne șase cai în galop peste Podul Londrei. Pe de altă parte însă, deși era curajoasă și plină de dinamism ca un bărbat, priveliștea unui om aflat în pericol îi stârnea cele mai femeiești reacții. Izbucnea în plâns la cea mai mică provocare. Privea cu ostilitate geografia, matematicile i se păreau insuportabile și avea unele ciudățenii comune mai curând femeilor decât bărbaților, de pildă a călători în sud însemna pentru ea a merge la vale. E foarte dificil de spus dacă Orlando era mai mult bărbat decât femeie, și în nici un caz nu putem hotărî acest lucru aici. Pentru că trăsura ei se hurduca acum pe pietrele Londrei. Ajunsese la casa din oraș. Scărița trăsurii a fost lăsată în jos, porțile de fier s-au deschis larg. A intrat în casa tatălui ei din Blackfriars care, deși personalitățile la modă se mutau rapid din această parte a orașului, era încă o reședință plăcută, spațioasă, cu grădini care coborau până la fluviu, și cu un ademenitor desiș de nuci prin care să te plimbi.

Aici s-a stabilit și a început de îndată să caute ceea ce o adusese în oraș – viața și un iubit. În ceea ce privește primul factor s-ar putea să existe unele îndoieli; pe cel de-al doilea l-a găsit însă fără nici un efort, la două zile după sosire. Intrase în oraș într-o zi de marți. Joi s-a dus să facă o plimbare pe Mall, așa cum obișnuiau pe atunci persoanele de vază. Nu făcuse nici două tururi pe stradă când a fost remarcată de o ceată de gură-cască, dintre cei care vin pe acolo ca să-i iscodească pe alții ce le sunt superiori. Când a trecut pe lângă ei, o femeie simplă, cu un copil la sân, s-a desprins de grup, s-a zgâit impertinent la fața lui Orlando și a strigat în gura mare: „Să fiu a naibii dacă asta nu-i lady Orlando!“ Partenerii ei s-au îmbulzit în jur și într-o clipă Orlando s-a pomenit în centrul unei îngrămădeli de indivizi și de neveste de precupeți care se holbau la ea, toți curioși s-o vadă pe eroina unui faimos proces. Atât de mare era interesul pe care-l stârnea cazul ei în mijlocul oamenilor de rând. Ar fi putut să fie foarte incomodată de înghesuiala din jurul ei – uitase că unei doamne nu-i este îngăduit să apară singură în locuri publice – dacă un domn înalt nu s-ar fi repezit să-i ofere protecția brațului său. Era arhiducele. La vederea lui, Orlando s-a simțit copleșită de amărăciune, dar, într-un fel, a fost și amuzată. Mărinimosul domn nu numai că o iertase, dar ca să-i demonstreze că privea cu umor năzdrăvănia ei cu broasca, îi cumpărase o bijuterie în forma acelei vietăți, și a stăruit să o primească, însoțită de o repetare a declarației de dragoste, în timp ce se urca în trăsura lui.

Poate din cauza îmbulzelii mulțimii, poate din cauza arhiducelui cu bijuteria lui, Orlando s-a întors acasă în cea mai neagră dispoziție posibilă. Deci era cu neputință să faci o plimbare fără să te pomenești pe jumătate sufocată, fără să primești în dar o broască bătută în smaralde, fără să fii cerută în căsătorie de un arhiduce? Dar și-a mai îmblânzit perspectiva asupra lucrurilor a doua zi, când i s-au adus la micul dejun o jumătate de duzină de scrisorele trimise de unele dintre cele mai mari doamne din țară – lady Suffolk, lady Salisbury, lady Chesterfield, lady Tavistock și altele, care-i aminteau, în cei mai politicoși termeni, de vechile legături dintre familiile lor și a ei, și care-i solicitau onoarea de a o cunoaște. A doua zi, care era sâmbătă, multe dintre aceste mari doamne au venit în persoană să o viziteze. Marți, pe la ora prânzului, valeții lor i-au adus invitații la diferite sindrofii, dineuri și reuniuni proiectate în viitorul apropiat; așa încât Orlando a fost lansată, fără întârziere, cu plescăieli și valuri înspumate, în apele societății londoneze. A face o descriere conformă cu adevărul a societății londoneze din vremea aceea sau din orice altă vreme e o misiune care depășește puterile biografului sau ale istoricului. Numai cei care nu se sinchisesc de adevăr și nu îi poartă mare respect – adică poeții și romancierii – ar putea întreprinde așa ceva, pentru că aceasta e o temă în care adevărul nu există. Nimic nu există. Întreaga chestiune e efemeră – un miraj. Să explicăm lucrurile clar: Orlando se întorcea acasă de la o sindrofie din astea pe la trei sau patru dimineața, cu obrajii aprinși ca un pom de Crăciun, și ochii scânteietori ca niște stele. Își dezlega un șiret, se învârtea prin cameră de câteva ori până se îndura să-și dezlege și al doilea șiret, se oprea, se învârtea din nou prin cameră. Adeseori, soarele ajungea să strălucească peste coșurile din Southwark înainte de a se hotărî ea să se culce și, când în sfârșit intra în pat, se sucea și se răsucea în așternut, râdea și ofta mai bine de o oră până când i se lipea somnul de ochi. Și de ce atâta zbucium? Din cauza societății, și ce oare spusese sau făcuse societatea ca să tulbure până într-atât o doamnă chibzuită? Ca să fim sinceri, nimic. Oricât și-ar fi scormonit a doua zi memoria, Orlando nu-și putea aduce aminte nici măcar un cuvânt care să fi putut însemna ceva. Lordul O. fusese galant. Lordul A. fusese politicos. Marchizul de C., fermecător. Domnul M., amuzant. Dar când încerca să-și amintească în ce a constat galanteria, politețea, farmecul sau spiritul lor, bănuia că memoria nu o mai servește, pentru că nu putea reconstitui nimic. Și mereu se întâmpla același lucru. A doua zi nu-i mai rămânea nimic în cap, deși în momentele respective încercase o emoție intensă. De aceea suntem nevoiți să tragem concluzia că societatea e la fel ca acele băuturi pe care gospodinele iscusite le servesc calde de Crăciun și a căror savoare depinde de combinarea exactă și amestecul unor numeroase cantități de diferite ingrediente. Dacă le iei pe fiecare în parte, n-au nici un gust. Dacă-i iei separat pe lordul O., lordul A., lordul C., sau domnul M., fiecare dintre ei e un zero. Combină-i și amestecă-i laolaltă și ai să obții cel mai îmbătător gust, cea mai îmbietoare aromă. Această beție, această seducție scapă analizei noastre. Așadar, societatea este, în același timp, totul și nimic. Societatea este cea mai amețitoare infuzie din lume, și totuși societatea e inexistentă. Numai poeții și romancierii pot să comunice cu asemenea monștri; operele lor sunt umflate până la limita maximă cu asemenea existențe inexistente; și, cu cea mai mare bunăvoință din lume, suntem bucuroși să le lăsăm în seama lor.

Urmând exemplul predecesorilor noștri vom afirma deci că societatea engleză, sub domnia reginei Ana, se bucura de o strălucire unică. A fi primit în această societate era năzuința oricărei persoane de familie bună. Onorurile erau supreme. Tații își instruiau fiii, mamele își instruiau fiicele. Nici o educație nu era desăvârșită – indiferent de sex – dacă nu-i învăța știința ținutei, arta plecăciunilor și reverențelor, mânuirea sabiei și a evantaiului, îngrijirea dinților, mișcarea piciorului; flexibilitatea genunchiului, felul cuviincios de a intra într-o cameră și de a ieși din ea, și o mie de et cetera, de care își va aminti oricine a frecventat acea societate. Și cum Orlando își câștigase elogiile reginei Elisabeta pentru felul în care îi înmânase bolul cu apă de trandafiri pe când era un băiețandru, e de presupus că era un maestru în toate probele pe care le avea de trecut. Totuși e adevărat că uneori se dovedea destul de distrată încât să facă gesturi stângace; era în stare să se gândească la poezie când ar fi trebuit să se gândească la tafta; și mersul, pașii ei erau prea apăsați pentru o femeie, iar mișcările ei, cam abrupte, puneau uneori în pericol câte o ceașcă de ceai.

Fie că această ușoară stângăcie umbrea splendoarea ținutei ei, fie că moștenise un strop din umoarea neagră care curgea prin venele familiei ei, cert este că nu participase nici măcar de douăzeci de ori la manifestațiile societății, când putea fi auzită întrebându-se singură: „Ce naiba se întâmplă cu mine?“ – asta dacă ar fi fost de față cineva care s-o audă, în afară de prepelicarul ei, Pippin. Aceasta s-a întâmplat marți, 16 iunie 1712; tocmai se întorsese de la un mare bal la Arlington House; mijiseră zorii și Orlando își scotea ciorapii. „Nu mi-ar păsa dacă n-aș mai cunoaște niciodată un suflet de om“, a strigat izbucnind în plâns. Îndrăgostiți avea cu duiumul, dar viața, care, la urma urmei, e importantă în felul ei, o ocolise. „Asta să fie“, și-a continuat ea întrebarea, „ceea ce oamenii numesc viață?“ Prepelicarul și-a ridicat o labă în semn de simpatie. Și-a scos limba și a lins-o pe Orlando. Ea a întins mâna și a mângâiat câinele. După care l-a sărutat. Pe scurt între cei doi exista cea mai autentică simpatie care poate să existe între un câine și stăpâna lui; totuși nu se poate nega că muțenia animalelor constituie un mare impediment în dezvoltarea unei asemenea relații. Câinii dau din coadă, își înclină partea din față a corpului și își cabrează posteriorul, se rostogolesc sau te ating cu laba, scâncesc, latră, salivează și au tot felul de ritualuri și de trucuri proprii; dar toate acestea n-au nici o valoare din moment ce nu pot să vorbească. Același reproș, își spuse ea lăsând cu blândețe câinele pe podea, îl putea adresa și marilor personalități de la Arlington House. Și aceștia dădeau din coadă, se înclinau, se rostogoleau, săreau, te atingeau cu laba, salivau, dar nu puteau vorbi. „În toate aceste luni cât am frecventat lumea", și-a spus ea, aruncând un ciorap într-un colț al camerei, „nu am auzit mai mult decât mi-ar fi putut comunica Pippin: «Mi-e frig. Sunt fericit. Mi-e foame. Am prins un șoarece. Am îngropat un os. Te rog pupă-mă pe bot». Și nu-i deloc de ajuns."

Faptul că, într-un interval atât de scurt, Orlando trecuse de la îmbătare la dezgust voi încerca să-l explic prin ipoteza că această misterioasă mixtură care se numește „societate" nu e nici bună, nici rea în sine, dar e animată de un spirit – volatil, însă puternic – care sau te îmbată, dacă o socotești încântătoare, așa cum o socotise Orlando, sau îți dă dureri de cap, dacă o socotești respingătoare, așa cum o socotea Orlando acum. Dacă facultatea vorbirii deține sau nu vreun rol în fiecare din cele două ipostaze, îngăduiți-ne să ne îndoim. Adeseori o oră de muțenie e mai încărcată de farmec decât orice altceva; în timp ce volubilitatea strălucită poate fi îngrozitor de plictisitoare. Dar să lăsăm toate astea în seama poeților și să ne vedem de povestea noastră.

Orlando a aruncat și al doilea ciorap pe urma celuilalt și s-a culcat, destul de mâhnită, hotărâtă să renunțe pe veci la societate. Dar din nou, așa cum vom vedea, s-a pripit în concluziile ei. Deoarece chiar în dimineața următoare, când s-a trezit, a găsit printre invitațiile depuse pe masa ei, una venită din partea unei anumite mari doamne, Contesa de R. Dat fiind că în noaptea trecută hotărâse categoric să o rupă definitiv cu societatea, nu am putea justifica straniul comportament al lui Orlando – anume că a trimis un curier special la Contesa de R. care să-i comunice că accepta cu cea mai mare plăcere invitația Înălțimii Sale – decât prin presupunerea că se găsea încă sub efectul a trei nume dulci ca mierea picurate în urechea ei pe puntea corăbiei *Enamoured Lady* de către căpitanul Nicholas Benedict Bartolous, când naviga pe Tamisa – Addison, Dryden, Pope –, și când îi arătase localul Cocotierul; de atunci încolo, Addison, Dryden, Pope răsunaseră în capul ei ca o incantație. Cine ar putea să creadă o atare nebunie? Și totuși așa a fost. Orlando nu a tras nici o învățătură din experiența cu Nick Greene. Numele acelea continuau să exercite asupra ei o puternică fascinație. Fiecare dintre noi trebuie să creadă în ceva, și cum Orlando, am mai arătat, nu credea în divinitățile obișnuite, își investea credința în oamenii celebri – dar făcea o distincție: amiralii, militarii, oamenii de stat nu o impresionau nici cât negru sub unghie. Pe de altă, parte numai gândul la un mare scriitor îi exalta în asemenea măsură credința, încât ajunsese aproape să-l considere o făptură invizibilă. Dar instinctul ei nu greșea. Poate că nu credem cu adevărat decât în ceea ce nu putem vedea. Privirea fugitivă pe care o aruncase de pe puntea corăbiei acelor mari oameni, fusese ca un fel de viziune. Se îndoia chiar că ceștile din fața lor ar fi fost de porțelan și ziarul din hârtie. Și într-o zi când lordul O., povestise că a luat masa cu Dryden cu o seară în urmă, pur și simplu nu l-a crezut. Dar salonul contesei de R. era reputat ca fiind anticamera sălașului geniilor; era locul unde se întâlneau bărbați și femei pentru a legăna cădelnițele și a înălța imnuri bustului de geniu aflat într-o nișă din perete. Uneori, zeul însuși se învrednicea să-și facă simțită pentru o clipă prezența. Numai înaltul intelect era admis la închinăciune și (așa mergea vorba) în casa aceea nu se rostea un cuvânt care să nu fie impregnat de spirit.

De aceea Orlando a fost copleșită de emoție când a intrat în salon. Se adunase deja un număr de oaspeți, așezați în semicerc în jurul focului. Lady R., o doamnă mai în vârstă, negricioasă, cu un voal de dantelă neagră pe cap, era așezată în centru, într-un fotoliu spațios. Fiind cam tare de urechi, din această poziție centrală putea controla conversația și dintr-o parte, și din cealaltă. Era înconjurată de ambele părți de domni și doamne de cea mai înaltă distincție. Fiecare dintre bărbați, pare-se, fusese prim-ministru și fiecare dintre femei – așa se șoptea – fusese amanta unui rege. Cert este că toți erau străluciți și toți erau celebri. Orlando s-a așezat în tăcere, cu o adâncă reverență... După trei ore, s-a înclinat din nou și a plecat. Dar ce s-a întâmplat între timp? se poate întreba cititorul cu oarecare exasperare. În trei ore, într-o reuniune de asemenea oameni, trebuie să se fi rostit lucrurile cele mai spirituale, cele mai profunde, cele mai interesante din lume. Într-adevăr, așa s-ar părea. Dar, de fapt, nu s-a spus nimic. E o caracteristică ciudată pe care o împărtășesc cele mai sclipitoare societăți din lume. Bătrâna madame du Deffand și prietenii ei au vorbit timp de cincizeci de ani, fără oprire. Și din toată această vorbărie ce a rămas? Poate că trei fraze de spirit. Așa încât putem trage concluzia sau că nu s-a spus nimic, sau că nu s-a spus nimic cu adevărat inteligent, sau că procentul de trei fraze spirituale, împărțit la optsprezece mii două sute cincizeci de nopți, nu lasă nici uneia dintre ele o doză substanțială de spirit. Adevărul pare a fi – dacă îndrăznim să folosim un asemenea cuvânt într-un asemenea context – că toate aceste grupări sunt prinse într-o vrajă. Gazda e Sibila noastră modernă. E o vrăjitoare care aruncă o mreajă asupra oaspeților săi. Într-una dintre case se simt fericiți; în alta se simt spirituali; într-o a treia se simt profunzi. Totul nu-i decât o iluzie (nu avem nimic împotriva iluziilor, care sunt cele mai prețioase și mai necesare dintre toate lucrurile care există, și persoana capabilă să creeze o iluzie se înscrie printre cei mai mari binefăcători ai omenirii), dar cum e bine știut că iluziile se sfărâmă când se ciocnesc de realitate, acolo unde prevalează iluzia nu poate fi vorba de o fericire reală, de o spiritualitate reală, de o profunzime reală. Așa se explică faptul că madame du Deffand nu a emis mai mult de trei fraze de spirit în decurs de cincizeci de ani. Dacă ar fi emis mai multe, cercul ei s-ar fi destrămat. Vorbele de spirit, în clipa în care se desprindeau de pe buzele ei, se rostogoleau și se aplatizau în conversația banală, așa cum o ghiulea de tun se rostogolește zdrobind violetele și margaretele. Când a rostit faimosul ei *Mot de Saint Denis*, până și iarba a luat foc. Au urmat dezamăgirea și dezolarea. Nu s-a mai spus nimic în plus. „Cruțați-ne de alte cuvinte de genul ăsta, madame, pentru numele lui Dumnezeu!" au strigat prietenii ei în cor. Și ea s-a supus. Timp de șaptesprezece ani nu a mai debitat nimic memorabil și totul a mers bine. Frumoasa cuvertură de iluzii a rămas așternută peste cercul ei, așa cum e așternută și pe cercul care o înconjoară pe lady R. Oaspeții au continuat să creadă că sunt fericiți, că sunt spirituali, că sunt profunzi și, din moment ce ei gândeau așa, alții s-au lăsat convinși să gândească același lucru cu și mai multă încredere și uite așa s-a răspândit vorba că nimic nu-i mai încântător decât o reuniune la lady R.; toți îi invidiau pe cei care erau admiși acolo și cei admiși se invidiau singuri pentru că erau invidiați de alții, și se părea că nu va exista un sfârșit – cu excepția a ceea ce urmează să vă relatăm acum.

Orlando a participat la o reuniune cam pentru a treia oară, când s-a produs un anumit incident. Se găsea încă sub iluzia că ascultă cele mai sclipitoare maxime din lume, deși, în realitate, bătrânul general C. nu făcea decât să povestească, pe îndelete, cum guta piciorului stâng a trecut la piciorul drept, în timp ce Domnul L. îl întrerupea de câte ori menționa un nume propriu: „R.? O., îl cunosc pe Billy R., așa cum mă cunosc pe mine; S.? Cel mai bun prieten al meu: T.? Am petrecut împreună două săptămâni în Yorkshire...“: ceea ce, sub forța iluziei, suna ca replicile cele mai inteligente din lume, ca niște comentarii răscolitoare asupra vieții umane; și toată lumea asculta exaltată, când s-a deschis ușa și a intrat un domn mărunt de statură, al cărui nume Orlando nu l-a înțeles pe dată. În scurt timp, s-a simțit pătrunsă de o curioasă senzație neplăcută. Dacă judecai după fețele celorlalți, se părea că toți fuseseră cuprinși de aceeași senzație. Unul dintre domni s-a plâns că-l trage un curent. Marchiza de C. se temea că se strecurase o pisică sub canapea. S-ar fi zis că ochii li se dezlipeau, încet, după un vis frumos, și acum nu li se înfățișa altceva decât un lavoar ieftin și o cuvertură soioasă. Sau că aburii unui vin delicios erau pe cale să se evapore. Și totuși generalul continua să vorbească și domnul L., să-și amintească. Dar gâtul generalului se înroșea tot mai tare, și capul domnului L., părea tot mai chel. Cât despre cele ce spuneau, nimic n-ar putea fi mai plicticos și mai găunos. Toată lumea se foia și doamnele care aveau evantaie își mascau câte un căscat pe după ele. În cele din urmă, lady R. a ciocănit cu evantaiul ei în brațul fotoliului. Ambii domni au tăcut chitic.

Și atunci a vorbit domnul cel mărunțel.
A vorbit în continuare.
A vorbit în încheiere[1].

---

1 Cuvintele lui sunt prea cunoscute ca să le mai repetăm; în plus, pot fi găsite în operele lui complete (*n. a.*).

De astă dată, nu putem nega, au răsunat adevăratul spirit, adevărata inteligență, adevărata profunzime. Adunarea s-a prăbușit în deznădejde. Una singură dintre spusele lui ar fi fost destul de vătămătoare, dar trei, una după alta, în aceeași seară? Cine ar fi putut supraviețui?

— Domnule Pope[1], a intervenit lady R., cu o voce în care tremura o furie sarcastică, îți face plăcere să te știi spiritual.

Domnul Pope s-a înroșit. Nimeni nu a suflat o vorbă. Preț de vreo douăzeci de minute au păstrat cu toții o tăcere mormântală. După care s-au ridicat, unul câte unul, și au ieșit din încăpere. Ne îndoim că aveau să mai revină vreodată după o asemenea experiență. Până în strada South Audley se auzeau glasurile purtătorilor de torțe care chemau trăsurile. Portierele erau trântite și trăsurile plecau. Orlando s-a pomenit pe scară lângă domnul Pope. Trupul lui slăbănog și prost croit vibra de tot felul de emoții. Din ochi îi țâșneau săgeți de batjocură, de furie, de triumf, de spirit și de panică (tremura ca o frunză). Arăta ca o reptilă ghemuită, cu un topaz arzător în frunte. În același timp și nenorocoasa Orlando era zguduită de o ciudată furtună de emoții. O dezamăgire atât de profundă ca aceea prin care trecuse cu o oră în urmă îți clatină mintea. Totul îți apare de zece ori mai găunos și mai steril decât era înainte. E un moment încărcat cu cel mai aprig pericol pentru spiritul omenesc. Momentul în care femeile pot ajunge să se călugărească și bărbații să se facă preoți. În asemenea momente cei bogați își împart averile, cei fericiți își taie beregata cu un cuțit de friptură. Orlando ar fi fost gata să facă

1 Alexander Pope (1688-1744), poet și eseist englez, cel mai important teoretician al clasicismului englez, preocupat de forma și expresia poetică.

toate acestea, dar avea de făcut un lucru mai presant, și l-a făcut. L-a invitat pe domnul Pope să o însoțească acasă.

Se știe că e imprudent să intri neînarmat în cușca unui leu, e imprudent să navighezi pe Oceanul Atlantic într-o barcă cu vâsle, e imprudent să stai într-un picior în vârful catedralei St. Paul, și e și mai imprudent să vii acasă singură cu un poet. Un poet e un amestec între Atlantic și leu. Primul te îneacă și al doilea te sfâșie. Dacă supraviețuiești colților, te înghit valurile. Un om care e capabil să sfărâme iluzii e o fiară și un puhoi în același timp. Iluziile înseamnă pentru suflet ceea ce aerul înseamnă pentru pământ. Lipsește-te de aerul învăluitor și plantele o să moară, culorile o să se ofilească. Pământul pe care pășim nu-i decât cenușă scorțoșată. Călcăm pe marnă și pietrele colțuroase ne julesc tălpile. Adevărul e cel care ne dezmembrează. Viața e un vis. Deșteptarea e cea care ne ucide. Cel care ne răpește visurile ne răpește însăși viața – și tot așa înainte pe încă șase pagini dacă doriți, dar stilul ăsta e odios și e preferabil să renunțăm la el. Conform cu cele mai sus enunțate, Orlando ar fi trebuit să fie o grămăjoară de cenușă când trăsura a oprit în fața casei din Blackfriars. Faptul că era încă în carne și oase, deși foarte epuizată, se datorează în întregime unei împrejurări asupra căreia am mai atras atenția pe parcursul acestei povestiri. E un lucru știut: cu cât vedem mai puțin, cu atât credem mai ferm. Pe vremea aceea, străzile dintre Mayfair și Blackfriars erau foarte slab iluminate. E drept, față de epoca elisabetană se înregistrase un mare progres în iluminatul străzilor. Pe atunci, călătorul noptatic trebuia să se orienteze după stele sau după flacăra torței vreunui paznic de noapte ca să se ferească de gropile cu pietriș din Park Lane sau de pădurile de stejar din Tottenham Road, populate de porci mistreți. Dar, cu tot progresul, se poate vorbi de o diferență enormă față de eficiența iluminatului modern. Felinarele cu lămpi de gaz erau plantate la fiecare două sute de metri și între ele se așterneau întinderi de beznă compactă. Drept care, timp de câte zece minute, Orlando și domnul Pope erau cufundați în întuneric, și apoi, o jumătate de minut, apăreau iluminați. Orlando trecea printr-o stranie stare de spirit. Pe măsură ce ieșea din raza de lumină, simțea strecurându-se în ea un balsam încântător. „Indiscutabil, e o mare onoare pentru o tânără să se afle în aceeași trăsură cu domnul Pope", își spunea ea, privind profilul nasului lui. „Sunt cea mai binecuvântată dintre femei. La un centimetru de mine – chiar simt pe coapsă atingerea nodului de panglici de la genunchiul lui – se găsește cel mai luminat spirit din toate ținuturile guvernate de Maiestatea Sa. Posteritatea se va gândi la noi plină de curiozitate; cu invidie și furie la adresa mea." Și iar apărea un felinar. „Ce cretină nenorocită sunt", își spunea Orlando.„Faima și gloria nu există. Posteritatea nu o să se sinchisească deloc nici de mine, nici de domnul Pope. În fond, ce-i aceea «o epocă»? Și ce suntem «noi»?" Și înaintarea lor pe Berkeley Street părea orbecăiala a două furnici oarbe, aruncate laolaltă împreună, fără să aibă nimic în comun, nici un interes, nici o preocupare, străbătând un deșert de întuneric. O treceau fiorii. Dar iată că intrau din nou în beznă. Iluziile ei înviau. „Ce frunte nobilă are", își spunea (confundând, în întuneric, o umflătură a pernei cu fruntea domnului Pope). „Ce cantitate de geniu sălășluiește în fruntea asta! Cât spirit, câtă cunoaștere, cât adevăr – ce comoară de giuvaier pentru care oamenii ar fi gata să-și pună viața în joc. A ta e lumina care va arde în eternitate! Dacă n-ai fi fost tu, pelerinajul vieții umane s-ar fi desfășurat în tenebre"; (aici trăsura i-a hurducat zdravăn pentru că a intrat într-o groapă din Park Lane); „lipsiți de geniul tău am fi prăbușiți, dezagregați. Rază augustă, rază supralucidă!", așa proslăvea ea umflătura pernei, când au intrat în pata de lumină a unui felinar din

Berkley Square și și-a dat seama ce confundase. Domnul Pope avea o frunte obișnuită, ca a oricui altcuiva. „Perfidule", i-a spus Orlando în gând, „ce rău m-ai înșelat! Am crezut că bulfa aceea din pernă e fruntea ta! Când te văd clar, ce meschin, ce decrepit arăți! Diform și nevolnic, n-ai în tine nimic care să inspire respect, ci numai milă și dispreț". Și din nou au intrat în întuneric; furia i s-a potolit și a cotit în altă direcție, când nu a mai putut vedea decât genunchii poetului. „Dar eu sunt cea ticăloasă", a reflectat ea din momentul în care s-au cufundat din nou în beznă, „oricât ai fi tu de meschin, eu sunt și mai meschină. Tu ești cel care mă hrănește și mă ocrotește, cel care sperie jivinele fioroase din preajma mea, cel care-i înspăimântă pe sălbatici, cel care-mi țese veșminte din mătasea viermilor și covoare din lâna oilor. Dacă simt nevoia să venerez, nu mi-ai dăruit imaginea ta pe care ai imprimat-o în ceruri? Și nu sunt înconjurată pretutindeni de dovezile grijii tale? Cât de umilă, de recunoscătoare, de docilă ar trebui să fiu? Dă-mi bucuria de a te sluji, de a te cinsti, de a mă supune ție!"

În clipa aceea au ajuns sub felinarul cel mare din colțul care e azi Picadilly Circus. Lumina puternică o orbea și Orlando a văzut, în afară de câteva creaturi decăzute de același sex cu ea, doi pigmei nefericiți singuri pe o întindere pustie, aridă. Amândoi erau goi, solitari și neajutorați. Și fiecare din ei era lipsit de puterea de a-l ajuta pe celălalt. Fiecare din ei de-abia putea să-și poarte lui însuși de grijă. Privindu-l pe domnul Pope în față, a gândit: „E un orgoliu la fel de fals din partea ta să crezi că mă poți ocroti pe mine, ca și din partea mea să cred că te pot venera pe tine. Lumina adevărului ne scaldă acum pe amândoi risipind orice umbră, și lumina adevărului ne este amândurora al naibii de nefavorabilă".

Firește, în tot acest timp, au discutat plăcut între ei, ca doi oameni de familie bună și bine educați, despre toanele reginei și despre guta prim-ministrului, în timp ce trăsura trecea de la întuneric la lumină coborând pe Haymarket, pe Strand, în jos pe Fleet Street și, în cele din urmă, a ajuns la locuința ei din Blackfriars. De câtva timp spațiile întunecate dintre felinare deveniseră ceva mai luminoase și lămpile ceva mai palide – cu alte cuvinte soarele se pregătea să răsară; coborâră din trăsură în lumina uniformă, dar aburită a unei dimineți de vară, în care totul se conturează dar nimic nu e distinct. Domnul Pope a ajutat-o pe Orlando să coboare, iar Orlando i-a făcut o reverență și l-a invitat să i-o ia înainte în drum spre casă, respectând scrupulos întreg ritualul protocolar.

Din pasajul de mai sus nu trebuie să deduceți că geniul (de altfel boala a fost eradicată în Insulele Britanice; se spune că răposatul Lord Tennyson ar fi fost ultima persoană care a suferit de această boală), deci geniul nu umblă tot timpul aprins, căci, în asemenea caz, am vedea totul așa cum e de fapt și pe parcursul procesului am muri calcinați, prefăcuți în scrum. Geniul funcționează mai curând ca un far, care trimite din când în când câte o rază; numai că geniul e mai capricios în manifestările lui și e în stare să emane șase, șapte raze, într-o rapidă succesiune (așa cum procedase domnul Pope în acea seară), și apoi să recadă în umbră timp de un an sau pe vecie. Să-ți orientezi cârma după razele lui e o imposibilitate și, se spune, că atunci când recad în umbră, oamenii de geniu sunt la fel cu toți ceilalți.

A fost un noroc pentru Orlando, deși a început printr-o dezamăgire, că lucrurile se petrec în felul ăsta, pentru că acum a început să se afle frecvent în compania oamenilor de geniu. Și aceștia nu erau chiar atât de diferiți de noi, ceilalți, cum s-ar crede. De pildă, Addison, Pope, Swift s-au dovedit a fi mari amatori de ceai. Le plăceau chioșcurile îmbrăcate în verdeață. Colecționau cioburi de sticlă colorată. Adorau grotele. Nu disprețuiau rangurile nobiliare. Elogiile îi încântau grozav. O zi purtau un costum de culoarea prunei și a doua zi îmbrăcau unul cenușiu. Domnul Swift avea un frumos baston din malaca. Domnul Addison își parfuma batistele. Domnul Pope avea migrene. Nu se dădeau în lături de la o partidă de bârfă. Și nu erau deloc scutiți de gelozii. (Înșirăm câteva observații, așa, alandala, cum i-au venit în minte lui Orlando). La început, a fost supărată pe ea însăși pentru că dădea atenție unor asemenea fleacuri și a pregătit un caiet în care să noteze spusele lor memorabile, dar paginile caietului au rămas albe. Totuși, și-a simțit spiritul revigorat și a început să rupă invitațiile la marile sindrofii; voia să-și păstreze serile libere; aștepta cu nerăbdare vizitele domnului Pope, ale domnului Addison, ale domnului Swift – și așa mai departe, și așa mai departe. Dacă cititorul s-ar osteni să răsfoiască poemul *Răpirea Buclei*, revista *Spectator* sau *Călătoriile lui Gulliver*, ar înțelege perfect semnificația tuturor aluziilor misterioase. Într-adevăr, biografii și criticii ar fi scutiți de eforturile lor, dacă cititorii ar urma acest sfat. Căci atunci când citim:

Dacă Nimfa nesocotește a Dianei învățătură,
Dacă pe gingașul vas chinezesc ar apărea o spărtură
Dacă pe onoare sau pe rochia-i nouă o pată s-ar ivi

Dacă de la rugăciune sau de la Carnaval ar lipsi
Dacă la bal inima sau colierul ar rătăci...

înțelegem, de parcă am fi auzit cu urechile noastre, că limba domnului Pope țâșnea și pâlpâia ca limba de șopârlă, că ochii îi fulgerau, că mâna îi tremura; înțelegem cum iubea, cum mințea, cum suferea. Pe scurt, toate tainele din sufletul unui scriitor, toate experiențele pe care le-a trăit, fiecare zvâcnire a spiritului său se reflectă amplu în opera lui, și totuși așteptăm de la critici să ne explice opera și de la biografi să ne povestească viața lui. Faptul că scurgerea lentă a timpului atârnă atât de greu în mâinile oamenilor e singura explicație a monstruoasei așteptări.

Dacă am citi o pagină sau două din *Răpirea Buclei* am înțelege imediat de ce în acea după-amiază Orlando era atât de amuzată și de speriată în același timp, de ce obrajii îi erau atât de îmbujorați și ochii atât de scânteietori. Doamna Nelly a bătut în ușă și a anunțat că domnul Addison așteaptă să o vadă pe Înălțimea Sa. La care domnul Pope s-a ridicat cu un zâmbet acru, și-a luat la revedere și a ieșit șchiopătând. A intrat domnul Addison. Haideți, în timp ce ia loc, să citim următorul pasaj din revista *The Spectator*:

> *Consider că femeia e un animal frumos, romantic, care poate fi împodobit cu blănuri și pene, perle și diamante, metale prețioase și mătăsuri. Linxul trebuie să-și lepede blana la picioarele ei ca să-și facă o capă, păunul, papagalul și lebăda trebuie să-și dea tributul pentru manșonul ei; marea trebuie scormonită pentru scoici, rocile pentru pietre prețioase, și fiecare părticică din natură aduce o contribuție la înfrumusețarea unei creaturi care e însăși capodopera naturii. Accept toate acestea, dar nu și juponul, despre care am mai vorbit; pe acesta nu pot și nici nu vreau să-l îngădui.*

Pe domnul acesta îl avem în palmă cu tricornul lui cu tot. Priviți încă o dată în cristalul magic. Nu-i așa că-l vedeți în întregime până la cuta pe care o face ciorapul lui? Oare nu vi se înfățișează clar fiecare unduire, fiecare cotitură a spiritului său? Și bonomia lui, și timiditatea, și politețea, și faptul că o să se însoare cu o contesă și o să sfârșească în chip de persoană foarte respectabilă? Totul reiese limpede. Și când domnul Addison a spus ce avea de spus, s-a auzit o ciocănitură puternică în ușă și domnul Swift, care obișnuia să se comporte impetuos, a intrat neanunțat. Stați o clipă, unde am pus *Călătoriile lui Gulliver*? A, uite-o aici! Haideți să citim un pasaj din călătoria în țara Houyhnhnimilor:

Mă bucuram de o sănătate desăvârșită și de liniște sufletească; nu știam ce înseamnă trădarea sau inconstanța unui prieten, nici insultele unui dușman ascuns ori fățiș. Nu mi s-a ivit nici un prilej să mituiesc, să lingușesc, să codoșesc sau să câștig favorurile unui om sau ale protejatului său. Nu aveam nevoie să mă apăr împotriva înșelătoriei și a asupririi; aici nu existau nici doctori care să-mi îmbolnăvească trupul, nici avocați care să-mi ruineze avutul; nici turnători care să-mi pândească vorbele și faptele, sau care să-mi născocească acuzații pentru care sunt plătiți; aici nu există oameni care să te ia peste picior, critici, bârfitori, hoți de buzunare, tâlhari de drumul mare, spărgători de case, procurori, codoși, bufoni, cartofori, politicieni, intelectuali, ipohondri, oratori plicticoși…

Stop, stop cu rafala, cu bombardamentul ăsta de cuvinte, că ne jupoi pe toți de vii, și pe tine odată cu noi. Nimic mai clar decât violența acestui om. E atât de bădăran și totodată atât de pur, atât de brutal, și totuși atât de blajin; disprețuiește întreaga omenire, și totuși vorbește răsfățat ca un copilaș cu o fată, și o să moară – ne mai putem îndoi? – într-o casă de nebuni.

Și Orlando le servea ceai și uneori, când era vreme frumoasă, îi lua cu ea la țară și-i primea regește în sala rondă, în care a atârnat portretele lor, dispuse în cerc, astfel ca domnul Pope să nu poată spune că domnul Addison venea înaintea lui, și viceversa. Erau foarte spirituali (dar spiritul lor poate fi găsit în operele pe care le-au lăsat) și Orlando a învățat de la ei cel mai important aspect de stil, și anume intonația firească a vocii – o calitate pe care cine nu a auzit-o nu o poate imita, nici chiar Greene cu tot talentul lui de imitator; pentru că e o însușire născută din aer, care se sparge ca un val, se rulează și se pierde, și nu mai poate fi recăpătată, mai cu seamă de cei care ciulesc urechile o jumătate de secol mai târziu încercând s-o reproducă. Orlando a învățat acest lucru mai mult din cadența glasurilor lor când vorbeau și, ca o directă urmare s-a schimbat întru câtva și stilul ei; a început să scrie versuri agreabile, spirituale, și niște portrete în proză. Și le servea din abundență vinurile ei, iar la cină le strecura sub farfurie bancnote, pe care ei le primeau cu multă bunăvoință; iar ea primea dedicațiile lor și se simțea onorată de acest schimb.

Și așa trecea timpul, iar Orlando putea fi auzită spunându-și ei înseși, cu o emfază care, poate, i-ar trezi unele bănuieli ascultătorului: „Jur pe sufletul meu, asta înseamnă viață!“ (Pentru că încă era în căutarea acestei desfătări.) Dar în curând împrejurările aveau s-o silească să reflecteze mai matur la această chestiune.

Într-o zi, tocmai îi turna ceai domnului Pope, în timp ce acesta, așa cum ni-l putem închipui din versurile citate mai sus, ședea ghemuit pe un scaun, alături de ea, privind-o cu ochii lui scânteietori, critici. „Doamne“, și-a spus ea, ridicând cleștișorul de zahăr, „ce-o să mă mai invidieze femeile din secolele viitoare“. Și totuși – a făcut o pauză pentru că domnul Pope îi solicita atenția; și totuși – să ducem noi gândul la capăt în locul ei – când cineva spune „Ce-o să mă mai invidieze veacurile viitoare“ putem fi siguri că nu se simte deloc satisfăcut de momentul prezent. Să fi fost viața ei chiar atât de palpitantă, chiar atât de măgulitoare, chiar atât de glorioasă cum pare acum, când e prelucrată de memorialist? În primul rând, Orlando detesta ceaiul; în al doilea rând, intelectul, cât e el de divin, de venerabil, are obiceiul neplăcut de a se instala în cele mai neatrăgătoare carcase și, adeseori, vai!, e canibalul celorlalte facultăți, așa încât, de multe ori, acolo unde mintea ocupă locul de frunte, inima, sentimentele, mărinimia, caritatea, toleranța, blândețea și tot restul abia de mai au loc să respire. În plus, înalta părere pe care poeții o au despre ei înșiși și proasta părere pe care o au despre ceilalți poeți, apoi rivalitățile, injuriile, invidiile și polemicile în care sunt permanent angajați, volubilitatea pe care o cultivă, rapacitatea cu care monopolizează simpatiile; toate acestea – s-o spunem în șoaptă ca să nu ne audă spiritele strălucite – fac din turnatul ceaiului o acțiune mai șovăielnică și mai istovitoare decât s-ar crede. La acestea se adaugă (vorbim din nou în șoaptă ca, de astă dată, să nu ne audă femeile) un mic secret pe care bărbații și-l împărtășesc între ei – lordul Chesterfield l-a transmis în taină fiului său, impunându-i o strictă discreție – și anume că „Femeile nu sunt decât niște copii supradezvoltați... Un bărbat cu capul pe umeri glumește cu ele, se joacă, le face gusturile, le măgulește“; dar dat fiind că, dintotdeauna, copiii aud ceea ce n-ar trebui să audă, ba uneori chiar când cresc mari, secretul a fost divulgat și, astfel, întreaga ceremonie a turnatului ceaiului a căpătat un aer ciudat. O femeie știe foarte bine că, deși un bărbat de spirit îi trimite poemele lui, îi elogiază judecățile, îi cere părerea și îi bea ceaiul, toate astea nu înseamnă că îi și respectă părerile, că-i admiră puterea de înțelegere sau că va refuza, deși spada îi este interzisă, să o sfâșie cu pana de scris. Repetăm – deși rostit în șoaptă – acest secret fusese divulgat; așadar, chiar ținând în mână cănița de lapte și cleștele de zahăr desfăcut, doamnele ar putea să ezite puțin, să se uite puțin pe fereastră, să caşte puţin, să lase bucăţile de zahăr să cadă cu un plescăit în ceaşcă, aşa cum a făcut acum Orlando cu ceaiul domnului Pope. N-a existat vreodată un muritor care să se simtă mai repede ofensat şi mai repede gata să se răzbune ca domnul Pope. S-a întors spre Orlando şi i-a oferit spontan versiunea brută a unui anumit vers devenit celebru din *Portrete de femei*, vers pe care ulterior l-a şlefuit, dar chiar şi aşa, în forma lui iniţială, a fost destul de usturător. Orlando l-a primit cu o plecăciune. Domnul Pope s-a înclinat şi-a plecat. Orlando, ca să-şi răcorească obrajii, pentru că se simţea de parcă omuleţul acela i-ar fi tras o palmă, a ieşit să se plimbe prin livada de nuci din fundul grădinii. În scurt timp, briza răcoroasă a calmat-o. Spre surprinderea ei, şi-a dat seama că încerca o mare uşurare pentru că era singură. Un timp a privit bărcile vesele încărcate cu mărfuri care navigau pe fluviu. Fără îndoială, priveliştea i-a trezit câteva amintiri din trecutul ei, pe urmă s-a aşezat sub o salcie frumoasă şi s-a lăsat furată de meditaţii adânci. A rămas nemişcată până când s-au aprins stelele pe cer. Într-un târziu s-a ridicat, s-a întors în casă, a intrat în dormitorul ei şi a încuiat uşa. Pe urmă a deschis un dulap plin cu hainele pe care le purtase pe când era un tânăr elegant; a ales un costum de catifea neagră, garnisit cu dantelă de Veneţia. E drept că era puţin demodat, dar îi venea de minune şi arăta în el ca întruchiparea unui tânăr nobil. S-a studiat de vreo două ori în oglindă ca să se asigure că din cauza jupoanelor nu pierduse libertatea de mişcare a picioarelor, şi pe urmă a ieşit în taină din conac.

Era o noapte senină de început de aprilie. O miriadă de stele care-şi îmbinau strălucirea cu razele unei luni în formă de seceră, ajutată la rândul ei de felinarele străzii, ţeseau o lumină extrem de favorabilă chipului omenesc şi arhitecturii domnului Wren. Totul se profila în cele mai evanescente contururi, dar când erau gata să se dizolve, câte un strop de argint le reînsufleţea. La fel ar fi trebuit să se întâmple şi cu discuţiile, şi-a spus Orlando (lăsându-se cuprinsă de o reverie absurdă), la fel ar fi trebuit să se petreacă lucrurile şi în societate, şi în prietenie, şi în dragoste. Pentru că, Dumnezeu ştie de ce, atunci când ne pierdem încrederea în comunicarea dintre oameni, o împreunare întâmplătoare, pestriţă, de maghernițe şi copaci, ori o căpiţă de fân şi o căruţă apar ca un simbol atât de perfect a ceea ce ne e inaccesibil, încât ne îndeamnă să ne reluăm căutările.

În timp ce făcea aceste observaţii, Orlando a intrat în Leicester Square. Clădirile aveau o simetrie aeriană şi totuşi fermă, pe care nu o sesizezi în timpul zilei. Baldachinul cerului părea plasat cu dibăcie, ca să planeze peste linia acoperişurilor şi coşurilor. O femeie tânără care şedea, melancolică, pe o bancă sub un platan, în mijlocul scuarului, ţinându-şi un braţ inert de-a lungul trupului şi celălalt braţ în poală, arăta ca însăşi întruparea graţiei, simplităţii şi tristeţii. Orlando şi-a scos pălăria în faţa ei, cu gestul galant cu care saluţi o doamnă într-un loc public. Tânăra şi-a înălţat capul. Era de o armonie desăvârşită. Şi-a înălţat şi privirile. Orlando i-a văzut ochii, aveau o lucire pe care o vezi uneori la un ceainic, dar rareori la un chip omenesc. Femeia îl fixa prin luciul acela de argint (căci pentru ea era un bărbat), cu o privire îmbietoare, chemătoare, tremurătoare, temătoare. S-a ridicat, i-a acceptat braţul. Pentru că – e nevoie s-o mai spunem? – făcea parte din tribul care-şi dichiseşte şi îşi expune marfa noaptea, pe tejgheaua comună, aşteptând oferta cea mai tentantă. L-a condus pe Orlando în camera din Gerrard Street, care era locuinţa ei. Când a simţit-o sprijinindu-se uşor, dar rugător de braţul ei, în Orlando s-au deşteptat simţurile care se potrivesc unui bărbat. Arăta, simţea, vorbea ca un bărbat. Dar cum în ultima vreme fusese și ea femeie, își dădea seama că sfiala fetei, răspunsurile ei șovăielnice, chiar și bâjbâiala cu cheia în broască, ba chiar și faldurile mantiei și felul cum își îndoia încheietura mâinii erau tribute aduse masculinității ei. Au urcat la ea și eforturile sărmanei creaturi de a-și împodobi camera și de a ascunde faptul că nu mai avea o alta nu l-au amăgit nici o clipă pe Orlando. Înșelăciunea i-a stârnit dispreţul, adevărul i-a trezit mila. Când un anumit adevăr răzbește prin faţada unei aparenţe îţi provoacă un ciudat amestec de sentimente, așa încât Orlando nu știa dacă să râdă sau să plângă. Între timp Nell, căci așa o chema pe fată, și-a descheiat nasturii mănușilor, ascunzându-și cu grijă degetul mare al mănușii din dreapta, care avea nevoie urgentă să fie cârpit. Pe urmă a trecut după un paravan unde, probabil, și-a fardat obraji, și-a netezit rochia, și-a legat un alt fular la gât, trăncănind tot timpul, așa cum fac femeile, ca să-și amuze amantul, deși Orlando, auzindu-i tonul vocii, ar fi putut să jure că fata se gândea la cu totul altceva. După ce s-a dichisit, a ieșit de după paravan, gata pregătită – numai că Orlando n-a mai putut îndura. Într-o curioasă revărsare de furie, amuzament și milă, a renunţat la deghizare și i-a mărturisit că e femeie.

Auzind-o, Nell a izbucnit în asemenea hohote de râs, de puteau fi auzite până-n stradă.

— Ei bine, draga mea, i s-a adresat când râsul i s-a mai domolit, nu sunt câtuși de puţin supărată de întorsătura asta; ca să fiu sinceră (e remarcabil cu câtă repeziciune și-a schimbat manierele de îndată ce a auzit că erau amândouă de același sex – a renunţat la tonul plângăreţ, rugător), ca să fiu sinceră, n-aveam nici un chef de bărbaţi în seara asta. Adevărul e că mă aflu într-un mare impas.

După care, aţâţând focul și amestecând punciul într-un castron, i-a istorisit lui Orlando toată povestea vieţii ei. Dar cum pe noi ne interesează viaţa lui Orlando, nu credem că e necesar să relatăm aventurile trăite de cealaltă doamnă; cert este însă că Orlando nu și-a dat niciodată seama că ceasurile pot trece atât de repede și atât de plăcut, deși domnișoara Nell nu poseda nici un dram de spirit, și când a venit vorba despre domnul Pope, a întrebat inocent dacă e rudă cu peruchierul cu același nume de pe Jermyn Street. Totuși pentru Orlando firescul și seducția frumuseții aveau atâta farmec, încât pălăvrăgeala bietei fete, deși presărată cu cele mai vulgare expresii ale limbajului de colț de stradă, era îmbătătoare ca vinul, după frazele elevate cu care fusese obișnuită; și s-a simțit nevoită să recunoască faptul că în zâmbetul disprețuitor al domnului Pope, în atitudinea condescendentă a domnului Addison și în secretul descoperit de lordul Chesterfield exista ceva care o îndepărtase de societatea oamenilor de spirit, deși continua să le respecte profund opera.

Aceste sărmane creaturi – pentru că Nell a adus-o și pe Prue, Prue a adus-o pe Kitty, și Kitty pe Rose – închegaseră o societate a lor al cărei membru devenise acum și Orlando. Fiecare dintre ele îi povestise peripețiile care o împinseseră la actualul mod de viață. Unele dintre ele erau fiicele din flori ale unor oameni de neam mare și una dintre fete era o rudă mult mai apropiată de persoana regelui decât s-a fi cuvenit. Nici una nu era destul de prăpădită sau de nevoiașă ca să nu poarte un inel sau să nu aibă în buzunar o batistă, ca substitut de pedigri. Și se adunau în jurul castronului cu punci, pe care-l prepara Orlando, și-l distribuia cu generozitate, și ce povești interesante mai istoriseau, și ce observații hazoase mai făceau, pentru că e lucru știut, când femeile se strâng împreună – dar ssst! – sunt întotdeauna grijulii ca ușile să fie bine închise și nici un cuvințel să nu răzbească la tipar. Tot ce doresc ele e – din nou ssst! – nu se aude un pas de bărbat pe scară? Tocmai voiam să spunem ce doresc ele, când respectivul domn ne-a luat vorba din gură: „Femeile nu au dorințe“, pretinde respectivul domn, intrând în camera lui Nell; „femeile doar se prefac. Și neavând dorințe (Nell l-a servit după care domnul a plecat), conversația lor nu prezintă nici un interes“. „E bine știut“, afirmă domnul S.W., „că atunci când femeile nu sunt stimulate de cineva de sex opus, nu găsesc nimic să-și spună între ele. Când sunt singure, nu vorbesc, ci zgârie. Și din moment ce nu sunt în stare să vorbească, și cum zgâriatul nu poate continua la infinit, e bine știut (Domnul T.R. a și dovedit-o) că femeile nu sunt capabile de afecțiune față de reprezentantele sexului lor, ba dimpotrivă, încearcă o aversiune unele față de altele; deci ce am putea presupune că fac femeile când caută totuși să fie împreună?“

Cum asta nu-i o întrebare care să rețină atenția unui om cu scaun la cap, haideți ca noi, cei care ne bucurăm de imunitatea biografilor și a istoricilor, indiferent de sex, să o omitem și să ne rezumăm la afirmația că Orlando se simțea foarte bine în societatea celor de același sex cu ea și să-i lăsăm pe domni să dovedească – ceea ce le face mare plăcere – că așa ceva nu e cu putință.

Dar e exclus să putem oferi o relatare exactă și detaliată a vieții lui Orlando din acea perioadă. Dacă aruncăm o privire și orbecăim prin curțile prost iluminate, prost pavate, prost aerisite care se înșirau pe atunci între Gerrard Street și Drury Lane, avem impresia ba că o zărim, ba că o pierdem din ochi. Misiunea noastră e cu atât mai dificilă cu cât la acea vreme i se năzărise să schimbe frecvent hainele femeiești cu cele bărbătești... De aceea, în memorialistica de atunci apare uneori ca lord Cutare, care de fapt era vărul ei și căruia îi sunt atribuite generozitatea ei, ba chiar și poemele scrise în realitate de Orlando. Se pare că nu întâmpina nici o dificultate în interpretarea celor două roluri diferite, și își schimba sexul mult mai des decât și-ar putea imagina cei care au purtat întotdeauna un singur gen de îmbrăcăminte; și, fără îndoială, prin această ingenioasă metodă, culegea o recoltă dublă; plăcerile vieții erau mai intense și experiențele se înmulțeau. Pentru că înlocuia sobrietatea pantalonilor cu seducția jupoanelor și se bucura de iubirea ambelor sexe.

Așa că ne-o putem închipui petrecându-și dimineața într-un chimono chinezesc, de gen ambiguu; apoi primind unul sau doi petiționari (pentru că avea solicitanți cu duiumul) în același veșmânt; după aceea dădea o raită prin grădină și tundea nucii – îndeletnicire pentru care erau necesari niște pantaloni strânși sub genunchi; după care se schimba într-o rochie de tafta imprimată, tocmai potrivită să se plimbe cu trăsura prin Richmond și să primească vreo cerere în căsătorie din partea unui mare gentleman; apoi se întorcea în oraș și îmbrăca o tunică scurtă, de culoarea tabacului, din cele pe care le poartă avocații, și se ducea la tribunal să vadă cum mai evoluează procesele ei – pentru că averea i se subția văzând cu ochii, iar procesele nu păreau să fie mai apropiate de finalizare decât fuseseră cu o sută de ani în urmă; iar când se lăsa noaptea, se transforma într-un nobil desăvârșit, din cap până-n picioare, și o pornea pe străzi, în căutare de aventuri.

Când se întorcea din unele escapade de acest fel – în legătură cu care circulaseră felurite povești la vremea respectivă, ca, de pildă că s-ar fi luptat într-un duel, că ar fi comandat, în calitate de căpitan, una dintre corăbiile regelui, că ar fi fost văzută dansând goală într-un balcon, că ar fi fugit cu o anumită doamnă în Țările de Jos, unde soțul doamnei le-ar fi urmărit, dar noi nu ne exprimăm nici o părere în legătură cu adevărul sau neadevărul acestor istorioare – așadar, uneori când se întoarce din vreo aventură, își acorda plăcerea de a trece pe sub ferestrele unei cafenele unde putea zări oameni de spirit, fără ca ei să o poată vedea, și urmărindu-le gesturile, își putea imagina ce lucruri inteligente, spirituale sau disprețuitoare rosteau, fără să fi auzit însă vreun cuvânt; ceea ce constituia, probabil, un avantaj; o dată a stat locului o jumătate de oră, urmărind pe un stor proiectarea umbrelor a trei persoane care luau ceaiul într-o casă din Bolt Court. Jocul acesta i se părea mai pasionant decât orice altceva. Îi venea să strige: Bravo! Bravo! Pentru că se desfășura într-adevăr o adevărată proiecție dramatică – o pagină smulsă din cel mai gros volum al istoriei vieții omenești. Uite o umbră măruntă, cu buze proeminente, care se foiește încoace și încolo pe scaun, stânjenită, nervoasă, supărăcioasă; uite umbra unei femei aplecate, vârându-și un deget îndoit în cană, ca să simtă dacă mai e ceai, pentru că e oarbă; și uite umbra cu profil roman, în fotoliul maiestuos, – umbra celui care-și răsucește degetele în chip atât de curios, și își clatină capul dintr-o parte în alta, și bea ceaiul cu înghițituri lacome. Doctor Johnson[1], domnul Boswell[2] și doamna Williams[3], acestea sunt numele celor trei umbre. Orlando era atât de absorbită de scena umbrelor, încât a uitat să se mai gândească la cum o vor mai invidia cei din veacurile viitoare, deși probabil că de astă dată ar fi invidiat-o. Se mulțumea să-i privească și să-i tot privească. Până la urmă, domnul Boswell s-a ridicat. I-a adresat bătrânei doamne un salut rigid, rece; dar cu câtă umilință și servilism s-a aplecat în fața umbrei cu profil roman, care acum s-a ridicat cât era de înaltă, și legănându-se ușor pe picioare, a emis cele mai

---

1 Samuel Johnson (1709-1784), filolog, eseist și critic englez, autor al *Dicționarului limbii engleze.*

2 James Boswell (1740-1795), avocat și scriitor englez, biograful lui Samuel Johnson.

3 În biografia lui Johnson, Boswell povestește despre o întâlnire care a avut loc în casa bătrânei doamne Williams la 20 martie 1778.

magnifice fraze care s-au desprins vreodată de pe niște buze omenești, cel puțin așa le-a considerat Orlando, deși nu a auzit nici un cuvânt rostit de cele trei umbre, în timp ce-și luau ceaiul.

Într-o noapte s-a întors acasă după una dintre aceste expediții și a urcat în camera ei. Și-a scos vesta de dantelă și a rămas în cămașă și pantaloni, privind pe fereastră. Plutea în aer ceva tulburător care o împiedica să se ducă la culcare. O ceață albicioasă se așternuse peste oraș, pentru că era o noapte geroasă de iarnă; dar putea desluși priveliștea fabuloasă din jur. Vedea cum se înălțau semeț catedrala St. Paul, Turnul Londrei, Westminster Abbey și toate turlele, cupolele și clopotnițele bisericilor orașului, vedea domoala masivitate a malurilor fluviului, curbele ample și opulente ale palatelor și clădirilor publice. Spre nord se ondulau colinele calme, golașe, din Hampstead, iar spre apus străzile și grădinile din Mayfair sclipeau într-o lumină cristalină. Stelele priveau în jos, spre acest tablou senin și ordonat, licărind aprobator, ferm, dintr-un cer fără nor. În extraordinara claritate a atmosferei, se distingea conturul fiecărui acoperiș, apărătoarea fiecărui coș; până și pietrele pavajului apăreau distincte una de alta; și Orlando nu se putea împiedica să compare această panoramă perfect ordonată cu îmbâcseala dezordonată, îmbulzită, a străzilor murdare care alcătuiau cetatea Londrei în timpul domniei reginei Elisabeta. Pe atunci, își amintea ea, orașul, dacă putea fi numit oraș, se îngrămădea într-un conglomerat de case înghesuite, pe sub ferestrele ei din Blackfriars. Stelele se oglindeau în băltoace de apă clocită, care se lăfăiau în mijlocul străzilor. O umbră neagră în colțul unde se găsea pe atunci crama era, mai mult ca sigur, hoitul unui om omorât. Își aducea aminte de vaietele celor răniți în încăierări nocturne, auzite pe când era un băiețaș pe care dădaca îl ținea în brațe în fața geamurilor tăiate în formă de diamant. Bande de mitocani, bărbați și femei, înlănțuiți în feluri de nedescris colindau străzile, cântând în gura mare cântece porcoase; și bijuteriile le sticleau în urechi, iar pumnalele le scânteiau în pumni. Pe o asemenea noapte, pădurile încâlcite, de nepătruns, de pe Highgate și Hampstead își profilau pe cer ramurile contorsionate, noduroase. Ici, colo, pe câte un deal care se înălța deasupra Londrei, era înfiptă câte o spânzurătoare sau un par cu un leș fixat în cuie, menit să putrezească sau să se sfrijească răstignit; pentru că primejdia și nesiguranța, desfrâul și violența, poezia și jegul viermuiau, bâzâiau și duhneau pe întortocheatele drumuri elisabetane. Orlando își putea aminti și acum miasmele care bântuiau în nopțile zăpușitoare prin încăperile strâmte și prin aleile înguste din oraș. Acum – și s-a aplecat pe fereastră – totul era lumină, ordine și seninătate. Se auzea ropotul slab al unei trăsuri pe pietriș. Și glasul îndepărtat al paznicului de noapte – „E miezul nopții și o dimineață geroasă". De îndată ce i s-au desprins cuvintele de pe buze, a răsunat cea dintâi bătaie a miezului de noapte. Și atunci a observat Orlando primul nor firav care se furișase îndărătul cupolei catedralei St. Paul. Când s-au pornit bătăile ceasornicului, norul s-a îngroșat și Orlando l-a văzut întunecându-se și lățindu-se cu extraordinară repeziciune. S-a stârnit și o briză ușoară și, când a răsunat cea de-a șasea bătaie a miezului de noapte, întreaga întindere de cer dinspre răsărit s-a acoperit de o întunecime cu margini deșirate, mobile, deși spre apus și spre nord cerul era încă la fel de limpede. Pe urmă norul s-a întins către nord. Creastă după creastă, din înălțimile care dominau orașul, au fost înghițite de întuneric. Doar Mayfair, cu toate luminile aprinse, părea, prin contrast, mai strălucitor ca oricând. La cea de-a opta bătaie a ceasornicului, au năvălit în grabă peste Picadilly niște zdrențe de nori.

Păreau să se coaguleze și să se întindă vertiginos spre capătul de apus. La a noua, a zecea și a unsprezecea bătaie, o beznă compactă s-a lăsat peste Londra. Și când cea de-a douăsprezecea bătaie a vestit miezul de noapte, întunericul era deplin. O masă de nori turbulenți acoperea orașul. Totul era tenebros, totul era îndoială, totul era confuzie. Secolul al optsprezecelea expira; începuse secolul al nouăsprezecelea.

Capitolul 5

Norul uriaș, care a atârnat nu numai asupra Londrei, ci peste întregul cuprins al Insulelor Britanice în prima zi a secolului al nouăsprezecelea, a rămas – de fapt nu a rămas, căci era mereu îmbrâncit de vifornițe și rafale vijelioase –, a zăbovit destul cât să aibă consecințe extraordinare asupra celor care s-au aflat sub tenebrele lui. Clima Angliei părea să se fi schimbat. Ploua des, dar în rafale intermitente, și de îndată ce înceta una se pornea alta. Desigur, din când în când se arăta și soarele, dar era atât de înăbușit de nori, și aerul era atât de îmbibat de umezeală, încât razele solare păreau spălăcite, iar peisajele viu colorate ale secolului al optsprezecelea căpătaseră acum nuanțe violacee, portocalii sau de un roșu stins. Sub baldachinul unui cer vinețiu și ursuz, verdele verzelor era decolorat, albul zăpezii maculat. Dar cel mai rău, umezeala începuse acum să se strecoare în fiecare casă, – umezeala care-i unul dintre inamicii cei mai insidioși, căci dacă arșița soarelui poate fi stăvilită cu storuri și pișcătura gerului domolită cu un foc duduitor, umezeala se furișează în timp ce dormim, umezeala e silențioasă, imperceptibilă și ubicuă. Umezeala umflă lemnul, pătează ceainicul, ruginește fierul, roade piatra. Se insinuează treptat, și până nu tragem sertarele unui scrin sau nu ridicăm o ladă de cărbuni care ni se descompun în mâini, nu bănuim că maladia e în plină acțiune.

Și așa, pe furiș și pe nevăzute, fără ca cineva să fi remarcat ziua sau ora schimbării, structura lăuntrică a Angliei s-a transformat și nimeni nu și-a dat seama. Efectele se făceau simțite pretutindeni. Ponderatul gentleman de la țară, care se așeza, cu clasică demnitate, satisfăcut, în fața mesei cu friptură de vită și o bere, într-o sufragerie proiectată poate de frații Adam, a început acum să simtă că-l ia cu frig. Au apărut păturile și bărbații au început să-și lase barbă; pantalonii se purtau acum fixați sub căputa piciorului. Frigul pe care l-a simțit gentlemanul de la țară în picioare s-a răspândit curând în toată casa; mobila a început să fie capitonată, pereții și mesele acoperite, nimic nu a mai fost lăsat descoperit. În scurt timp s-a dovedit esențială și o schimbare a regimului alimentar. Au fost inventate chiflele și gogoșile. Vinul porto de la desert a fost înlocuit de cafea; și cum cafeaua cere un salonaș în care să fie servită, și un salonaș cere vitrine de sticlă, și vitrinele cer flori artificiale, iar florile artificiale presupun polițe deasupra căminului, iar polițele se asociază cu un pian, și pianul cu romanțe de salon, iar romanțele (sărind o etapă sau două) cu căței de apartament, carpete, bibelouri de porțelan; interioarele – care deveniseră extrem de importante – au suferit o prefacere totală.

În exteriorul casei – alt efect al umezelii – iedera a crescut într-o luxurianță nemaicunoscută până atunci. Case clădite din piatră aridă erau acum înecate de verdeață. Nici o grădină, oricât ar fi fost de clasic orânduită, nu mai era lipsită de un chioșc de verdeață, de un hățiș sălbatic, de un labirint. Lumina care pătrundea în dormitoarele unde se nășteau copiii era, firește, de un verde tulbure, și lumina care pătrundea în saloanele unde se adunau oamenii maturi, bărbați și femei, se prefira printre draperii de catifea cafenie sau purpurie. Dar schimbarea nu se oprea la obiectele exterioare. Umezeala opera și înăuntrul oamenilor. Bărbații simțeau răceala în inimile lor; simțeau răceala în mințile lor. În efortul disperat de a-și înfășura sentimentele în puțină căldură, recurgeau la fel de fel de subterfugii. Iubirea, nașterea și moartea erau ambalate într-o varietate de cuvinte răsunătoare. Bărbații și femeile se retrăgeau tot mai mult unii în fața celorlalți. Discuțiile deschise nu erau îngăduite. De ambele părți se practicau tot felul de evaziuni și de ascunzișuri. Și așa cum iedera și vegetația perenă, îmboldite de umezeală, năpădiseră pământul de afară, aceeași sporită fertilitate se făcea simțită și înăuntru. Viața unei femei obișnuite se compunea dintr-o succesiune de nașteri. Se mărita la nouăsprezece ani și până să împlinească treizeci, dădea naștere la cincisprezece sau optsprezece copii; abundau gemenii. Așa s-a dezvoltat Imperiul Britanic și tot așa – pentru că nu există mijloc de a opri umezeala: îți intră în călimară, se infiltrează în lemnărie – așa, spuneam, s-au umflat și cuvintele, și frazele, s-au înmulțit adjectivele, lirica s-a prefăcut în epică, și flecuștețele numite eseuri, lungi doar de o coloană, s-au alcătuit acum în enciclopedii care însumau zece sau douăzeci de volume. Dar Eusebius Chubb va fi martorul nostru, prin care vom înțelege ce efect putea avea toată această expandare asupra minții unui om sensibil, incapabil să facă ceva pentru a opri avalanșa. Spre sfârșitul *Memoriilor* lui, apare un pasaj în care descrie cum, într-o dimineață, după ce a scris treizeci și cinci de pagini *in folio* „despre nimic“, a înșurubat capacul călimării și a ieșit să facă un tur prin grădină. Curând s-a pomenit captiv în hățișuri. Un noian de frunze foșneau și sclipeau deasupra capului său. Și avea impresia că strivește sub tălpile lui un milion de alte frunze putrede. Un fum înecăcios se răspândea dintr-un foc de frunze aprins în capătul grădinii. Și-a spus că nici un foc de pe pământ nu va putea vreodată să mistuie imensitatea aceea de vegetație stânjenitoare. În orice parte își arunca privirea, vedea vegetația cățărându-se. Castraveții se târau prin iarbă la picioarele lui. Conopide uriașe se înălțau una peste alta, formând punți suprapuse, până când, gândea el în imaginația lui răscolită, aveau să rivalizeze în înălțime cu ulmii din jur. Găinile ouau necontenit niște ouă de o culoare nedefinită. Pe urmă, aducându-și aminte cu un oftat de propria lui fecunditate și de sărmana lui soție, Jane, care se zbătea acum în ghearele facerii celui de-al cincisprezecelea copil, s-a întrebat singur cum de mai putea să condamne păsările? Și-a ridicat privirile spre cer. Oare cerul însuși, sau acel mare frontispiciu care e cerul, nu și-a dat consimțământul, nu ierarhia divină e cea care a instigat totul? Pentru că acolo, fie iarnă, fie vară, în tot lungul anului, norii se învălătuceau și se prăvăleau ca niște balene, a meditat el, sau mai curând ca niște elefanți: nu, nu putea să alunge din gând comparația pe care i-o impuneau cu sila acele mii de acri aerieni; întregul cer, așa cum se lățea peste Insulele Britanice, nu era decât un vast pat îmbietor; și deșănțata fecunditate a grădinii, a dormitorului său și a cotețului de găini erau copiate de acolo de sus. A intrat în casă, a scris pasajul mai sus-citat, și-a vârât capul în cuptorul cu gaz și, mai târziu, când l-au găsit, nu a putut fi readus la viață.

În timp ce toate acestea se petreceau în fiecare colț al Angliei, Orlando se cuibărea în casa din Blackfriars și pretindea că totul e cum a fost, că puteai încă să spui ce voiai, să porți pantaloni legați sub genunchi sau fuste după voia ta. Dar până la urmă a fost și ea nevoită să admită că timpurile se schimbaseră. Într-o după-amiază de la începutul secolului se plimba prin parcul St. Iacob în vechea ei trăsură panelată, când una dintre acele raze de soare – care, uneori, nu prea des – reușesc să răzbească până la pământ, a străpuns norii, prefăcându-i în marmură vărgată în culori prismatice. O asemenea țâșnire de lumină i s-a părut destul de stranie, după cerurile limpezi și uniforme ale secolului al optsprezecelea, și a determinat-o să coboare fereastra și s-o privească. Norii roșietici și de culoarea păsării flamingo i-au adus aminte, cu plăcută nostalgie – ceea ce dovedește că, fără știrea ei fusese și ea contaminată de umezeală –, de niște delfini care erau pe moarte în Marea Ionică. Dar nu mică i-a fost surpriza când năzdrăvana rază de soare, atingând pământul, a plăsmuit sau a luminat o piramidă, o hecatombă sau un trofeu (pentru că avea aparența unei mese de banchet) – conglomerat din cele mai disparate și absurde obiecte răzlețe, un talmeș-balmeș de lucruri aruncate, care închegaseră o vastă movilă în locul unde se înalță azi statuia reginei Victoria. Se vedea o cruce mare de aur cioplit cu ornamente florale, drapată în văluri de doliu și voaluri de mireasă; de alte excrescențe atârnau coifuri medievale, căști militare, coroane mortuare, paturi de copii, pantaloni, țurțuri de cristal, torturi de nuntă, arme de foc, pomi de Crăciun, telescoape, monștri dispăruți, globuri, hărți, elefanți, instrumente de matematică, și totul era sprijinit, ca o imensă panoplie, în dreapta de o siluetă feminină drapată în vaporoase văluri albe; și în stânga de un domn robust care purta o redingotă și pantaloni cadrilați. Neconcordanța obiectelor, asocierea dintre o persoană complet îmbrăcată și alta doar drapată în văluri, distonanța culorilor și combinarea lor întâmplătoare ca într-o învelitoare cusută din peltice, au afectat-o pe Orlando până la mâhnire. În viața ei nu văzuse ceva mai obscen, mai hidos și atât de monumental. E posibil să fi fost, chiar trebuie să fi fost o iluzie provocată de efectul razelor filtrate prin aerul îmbibat de umiditate; avea să se destrame la prima adiere de vânt. Totuși, când a trecut pe lângă el, maldărul acela odios părea destinat să reziste în vecii vecilor. Nimic, a gândit ea, lăsându-se din nou în colțul trăsurii, nimic, nici vântul, nici ploaia, soarele sau vijelia nu vor putea vreodată să nărui adunătura aceea atât de stridentă. Doar nasurile oamenilor vor mucegăi și trompetele vor rugini, dar tot restul va dăinui veșnic, marcând direcția spre răsărit, spre apus, spre nord și spre sud. A aruncat o privire îndărăt în timp ce trăsura urca pe Constitution Hill. Da, era tot acolo, oroarea aceea radiind placid într-o lumină care – Orlando și-a scos ceasul dintr-un mic buzunar – da, desigur, lumina miezului zilei, orele douăsprezece. Nimic altceva nu putea fi mai prozaic, mai plat, mai sec, mai impermeabil la orice licărire a zorilor sau a asfințitului, mai precis calculat să dureze o veșnicie. Și-a impus să nu-i mai arunce vreo privire. Simțea curenții sângelui din vene încetinindu-și cursul. Dar în chip ciudat, o roșeață aprinsă, neobișnuită, i-a cuprins obrajii și, când a trecut pe lângă Buckingham Palace, s-ar fi părut că o forță superioară i-a apăsat pleoapele și a silit-o să privească în jos, spre genunchi. Brusc și-a dat seama, cu o tresărire, că purta pantaloni negri. A continuat să roșească până a ajuns la locuința ei de la țară, ceea ce, ținând seama de cât timp le-a trebuit celor patru cai să străbată, în trap, aproape cincizeci de kilometri, poate fi considerat, credem, drept o dovadă a castității ei.

Odată ajunsă acasă, a dat ascultare imboldului devenit acum cea mai pregnantă necesitate a naturii ei, și s-a înfășurat, cât a putut de strâns, într-o cuvertură de damasc pe care a smuls-o de pe pat. I-a explicat văduvei Bartholomew (actuala administratoare a casei, care-i urmase bunei bătrâne Grimsditch) că i s-a făcut frig.

— La toți ni-e frig, milady, i-a răspuns văduva cu un oftat adânc. Pereții asudă, a urmat ea cu o ciudată și lugubră resemnare și a adăugat că n-avea decât să-și pună mâna pe peretele panelat în lemn de stejar, că-i și rămâneau pe el urmele degetelor. Iedera crescuse cu atâta abundență, încât multe dintre ferestre erau obturate de verdeață. Bucătăria era atât de întunecoasă, încât de-abia puteai deosebi un ceainic de o strecurătoare. O nefericită de pisică neagră fusese confundată cu cărbunii și aruncată în foc. Multe dintre slujnice purtau câte trei sau patru jupoane din flanel roșu, deși era luna august.

— Da-i adevărat milady, a întrebat buna văduvă, contractându-se de frig în timp ce crucea de aur i se înălța odată cu pieptul la fiecare respirație, o fi adevărat că regina, Dumnezeu s-o binecuvinteze, poartă una din alea, cum se cheamă... femeia s-a fâstâcit și a roșit.

— O crinolină, a lămurit-o Orlando (deoarece cuvântul ajunsese până la Blackfriars).

Doamna a încuviințat din cap. Lacrimile i se prelingeau pe obraji, dar, în timp ce plângea, zâmbea. Pentru că-i plăcea să plângă. Doar femeile sunt atât de slabe, cu toatele. Purtau crinoline ca să ascundă cât mai bine faptul, mărețul fapt, faptul unic și cu toate astea deplorabil, pe care orice femeie cuviincioasă îl neagă, până când devenea cu neputință să-l mai nege, faptul că era pe cale să nască un copil; să nască cincisprezece sau douăzeci de copii, așa încât cea mai mare parte din viața femeilor cuviincioase era dedicată negării a ceea ce, într-o zi din cel puțin fiecare an, devenea vizibil.

— Am ținut cornurile calde, în bebleotecă, a anunțat-o doamna Bartholomew, ștergându-și lacrimile.

Și Orlando s-a așezat să se ospăteze cu cornuri, înfășurată într-o cuvertură de pat din damasc.

— Cornurile calde în bebleotecă, a îngânat-o Orlando, imitând dizgrațioasele cuvinte de argou cockney, rostite de doamna Bartholomew în rafinatul ei accent cockney, în timp ce-și bea – ba nu, pentru că detesta lichidul ăsta insipid – ceaiul. În chiar această încăpere, și-a adus aminte Orlando, regina Elisabeta șezuse în fața focului, ținând în mână o cană de bere, pe care a trântit-o cu furie pe masă când lordul Burghley, din lipsă de tact, folosise imperativul în locul subjonctivului. „Om josnic, om josnic!" – Orlando auzea și acum cuvintele reginei – „în fața unei prințese nu se folosește cuvântul «trebuie»"! Și, buf, a trântit cana de bere pe masa pe care putea fi văzut și-acum semnul rămas.

Dar când Orlando a sărit în picioare, așa cum se cuvenea când doar gândeai la marea regină, s-a împiedicat în cuvertura de pat și a căzut înapoi în fotoliu cu o înjurătură. Mâine va trebui să cumpere douăzeci de metri, sau poate chiar mai mult, de mătase neagră – presupunea că așa era nevoie – ca să-și facă o fustă. Și pe urmă (la acest gând a roșit) va trebui să-și cumpere o crinolină, și după aceea (iar a roșit) un pat de copil, și apoi o altă crinolină, și așa mai departe... Roșeața îi invada obrajii și apoi se retrăgea cu cea mai încântătoare modestie și sfială imaginabile. Puteai vedea spiritul vremii ba înfierbântându-se, ba răcindu-se pe obrajii ei. Și dacă spiritul vremii se manifesta cam disproporționat, Orlando roșind la ideea crinolinei înainte de a roși la ideea unui soț, lucrul se explică prin ambiguitatea poziției ei (până și cărui sex îi aparținea era încă discutabil), și prin viața dezordonată pe care o dusese până atunci. În cele din urmă, culoarea și-a redobândit stabilitatea în obrajii ei și se pare că spiritul vremii – dacă ăsta o fi fost – a ațipit pentru un timp. După aceea Orlando și-a vârât mâna în sân, de parcă ar fi căutat un talisman sau o relicvă a unei iubiri apuse, dar nu a scos așa ceva, ci un sul de hârtie, pătat de apa mării, pătat de sânge, pătat de atâtea peregrinări, – manuscrisul poemului ei *Stejarul.* Îl purtase cu ea atâția ani, și în asemenea împrejurări fantastice, încât multe dintre pagini erau murdare sau rupte, în plus lipsa de hârtie pe când locuise în șatra țiganilor o silise să scrie pe marginile filelor, sau printre rânduri, așa încât manuscrisul arăta acum ca o piesă cârpăcită, conștiincios peticită. L-a deschis la prima pagină și a citit data – 1586 – scrisă în caligrafia ei din copilărie. Lucrase la acest poem aproape trei sute de ani. Ar fi fost timpul să-l termine. A pornit să-l răsfoiască, să corecteze printre rânduri, să citească pe sărite și, în timp ce citea, constata cât de puțin se schimbase în toți acești ani. Fusese un băiețandru melancolic, îndrăgostit și înfloritor; după care fusese spumos și satiric; uneori încercase să se exprime în proză, alteori în formă dramatică. Și totuși, reflecta ea, în ciuda tuturor acestor prefaceri, fundamental rămăsese aceeași. Avea aceeași fire gânditoare, meditativă; aceeași pasiune pentru viața la țară și pentru schimbarea anotimpurilor.

„În fond“, și-a spus Orlando ridicându-se și îndreptându-se spre fereastră, „nimic nu s-a schimbat. Casa, grădina sunt întocmai cum erau. Nici un scaun nu s-a urnit din loc, nici o podoabă nu a fost vândută. Aceleași alei, aceleași pajiști, aceiași copaci, același lac și, îndrăznesc să spun, același crap în apa lui. E drept, acum e pe tron regina Victoria în locul reginei Elisabeta; și care-i diferența?

Abia îi încolțise acest gând, când parcă în chip de mustrare, ușa s-a deschis larg și au intrat în cameră Basket, valetul, urmat de Bartholomew, îngrijitoarea, ca să strângă serviciul de ceai. Orlando, care tocmai își înmuiase condeiul în cerneală, și era pe cale să introducă o reflecție asupra eternității de care se bucură toate lucrurile, s-a enervat din pricina unei pete de cerneală care s-a întins, scurgându-se unduios din condei. „Se vede că penița e crăpată sau murdară“, a presupus ea. A înmuiat din nou condeiul. Pata s-a lățit. A încercat să scrie mai departe ce avea de spus, dar nu-i mai venea nici un cuvânt în minte. Atunci s-a apucat să decoreze pata, desenându-i aripi și favoriți, până a ajuns să semene cu un monstru cu cap rotund, ceva între un liliac și un cangur. Dar să scrie poezie cu Basket și cu Bartholomew în preajmă îi era cu neputință. Și numai ce a rostit în gând cuvântul „neputință“, spre uimirea și spaima ei, condeiul a început să șerpuiască și să galopeze de la sine cu cea mai neîntreruptă fluență. Pagina s-a așternut cu cea mai îngrijită caligrafie înclinată, italică, și cu cele mai nesărate versuri pe care le citise în viața ei.

Nu sunt decât o verigă
Din al vieții lanț bizar
Dar am rostit cuvinte sacre.
Nu-mi spune c-a fost în zadar.

Oare fecioara înlăcrimată
Singură sub clarul de lună,
Plânge c-a fost abandonată
Murmurând...

Scria fără oprire, în timp ce Bartholomew și Basket se fâțâiau prin cameră bombănind, ațâțând focul, strângând cornurile.

Își înmuie din nou condeiul și-i dădu drumul:

Era parcă alta căci trandafiriul nor
Ce-i lumina cândva obrajii ca un amurg strălucitor
Ce-aprinde cerul cu bujori în floare,
Pălise acum fiind întunecat
De arzătoarea pâlpâire a torțelor mortuare[1].

Dar când a ajuns aici, din cauza unei mișcări abrupte a răsturnat călimara, cerneala s-a vărsat peste toată pagina și, spera Orlando, a ferit-o pe veci de ochii oamenilor. Tremura toată, clocotea. Nimic nu putea fi mai respingător decât să vezi cerneala revărsându-se puhoi peste o inspirație nedorită, își spunea ea. Ce i s-o fi întâmplat oare? Să fi fost

1 Versurile compuse de Orlando sunt o adaptare satirică după unele scrieri ale lui Thomas Sackville.

umezeala, să fi fost Bartholomew, să fi fost Basket, asta să fi fost? se întreba. Dar acum camera se golise. Nimeni nu-i răspundea, decât dacă răpăitul stropilor de ploaie pe iederă putea fi luat drept un răspuns.

Și în timp ce stătea la fereastră, a devenit conștientă de o extraordinară înfiorare și vibrație ce-i cuprinsese întreg trupul, de parc-ar fi fost alcătuită din mii de corzi pe care briza sau niște degete rătăcitoare începuseră să exerseze game. Îi zvâcneau ba degetele de la picioare, ba măduva din oase. Senzații foarte ciudate îi traversau oasele gambelor. Părul părea să i se fi ridicat de la sine. Brațele îi zumzăiau și îi zbârnăiau așa cum aveau să zumzăie și să zbârnâie firele de telegraf douăzeci de ani mai târziu. Dar după un timp toată această agitație părea să i se fi concentrat în mâini, apoi într-o singură mână, pe urmă într-un singur deget al acelei mâini și, în cele din urmă, s-a contractat atât de puternic, încât s-a redus la un cerc de vibrantă sensibilitate în jurul celui de-al doilea deget al mâinii stângi. Și când l-a ridicat să vadă de unde pornise agitația, nu a văzut nimic – nimic decât smaraldul mare pe care i-l dăruise regina Elisabeta. Și nu era de ajuns? s-a întrebat. Piatra avea cele mai frumoase ape. Valora pe puțin zece mii de lire. În cel mai bizar chip, vibrația părea (țineți seama că avem de-a face cu unele dintre cele mai obscure manifestări ale sufletului omenesc) să-i spună: Nu, nu-i de-ajuns; după care a adoptat un ton interogativ, de parcă ar fi întrebat-o ce înseamnă această lacună, această stranie omisiune; până când biata Orlando s-a simțit de-a dreptul rușinată de cel de-al doilea deget al mâinii ei stângi, dar fără să știe de ce... În clipa aceea a intrat Bartholomew, ca să o întrebe ce rochie să-i pregătească pentru cină, și Orlando, ale cărei simțuri deveniseră brusc foarte ascuțite, și-a aruncat privirea la mâna stângă a lui Bartholomew și a văzut ceva ce nu observase niciodată, un inel lat, de un galben ca de icter, care încercuia cel de-al treilea deget al femeii, deget care la ea era dezgolit.

— Bartholomew, dă-mi voie să mă uit la inelul dumitale, i-a cerut, întinzând mâna să i-l ia.

La care Bartholomew a reacționat de parcă un derbedeu i-ar fi ars un pumn în piept. S-a dat cu doi pași îndărăt, și-a încleștat mâna și și-a tras-o în spate, cu un gest de mare noblețe.

„Nu“, a strigat cu demnă hotărâre; Înălțimea Voastră poate să se uite la inel, dacă dorește, dar ca să-și scoată verigheta din deget, nici arhiepiscopul, nici Papa de la Roma, nici regina Victoria de pe tronul ei nu ar putea s-o convingă. Thomas al ei i-a pus verigheta în deget acum douăzeci și cinci de ani, șase luni și trei săptămâni, și de atunci a dormit cu ea, a muncit cu ea, a spălat cu ea, s-a rugat în biserică cu ea, și dorea să fie îngropată cu ea. De fapt, Orlando a înțeles din spusele femeii, deși vocea îi era gâtuită de emoție, că în funcție de strălucirea verighetei o să i se repartizeze locul în cer printre îngeri, și strălucirea verighetei ar fi pângărită dacă și-ar scoate-o măcar o clipă din deget.

— Dumnezeule mare, a murmurat Orlando stând la fereastră și urmărind țopăitul porumbeilor, în ce lume trăim! Ce mai lume, zău așa!

Complexitățile acestei lumi o uimeau. Avea impresia că acum întreaga omenire e încercuită de un inel de aur. S-a dus la un dineu. Verighete din plin. S-a dus la biserică. Verighete pretutindeni. S-a dus să se plimbe. De aur sau din metal aurit, subțiri, groase, simple, netede, străluceau cuminți pe fiecare mână. Vitrinele bijutierilor erau pline de inele, nu din cele împodobite cu nestemate și cu diamante, cum își amintea Orlando, ci cu niște cercuri simple, fără pietre. Totodată, observase noi deprinderi la oamenii din oraș. Pe vremuri, întâlneai des câte un băiat hârjonindu-se cu o fată pe sub un gard viu. Orlando se amuzase să atingă astfel de perechi cu șfichiul biciului după care trecuse mai departe, râzând. Acum toate astea se schimbaseră. Perechile treceau înlănțuite, înaintând greoi pe mijlocul drumului. Brațul drept al femeii era invariabil vârât sub brațul stâng al bărbatului și degetele ei erau strâns împletite cu ale lui. Adeseori nu se fereau din drum până nu simțeau botul calului suflându-le în ceafă, și atunci, deși se trăgeau greoi la marginea drumului, păreau să fie împreunați într-o singură făptură. Orlando bănuia că se ajunsese la o nouă descoperire în legătură cu specia umană, anume că pereche de pereche erau într-un fel contopite, dar nu avea habar cine făcuse această descoperire și când. Se pare că nu izvorâse din natură. Urmărea porumbeii, iepurii, ogarii, și observa că natura nu-și schimbase obiceiurile, nici măcar nu le îmbunătățise, din vremea reginei Elisabeta. Între animale nu se stabiliseră fuziuni indisolubile. Să fi fost o realizare a reginei Victoria? sau a lordului Melbourne? Oare de la ei să fi pornit marea descoperire a căsătoriei? Totuși se spunea că regina îndrăgea câinii, iar despre lordul Melbourne auzise că îndrăgea femeile. Era bizar – și era într-adevăr dezgustător; această fuziune indisolubilă dintre trupuri avea ceva respingător pentru simțul ei de decență și de igienă. Totuși, reflecțiile ei erau însoțite de înfiorarea și fremătarea degetului cu pricina, în asemenea măsură, încât cu greu își putea controla ideile. Acestea tânjeau și jinduiau lasciv de parcă ar fi fost visurile unei cameriste. O făceau să roșească. N-a avut încotro și și-a cumpărat și ea unul din inelele astea urâte, să-l poarte și ea ca tot restul lumii. Și l-a trecut pe deget, copleșită de rușine, ascunsă în spatele unei draperii; ceea ce nu i-a fost de mare folos. Furnicăturile se făceau simțite cu și mai mare violență, mai revoltător ca oricând. În noaptea aceea n-a închis un ochi. A doua zi de dimineață, când a luat în mână tocul să scrie, fie că nu-i venea nici un gând în minte, fie că tocul scăpa pe hârtie mari pete lăcrimoase, una după alta, și o lua razna; dar, ceea ce era mai alarmant, se afunda în fluide siropoase, despre morți timpurii și despre putreziciune, care erau mai periculoase decât lipsa oricărui gând. Pentru că se pare – și cazul ei o dovedea din plin, – că noi nu scriem cu degetele, ci cu întreaga noastră ființă. Nervul care controlează condeiul se încolăcește în jurul fiecărei fibre din făptura noastră, trece prin inimă, străpunge ficatul. Deși centrul tulburărilor ei părea localizat în mâna stângă, totuși simțea că otrava i se răspândise în tot trupul și, până la urmă, s-a văzut forțată să se gândească, cu disperare, la un remediu, ceea ce însemna să cedeze complet, cu obediență, spiritului vremii și să-și ia un soț.

Că un asemenea lucru era cu totul opus temperamentului ei s-a văzut destul de limpede. Când huruitul roților trăsurii arhiducelui se stinsese, strigătul care a scăpat de pe buzele lui Orlando a fost: „Viața!" și „Un iubitt!", nu „Viața!" și „Un Soț!" Și pentru satisfacerea acestei năzuințe, străbătuse orașul și străbătuse lumea, așa cum s-a văzut în capitolul precedent. Dar natura spiritului vremii e neîmblânzită; pe cei care încearcă să i se împotrivească îi frânge, iar pe cei care i se supun îi apleacă. Orlando se supusese, în mod firesc, spiritului elisabetan, spiritului Restaurației, spiritului secolului al optsprezecelea și, prin urmare, nu sesizase, conștient, schimbările survenite de la un veac la altul. Dar spiritul secolului al nouăsprezecelea îi era extrem de antipatic; drept care spiritul a prins-o și a frânt-o; iar ea era conștientă că fusese biruită, așa cum nu mai fusese niciodată. Pentru că e posibil ca spiritul omenesc să dețină un anumit loc al lui în timp; unii sunt fiii unui secol, alții ai altui secol; și acum că Orlando ajunsese o femeie matură, de treizeci și unu sau treizeci și doi de ani, trăsăturile caracterului îi erau bine definite și ar fi fost de nesuportat să le orienteze într-o direcție greșită.

Așa încât stătea amărâtă la fereastra salonului (așa botezase Bartholomew biblioteca), împovărată de greutatea crinolinei pe care, până la urmă, o adoptase supusă. Era mai grea și mai urâcioasă decât orice altă rochie pe care o purtase până atunci. Nici o rochie nu-i îngreunase atât de mult mișcările. Nu mai putea să hoinărească prin grădină cu câinii după ea sau să urce în fugă dealul și să se trântească sub stejarul ei favorit. Frunzele ude și paiele i se lipeau de fuste. Pălăria cu pene i se clătina la adierea brizei. Pantofii subțiri i se udau pe dată și erau năclăiți de noroi. Mușchii ei își pierduseră flexibilitatea. Devenise nervoasă, se temea de hoți ascunși pe după paravane și, pentru prima oară în viața ei, începuse să-i fie frică de stafii, să nu-i iasă în cale pe coridoare. Toate aceste fapte o înclinau, încetul cu încetul, spre acceptarea noii descoperiri – fie că-i aparținea reginei Victoria sau altcuiva –, și anume că fiecărui bărbat și fiecărei femei îi este destinat să aibă un tovarăș de viață pe care să-l sprijine și de care să se sprijine până când moartea îi va despărți. Ar fi o ușurare, își spunea, dacă ar putea să se rezeme de cineva; să se așeze; da, să se întindă și să nu se mai ridice niciodată, niciodată. Așa opera spiritul vremii asupra ei, pentru că, în pofida mândriei de altădată, și pe măsură ce cobora scara emoțiilor până la acest stadiu umil și neobișnuit, furnicăturile și freamătul care i se păruseră atât de sâcâitoare și de scormonitoare se modulau acum în cele mai tandre melodii, de parcă îngerii ar fi atins cu degetele lor imaculate corzile unei harpe și întreaga ei făptură era pătrunsă de o serafică armonie. Dar de cine ar fi putut să se rezeme? Punea această întrebare vântului de toamnă furios. Căci era luna octombrie, umedă ca de obicei. În nici un caz de arhiduce; acesta se căsătorise cu o doamnă de rang foarte înalt și de ani de zile tot vâna iepuri în România; nici de domnul M., care trecuse la catolicism; nici de marchizul C., care acum cosea saci în închisoarea din

Botany Bay; nici de lordul O., care se prefăcuse de mult în hrană pentru pești. Toți vechii ei prieteni se împrăștiaseră care încotro, iar de alde Nell și Kit din Drury Lane, oricât i-ar fi fost de dragi, nu-i puteau oferi un sprijin.

„De cine“, se întreba, urmărind norii, și împreunându-și mâinile în timp ce îngenunchea pe pervazul ferestrei, arătând ea însăși întruchiparea feminității imploratoare, „de cine mă pot sprijini?“

Cuvintele i se formau involuntar pe buze, mâinile i se împreunau involuntar, așa cum și condeiul ei scrisese cu de la sine putere. Nu Orlando era cea care vorbea, ci spiritul vremii prin gura ei. Dar oricine ar fi vorbit, de răspuns nu-i răspundea nimeni. Ciorile se zbenguiau printre norii de toamnă violeți. Ploaia se oprise în cele din urmă, iar cerul emana o lumină irizată care a îndemnat-o să-și pună pălăria cu pene și pantofii cu șireturi și să pornească la o plimbare înainte de cină.

„Toți oamenii au câte o pereche, în afară de mine“ își spunea dezolată, în timp ce traversa curtea. Până și ciorile; și Canute și Pippin, deși împerecherile lor erau trecătoare, totuși în seara asta păreau să-și fi găsit un partener. „Pe când eu, cea care sunt stăpâna tuturor acestora?“ și-a spus Orlando în sinea ei, privind la nenumăratele blazoane care împodobeau ferestrele pe lângă care trecea, „eu sunt izolată, nu am nici o pereche, sunt singură“.

Niciodată nu-i mai încolțiseră asemenea gânduri în minte. Acum însă o obsedau și i se păreau de neînlăturat. În loc să deschidă poarta împingând-o cu forță ca de obicei, a ciocănit cu mâna înmănușată, chemându-l pe portar să i-o descuie. „Trebuie să te bizui pe cineva“, și-a spus, „fie că-i numai un portar“; și aproape că ar fi dorit să rămână lângă el și să-l ajute să-și frigă pe găleata cu cărbuni încinși o bucată de costiță, dar s-a sfiit să-i propună așa ceva. Așa încât a pornit să colinde singură prin parc, șovăielnic la început, temându-se să nu întâlnească haimanale sau paznici de vânătoare sau chiar comisionari care să se întrebe cum de o mare doamnă se plimbă singură.

Arunca la fiecare pas priviri nervoase, de teamă ca nu cumva să apară vreo siluetă masculină de după un tufiș de grozamă sau vreo vacă sălbatică să o împingă cu coarnele. Dar nu vedea decât ciorile care se zbenguiau pe cer. O pană albastră, de culoarea oțelului, a căzut la un moment dat prin mărăciniș; lui Orlando îi plăceau penele de păsări sălbatice. În copilărie le colecționa. Acum a ridicat-o și și-a înfipt-o în pălărie. Adia o briză care i-a mai înviorat spiritul. Ciorile se roteau și se învârteau deasupra capului ei, lăsând să le cadă pană după pană, scânteind în văzduhul roșiatic, și Orlando le-a urmărit, în timp ce pelerina lungă îi flutura în spate; le-a însoțit dincolo de pajiști, sus pe deal. De ani de zile nu mai străbătuse atâta drum. Culese din iarbă șase pene, le dezmierdă între degete, și le apăsa pe buze ca să le simtă catifelarea și lucirea pufoasă, când a zărit un heleșteu de argint sclipind pe coama dealului, misterios ca lacul în care sir Bedivere a aruncat sabia lui Arthur[1]. O pană solitară a fremătat în văzduh și apoi a căzut în mijlocul lacului. Și atunci Orlando s-a lăsat cuprinsă de un ciudat extaz. O dorință sălbatică de a urmări păsările până la marginea lumii, de a se arunca în iarba înrourată și de a sorbi uitare, în timp ce râsul răgușit al ciorilor răsuna asupră-i. Și-a iuțit pașii; a alergat; a alunecat; s-a împiedicat de rădăcinile cioturoase ale hățișurilor și a căzut. Și-a scrântit glezna. Nu s-a mai putut ridica de jos. Dar se simțea atât de bine!

Mireasma de mirt de baltă și de crețușcă îi umplea nările. Râsul răgușit al ciorilor îi umplea urechile: „Mi-am

1 Aluzie la personajele romanului medieval *Cavalerii Mesei Rotunde*.

găsit perechea; câmpul. Sunt mireasa naturii", își murmura abandonându-se îmbrățișării înviorătoare a ierbii, așa cum zăcea înfășurată în pelerină, la marginea heleșteului. „Aici o să rămân." (O pană i s-a lăsat pe frunte.) „Am găsit o cunună mai verde decât laurii. Fruntea mea va fi de-a pururi răcoroasă. Încununată de penele păsărilor sălbatice – ale bufniței, ale caprimulgului. Și voi visa visuri sălbatice. Mâinile mele nu vor purta verighetă, a continuat, scoțându-și verigheta din deget. Rădăcinile se vor împleti în jurul lor. Ah!" a suspinat culcându-și lasciv capul pe perna jilavă, „veacuri întregi am căutat fericirea și nu am găsit-o; am căutat gloria, și mi-a scăpat; am căutat iubirea, și nu am cunoscut-o; am căutat viața – dar iată că moartea e mai plăcută. Am întâlnit mulți bărbați și multe femei și nu i-am înțeles. E mult mai bine să zac aici, doar cu cerul deasupra mea, așa cum îmi povestea țiganul, cu mulți în ani în urmă. Asta se petrecea în Turcia". Și înălțându-și privirile spre miraculoasa spumă de aur în care dospiseră norii, a deslușit o cărare și un șir de cămile care înaintau printr-un deșert stâncos, stârnind nori de praf roșiatic; și după ce au trecut cămilele au rămas numai munții foarte înalți, ciuruiți de peșteri și împodobiți cu turle de stâncă; i s-a năzărit că aude tălăngile caprelor prin trecători, iar printre faldurile munților se așterneau câmpuri de iriși și de gențiană. Și cerul s-a schimbat, iar privirile ei au lunecat în jos, tot mai jos, până au ajuns la glia înnegrită de ploi și au zărit cocoașa arcuită a Dunelor Sudice ondulându-se ca un val de-a lungul coastei; și acolo unde pământurile se despărțeau, se ivea marea, marea împestrițată de corăbii; și i s-a mai nălucit că aude o lovitură de tun, undeva în depărtări și întâi și-a spus: „Asta-i Armada", și apoi s-a gândit: „Ba nu, e Nelson", dar și-a adus aminte că războaiele se încheiaseră și că navele erau vase comerciale; iar pânzele de pe râul șerpuitor erau ambarcațiuni de plăcere. I s-au mai arătat și vite răspândite pe pășunile întunecate, turme de oi și cirezi de vaci, și a mai văzut lumini aprinzându-se ici, colo, prin ferestrele fermelor, și felinare mișcându-se printre vite, odată cu ciobanul și văcarul care-și făceau rondul de veghe; pe urmă luminile s-au stins și au răsărit stelele, îmbulzindu-se pe cer. Într-adevăr, adormise cu penele ude pe obraji și cu urechea lipită de pământ, când a auzit, în somn, venind din adâncuri, un ciocan și o nicovală, sau să fi fost bătăi de inimă? Tic-tac, tic-tac, așa ciocăneau, nicovala sau inima din miezul pământului, până când, tot ascultând, și-a spus că bătăile de inimă se preschimbaseră în tropotul unor copite de cal: una, două, trei, patru, le-a numărat; după care l-a auzit poticnindu-se; pe urmă, pe măsură ce tropotul se apropia, a auzit o cracă trosnind și lipăitul apei sub potcoave. Calul a fost cât pe ce să dea peste ea. S-a ridicat în capul oaselor. A văzut înălțându-se asupră-i, ca un turn, un bărbat călare, profilat întunecat pe cerul gălbui al zorilor și înconjurat de ploieri care zburau în sus și-n jos pe lângă el. Bărbatul a privit-o. Calul s-a oprit.

— Doamnă, a strigat bărbatul sărind de pe cal, sunteți rănită.

— Sunt moartă, a răspuns Orlando.

Câteva minute mai târziu s-au logodit.

A doua zi dimineața, în timp ce luau împreună micul dejun, el i-a comunicat numele lui: Înălțimea Sa Marmaduke Bonthrop Shelmerdine.

— Am știut, a exclamat Orlando, pentru că era în bărbatul acela ceva romantic și cavaleresc și pasionat și melancolic, și totodată dârz, ceva care se potrivea cu numele lui sălbatic, cu pene negre – un nume care, în mintea ei, emana albastrul de oțel al aripilor ciorilor, râsul răgușit al croncănitului lor, plutirea sinuoasă, șerpuită a penelor care cădeau într-un heleșteu de argint, și alte o mie de lucruri pe care le vom descrie.

— Numele meu e Orlando, i-a răspuns ea.

Și el o ghicise. Pentru că atunci când vezi o corabie plutind, scăldată în soare, spintecând trufașă Marea Mediterană și venind din Mările Sudului, exclami pe dată „Orlando", i-a explicat el.

De fapt, cu toate că se cunoșteau de atât de puțin timp, fiecare din ei intuise, în cel mult două secunde, așa cum se întâmplă între îndrăgostiți, tot ce era important în celălalt, și acum aveau de completat doar detaliile neimportante, ca, de pildă, numele lor, unde locuiau, dacă erau niște sărăntoci sau oameni avuți. El avea un castel în Hebride, dar era o ruină, a informat-o. În sala de banchete se ospătau acum pescărușii. Fusese ostaș și navigator, explorase Orientul. Acum era în drum spre bricul lui, ancorat la Falmouth, dar vântul îl trădase, și numai când o să bată dinspre sud-vest va putea să plece în larg. Orlando a aruncat o privire fugitivă pe fereastra sălii unde luau micul dejun către leopardul aurit de pe morișca de vânt. Din fericire, coada îi era îndreptată spre răsărit și se proțăpea nemișcat ca o stâncă.

— A, Shel, nu mă părăsi! a strigat. Sunt îndrăgostită pătimaș de dumneata!

De îndată ce a rostit aceste cuvinte, o cumplită bănuială a încolțit simultan în sufletele amândurora.

— Shel, ești femeie! a strigat ea.

— Orlando, ești bărbat! a strigat el.

Nicicând de la facerea lumii nu a mai avut loc o asemenea scenă de protest și demonstrație ca aceea. Când s-a sfârșit și s-au așezat din nou, ea l-a întrebat ce era cu vântul de sud-vest și care era destinația lui.

— Capul Horn, i-a răspuns el succint și a roșit. (Căci și un bărbat roșește ca o femeie, numai că din pricini diferite.)

Cu mare efort și folosindu-și intuiția a izbutit Orlando să înțeleagă că el își petrecuse viața în cele mai hazardate și minunate aventuri, călătorind în jurul Capului Horn, în zbuciumul furtunilor. Cu catarge dărâmate, cu pânze sfâșiate (i-a smuls cu greu această mărturisire). Uneori corabia s-a scufundat și el a fost singurul supraviețuitor, agățat de o plută și cu un singur biscuit.

— Asta-i cam tot ce poate face un om în zilele noastre, a adăugat el stânjenit și înfulecând două linguri pline de gem de căpșuni.

Viziunea lui Orlando asupra acestui băiețandru (căci nu era mult mai mult) care sugea bomboane de mentă (îi plăceau la nebunie) în timp ce catargele fâșâiau și stelele se rostogoleau, iar el striga ordine laconice: „Tăiați parâmele! lăsați vasul să plutească!", „Aruncați balastul peste bord!", i-a umplut ochii de lacrimi, lacrimi mai calde decât toate cele vărsate până atunci. „Sunt femeie", și-a spus ea, „în sfârșit, o femeie adevărată". I-a mulțumit lui Bonthrop din adâncul inimii pentru că îi prilejuise această rară și neașteptată încântare. Dacă nu și-ar fi scrântit piciorul stâng, s-ar fi cățărat acum pe genunchii lui.

— Shel, iubitule, a început ea din nou, povestește-mi...

Și așa au pălăvrăgit mai bine de două ceasuri, poate că despre Capul Horn sau poate că nu, dar nu credem că are vreun sens să redăm ce și-au spus, pentru că se cunoșteau unul pe celălalt atât de bine, încât puteau să-și spună orice, ceea ce echivalează cu nimic, sau să-și spună lucruri stupide, prozaice, de pildă cum se prepară o omletă ori unde se pot cumpăra în Londra cele mai bune ghete, lucruri lipsite de orice interes când sunt scoase dintr-un anumit context, dar efectiv uluitoare când sunt integrate în contextul potrivit. Deoarece s-a observat că, printr-o înțeleaptă economie a naturii, spiritul nostru modern aproape că se poate dispensa de limbaj, se poate comunica prin cele mai plate expresii, din moment ce se poate comunica și fără nici un fel de exprimare, și, în felul acesta, cea mai banală conversație poate fi adeseori extrem de poetică, pe când cea mai poetică nu poate fi așternută pe hârtie. Drept care lăsăm aici un mare spațiu alb, pe care trebuie să-l considerați însă plin până la refuz.

După câteva zile, altă mostră de conversație:

— Orlando, dragostea mea, a început Shel să glăsuiască, dar a fost întrerupt de un zgomot de pași de afară, și Basket, valetul, a intrat aducându-le informația că se aflau jos doi jandarmi, cu un document din partea reginei.

— Condu-i sus, i-a spus scurt Shelmerdine, plasându-se instinctiv în fața căminului, cu mâinile înnodate la spate, de parc-ar fi fost pe puntea bricului său. Doi slujbași în uniforme verzi au intrat în încăpere și au luat poziția de drepți. După executarea acestor formalități, i-au dat lui Orlando în mână, conform ordinului pe care-l primiseră, un document juridic, foarte impresionant, judecând după sigiliile de ceară, panglicile, înscrisurile oficiale și semnăturile, toate de cea mai înaltă importanță.

Orlando a parcurs în grabă documentul, apoi, urmărind rândurile cu degetul arătător al mâinii drepte, a citit câteva fraze cu referire directă la ea.

Procesele s-au încheiat, și unele sentințe îi erau favorabile, ca de pildă... și altele... nu. Căsătoria efectuată în Turcia e anulată (am fost ambasador la Constantinopol, Shel dragă), i-a explicat ea. Copiii sunt declarați nelegitimi (s-a spus că aș fi avut trei fii cu Pepita, o dansatoare spaniolă). Așadar nu-mi sunt moștenitori, ceea ce e un lucru bun. În ce privește sexul? Sexul meu, a citit ea cu o voce solemnă, e decretat a fi – indiscutabil și dincolo de orice urmă de îndoială (ce ți-am spus eu Shel, cu un moment înainte?) femeiesc. Proprietățile, asupra cărora sechestrul a fost ridicat pe vecie, vor reveni descendenților mei, masculi, născuți din trupul meu, sau în caz că eu nu mă voi mărita... în acest punct limbajul juridic a început s-o irite și a adăugat: dar nu se pune problema că nu mă voi mărita, și nici a moștenitorilor; și restul documentului îl putem considera citit. Și-a adăugat și ea semnătura sub cea a lordului Palmerston și, din acel moment, a reintrat în deplina posesie a titlurilor nobiliare, a casei, a proprietăților, a averii care se împuținase simțitor întrucât cheltuielile de judecată fuseseră enorme; așadar, cu toate că deținea din nou un rang foarte înalt, era săracă lipită pământului.

Când sentința procesului a fost dată publicității (și zvonurile circulă mult mai rapid decât telegraful care avea să le înlocuiască), bucuria s-a înstăpânit pe întregul oraș.

Caii erau înhămați la trăsuri cu singurul scop de a fi apoi deshămați. Carete și landouri goale se plimbau întruna, în sus și-n jos pe strada principală. Gazeta *Taurul* publica rapoarte. Gazeta *Cerbul* îi dădea replici. Orașul era puternic iluminat. Casete de aur erau cu grijă încuiate în vitrine de sticlă. Monedele erau bine ascunse pe sub pietre. S-au înființat spitale. S-au inaugurat cluburi cu denumiri ca *Șobolanul* sau *Vrabia*. În piața publică se ardeau în efigie zeci de femei turcoaice, laolaltă cu băieți de la țară cărora le atârna din gură eticheta „Sunt un mizerabil impostor“. [Poneii gălbui ai reginei au fost văzuți urcând în trap aleea pentru a-i transmite lui Orlando invitația de a lua cina și a petrece noaptea la castel, chiar în acea zi. Așa cum se mai întâmplase și altă dată, masa ei era acoperită cu invitații de la contesa de R., lady Q., lady Palmerston, Marchiza de P., doamna W.E. Gladstone și altele, care o implorau să le ofere plăcerea prezenței ei, referindu-se la vechile legături dintre familiile lor și familia ei etc.]. Toate acestea trebuie închise între paranteze drepte, așa cum am procedat și noi, din simplul motiv că erau doar o paranteză lipsită de orice importanță în viața lui Orlando. Ea sărea peste paranteze ca să poată urmări textul cursiv. Și când în piața publică scânteiau focurile de tabără, ea se afla singură cu Shelmerdine în adâncul pădurii. Vremea era atât de senină, încât copacii își întindeau asupra lor brațele neclintite, și când cădea vreo frunză, arămie și aurie, plutea cu atâta încetineală în văzduh, încât îi puteai urmări plutirea și căderea lentă timp de o jumătate de oră, până se depunea, în cele din urmă, la picioarele lui Orlando.

— Povestește-mi, Mar, i se adresa ea (și aici trebuie să explicăm că atunci când îl numea cu prima silabă a primului său nume, însemna că Orlando se găsea într-o fază visătoare, drăgăstoasă, supusă, domestică și vag languroasă, de parcă ar fi fost seara, în fața căminului în care ardeau buturugi aromate, la ceasul când încă nu venise vremea să se îmbrace, și în aerul amurgului ar fi străbătut o ușoară undă de umezeală, atât cât să dea luciu frunzelor, fără să oprească însă o privighetoare să cânte printre azalee, vreo doi câini să latre într-o fermă îndepărtată, un cocoș să cucurigească, – și tot ce-și mai poate imagina cititorul că răsuna în glasul ei). Povestește-mi, Mar, i se adresa ea, despre Capul Horn.

Și Shelmerdine îi construia o mică machetă a Capului Horn, din rămurele, frunze veștede și vreo două cochilii de melci goale.

— Aici e nordul, o lămurea el, și aici e sudul. Vântul bate din direcția asta. Acum bricul plutește spre vest, cu pânzele sus, am coborât catargul din față – și vezi – aici unde e firul ăsta de iarbă – bricul pătrunde în curentul pe care o să-l găsești însemnat – unde-s harta și busola mea? A, mulțumesc, e în ordine, uite acolo, unde-i cochilia melcului. Curentul a prins vasul dinspre babord, prin urmare trebuie ridicată vela de la proră. Altminteri o să ne împingă spre tribord, acolo unde-i frunza aceea de fag, înțelegi dragă... Și tot așa îi dădea înainte, iar ea îi asculta fiecare cuvânt și-l interpreta, astfel încât ajungea să vadă, fără ca el să-i fi spus, fosforescența valurilor, țurțurii de gheață clincănind atârnați de pânze; îl vedea pe el în vârful catargului în plină furtună, reflectând la soarta care-l paște pe om; apoi coborând, dând pe gât o dușcă de whisky cu sifon; dând o raită pe țărm; lăsându-se să cadă în mrejele unei femei negre; căindu-se, meditând; citindu-l pe Pascal; hotărât să scrie filozofie; cumpărându-și o maimuțică; întrebându-se care-i sensul real al vieții; dându-și un răspuns în favoarea Capului Horn, și așa mai departe. Toate astea și încă o mie de alte lucruri le înțelegea din cuvintele lui, așa încât când i-a spus din senin „Da, negresele sunt seducătoare, nu-i așa?“, în timp ce el îi povestea că provizia de biscuiți se epuizase, tânărul a rămas surprins și încântat să descopere cât de bine sesizase ea miezul cuvintelor lui.

— Ești convinsă că nu ești bărbat? o întreba alarmat, iar ea îi ținea isonul.

— E cu putință ca tu să nu fii femeie? Și atunci trebuiau să-și dovedească pe loc aceste supoziții.

Pentru că fiecare dintre ei era uimit de repeziciunea cu care îl percepea celălalt; și constituiau o revelație unul pentru altul, prin faptul că o femeie poate fi la fel de înțelegătoare și poate folosi un limbaj la fel de liber ca un bărbat, și că un bărbat poate fi la fel de ciudat și de subtil ca o femeie, lucru care-i îndemna să-și analizeze pe dată dovezile.

Și continuau să vorbească sau, mai bine zis, să perceapă sensurile, ceea ce a devenit o adevărată artă a vorbirii într-o epocă în care cuvintele par pe zi ce trece tot mai sărăcăcioase în comparație cu ideile, astfel încât afirmația „provizia de biscuiți era pe terminate“ are de fapt sensul de „a săruta o negresă pe întuneric“, asta când tocmai ai recitit pentru a zecea oară filozofia episcopului Berkeley[1]. (De aici rezultă că numai cei mai profunzi maeștri ai stilului pot spune adevărul, și când nimerești peste un simplu scriitor monosilabic, poți trage concluzia, fără nici o îndoială, că bietul om minte.)

Așadar continuau să discute, chiar când picioarele ei erau realmente îngropate în frunze de toamnă stropite cu aur. Orlando se ridica și pornea de una singură prin pădure, lăsându-l pe Bonthrop așezat între cochilii de melci, construind machete ale Capului Horn. Obișnuia să-i spună; „Bonthrop, eu plec", și când folosea cel de-al doilea nume al lui, adică Bonthrop, cititorul trebuie să înțeleagă că Orlando simțea nevoia de solitudine, considera că ei doi sunt doar niște pete într-un deșert; nu dorea decât să întâlnească moartea, de una singură, căci zilnic mor oameni, mor la mesele de gală sau, pur și simplu, afară, în pădurile toamnei; în timp ce focurile de tabără scânteiază în piața publică și lady Palmerston sau lady Derby o invită seară de seară la dineuri, dorința de moarte o copleșește; și când rostește „Bonthrop", spune de fapt „am murit" și, în chip de fantomă, își croiește drum printre fagii fantomatici, și se afundă adânc în solitudine, de parcă orice licăr de zgomot și de mișcare se mistuise pe veci, și acum era liberă să-și ia drumul – toate acestea trebuie să le perceapă cititorul în vocea ei când rostește „Bonthrop"; și ca să accentuăm cuvântul, trebuie să adăugăm că și pentru el numele semnifica, în chip mistic, despărțire și izolare, și viziunea propriului său spirit eliberat de trup, pășind pe puntea bricului, în mări insondabile.

---

1 George Berkeley (1685-1753), filozof englez, episcop, întemeietor al idealismului subiectiv în filozofia modernă.

În lucrarea sa *Tratat asupra principiilor cunoașterii omenești*, pornește de la teza „A exista înseamnă a fi perceput".

Și după câteva ceasuri de moarte, o gaiță țipa deodată „Shelmerdine" și, aplecându-se, Orlando culegea o brândușă de toamnă, care pentru unii nu înseamnă altceva decât cuvântul în sine, și o ascundea în sân alături de pana gaiței care picase, albastră, în pădurea de fagi. După aceea striga „Shelmerdine", și numele țâșnea în dreapta și-n stânga, printre arbori, și nimerea drept la el, acolo unde stătea construind machete din cochilii de melci și fire de iarbă. El o vedea, o auzea venind spre el, cu brândușa și pana de gaiță în sân și striga „Orlando", ceea ce însemna (trebuie să ne amintim că atunci când unele culori stridente, cum e albastrul și galbenul, ni se amestecă în ochi, ceva din acest amestec ni se scurge și în gânduri), ceea ce însemna, în primul rând, o încovoiere și o lărgire a tufelor de ferigi, de parcă ceva năvălise peste ele, și acel ceva se dovedea a fi o corabie în plin avânt, săltând și legănându-se ca în vis, de parcă i se așternea în față un an întreg numai de zile de vară pentru a-și desăvârși călătoria, clătinându-se într-o parte și-n alta cu noblețe, cu indolență, când săltând pe o creastă de val, când afundându-se în pântecele altui val și, brusc, înălțându-se deasupra ta, (care te găsești într-o bărcuță cât o coajă de nucă, privind în sus la ea), cu toate pânzele înfiorate; și pe urmă, atenție!, toate pânzele cad grămadă pe punte, în clipa în care Orlando se prăbușește în iarbă, lângă el.

S-au scurs în felul ăsta vreo opt sau nouă zile, dar în cea de-a zecea, care s-a întâmplat să fie 26 octombrie, Orlando zăcea culcată între ferigi, în timp ce Shelmerdine îi recita din Shelley (a cărui operă o știa în întregime pe de rost), când o frunză care începuse să cadă lent din vârful unui copac a virat brusc și s-a lipit de piciorul lui Orlando. I-a urmat o a doua frunză și, la scurt timp, a treia. Orlando a simțit că o trec fiorii și fața i s-a îngălbenit. Vântul! Se stârnise vântul! Shelmerdine – dar ar fi mai potrivit acum să-i spunem Bonthorp – a sărit în picioare.

— Vântul! a strigat el.

Împreună, au pornit să alerge prin pădure, și în timp ce fugeau, vântul le lipea frunze de haine; s-au îndreptat spre curtea cea mare, au străbătut-o, apoi au gonit prin curțile mai mici, iar servitorii, speriați, își părăseau măturile și tigăile și fugeau în urma lor, până au ajuns la capelă, unde au aprins, cât de repede au putut, un mănunchi de lumânări, un servitor împiedicându-se de o bancă, altul retezând mucul unei lumânări. S-au tras clopotele. Oamenii s-au adunat. În cele din urmă a apărut și domnul Dupper, trăgând de capetele cravatei lui albe și întrebând unde-i cartea de rugăciuni. I-au aruncat în mâini cartea de rugăciuni a reginei Mary, a pornit să răsfoiască în grabă paginile, căutând ce trebuia. Până la urmă a grăit:

— Marmaduke Bonthrop Shelmerdine și lady Orlando, îngenuncheați.

Cei doi au îngenuncheat și erau când luminați, când întunecați, după jocul capricios al luminii și al umbrei care se filtrau prin vitralii; și prin zgomotul nenumăratelor uși trântite, al sunetelor metalice ca de tingiri ciocnite, izbucnea orga cu mormăitul ei când slab, când puternic, și domnul Dupper, care era acum foarte bătrân, se trudea să-și ridice vocea deasupra larmei, dar nu se putea face auzit; și pe urmă, când pentru un moment s-a lăsat o liniște deplină, au răzbit clar trei cuvinte de-ale lui, poate că „în ghearele morții", în timp ce toți slujitorii de pe proprietăți se îmbulzeau și se îmbrânceau, cu greblele și bicele în mâini, ca să asculte; dar unii cântau, alții se rugau în gura mare, câte o pasăre se izbea de un geam, câte un bubuit de tunet zguduia văzduhul, așa că nimeni nu a auzit rostindu-se cuvântul „supunere" și nu a văzut, decât ca o fugitivă lucire aurie, verigheta trecând dintr-o mână în cealaltă. Totul era vâjâială și învălmășeală. Și cei doi s-au ridicat în picioare, în timp ce orga hârâia, fulgerele despicau cerul și ploaia răpăia, iar lady Orlando, cu verigheta pe deget, a ieșit în curte, în rochia ei subțire, și a ținut cu mâna scara de la șa, care se bălăbănea, deoarece calul era gata înșeuat, echipat cu hățuri și zăbală, încă înspumat de la galop, pregătit pentru ca soțul ei să-l încalece, ceea ce a și făcut dintr-un salt; calul a pornit avântat, iar Orlando, rămasă acolo, a strigat:

— Marmaduke Bonthrop Shelmerdine!

Iar el i-a răspuns:

— Orlando!

Și cuvintele au străpuns cerul și s-au rotit ca niște șoimi sălbatici printre turle și s-au ridicat sus, tot mai sus și s-au dus departe, tot mai departe și s-au rostogolit repede, tot mai repede, până când s-au sfărâmat și au căzut ca o ploaie de țăndări pe pământ, și ea a intrat în casă.

Capitolul 6

Orlando a intrat în casă. Tăcere deplină. Totul era perfect liniștit. Și uite călimara, uite condeiul; uite manuscrisul poemului ei, rupt, întrerupt la mijloc, ca un tribut adus eternității. Fusese pe cale să spună, atunci când Basket și Bartholomew intraseră cu serviciul de ceai, fusese pe cale să spună că nimic nu se schimbă. Pentru ca după aceea, în spațiul a trei secunde și jumătate, totul să se schimbe – și-a scrântit glezna, s-a îndrăgostit, s-a căsătorit cu Shelmerdine.

Dovadă, verigheta de pe deget. E drept că o mai purtase ea și înainte de a-l întâlni pe Shelmerdine, dar gestul fusese mai mult decât zadarnic. Acum își învârtea inelul pe deget, de jur împrejur, cu superstițioasă venerație, grijulie să nu-i alunece dincolo de încheietura degetului.

„Verigheta trebuie purtată pe cel de-al treilea deget al mâinii stângi" – își spunea ea, ca un copil care-și repetă conștiincios lecția, – „dacă vrei să-ți fie de folos". Vorbea cu glas tare și pe un ton mai emfatic ca de obicei, de parcă ar fi dorit să o audă cineva la a cărui părere ținea. Într-adevăr, acum când în sfârșit era în stare să-și adune gândurile, se întreba ce efect ar putea avea comportamentul ei asupra spiritului vremii. Era extrem de nerăbdătoare să afle dacă pasul pe care-l făcuse ea, logodindu-se, apoi măritându-se cu Shelmerdine, se bucura de aprobarea celorlalți. În ceea ce o privea simțea că se regăsise în bună măsură. Degetul nu-i mai zvâcnise deloc sau aproape deloc, din noaptea aceea petrecută în poiană. Și totuși, era muncită de unele îndoieli. Era căsătorită, dar dacă soțul tău navighează tot timpul în jurul Capului Horn, asta înseamnă căsătorie? Dacă îl placi înseamnă căsătorie? Dar dacă îți plac și alții înseamnă căsătorie? Și, în sfârșit, dacă dorești, mai mult decât orice altceva de pe lume, să scrii poezie înseamnă căsătorie? Avea îndoieli. Dar se gândea să se pună la încercare. Și-a privit verigheta. A privit călimara. Să îndrăznească? Nu, nu îndrăznea. Și totuși trebuie. Nu, nu poate. Și atunci ce era de făcut? Să leșine, poate. Dar niciodată nu se simțise mai bine.

— Ducă-se dracului tot! a strigat cu o rămășiță din vechiul ei temperament. Fie ce-o fi!

Și a înmuiat adânc condeiul în cerneală. Spre imensa ei surpriză, nu s-a produs nici o explozie. A privit penița. Era udă, dar nu picura. A scris. Cuvintele cam întârziau, dar până la urmă veneau. Ah! Dar se legau oare? se întreba cuprinsă de spaima ca nu cumva condeiul să-i joace una din festele lui involuntare. A citit:

Și am pătruns într-o poiană unde sprintenele fire de iarbă
Erau ținute-n frâu de cupele grele, încovoiate, ale crinilor imperiali
Posomorâtă floare șerpuitoare din alte meleaguri venită
Înfășurată în purpură tristă, ca fecioarele din Egipt.[1]

În timp ce scria, simțea un soi de prezență (aduceți-vă aminte că vorbim despre cele mai obscure manifestări ale spiritului omenesc) o prezență care citea peste umărul ei

1 Fragment din poemul *The Land*, de Vita Sackville-West.

ceea ce scrisese; și când a ajuns la „fecioarele din Egipt“, prezența i-a dictat să se oprească.

Iarba părea să-i șoptească prezența arătând spre începutul poemului cu o riglă din acelea folosite de profesoare, merge bine, și cupele grele, încovoiate, sună frumos, – floarea șerpuitoare – o idee cam tare, ieșită din penița unei doamne – Wordsworth ar aproba-o, fără îndoială, dar fecioarele? Crezi că sunt necesare fecioarele? Spui că ai un soț la Capul Horn? Mă rog, atunci merg și ele.

Și prezența s-a mistuit.

Acum Orlando, în spiritul ei (pentru că cele de mai sus s-au petrecut doar în spirit) a făcut o plecăciune servilă în fața spiritului vremii, așa cum – ca să comparăm lucrurile mari cu cele mărunte –, așa cum ar face în fața vameșului un călător care știe că a ascuns o cutie cu trabucuri în colțul valizei, și totuși vameșul, îndatoritor, i-a mâzgălit cu creta albă, pe capacul valizei, semnul de trecere. Deoarece se temea că, dacă „prezența“ i-ar fi scotocit cu atenție conținutul minții, ar fi găsit lucruri de serioasă contrabandă, pentru care ar fi trebuit să plătească o amendă substanțială. Scăpase ca prin urechile acului. Tocmai izbutise, simulând o ingenioasă deferență față de spiritul vremii – adică trecându-și o verighetă în deget și găsindu-și un soț într-o poiană, și prin dragostea ei de natură și lipsa de spirit satiric, de cinism, de înclinații psihologiste – fiecare dintre aceste bunuri ar fi putut să fie descoperite cu ușurință – izbutise să treacă examenul cu succes. I-a scăpat un adânc suspin de ușurare, și pe bună dreptate, pentru că tranzacția dintre un scriitor și spiritul vremii sale este de o extremă delicatețe, și întreaga șansă a operelor unui creator depinde de reușita aranjamentului dintre cei doi. Orlando a organizat totul cu atâta pricepere, încât acum se găsea într-o situație fericită: nu trebuia să se ia la harță cu epoca ei, și nici să i se supună; făcea parte din epocă și totuși rămăsese ea însăși. Așadar, acum putea să scrie, și scria.

Scria, scria, scria.

Era noiembrie. După noiembrie vine decembrie. Și apoi ianuarie, februarie, martie și aprilie. După aprilie vin mai, iunie, iulie și august. După care urmează septembrie. Apoi octombrie și așa, luați seama, ne întoarcem din nou la noiembrie, cu un an împlinit între ele. Metoda scrierii unei biografii, deși are și părțile ei bune, e totuși cam monotonă, și dacă mergem înainte pe această linie, cititorul e îndreptățit să se plângă și să pretindă că n-are nevoie de ajutor ca să înșire lunile din calendar, și astfel ar putea economisi suma pe care o să găsească de cuviință editura Hogarth Press s-o ceară pe această carte. Dar ce poate să facă un biograf când se trezește în încurcătura în care ne-a pus acum pe noi Orlando? Oamenii ale căror păreri trebuie ascultate au căzut de acord în unanimitate că viața este singurul subiect valabil atât pentru romancieri, cât și pentru biografi; și viața, au decretat aceleași credibile autorități, nu are nimic în comun cu a sta pe un scaun și a medita. Gândirea și viața se găsesc la poli diametral opuși. De aceea – dat fiind că a sta pe un scaun și a medita era întocmai ceea ce făcea Orlando acum – singura alternativă ar fi să înșirăm lunile din calendar, să numărăm mătănii, să ne suflăm nasul, să ațâțăm focul, să ne uităm pe geam, până când o să termine și ea. Orlando stătea atât de nemișcată, încât ai fi putut auzi și un ac căzând. Și ce bine ar fi fost dacă ar fi căzut un ac! Și asta ar fi însemnat un soi de viață. Sau dacă ar fi intrat pe geam, fluturând, un fluture și s-ar fi oprit pe scaunul ei; despre așa ceva s-ar putea scrie. Sau, să presupunem că Orlando s-ar fi ridicat și ar fi omorât o viespe. Atunci, pe dată, ne-am scoate condeiele și am scrie. Pentru că ar fi însemnat o vărsare de sânge, chiar de-ar fi fost doar sânge de viespe. Unde-i sânge e și viață. Și dacă uciderea unei viespi e o nimica toată pe lângă uciderea unui om, totuși e un subiect mai potrivit pentru un romancier sau un biograf decât depănatul unui scul de lână sau meditatul ăsta, statul ăsta pe scaun, din zori până-n noapte, cu o țigară în gură, o foaie de hârtie, un condei și o călimară. Ah, dacă subiecții (e dreptul nostru să ne plângem că am ajuns la capătul răbdării) ar avea mai multă considerație pentru biografii lor! Dar cel mai iritant este să-ți vezi subiectul – în care ai investit atâta timp și atâta strădanie, – scăpându-ți printre degete și dându-și frâu liber – dovadă oftaturile ei, uimirile, îmbujorările, pălirile, ochii, când luminoși ca două felinare, când aburiți ca zorii – ce poate fi mai umilitor decât să fii martorul acestui spectacol mut de emoții și înfiorări care ți se desfășoară în fața ochilor, știind bine ce anume l-a pricinuit – meditația și imaginația – care sunt factori atât de lipsiți de importanță.

Dar Orlando era femeie – lordul Palmerston tocmai confirmase acest lucru. Și când povestim viața unei femei, ne este îngăduit să eludăm nevoia de acțiune și să o înlocuim cu iubirea. Iubirea, a spus poetul, este întreaga existență a femeii. Și dacă aruncăm o privire spre Orlando, care stă la masa ei și scrie, trebuie să recunoaștem că nicicând nu a existat o femeie mai demnă de această definiție. Fără îndoială, fiind femeie, și încă una frumoasă, în floarea vârstei, o să renunțe în curând la parada asta de scris și de meditație și o să înceapă să se gândească la un pădurar[1] (și atâta timp cât o femeie se gândește la un bărbat, nimeni nu are nimic împotriva faptului că și femeile gândesc). Și pe urmă o să-i scrie pădurarului un bilețel (și atâta timp

1 Aluzie la romanul *Amantul doamnei Chatterley* de D.H. Lawrence, bun prieten al Virginiei Woolf.

cât scriu bilețele, nimeni nu are nimic împotriva faptului că și femeile scriu), și o să-i dea întâlnire pentru duminică la ora asfințitului, și duminică la ora asfințitului o să vină pădurarul și o să-i fluiere sub balcon – și toate astea înseamnă, desigur, viață, și constituie singurul subiect posibil pentru un roman. Firește, Orlando trebuie să fi făcut unul din lucrurile astea. Dar, vai!, – de o mie de ori vai! Orlando nu a făcut nici unul din ele. Trebuie deci să tragem concluzia că Orlando era unul dintre monștrii aceia imorali care nu sunt în stare să iubească? Era miloasă cu câinii, fidelă în prietenie, generoasă cu zeci de poeți lihniți, pasionată de poezie. Dar iubirea, așa cum o concep romancierii bărbați – și, în fond, cine poate vorbi cu mai multă autoritate decât aceștia? – nu are nici o contingență cu mila, cu fidelitatea, cu generozitatea sau cu poezia. Iubirea înseamnă să aluneci afară din jupoane și... Dar cu toții știm ce e iubirea. A făcut Orlando așa ceva? Adevărul ne obligă să răspundem că n-a făcut. Și atunci, dacă subiectul unei biografii nici nu iubește, nici nu ucide, și nu face altceva decât să mediteze și să imagineze, putem spune că el sau ea nu-i cu nimic mai bun decât un cadavru și să-l lăsăm în plata Domnului.

În cazul ăsta, singura resursă care ne-a rămas este aceea de a privi pe fereastră. Uite vrăbii, uite sturzi, uite câțiva porumbei, și o cioară sau două, toate ocupate cu treburile lor. Una a găsit un vierme, alta a găsit un melc. Una fâlfâie din aripi pe o creangă, alta dă o raită pe gazon. Pe urmă, iată trece prin curte un servitor încins cu un șorț din postav verde. Probabil că are o aventură cu una dintre fetele de la bucătărie, dar cum în momentul de față aici, în curte, nu ne oferă nici un indiciu vizibil, nu putem decât să sperăm că totul merge bine și să pornim mai departe. Trec norii pe cer, unii subțirei, alții mai grași, și la trecerea lor iarba își schimbă culoarea. Cadranul solar înregistrează orele în maniera lui criptică. O întrebare sau două încep să încolțească în minte, lenevos, inutil, chiar în legătură cu viața asta. Viața, cântă mintea, sau mai curând susură ca un ceainic pe plită. Viață, viață, ce ești tu? Lumină sau întuneric, șorțul de postav al unui servitor sau umbra sturzului pe iarbă?

Haideți să explorăm această dimineață de vară, când toată lumea se extaziază în fața prunului în floare și a albinei. Bâlbâind și gângăvind, să-l întrebăm pe sturz (care e o pasăre mai sociabilă decât ciocârlia) ce gânduri îi trec prin cap când stă lângă lada de gunoi și ciugulește printre surcele și smocurile de păr smulse de pieptenul bucătăresei. Ce e viața? întrebăm, rezemându-ne de gardul unei ferme. Viața, Viața, Viața, țipă pasărea, de parcă ne-a auzit întrebarea și ar cunoaște cu precizie ce urmărim cu obiceiul nostru sâcâitor de a iscodi, punând întrebări și celor din casă, și celor de afară, trăgând cu ochiul și culegând margarete, cum fac scriitorii când nu știu ce să mai spună în continuare. Atunci vin aici, ne informează pasărea, și întreabă ce e viața. Viața! Viața! Viața! Ne târșâim pașii pe poteca din poiană, până ajungem pe coama dealului violet-închis, de culoarea vinului, și acolo ne trântim în iarbă și visăm, vedem un greier cărând un pai până la locuința lui dintr-o scobitură. Și afirmă (dacă țârâitul lui poate purta un nume atât de sacru și de delicat): Viața e trudă – sau așa am interpretat noi zumzetul acela care a ieșit din gâtlejul lui îmbâcsit de praf. De aceeași părere sunt și furnica, și albina, dar dacă mai rămânem acolo până apar fluturii de noapte, când se lasă seara, printre palizii clopoței, aceștia ne vor sufla în ureche niște aiureli ca acelea care răzbesc din firele de telegraf scuturate de o vântoasă: hi-hi, ha-ha. Râsete, râsete! spun fluturii de noapte. După ce-am întrebat oameni și păsări și gâze – despre pești, unii savanți care au petrecut ani de zile de singurătate în caverne verzi, pentru a-i auzi vorbind, ne-au încredințat că nu vorbesc niciodată, niciodată, deși s-ar putea ca ei să știe ce este viața – așadar, după ce i-am interogat pe toți, nu am devenit mai înțelepți, ci doar mai bătrâni și mai reci (căci n-am năzuit noi cândva să captăm într-o carte ceva atât de dur și de rar, încât să poți jura că e sensul vieții?), dar trebuie să ne întoarcem și să-i spunem sincer cititorului care așteaptă ca pe jar să afle ce e viața – vai, trebuie să-i spunem că n-avem habar.

În acest moment, exact la timp pentru a opri stingerea acestei cărți, Orlando și-a împins scaunul, și-a dezmorțit brațele, a scăpat condeiul din mână, s-a dus la fereastră și a exclamat: „Terminat!"

Aproape că s-a prăbușit în fața extraordinarei priveliști care i s-a înfățișat înaintea ochilor. Grădina și câteva păsări. Lumea mergea înainte, după cum îi stă în obicei. În tot acest timp cât ea scrisese, lumea își continuase rostul.

— Și dacă eu aș muri, lumea ar rămâne tot aceeași! a exclamat Orlando.

O străbăteau simțiri atât de intense, încât aproape își imagina că suferise o disoluție totală – și e posibil să se fi lăsat chiar cuprinsă de un soi de slăbiciune. O clipă a rămas cu ochii ațintiți la spectacolul frumos, indiferent, de afară. În cele din urmă a redeșteptat-o un fapt singular. Manuscrisul care se odihnea lângă inima ei a început să zvâcnească și să palpite de parc-ar fi prins viață, și mai ciudat încă, părea să demonstreze ce legătură strânsă se închegase între ei. Orlando, înclinându-și capul, a putut desluși ce-i spunea manuscrisul. Voia să fie citit. Trebuia să fie citit. Dacă nu avea să fie citit, avea să moară la pieptul ei. Pentru prima oară în viață, Orlando a avut o izbucnire violentă împotriva naturii. Ogari și boschete de trandafiri se găseau din belșug în jurul ei. Dar ogarii și trandafirii nu știu să citească. Un aspect lamentabil al Providenței, care nu o frapase până acum. Numai ființele umane fuseseră înzestrate cu acest har. În consecință, ființele umane au devenit necesare. A tras de șnurul clopoțelului. A poruncit să i se pregătească de îndată trăsura pentru a pleca la Londra.

— M'lady, aveți timp să-l prindeți pe cel de un'șpe patruzeci și cinci, i-a spus Basket.

Orlando încă nu se familiarizase cu invenția locomotivelor cu aburi, dar participa cu atâta dăruire la sentimentele unei făpturi umane care, deși era alta decât ea, depindea cu totul de ea încât s-a dus la gară și a văzut pentru prima dată un tren; s-a așezat pe locul ei într-un compartiment și și-a învelit picioarele cu un pled, fără să acorde nici o atenție formidabilei invenții care (afirmă istoricii) a schimbat cu totul fața Europei în ultimii douăzeci de ani (lucru care, de fapt, se întâmplă mult mai frecvent decât își închipuie istoricii). A observat doar că trenul era înecat în funingine, huruia oribil, și ferestrele erau înțepenite. Pierdută în gânduri, a fost purtată la Londra în mai puțin de o oră, și acum stătea pe peronul gării Charing Cross și nu știa încotro s-o apuce.

Vechea lor casă din Blackfriars, unde petrecuse zile atât de plăcute în secolul al optsprezecelea, fusese vândută, parțial Armatei Salvării, parțial unui atelier de umbrele. Orlando cumpărase o altă casă în Mayfair, o clădire sănătoasă, confortabilă, înconjurată de locuințele unor oameni la modă, dar oare în Mayfair va putea poemul ei să-și împlinească dorința? „Să dea Domnul", și-a spus ea aducându-și aminte de strălucirea ochilor doamnelor și de simetria picioarelor bărbaților, „să dea Domnul ca deprinderea cititului să nu fi pătruns încă până acolo. Pentru că ar fi de o mie de ori păcat. Pe urmă mai erau reuniunile de la lady R. Probabil că se purtau în continuare același gen de discuții. Posibil doar ca guta generalului să fi trecut de la piciorul stâng la cel drept; și domnul L. poate să fi petrecut zece zile cu R. în loc de T. Pe urmă o să apară domnul Pope. Ah! Domnul Pope a murit. Cine erau acum oamenii de spirit? se întreba Orlando – dar nu putea pune asemenea întrebare unui hamal, așa încât a pornit mai departe. Urechile îi erau buimăcite de clinchetul nenumăraților zurgălăi aninați de grumazurile cailor. Flote de cutii extrem de ciudate, pe patru roți, erau aliniate la marginea trotuarului. S-a îndreptat spre Strand. Acolo era și mai rău. Vehicule de toate dimensiunile, trase de cai pursânge sau de cai simpli de tracțiune, ocupate sau de o văduvă singuratică sau încărcate cu domni cu jobene de mătase și favoriți, se amestecau haotic; trăsuri, docare, omnibuze apăreau în ochii ei, obișnuiți de atâta vreme să vadă doar o foaie mare de hârtie, ca o alarmantă ostilitate, și pentru urechile ei, obișnuite doar cu scârțâitul peniței, vacarmul străzii răsuna violent, hidos, cacofonic. Fiecare centimetru de trotuar era aglomerat. Puhoaie de oameni mergând într-o direcție sau alta, strecurându-și propriile trupuri, cu o incredibilă agilitate, prin traficul încâlcit și greoi, curgeau necontenit spre est și spre vest. Pe bordura trotuarelor stăteau bărbați care țineau în mâinile întinse tăvi cu jucării și zbierau. Pe la colțuri, femei așezate lângă niște coșuri mari cu flori de primăvară zbierau. Băieți alergau încoace și încolo, pe sub boturile cailor, ținând la piept teancuri de fițuici tipărite, și zbierau: „Calamitate! Calamitate!“ La început Orlando a crezut că a nimerit într-un moment de criză națională, dar nu-și dădea seama dacă bună sau tragică. Se uita îngrijorată la fețele oamenilor. Ceea ce nu făcea decât să-i sporească încurcătura. Pe lângă ea trecea un om ce părea cufundat în deznădejde, bodogănind de unul singur de parcă era măcinat de o cruntă suferință. Alături de el apărea un grăsan, cu o față jovială, care-și croia drum cu coatele de parcă participa la o sărbătoare a întregii lumi. Orlando a ajuns la concluzia că totul era absurd, nimic nu rima cu nimic. Fiecare bărbat și fiecare femeie erau preocupați doar de propriile lor interese. Și ea unde să se ducă?

Mergea fără să se gândească, mecanic, când în susul unei străzi, când în josul alteia. Pe lângă vitrine spațioase, încărcate cu poșete, oglinzi, rochii de casă, flori, unelte de pescuit, coșuri pentru picnicuri; materiale de toate nuanțele și în cele mai felurite modele, groase sau vaporoase, se încolăceau, se învălătuceau, se balonau dintr-un capăt în celălalt. Uneori străbătea străzi cu case îngrijite, numerotate sobru; „unu“ „doi“ „trei“ și tot așa până la două sau trei sute, semănând leit între ele, cu două coloane și șase trepte în față, cu două perdele simetric trase într-o parte și-n alta, cu masa așternută pentru prânzul familiei, cu câte un papagal privind pe o fereastră și câte un servitor ivindu-se la alta, până când a simțit că amețește de atâta monotonie. Pe urmă a ajuns în niște piețe spațioase, în mijlocul cărora tronau statuile negre, lustruite, ale unor bărbați grași, cu haine încheiate până-n gât, și cai de luptă cabrați și coloane care se ridicau în sus și fântâni cu ghirlande de apă care cădeau și porumbei care se foiau. Și a mers și a tot mers printre case, până a năpădit-o foamea; și ceva care vibra deasupra inimii ei a mustrat-o că uitase cu totul de el. Era manuscrisul ei, *Stejarul.*

Se confrunta cu propria ei neglijență. S-a oprit încremenită în locul unde se găsea. Nu se zărea nici o trăsură. Strada, foarte largă și frumoasă, era curios de pustie. Doar un singur domn în vârstă se apropia. Felul în care mergea i s-a părut vag familiar. Când a venit mai aproape, Orlando a avut certitudinea că-l mai întâlnise cândva. Dar unde? Era posibil că domnul acesta atât de elegant, atât de planturos, atât de prosper, cu un baston în mână și o floare la butonieră, cu o față rozalie și durdulie, cu mustăți albe îngrijit periate, era posibil să fie... da,... Doamne sfinte, el era! – vechiul foarte vechiul ei prieten, Nick Greene!

Totodată o privea și el; și-o amintea; o recunoștea. „Lady Orlando!“ a strigat, făcând o reverență cu jobenul până aproape de pământ.

— Sir Nicholas! a exclamat ea.

Din atitudinea lui a intuit pe dată că sărăntocul mojic care o zeflemisise pe ea și pe mulți alții pe vremea reginei Elisabeta urcase pe o treaptă înaltă, primise desigur titlul de cavaler și o mie de alte avantaje pe deasupra.

Cu o altă plecăciune a recunoscut că intuise corect, că acum era cavaler, doctor în literatură și profesor. Era autorul unui însemnat număr de volume. Pe scurt, era cel mai influent critic din epoca victoriană.

Orlando a fost asaltată de un adevărat tumult de emoții la întâlnirea cu omul care, cu mulți ani în urmă, îi pricinuise atâta durere. Era oare posibil ca ăsta să fie omul acela dezgustător, veșnic agitat, care-i găurise covoarele cu țigara, prăjise brânză în căminul ei italienesc și care povestea istorioare atât de picante despre Marlowe și toți ceilalți, încât în nouă nopți din zece îi prinseseră zorii la taclale? Acum era îmbrăcat la patru ace, într-un costum de dimineață, cenușiu, cu o floare roz la butonieră și mănuși de antilopă asortate la culoarea costumului. Dar chiar în timp ce se minuna, el a mai făcut o plecăciune adâncă și a întrebat-o dacă-i face onoarea să ia masa cu el. Plecăciunea a fost poate puțin exagerată, dar imitația manierelor elegante era credibilă. Orlando l-a urmat, uimită, într-un restaurant superb, îmbrăcat cu totul în pluș roșu, cu fețe de masă albe ca zăpada și tacâmuri de argint, diametral opus vechilor taverne sau cafenelelor cu nisip pe dușumele, cu bănci de lemn, boluri cu punci și ciocolată, mese acoperite cu hârtie și scuipători. Greene și-a aranjat frumos mănușile pe masă, lângă el. Lui Orlando încă nu-i venea a crede că e unul și același om. Avea unghii îngrijite, de unde înainte fuseseră lungi de doi centimetri. Bărbia bine rasă, de unde înainte era acoperită de țepi negri. Butoni de aur la manșete, de unde înainte avea mâneci zdrențuite care-i intrau în supă. Numai când a comandat vinul, cu aceeași pricepere care i-a amintit ei de vinul Malmsey de odinioară, s-a convins că e același om.

— Ah, a exclamat el la un moment dat, cu un ușor oftat, totuși destul de satisfăcut, ah, scumpă doamnă, vremea marii literaturii a apus. Marlowe, Shakespeare, Ben Jonson – ăștia au fost giganții literaturii. Dryden, Pope, Addison – ăștia au fost eroii. Și toți, toți au murit. Și pe cine ne-au lăsat în locul lor? Tennyson, Browning, Carlyle! În vocea lui răsuna o imensă doză de dispreț. Adevărul este, a continuat turnându-și vin în pahar, că toți scriitorii tineri sunt niște mercenari ai librarilor. Sunt în stare să dea pe piață orice gunoi, ca să-și poată plăti factura la croitor. E o epocă, a urmat el, servindu-se cu *hors d'œuvres*, marcată de prețiozități și infatuări, și de niște experimente temerare – pe care elisabetanii nu le-ar fi acceptat sub nici un chip. Da, scumpă doamnă, a continuat el, dând din cap mulțumit de calcanul gratinat pe care chelnerul i-l prezenta spre aprobare, marile zile ale literaturii au apus. Trăim vremuri degenerate. Suntem datori să respectăm trecutul, să-i onorăm pe acei scriitori – și au mai rămas câțiva care au ca model antichitatea și care nu scriu pentru bani, ci pentru...

Aici Orlando aproape că a strigat *glouar*. Într-adevăr ar fi putut să jure că-l auzise înșirând exact aceleași idei cu trei sute de ani în urmă. Doar numele erau diferite, desigur, dar spiritul era absolut identic. Nick Greene nu se schimbase, în pofida titlului de cavaler. Și totuși exista o schimbare. Pentru că în timp ce-i dădea de zor cu Addison care trebuia luat ca model (pe vremuri modelul fusese

Cicero, își amintea ea) și povestea cum petrecea câte o dimineață întreagă în pat (și Orlando era mândră la gândul că pensia plătită de ea trimestrial îi îngăduise acest lux), citind și recitind timp de o oră cele mai bune opere ale celor mai buni scriitori înainte de a-și lăsa condeiul pe hârtie, astfel încât să poată purifica vulgaritatea prezentului și condițiile deplorabile care denaturaseră limba noastră maternă (probabil că trăise multă vreme în America, presupunea ea) – în timp ce el trăncănea așa cum trăncănise Greene cu trei sute de ani în urmă, Orlando avea timp să se întrebe în ce fel se schimbase totuși. Se îngrășase, dar era un om care se apropia de șaptezeci de ani. Arăta înfloritor – evident, literatura fusese o îndeletnicire prosperă, dar, într-un anumit fel, vechiul lui neastâmpăr, vioiciunea lui stânjenitoare pieriseră. Poveștile pe care le debita acum, deși strălucite, nu mai aveau naturalețea și degajarea de odinioară. E drept că din minut în minut îi menționa pe „dragul meu prieten Pope" sau „ilustrul meu prieten Addison", totuși emana un aer de respectabilitate de-a dreptul deprimant și părea să prefere s-o informeze pe Orlando despre ce făceau și ce spuneau cei de un rang cu ea, decât să-i povestească, așa cum făcea pe vremuri, bârfe picante despre poeți.

Orlando era dezamăgită la culme. În toți acești ani se gândise la literatură (și justificarea gândurilor ei pornește de la izolare, de la rangul ei și de la sexul căruia îi aparținea) ca la ceva dezlănțuit ca vântul, fierbinte ca focul, iute ca fulgerul, ceva nonconformist, incalculabil, abrupt, și... poftim: literatura era un gentleman bătrâior, într-un costum gri, care vorbea despre ducese. Deziluzia ei s-a manifestat atât de violent, încât o copcă sau un nasture de la corsaj i-a plesnit și pe masă s-a revărsat *Stejarul* – un poem.

— Un manuscris! a strigat sir Nicholas prinzându-și pe nas un *pince-nez* de aur. Ce interesant! Ce excesiv de interesant! Permiteți-mi să mă uit prin el.

Și încă o dată, după o pauză de trei sute de ani, Nicholas Greene a luat poemul lui Orlando și, netezindu-l între ceștile de cafea și păhărușele de lichior, a început să-l citească. Dar verdictul dat acum era total diferit de cel din trecut. Pe măsură ce întorcea paginile, declara că-i amintește de *Cato* al lui Addison. L-a comparat favorabil cu *Anotimpurile* lui Thomson[1]. Slavă Domnului că nu avea nici o urmă din spiritul modern. Era un poem compus cu dragoste de adevăr, de natură, de cerințele inimii omenești, ceea ce constituia într-adevăr o raritate în zilele astea de excentricitate lipsită de scrupule. Firește că trebuia publicat cât mai grabnic.

Orlando realmente nu înțelegea ce vrea să spună. Purtase întotdeauna manuscrisul în sân. Această idee l-a amuzat copios pe sir Nicholas.

— Să discutăm despre drepturile de autor[2], a propus el.

Gândurile lui Orlando au zburat spre Buckingham Palace și spre unii mari ștabi din umbră, aciuați pe acolo.

Sir Nicholas se amuza teribil. A lămurit-o că el s-a referit la faptul că domnii de la... (a menționat o binecunoscută editură) ar fi încântați dacă el le va scrie câteva rânduri, cerându-le să înscrie cartea în planul lor. Ar putea, probabil, să negocieze pentru un procent de zece la sută la un tiraj de două mii de exemplare, și cincisprezece la sută pentru cantitatea care ar depăși tirajul de bază. Cât despre referenți, o să-i scrie el personal câteva rânduri domnului... care era cel mai important dintre ei, și apoo o atenție trimisă soției editorului – poate chiar un elogiu al propriilor ei poeme – nu strică niciodată. O să-l cheme pe...

1 James Thomson (1700-1748), poet și dramaturg englez, autor al unor poeme de inspirație rustică.

2 Cuvântul englezesc pentru „drepturi de autor“ este *royalties*, ceea ce a provocat confuzia lui Orlando.

și-i dădea de zor înainte... Orlando nu înțelegea nimic din tot ce-i îndruga și, ținând seama de o veche experiență, nu prea avea încredere în onestitatea lui Greene, dar nu putea face altceva decât să se supună la ceea ce era, evident, voința lui și, mai cu seamă, dorința arzătoare a poemului însuși. Așadar, sir Nicholas a strâns filele pătate de sânge într-un pachet, pe care l-a aplatizat ca să-i încapă în buzunarul de la piept, ca nu cumva să-i strice linia hainei și, cu o ploaie de amabilități de ambele părți, s-au despărțit.

Orlando a pornit pe stradă în sus. Acum că poemul își luase zborul – și simțea un gol în piept, acolo unde se obișnuise să poarte poemul –, nu avea nimic altceva de făcut decât să reflecteze la orice îi făcea plăcere – la extraordinarele întâmplări pe care ți le poate scoate soarta în cale. Iat-o pe ea pe strada St. Iacob, o femeie măritată, cu o verighetă pe deget; acolo unde fusese cândva o cafenea, apăruse acum un restaurant; era trei și jumătate după-amiază; soarele strălucea; pe stradă se vedeau trei porumbei, un câine terier corcit, două trăsuri și un landou. Așadar, ce era viața? Întrebarea i-a țâșnit brusc în minte, fără vreo legătură (dacă nu cumva Greene, cel din trecut, era cauza). Și poate fi apreciat ca un aspect – favorabil sau defavorabil, după cum va considera cititorul – al relațiilor cu soțul ei (care se găsea la Capul Horn) faptul că, ori de câte ori îi țâșnea un gând violent în minte, se ducea glonț la cel mai apropiat oficiu poștal și-i trimitea o telegramă. Întâmplător, în apropiere se găsea un oficiu. „Dumnezeule, Shel", i-a telegrafiat, „viața literatura Greene lingău..."; la acest punct, a trecut la un limbaj cifrat pe care-l inventaseră ei doi, și pe calea căruia o profundă stare de spirit sau cele mai complexe idei puteau fi exprimate într-un cuvânt sau două, astfel încât telegrafista să nu le înțeleagă, și a adăugat cuvintele „Rattigan Glumphoboo", care sintetizau întocmai starea ei psihică. Evenimentele din acea dimineață nu numai că o impresionaseră puternic – dar, probabil că cititorului nu i-a scăpat faptul că Orlando se maturiza; ceea ce nu înseamnă neapărat că evolua –, iar „Rattigan Glumphoboo" exprima cu precizie o stare de spirit foarte complexă – pe care, dacă cititorul își va pune la contribuție întreaga inteligență, o va descoperi singur.

Durează câteva ore până să-i sosească răspunsul la telegramă, și-a spus Orlando și, ridicând ochii la cer a văzut că norii cei mai înalți galopau cu viteză, așa că era posibil să fie furtună la Capul Horn, și deci, mai mult ca sigur, soțul ei era cățărat în vârful catargului sau dădea jos vreo pânză sfâșiată de vânt sau poate, chiar, era singur într-o barcă, cu un singur biscuit. Așa că, ieșind din oficiul poștal, ca să-și omoare timpul, a intrat în prima prăvălie, o prăvălie atât de comună în zilele noastre, încât nu merită să o mai descriem, dar pentru ea era colosal de stranie: o prăvălie în care se vindeau cărți. Până atunci, Orlando avusese de-a face numai cu manuscrise; ținuse în mâini foile aspre, maronii pe care Spenser își așternuse caligrafia măruntă și întortocheată; văzuse un manuscris al lui Shakespeare și unul al lui Milton. Ea poseda un număr destul de mare de tipărituri *in quarto* și *in folio*, dintre care unele conțineau câte un sonet dedicat ei și, uneori, câte o buclă de păr. Dar cantitatea aceasta imensă de volume micuțe, lucioase, identice, efemere – întrucât păreau legate în carton și tipărite pe hârtie de mătase – o uluia. Întreaga operă a lui Shakespeare costa o jumătate de coroană și puteai s-o vâri în buzunar. E drept că le citeai cu dificultate, pentru că literele erau foarte mici, totuși erau miraculoase. „Opere" – se găseau acolo operele tuturor scriitorilor pe care-i cunoștea sau de care auzise și încă mulți alții, înșiruiți de la un capăt la celălalt al unor rafturi lungi. Pe mese și pe scaune erau stivuite alte „opere", și unele mormane păreau gata să se răstoarne; răsfoind câteva pagini, și-a dat seama că acestea erau opere despre alte opere, semnate de sir Nicholas și de alții pe care, în ignoranța ei, văzându-i tipăriți și legați în carton, îi considera tot foarte mari scriitori. Drept care, i-a făcut librarului o comandă năucitoare: să-i trimită tot ce e de importanță în prăvălie; apoi a plecat.

A intrat în Hyde Park, pe care-l cunoștea din trecut (își amintea că sub capacul acela scorburos se prăbușise ducele Hamilton spintecat de sabia lordului Mohun) și buzele ei, care-i scăpau adeseori de sub control, au început să articuleze cuvintele telegramei, ca într-o melopee lipsită de orice sens; viața literatura Greene lingău Rattigan Glumphoboo; drept care câțiva paznici ai parcului au privit-o bănuitor și numai când i-au văzut colierul de perle de la gât și-au schimbat părerea cu privire la sănătatea ei mintală. Luase din librărie un teanc de ziare și de reviste de critică și, trântindu-se sub un copac, sprijinită în cot, a împrăștiat revistele în jurul ei și s-a străduit din răsputeri să înțeleagă nobila artă a compozițiilor în proză, așa cum o practicau acești maeștri. Pentru că în ea funcționa încă vechea credulitate; până și conținutul îndoielnic al unui ziar săptămânal era plin de sanctitate în ochii ei. Așadar, sprijinită în cot, citea un articol scris de sir Nicholas asupra operelor complete ale unui poet pe care-l cunoscuse cândva: John Donne[1]. Dar, fără să-și dea seama, se cuibărise într-un loc foarte apropiat de aleea Serpentine... Lătrăturile a o mie de câini îi ciuruiau urechile. Roțile trăsurilor alergau necontenit în cerc. Frunzele suspinau deasupra capului ei. Din când în când, câte o fustiță cu funde și niște pantalonași roșii traversau pajiștea la câțiva pași de ea. La un moment dat, o minge uriașă de cauciuc a aterizat în mijlocul revistelor ei. Raze violete, portocalii, roșii

1 John Donne (1513-1631), poet englez, cel mai important reprezentant al Școlii metafizice.

și albastre se cerneau printre frunze și scânteiau în smaraldul de pe degetul ei. Citea câte o frază, își înălța privirile către cer, apoi le cobora pe ziar. „Viața"? „Literatura"? Să le torni pe una în cealaltă? Dar e cumplit de greu! Oare cum – aici a apărut o pereche de pantalonași roșii – cum ar fi formulat Addison așa ceva? Doi căței apărură țopăind pe labele din spate. Cum ar fi descris Lamb așa ceva? Pentru că, citindu-l pe sir Nicholas și pe prietenii lui, așa cum făcea ea în intervalele dintre momentele când se uita în jur, îi încolțise impresia – aici s-a ridicat în picioare și a început să umble și era un simțământ foarte neplăcut – că niciodată, niciodată nu trebuie să spui ceea ce gândești.

(S-a oprit pe malurile Serpentinei. Apa părea să fie de bronz. Vaporașe mici ca niște păianjeni alunecau de la un mal la celălalt.) Da, te făceau să simți, și-a continuat ea gândul, că întotdeauna, întotdeauna trebuie să scrii ca altcineva. (Ochii i s-au umplut de lacrimi.) Pentru că, zău așa, și-a spus împingând un vaporaș cu vârful pantofului, cred că eu n-aș putea (în clipa aceea întregul articol al lui sir Nicholas i-a apărut în fața ochilor, așa cum obișnuiesc articolele, la zece minute după ce le-ai citit, însoțite de imaginea camerei lui, de capul lui, de pisica lui, de masa lui de lucru, de ceasul din zi când l-a scris), nu, nu cred că aș putea, a continuat ea să judece articolul din acest punct de vedere, n-aș putea să stau într-un birou, ba nu, nu-i un birou, ci un fel de salon mucegăit, să zac acolo cât e ziua de lungă și să pălăvrăgesc cu niște tinerei chipeși, să le înșir anecdote, pe care ei n-au voie să le repete, despre ce-a spus Tupper despre Smiler, și apoi, a continuat Orlando plângând amarnic, ei toți sunt atât de masculi, și apoi eu detest ducesele și nu-mi plac prăjiturile; și, cu toate că și eu sunt destul de ranchiunoasă, n-aș putea niciodată să fiu chiar atât de vindicativă, deci cum aș putea să ajung critic și să scriu cea mai bună proză engleză a epocii mele? Ducă-se dracului totul! a exclamat, lansând un vaporaș în apă cu atâta vigoare, încât sărmana micuță ambarcațiune aproape s-a scufundat în valurile de bronz.

Adevărul e că, după ce ți-a sărit muștarul (cum se exprimau dădacele) – și ochii lui Orlando erau încă plini de lacrimi –, lucrul la care te uiți nu mai este același, ci se preschimbă în altceva, ceva mai mare și mult mai important, și totuși rămâne același lucru. Dacă într-o asemenea stare de spirit te uiți la Serpentine, valurile capătă în curând proporțiile talazurilor Atlanticului; vaporașele de jucărie devin transatlantice. Așa încât Orlando a confundat vaporașul de jucărie cu bricul soțului ei și unda pe care o stârnise piciorul ei cu muntele de apă de la Capul Horn; și privind vaporașul săltând pe o vălurea, a avut impresia că vede nava lui Bonthrop cățărându-se pe un zid de apă; urca din ce în ce mai sus, și deasupra ei se boltea o creastă albă în care moartea îl chema de o mie de ori; nava a urcat și apoi a pierit. „S-a scufundat!“ a țipat Orlando sfâșiată de durere – dar în clipa aceea, iat-o din nou, plutind în siguranță, printre rațe, de cealaltă parte a Atlanticului.

— Extaz! a strigat. Extaz! Unde-i oficiul poștal? Pentru că trebuie să-i telegrafiez numaidecât lui Shel și să-i spun...

Și a început să repete, alternativ, „vaporaș de jucărie pe Serpentine“ și „Extaz“, pentru că cele două noțiuni erau interșanjabile și însemnau unul și același lucru; a pornit-o în grabă spre Park Lane. „Un vaporaș de jucărie, vaporaș de jucărie, vaporaș de jucărie“ repeta întruna, străduindu-se să se convingă că nu articolele lui sir Nicholas despre John Donne, și nici legea despre ziua de muncă de opt ore și nici tratatele sau legislația industrială au vreo importanță; ci ceva lipsit de utilitate, subit, violent; ceva care valorează cât viața; roșu, albastru, purpuriu; o țâșnire, un plescăit; ca zambilele astea (trecea pe lângă un strat de flori); ceva imaculat, liber de orice dependență, nepătat de suflarea omenească sau de frământările altora, ceva impetuos, ridicol, ca zambila mea, vreau să spun ca soțul meu, Bonthrop: asta e – un vaporaș de jucărie pe Serpentine, extazul e important. Vorbea cu glas tare, așteptând la Stanhope Gate să treacă trăsurile ca să poată traversa; căci astea sunt consecințele când nu locuiești împreună cu soțul decât atunci când stă vântul; ajungi să vorbești aiurea, cu glas tare, în Park Lane. Altfel ar fi stat lucrurile dacă ar fi trăit tot anul alături de soțul ei, așa cum îi recomandase regina Victoria. În situația dată, gândul la el o săgeta pe neașteptate. Și simțea nevoia inexorabilă să comunice imediat cu el. Nu se sinchisea deloc că debita nonsensuri sau că sinuozitățile ei afectau povestirea noastră. Articolul lui Nick Greene o afundase în adâncurile disperării; vaporașul de jucărie o înălțase pe culmile bucuriei. Așa încât repeta: „Extaz, extaz", în timp ce aștepta să traverseze.

Dar circulația era greoaie în după-amiaza aceea de primăvară și a silit-o să stea locului, repetând „extaz, extaz" sau „un vaporaș de jucărie pe Serpentine", în timp ce bogăția și puterea Angliei ședeau țepene, ca sculptate, cu jobene și pardesie, în trăsuri cu patru cai și calești și landouri. Ai fi zis că în Park Lane un fluviu de aur se coagulase și se materializase în blocuri aurii. Doamnele țineau gentuțe între degete, domnii balansau între genunchi bastoane cu măciulii de aur. Orlando stătea nemișcată, privind, admirând; venerând. Un singur gând nu-i dădea pace, un gând familiar celor care privesc elefanți gigantici sau balene de dimensiuni incredibile, și anume cum procedează leviatanii ăștia, cărora, evident, le repugnă orice efort, orice schimbare, orice activitate, cum procedează la perpetuarea speciei? Poate că, și-a spus Orlando privindu-le fețele impozante, încremenite, poate că perioadele lor de reproducere s-au încheiat – ei sunt rodul, ei sunt realizarea. Ce privea ea acum reprezenta triumful unei epoci. Şedeau acolo, planturoşi şi sublimi. Dar iată că poliţistul şi-a lăsat mâna în jos; şuvoiul a început să curgă; masivul conglomerat de obiecte sublime s-a dislocat, s-a dispersat, a dispărut în Piccadilly.

A traversat şi ea Park Lane şi s-a dus la locuinţa ei din Curzon Street, unde, îşi aducea aminte, cândva când pluteau pe acolo miresme de creţuşcă şi se auzeau ţipetele pescăruşilor, văzuse, o dată, un om foarte bătrân, cu o puşcă în mână.

Gândea, păşind pragul casei ei, că trebuie să-şi amintească ce a spus odată lordul Chesterfield[1], dar memoria i se blocase. Holul casei, mobilat în stilul secolului al optsprezecelea, unde-l vedea parcă pe lordul Chesterfield depunându-şi într-un loc pălăria şi în alt loc mantaua, cu o eleganţă a gesturilor care îţi fermeca ochii, era acum supraîncărcat de pachete. Cât zăbovise ea în Hyde Park, librarul îi executase comanda şi acum casa era ticsită – şi pe scări alunecau pachete – cu întreaga literatură victoriană ambalată în hârtie cenuşie şi legată cu sfori. Şi-a dus în camera ei câte pachete a putut căra şi a poruncit valeţilor să-i aducă restul şi, tăind cu iuţeală nenumăratele sforicele, s-a pomenit în scurt timp asediată de nenumărate volume.

Obişnuită cu literaturile mai puţintele la număr ale secolelor şaisprezece, şaptesprezece şi optsprezece, Orlando era îngrozită de consecinţele comenzii pe care o făcuse. Pentru că, desigur, chiar pentru victorieni literatura victoriană nu însemna doar patru nume distincte şi separate, doar patru nume foarte mari, înecate, sufocate într-o mare de Alexander Smith, Dixon, Black, Milman, Buckle, Taine,

---

1 Lord Philip Chesterfield (1694-1773), om politic, scriitor şi istoric englez.

Payne, Tupper, Jameson – toți foarte vocali, gălăgioși și vizibili, revendicând tot atâta atenție cât și cutare sau cutare. Dragostea lui Orlando pentru literatură era pusă la grea încercare, dar ea și-a tras un scaun lângă fereastră ca să profite de lumina care se strecura printre casele înalte din Mayfair, și a încercat să ajungă la o concluzie. E limpede că nu există decât două căi pentru a ajunge la o concluzie în ceea ce privește literatura victoriană – una ar fi să scrii despre ea în șaizeci de volume *in octavo*, cealaltă ar fi să o comprimi în șase rânduri nu mai lungi decât cel de față. Nevoia de economie, pentru că ne presează timpul, ne-a impus să alegem cea de-a doua modalitate, și așa am făcut. Orlando a ajuns în primul rând (după ce a deschis vreo jumătate de duzină de cărți) la concluzia că era foarte stranie lipsa totală a unei dedicații către un nobil, caracteristică tuturor cărților; în al doilea rând (nimerind peste o vastă colecție de memorii), că mulți dintre acești scriitori aveau un arbore genealogic nici pe jumătate atât de înalt ca al ei; în al treilea rând găsea că era o gravă lipsă de politețe să învelești cleștele de zahăr într-o bancnotă de zece lire când o inviți pe domnișoara Christina Rossetti[1] la ceai; pe urmă (dat fiind că primise o jumătate de duzină de invitații la dineuri de sărbătorire a unor centenare) că literatura, dacă participa la toate aceste dineuri, trebuie să fi ajuns foarte corpolentă; pe urmă (era invitată la o puzderie de conferințe, despre influența cutăruia asupra cutăruia, despre renașterea clasicismului, despre supraviețuirea romantismului și alte teme la fel de ispititoare) că, dacă literatura ascultă toate aceste conferințe, trebuie să fie foarte aridă; pe urmă (participase la o recepție dată de soția unui lord) că literatura, din moment ce afișează cape de blană, a devenit

1 Christina Rossetti (1830-1894), poetă engleză, soră a celebrului pictor prerafaelit și poet Dante Gabriel Rossetti.

foarte respectabilă; pe urmă (după ce vizitase camera tapisată, impermeabilă la zgomot, din Chelsea a lui Carlyle[1]) că geniile, din moment ce au nevoie de atâta răsfăț, trebuie să fi devenit foarte debile; și, în cele din urmă, a ajuns la concluzia finală, de extremă importanță, dar cum noi am depășit limita de șase rânduri, suntem nevoiți să o omitem.

După ce a ajuns la această concluzie, Orlando s-a dus la fereastră și pentru un răstimp îndelungat a privit afară. Pentru că atunci când cineva ajunge la o concluzie e ca și cum ar fi aruncat mingea peste plasă și e nevoit să aștepte ca adversarul invizibil să i-o arunce înapoi. Dar ce o să-i arunce ei cerul incolor de peste Chesterfield House? se întreba Orlando. Și, cu mâinile împreunate, a rămas un răstimp îndelungat la fereastră, tot întrebându-se. Deodată a tresărit puternic – și aici am dori ca, așa cum s-a întâmplat cu un alt prilej, Puritatea, Castitatea și Modestia să deschidă ușa și să ne ofere cel puțin un răgaz în care să putem gândi cum să înfășurăm cât mai delicat ceea ce trebuie spus acum, așa cum e de datoria unui biograf. Dar nu! După ce-și aruncaseră vălul alb ca să acopere goliciunea lui Orlando și au constatat că vălul căzuse la o distanță de câțiva centimetri, aceste doamne au rupt orice relație cu ea, timp de mulți ani, și acum aveau alte angajamente. Și deci nu există nimic, în această palidă dimineață de martie, care să îndulcească, să voaleze, să acopere, să ascundă, să învăluie acel eveniment incontestabil, oricare ar fi el? Căci după acea tresărire bruscă, violentă, – ah, lăudat fie cerul, chiar în momentul ăsta s-a auzit de afară o flașnetă din acelea bolnăvicioase, răgușite, duioase, tremurate, demodate, la care macină câte un flașnetar italian și care se mai aud câteodată prin străzile laterale. Să privim această

1 Thomas Carlyle (1795-1884), scriitor, critic, istoric.

intervenție, oricât ar fi ea de umilă, ca pe o muzică a sferelor și să-i îngăduim, cu toate sughițurile și vaietele ei, să umple de sunet această pagină, până când va sosi momentul, cu neputință de negat; pe care l-au văzut venind valetul și camerista; și pe care va trebui să-l vadă și cititorul; pentru că însăși Orlando nu-l mai poate ignora – lăsați flașneta să cânte și să ne poarte pe aripile gândului, care nu-i decât un vaporaș săltat de valuri; în sunetul muzicii; purtați de gând, care e cel mai stângaci dintre toți cărăușii, cel mai rătăcitor; da, să ne lăsăm purtați deasupra acoperișurilor și a grădinilor din spatele caselor, unde atârnă rufe puse la uscat, până ajungem la... dar ce loc e acela? Recunoști pajiștea, și în centrul ei clopotnița, și porțile, cu câte un leu culcat de o parte și de alta? Ah, da, sigur, e Kew! Bine că e Kew. Deci acum suntem la Kew, iar eu o să vă arăt, azi (a doua zi din luna martie), la poalele prunului, un ciorchine de zambile și o brândușă, ba chiar și un mugure de migdal; așadar, dacă te plimbi pe aici e firesc să te gândești la bulbi, la bulbi păroși, roșii, sădiți în pământ în octombrie și înflorind acum; și să visezi la mai multe lucruri decât pot fi prinse în cuvinte; și să scoți din tabacheră o țigară, sau poate chiar un trabuc, să așterni o mantilă lângă o zambilă (de dragul rimei) sub un stejar și să te întinzi pe ea, așteptând pescărușul albastru despre care se spune că a fost văzut o dată, într-o seară, zburând de la un mal la altul.

Așteaptă! Așteaptă! Pescărușul albastru vine, pescărușul albastru nu vine.

Între timp, privește coșurile fabricilor și fumul care se revarsă din ele; privește funcționarii aferați din oraș care roiesc în bărcuțele lor; privește-o pe doamna bătrână care și-a scos cățelul la plimbare și pe servitoarea care și-a pus pentru prima dată pălăria nouă, dar și-a pus-o strâmb. Privește-i pe ăștia toți. Cu toate că, prin mila cerului, tainele tuturor inimilor sunt atât de bine ascunse, încât suntem mereu tentați să suspectăm ceva care poate că nici nu există; totuși, prin fumul țigării, vedem înfiripându-se și salutăm splendida împlinire a dorințelor firești: dorința de o pălărie, de o barcă, de un șobolan zbenguindu-se într-un șanț așa cum cineva a văzut cândva – Doamne, ce salturi și ce ocolișuri stupide face mintea când o ia razna în cântec de flașnetă – cum a văzut un foc izbucnind scânteietor într-un câmp, alături de un minaret, lângă Constantinopol.

Vă salut, dorințe firești! Te salut, fericire, divină fericire! Și voi, plăceri de toate felurile, flori și vin, cu toate că cele dintâi se ofilesc și cel de-al doilea îți îmbată mintea; și voi, bilete de o jumătate de coroană cu care evadezi duminica din Londra; și imnurile despre moarte cântate într-o capelă întunecată, și tot, tot ce întrerupe și zăpăcește țăcănitul clapelor mașinii de scris, și sortarea scrisorilor, și închegarea legăturilor și lanțurilor care asigură unitatea și integritatea imperiului. Salut buzele de un roșu-crud, arcuit, ale vânzătoarelor din prăvălii (ca și cum Cupidon și-ar fi muiat stângaci degetul mare în cerneală roșie și, în trecere, le-ar fi lăsat un semn mâzgălit). Te salut, fericire! Te salut pescăruș albastru care zbori de la un mal la celălalt, salut toate împlinirile dorințelor firești, fie că-i vorba de felul în care le gândesc romancierii de sex masculin; fie că-i vorba de rugăciune; sau de sacrificiu; salut orice formă sub care te arăți, fericire, și fie cât mai multe forme și cât mai ciudate. Căci puhoiul se revarsă întunecat – ca un vis blestemat (iar de dragul rimei) –, dar mai mohorât și mai crunt e destinul nostru de zi cu zi, văduvit de visuri, totuși comod, viu, obișnuit, derulat pe sub copaci, a căror umbră de un verde măsliniu îneacă albastrul aripilor păsării care se sublimează când se avântă brusc în zborul de la un mal la celălalt.

Te salut deci fericire, și după fericire, salut, nu acele visuri care estompează duritatea imaginii, așa cum ți se reflectă chipul în oglinzile pătate din sălile hanurilor de țară; ci visurile care sparg întregul, care ne sfâșie, ne destramă, ne rănesc, ne rup în bucăți, în toiul nopții când am dori să dormim; să dormim deplin, profund, până ce toate formele o să fie măcinate, prefăcute într-o pudră de infinită moliciune, în ape tulburi insondabile, în care, învăluiți, înfășurați ca o mumie, ca un fluture de noapte, să ne îngropăm în nisipul de pe fundul somnului.

Dar stați așa! Stați așa! De astă dată nu vom rătăci, nu vom hoinări prin cuprinsul cel orb. Albastru ca un chibrit aprins în globul ocular, zboară, arde, rupe sigiliile somnului pescărușul albastru; așa încât acum puhoiul se întoarce îndărăt, ca un reflux, năvălește cursul roșu, tumultuos, al vieții; clocotind, înspumat, șiroind; ne sculăm, ne ridicăm (ce bine e să ai o rimă la îndemână pentru a depăși tranziția anevoioasă de la moarte la viață) și privirea ne cade pe (în acest punct cântecul flașnetei încetează brusc).

— E o mândrețe de băiat, M'Lady! spune doamna Banting, moașa, așezându-i lui Orlando în brațe primul ei născut.

Cu alte cuvinte, Orlando a născut cu bine un fiu, în ziua de joi, 20 martie, la trei dimineața.

* * *

Și din nou stătea Orlando la fereastră, dar să nu-l descurajăm pe cititor – astăzi nu se va mai repeta nimic de felul celor de mai sus, pentru că nu-i aceeași zi, ci cu totul alta. Da – căci dacă am privi pe fereastră, așa cum făcea Orlando în acest moment, am vedea că Park Lane suferise o considerabilă schimbare. Într-adevăr, am putea sta acolo, așa cum stătea acum Orlando, timp de zece minute sau chiar mai mult, fără să zărim un singur landou. „Ia te uită!" a exclamat ea câteva zile mai târziu, când o trăsură teșită, netrasă de nici un cal, a alunecat pe sub fereastră cu de la sine putere. „O trăsură fără cai, zău așa!" Dar chiar în timp ce se minuna a fost chemată în casă și s-a îndepărtat de fereastră, ca după un timp să se întoarcă și să privească din nou. Era o vreme aiurită în zilele acelea. Parcă și cerul se schimbase, și-a spus ea. Nu mai era atât de opac, atât de îmbibat de umezeală, atât de spectral, acum când regele Eduard – iată-l coborând din elegantul său cupeu ca să facă o vizită unei anumite doamne care locuia peste drum – îi urmase la tron reginei Victoria. Norii se subțiaseră până ajunseseră ca un voal străveziu; cerul părea confecționat din metal, și în zilele fierbinți devenea mat, de o culoare cenușiu-verzuie, împestrițată de reflexe ruginii sau portocalii, asemănător metalului umezit de ceață. Era vag înfricoșătoare această împuținare a firmamentului. Totul părea să se fi micșorat. Cu o seară înainte, când trecuse pe lângă palatul Buckingham, se ștersese orice urmă a acelui măreț eșafodaj despre care crezuse că o să dăinuie o eternitate; nici jobene, nici flamuri de doliu, nici trompete, nici telescoape, nici jerbe mortuare, totul se evaporase, fără să lase în urmă măcar o pată sau o baltă pe trotuar. Și acum, când își reluase poziția favorită în fața ferestrei, acum, la căderea serii, schimbarea era și mai frapantă. Iată iluminația caselor: la o simplă atingere, se lumina o cameră întreagă; sute de încăperi erau iluminate și fiecare dintre ele la fel cu cealaltă. Puteai vedea totul în cămăruțele acelea pătrate, ca niște cutii; nu mai exista intimitate; pieriseră umbrele misterioase, ungherele tainice de altădată, dispăruseră cameristele încinse cu șorțuri, care duceau lămpi pâlpâitoare și le așezau pe câte o masă dintr-o cameră sau alta. O simplă atingere și întreaga cameră era scăldată în lumină. Și cerul era luminos întreaga noapte: și străzile erau luminoase, totul era luminat. Orlando și-a reluat locul la fereastră în timpul zilei. Cât de subțiri arătau acum femeile! Subțiri ca niște spice de grâu, drepte, strălucitoare, identice. Și fețele bărbaților erau despuiate ca palma mâinii. Orlando presupunea că uscăciunea atmosferei scotea în evidență coloritul chipurilor și întărea mușchii obrajilor. Acum îți venea mult mai greu să plângi. Apa se încălzea în două secunde. Iedera pierise de pe zidurile caselor. Legumele erau mai puțin fertile; familiile erau mult mai puțin numeroase. Draperiile și cuverturile fuseseră strânse și împăturite și pereții erau goi, așa încât puteai atârna pe ei tablouri noi, în culori vii, care reprezentau lucruri reale: străzi, umbrele, mere, încadrate în rame sau pictate pe lemn... Epoca avea unele trăsături bine definite, distincte, care o duceau cu gândul la secolul al optsprezecelea – cu excepția unei anumite buimăceli, a unei disperări – și, în timp ce reflecta la toate acestea, tunelul imens, pe care-l străbătuse timp de sute de ani, părea acum să se lărgească: a fost pătruns de lumină; gândurile i s-au tensionat în chip misterios, i s-au încordat de parcă un acordor de piane și-ar fi înfipt cheia în măduva ei și i-ar fi întins nervii la maximum; și, în același timp, i s-a ascuțit auzul, deslușea orice șoaptă, orice scrâșnet, astfel încât ticăitul ceasornicului de pe polița căminului răsuna în urechile ei ca niște lovituri de ciocan. Și, preț de câteva secunde, lumina s-a întețit, s-a făcut mai strălucitoare, tot mai strălucitoare și totul s-a conturat din ce în ce mai clar, iar tic-tacul ceasului a devenit mai puternic, tot mai puternic, până s-a produs o cumplită explozie în urechea ei. Orlando a sărit de parcă cineva ar fi lovit-o violent în moalele capului. Zece lovituri în cap. De fapt ceasul bătuse ora zece de dimineață. Era ziua de unsprezece octombrie. Era anul 1928. Era momentul prezent. Nimeni nu trebuie să se mire că Orlando a tresărit zguduită, că și-a dus mâna la inimă și că i-au pălit obrajii.

Căci ce revelație poate fi mai cutremurătoare decât aceea a momentului prezent? Supraviețuim șocului numai pentru că dintr-o parte ne apără trecutul și din cealaltă parte, viitorul. Dar acum nu avem timp de reflecții. Orlando era în mare întârziere. A coborât scările în goană, a sărit în mașina ei, a apăsat pe accelerator și dusă a fost. Grupuri de clădiri solide, albăstrii, se înălțau în aer; apărătoarele roșii ale coșurilor spuzeau cerul; drumul strălucea ca niște cuie cu măciulii de argint, omnibuzele conduse de șoferi cu fețe albe, sculpturale, păreau să dea peste ea; zărea bureți, colivii de păsări, baloturi de pânză verde. Dar în timp ce traversa puntea îngustă a prezentului, nu îngăduia priveliștilor trecătoare să-i pătrundă în minte, nici măcar pentru o fracțiune de secundă, de teamă ca nu cumva să se prăbușească în torentul vuitor de sub ea. „De ce nu scoți pe geam mâna întinsă?" asta era tot ce spunea cu asprime, de parcă ar fi smuls cuvintele afară din ea. Pentru că străzile erau foarte aglomerate și oamenii traversau la întâmplare, fără să se uite pe unde merg. Trecătorii bâzâiau și zumzăiau în jurul vitrinelor de sticlă – dincolo de care se zărea câte o țâșnire de roșu, o izbucnire de galben – de parc-ar fi niște albine, gândea Orlando; dar comparația cu albinele i-a fost abrupt curmată și, redobândindu-și perspectiva, a văzut, dintr-o privire, că erau trupuri omenești. „De ce nu te uiți pe unde mergi?" se oțărea ea.

Până la urmă, a parcat în fața la Marshall & Snelgrove, și apoi a intrat în magazin. Pe dată s-a simțit învăluită de nuanțe și de miresme. Luminile se balansau în sus și în jos ca niște ghemotoace de puf purtate de adierea unei zile de vară. Și-a scos din poșetă o listă și a început să o citească întâi cu un glas rigid de parcă ținea cuvintele sub un jet de apă rece, multicoloră: „ghete pentru băiat, săruri de baie, sardele..." A urmărit cuvintele schimbându-și forma după cum cădea lumina asupra lor. „Baie" și „ghete" au devenit boante, obtuze; cuvântul „sardele" s-a zimțuit ca un fierăstrău. Stătea locului la parterul magazinului Marshall & Snelgrove, se uita în stânga și-n dreapta, adulmeca ba o mireasmă ba alta, irosind secundele. Pe urmă s-a urcat în lift, doar pentru că găsise ușa larg deschisă; și s-a lăsat purtată domol, în sus. Și în timp ce se înălța, gândea că acum însăși structura vieții devenise magică. „În secolul al optsprezecelea", și-a spus, „știam cum a fost făurit fiecare lucru; și acum, uite cum mă ridic în aer, și pot să ascult voci din America; și văd oameni care zboară; dar cum se fac toate astea, nu izbutesc nici măcar să mă întreb. Așa încât nu pot să nu cred în *magie*". Liftul s-a hurducat ușor și s-a oprit la etajul întâi; lui Orlando i s-a înfățișat viziunea unor nenumărate țesături de toate culorile, care pluteau parcă într-o briză, emanând, distinct, mirosuri ciudate; de fiecare dată când se oprea liftul și se deschideau ușile, i se înfățișa câte o altă felie de lume, răspândind mirosurile ei caracteristice. Îi evoca fluviul la Wapping, pe vremea reginei Elisabeta, cu corăbiile pline de comori, și navele de comerț, ancorate. Ce mirosuri bogate și stranii exalau! Retrăia parcă senzația rubinelor brute care îi șiroiau printre degete când scotocea prin sacii cu comori. Și când zăcuse culcat lângă Sukey – sau cum o mai fi chemând-o – și Cumberland îi luminase brusc cu lanterna lui. Clanul Cumberland avea acum o casă în Portland Place, unde fusese invitată la masă cu o zi în urmă, și se hazardase să glumească cu bătrânul, amintindu-i de azilurile de pe Sheen Road. Moșul i-a făcut cu ochiul. Dar uite că liftul a ajuns la capăt și nu merge mai departe, trebuie să iasă din el. Dumnezeu știe ce raion – cum le spunea acum – era aici. A rămas locului, consultându-și lista de cumpărături; dar, fir-ar să fie, nu se vedea aici nimic din ce-i solicita lista, nici săruri de baie, nici ghete băiețești. Era gata să coboare din nou cu liftul, fără să fi cumpărat ceva, când a fost ferită de rușine dat fiind că a rostit automat, cu glas tare, denumirea ultimului articol de pe lista ei, care s-a întâmplat să fie „cearșafuri pentru pat dublu".

„Cearșafuri pentru pat dublu" i-a spus unui bărbat din spatele unei tejghele și, prin îndurarea providenței, tocmai cearșeafuri s-a întâmplat să vândă omul acela. Pentru că Grimsditch, ba nu, Grimsditch murise, Bartholomew, nu, și Bartholomew murise, – deci Louise – da, Louise venise necăjită la ea, cu o zi înainte, deoarece descoperise o gaură în cearșaful din patul regal. Patul în care dormiseră mulți regi și regine: Elisabeta; Iacob; Carol; George; Victoria; Eduard; deci nu era de mirare că apăruse o gaură în cearșaf. Dar Louise era categorică, știa ea cine făcuse gaura. Prințul consort.

— *Sale bosch*![1] exclamase ea (pentru că între timp mai izbucnise un război, de astă dată împotriva Germaniei).

„Cearșafuri pentru un pat dublu", a repetat Orlando cu o voce visătoare, pentru un pat dublu, cu un baldachin argintiu, dintr-o cameră mobilată cu un gust care acum ar putea să i se pară puțin vulgar – toată camera, înmuiată în argint, dar o mobilase pe vremea când metalul acesta o fascina. În timp ce vânzătorul s-a dus să caute cearșafurile pentru pat dublu, Orlando și-a scos din poșetă o oglinjoară și un puf de pudră. Femeile nu mai erau nici pe departe atât de discrete în purtările lor, și-a spus, pudrându-se cu totală indiferență, cum fuseseră pe vremea când ea se transformase în femeie și se găsise pe puntea corabiei *Enamoured Lady*. Și-a pudrat cu grijă nasul, dându-i nuanța potrivită. Nu-și pudra niciodată obrajii. Sinceri să fim, deși avea acum treizeci și șase de ani, parcă nu îmbătrânise nici cu o zi. Avea aceeași mină bosumflată, ușor iritată, și era la fel de frumoasă, de trandafirie (ca un pom de Crăciun

1 Neamț împuțit (fr.).

cu un milion de lumânări, o caracterizase Sașa) ca în ziua aceea când Tamisa înghețase și ei doi patinaseră...

„Cea mai fină pânză irlandeză, doamnă", a asigurat-o vânzătorul, desfășurând cearșafurile pe tejghea, – și când întâlniseră o băbuță care aduna vreascuri. În timp ce pipăia, distrată, materialul, s-au deschis ușile batante ale altui raion, lăsând să se răspândească – poate că era raionul de suveniruri – o pală de mirosuri – ceară, picurată parcă de pe lumânări roz, și mireasma s-a încolăcit ca o scoică în jurul unei siluete – de băiat sau de fată? – o siluetă fragedă, tandră, seducătoare – da, o fată, pe Dumnezeul meu! – în blănuri, cu colier de perle, cu pantaloni rusești, dar infidelă, infidelă!

— Infidelă! a strigat Orlando (vânzătorul se îndepărtase) și, dintr-odată, întregul magazin părea năpădit și zguduit de ape galbene și, undeva, în depărtare, a zărit catargele corabiei rusești, îndepărtându-se în larg, și pe urmă, în chip miraculos (poate că ușile raionului vecin se deschiseseră din nou), scoica zămislită din mirosuri parfumate s-a prefăcut într-o estradă, o platformă, de pe care a coborât o femeie grasă, înfășurată în blănuri, admirabil conservată, seducătoare, încununată cu o diademă, amanta unui Mare Duce; cea care, înclinată pe malul Volgăi, urmărise, delectându-se cu sendvișuri, oameni înecându-se, și care acum, în magazin, se îndrepta spre ea. „A, Sașa!" a exclamat Orlando.

Era realmente șocată de felul în care arăta acum: se îngrășase; era molatică, Orlando și-a aplecat capul peste pânza cearșafului, pentru ca această arătare a unei femei cărunte, înfășurată în blănuri, și imaginea unei fete în pantaloni rusești, învăluită în toate miresmele de lumânări de ceară, flori albe, corăbii antice, să poată aluneca în spatele ei, și să se facă nevăzute.

— Doamnă, nu doriți niște șervete, prosoape, cârpe de praf? continua să o îmbie vânzătorul.

Și numai datorită listei de cumpărături pe care a consultat-o a fost în stare Orlando, simulând o totală stăpânire de sine, să răspundă că singurul lucru din lume care o interesa în acel moment erau sărurile de baie care se găseau în alt raion.

Dar în timp ce cobora cu liftul – vai, cât de insidioasă poate fi reapariția unei anumite scene – se scufunda din nou, adânc, sub momentul prezent; și când liftul s-a oprit, cu o bufnitură, la parter, i s-a părut că aude un urcior care se sparge de malul unui râu. Cât despre descoperirea raionului potrivit, oricare ar fi fost el, nu a făcut altceva decât să stea copleșită de gânduri, în mijlocul genților, surdă la ademenirile politicoase ale vânzătorilor înțoliți în negru, îngrijit pieptănați, afabili, dintre care unii, deși se scufundau poate, ca și ea, în adâncurile trecutului, aleseseră să-l obtureze trăgând storurile opace ale prezentului, astfel încât acum i se înfățișau doar ca niște vânzători în magazinul Marshall & Snelgrove. Orlando stătea nemișcată, șovăind. Prin ușile mari de sticlă vedea traficul de pe Oxford Street. Omnibuzele păreau să se încalece unele peste altele, după care se despărțeau cu o smucitură. La fel cum năvăliseră și se năpustiseră blocurile de gheață, pe Tamisa, în ziua aceea. Un bătrân nobil, încălțat în papuci de casă îmblăniți, stătea călare pe unul din ghețari. Și se lăsa purtat – parcă-l vedea și acum – blestemându-i și învinuindu-i pe rebelii irlandezi. Se înecase acolo, chiar unde era parcată acum mașina ei. „Timpul a trecut peste mine" – medita Orlando, încercând să se readune – „și iată că se apropie vârsta mijlocie. Cât e de straniu! Nici un lucru nu mai e el însuși. Pun mâna pe o geantă și văd o precupeață bătrână împietrită în gheață. Cineva aprinde o lumânare roz și eu văd o fată în pantaloni rusești. Când ies în stradă, așa cum fac acum" – și-a spus ieșind pe Oxford Street –, „ce gust îmi umple gura?

Gustul de ierburi. Aud tălăngi de capre. Văd munți. Turcia? India? Persia?" Ochii i s-au umplut de lacrimi.

Cititorul care o vede acum urcându-se în mașină, cu ochii scăldați în lacrimi și în viziuni ale munților din Persia, o să-și dea seama că Orlando se îndepărtase cam prea mult de momentul prezent. Și, într-adevăr, nu se poate nega faptul că cei mai izbutiți practicanți ai artei de a trăi – apropo, oameni adeseori complet necunoscuți – au reușit, într-un fel, să sincronizeze cele șaizeci sau șaptezeci de bătăi care pulsează simultan într-un organism uman normal, astfel încât când sună bătăile orei unsprezece, tot restul pulsațiilor se armonizează și bat la unison, drept care prezentul nu apare nici ca o dislocare violentă și nici nu se îneacă în trecut. Despre acești oameni putem spune pe drept cuvânt că trăiesc precis cei șaizeci și opt sau șaptezeci și doi de ani acordați de piatra de mormânt. Cât despre ceilalți, pe unii îi știm că sunt morți deși circulă printre noi; alții încă nici nu s-au născut deși trec prin toate formele vieții; iar alții trăiesc de sute de ani deși pretind că n-au decât treizeci și șase de ani. Adevărata dimensiune a vieții unui om e discutabilă, orice ar spune *Dicționarul biografic național*[1]. Pentru că e dificil să ții socoteala timpului, și nimic nu răvășește mai mult treaba asta decât contactul cu vreuna dintre arte; și poate că dragostea de poezie e vinovată că Orlando și-a pierdut lista de cumpărături și s-a întors acasă fără sardele, săruri de baie și ghete de băieți. Acum, când stătea cu mâna pe portiera mașinii ei, prezentul a lovit-o din nou în creștet. A fost lovită violent de unsprezece ori.

„Fir-ar să fie!" a strigat, pentru că sistemul nervos trece printr-un șoc la auzul bătăilor unui ceasornic, – așa încât,

1 *Dicționarul biografic național* a fost editat prima oară de tatăl Virginiei Woolf, sir Leslie Stephen (1839-1904).

în clipa asta nu putem spune altceva despre Orlando decât că s-a încruntat ușor, a manevrat cu multă dexteritate schimbătorul de viteze, și a strigat, ca și mai înainte: „Uită-te pe unde mergi! Unde ți-e capul? De ce n-ai spus așa?" în timp ce mașina țâșnea, vira, se strecura, aluneca – pentru că Orlando era un șofer foarte iscusit – prin Regent Street, Haymarket, Northumberland Avenue, pe podul Westminster, apoi la stânga, pe urmă drept înainte, după care la dreapta și, în sfârșit, iar drept înainte...

Vechiul Kent Road era înțesat de lume în acea zi de joi, 11 octombrie, 1928. Oamenii se împrăștiaseră și dincolo de bordura trotuarelor. Femei cu sacoșe; copii care se zbenguiau. Prăvăliile de pânzeturi anunțau solduri. Străzile se lățeau și se strâmtau. Panoramele bogate se strângeau una într-alta și se micșorau. Uite, aici e un târg. Dincolo, o înmormântare. Uite și o manifestație cu pancarte, pe care se citește „Ra... Un..." – ce-o fi restul? Carne roșie. Măcelarii stăteau în prag. Femeile aproape că-și tociseră tălpile „Amor... vin..." atâta se putea citi pe un fronton. O femeie privea pe fereastra unui dormitor, foarte contemplativă, foarte calmă. *Applejohn și Applebed – Pompe fune...* Nimic nu putea fi văzut sau citit de la cap la coadă. Ceea ce vedeai că începe – de pildă, doi prieteni care traversau de pe un trotuar pe altul ca să se întâlnească – nu puteai vedea cum sfârșește. După douăzeci de minute, simțeai că trupul și spiritul ajunseseră ca niște fâșii de hârtie ruptă care se răsturnaseră dintr-un sac și, într-adevăr, acțiunea de a conduce cu viteză o mașină afară din Londra semăna teribil cu procesul de mărunțire a identității, care precedă prăbușirea în inconștiență sau chiar moartea; așa încât rămâne deschisă întrebarea în ce sens a trăit Orlando momentul prezent. Într-adevăr, eram pe cale să o considerăm o persoană complet dezintegrată, dacă, până la urmă, n-ar fi apărut în dreapta ei un paravan verde, pe care fâșiile de hârtie ruptă cădeau cu încetineală, și apoi un alt paravan verde a apărut în stânga ei, și de astă dată puteai desluși fiecare fâșie de hârtie, răsucindu-se în aer cu de la sine putere; și după aceea paravane verzi s-au ivit continuu, și de o parte, și de alta, astfel încât mintea ei și-a redobândit iluzia că poate sesiza și cuprinde lucrurile, drept care Orlando a început să vadă o căsuță, o fermă și patru vaci, toate în mărime naturală.

Și când s-a petrecut acest lucru, Orlando a suspinat ușurată, și-a aprins o țigară și timp de un minut sau două a pufăit în tăcere. După aceea, a strigat „Orlando!", cu glas șovăielnic, ca și cum s-ar fi putut ca persoana pe care o chema să nu se găsească acolo. „Orlando?" Căci dacă există (să zicem) șaptezeci și șase de pulsații diferite, care bat la unison în mintea noastră, oare câte făpturi diferite – ajută-ne, Doamne! – ar putea să coexiste, într-un moment sau altul, în spiritul omenesc? Unii afirmă că două mii cincizeci și două. Așa încât e lucrul cel mai firesc din lume ca o persoană, când se pomenește singură, să strige „Orlando?" (dacă ăsta e numele ei), vrând să spună prin această chemare: „Vino, vino! M-am săturat până peste cap de eul ăsta de acum. Vreau un altul". Așa se explică uimitoarele schimbări pe care le observăm la prietenii noștri. Dar nu e o treabă chiar atât de simplă, căci, deși suntem liberi să strigăm, așa cum a strigat Orlando (aflată singură în câmp și simțind, probabil, nevoia unui alt eu), numele „Orlando?" s-ar putea totuși ca acel Orlando de care avea ea nevoie să nu vină; pentru că aceste euri din care suntem alcătuiți și care sunt suprapuse, unul peste altul, ca maldărul de farfurii din mâna unui chelner, au atașamentele lor, au anumite simpatii, mici constituții și drepturi ale lor, numiți-le cum doriți (și pentru multe dintre acestea nici nu există un nume), așa încât unul dintre ele se poate înfățișa numai dacă plouă, altul numai într-o cameră cu perdele verzi, un altul doar dacă doamna Jones nu-i de față și un altul doar dacă-i promiți un pahar cu vin, și așa mai departe; fiecare dintre noi ar putea multiplica, din proprie experiență, condițiile diferite pe care i le-au impus eurile lui diferite, și unele dintre aceste condiții sunt prea ridicole pentru a fi încredințate tiparului. Așadar, Orlando, când a ajuns în dreptul șopronului, a strigat: „Orlando?“, cu o notă întrebătoare în glas, după care a așteptat. Și Orlando nu a venit.

„Foarte bine“, s-a resemnat ea, făcând haz de necaz, așa cum procedează oamenii în asemenea împrejurări; și a încercat cu un alt eu. Deoarece avea o mare varietate de euri, putea alege, avea mult mai multe euri decât am putut cuprinde în spațiul nostru, întrucât o biografie e considerată completă când se ocupă, măcar de șase sau șapte euri ale subiectului, în timp ce o persoană poate avea tot atâtea mii de fațete. Așadar, alegând doar acele euri pentru care am găsit spațiu în cartea noastră, Orlando ar putea acum să-l invoce pe băiatul care a dat jos scăfârlia maurului, pe băiatul care a legat-o apoi la loc; pe băiatul tolănit pe coama dealului; pe băiatul care l-a văzut pe poet; băiatul care i-a înmânat reginei bolul cu apă de trandafiri; ar mai fi putut să-l cheme pe tânărul care se îndrăgostise de Sașa, sau pe curtean, ori pe ambasador; sau pe oștean, pe călător; sau poate că ar fi dorit să cheme femeia: țiganca; doamna rafinată; pustnica; fata îndrăgostită de viață; patroana literaților; femeia care striga Mar (când se gândea la băi fierbinți și la focul aprins seara, în cămin) sau Shelmerdine (gândindu-se la brândușele din pădurile de toamnă) sau Bonthrop (gândindu-se la moartea pe care o murim în fiecare zi) sau toate trei numele la un loc – ceea ce înseamnă mult mai multe lucruri decât poate cuprinde spațiul nostru – toate aceste euri erau distincte și ea putea să-l invoce pe oricare dintre ele.

Poate, sau pare cert (pentru că acum ne găsim în zona „poate“ și „se pare“) că eul de care avea ea nevoie se ținea la distanță, pentru că, auzind-o vorbind, îți dădeai seama că își schimba eurile cu rapiditatea cu care conducea mașina – câte un eu nou la fiecare colț – așa cum se întâmplă când, din nu știm ce motiv, eul conștient, care e preponderent și deține puterea de a dori, nu dorește altceva decât să fie el însuși. Unii afirmă că acesta e adevăratul eu, compus din toate celelalte euri pe care le conținem; eurile comandate și coordonate de eul Căpitan, de eul-cheie, care le amalgamează și le controlează pe toate celelalte. Cu siguranță că Orlando căuta acest eu, după cum își poate da seama și cititorul care-i aude cuvintele bolborosite în timp ce conducea mașina (și dacă e o vorbire aiurită, incoerentă, trivială, plictisitoare și, uneori, chiar neinteligibilă, e vina cititorului pentru că trage cu urechea la ce spune o doamnă când discută cu ea însăși; noi nu facem decât să transcriem ceea ce spune, subliniind în paranteze care dintre euri vorbește, după părerea noastră; dar e posibil să ne și înșelăm în această privință).

— Și ce-i cu asta? Și atunci, cine? rostea ea. Treizeci și șase într-un automobil; o femeie; da, dar și un milion de alte lumi. Sunt o snoabă? Ordinul Jartierei din salon; Leoparzii? Strămoșii mei? Sunt mândră de ei? Da! Lacomă, risipitoare, vicioasă? Așa sunt? (Aici a intervenit un nou eu.) Nici că-mi pasă de cum sunt. Sinceră? Cred că da. Generoasă? Ah, dar asta nici nu contează (iar a intervenit un nou eu). Să zaci în pat dimineața, ascultând uguitul porumbeilor, culcată în așternuturi fine; farfurii de argint, vin; slujnice, valeți. Răsfățată? Poate. Prea multe lucruri pentru nimic. De aici și cărțile mele (la acest punct a menționat cincizeci de titluri clasice, care reprezentau, așa credem, operele ei timpurii, din perioada romantică, pe care le distrusese). Superficială, volubilă, romanțioasă. Dar (aici s-a intercalat un alt eu) o neputincioasă, o neîndemânatică. Nici că s-ar fi putut să fiu mai ignorantă decât sunt. Și... și... (aici a ezitat căutând un cuvânt, și dacă noi i-am sugera cuvântul „iubire", s-ar putea să greșim, dar, oricum, Orlando a râs, s-a îmbujorat și apoi a strigat): O broască montată în smaralde! Mărită-te cu arhiducele! Muște albastre pe tavan! (și iar s-a băgat un eu nou). Dar Nell, Kit, Sașa? (a năpădit-o melancolia; lacrimile i-au izvorât în ochi, deși de multă vreme renunțase să mai plângă). Copaci! a rostit (și iar a sărit un nou eu). Iubesc copacii (tocmai trecea pe lângă un pâlc) care zac acolo de o mie de ani. Și șoproanele (trecea pe lângă un șopron dărăpănat de pe marginea șoselei). Și câinii ciobănești (tocmai trecea drumul un câine ciobănesc. L-a evitat cu grijă). Și noaptea? Dar oamenii? (intervenția altui nou eu). Oamenii? (a repetat ea pe un ton interogativ). Nu știu. Limbuți, ranchiunoși, mincinoși. (La acest punct a cotit pe strada mare din orașul ei natal, care era foarte aglomerată – fiind zi de târg – de fermieri, ciobani, babe cu găini în coșuri). Îmi plac țăranii. Mă pricep la recolte. Dar (și un nou eu a țâșnit din creștetul minții ei, precum raza unui far). Faima! (A râs.) Faima! Șapte reeditări! Un premiu. Fotografii în gazetele de seară (de astă dată făcea aluzie la poemul *Stejarul* și la „Premiul Fundației Burdett Coutts", cu care fusese distinsă; și e necesar să răpim puțin din spațiul nostru pentru a comenta cât de dezamăgitor pentru biograf e faptul că nu s-a ales nimic din acest punct culminant spre care se îndrepta întreaga noastră carte, ca și din perorația cu care ar fi trebuit să se încheie cartea, nimic decât un hohot de râs întâmplător; dar adevărul e că atunci când scrii despre o femeie, nimic nu-și găsește locul – nici punctele culminante, nici perorațiile; accentul nu cade niciodată unde trebuie, așa cum cade când scrii despre un bărbat). Faima! a repetat ea. Un poet – dublat de un șarlatan, împreună, dimineață de dimineață, cu regularitatea cu care vine poștașul; invitații la dineuri, întâlniri; întâlniri, invitații la dineuri; faimă, faimă. Ajunsă aici a fost nevoită să încetinească, pentru a putea să-și croiască drum prin îmbulzeala târgoveților. Dar nimeni nu a observat-o. (Un porc-de-mare într-o pescărie atrage mult mai multă atenție decât o doamnă care a câștigat un premiu literar și care ar fi putut, dacă ar fi dorit, să poarte trei coroane nobiliare una peste alta.) Conducând mașina cu viteză foarte redusă, îngăima acum, de parcă ar fi fredonat un cântec de demult: „Cu guineele mele o să-mi cumpăr pomi înforiți, pomi înfloriți, pomi înfloriți, o să mă plimb pe sub pomii mei înfloriți și o să le povestesc fiilor mei ce este faima". Așa bolborosea și, deodată, cuvintele ei începură să atârne greu, ca mărgelele grele dintr-un colan barbar. „Să mă plimb printre pomii mei înfloriți", fredona ea, accentuând puternic cuvintele, „să văd luna răsărind și căruțele trecând..." aici se opri brusc și privi în față, cu intensitate, la botul mașinii, meditând profund. „Ședea la masa lui Stewkley", îngăimă ea, „și avea un guler creț, murdar... Să fi fost bătrânul domn Baker, venit să măsoare scândurile? Sau să fi fost Sh-p-re?" (când e vorba de numele unor oameni pe care-i venerăm, niciodată nu le rostim în întregime). Preț de zece minute a privit fix în față, lăsând mașina aproape să se oprească.

— Obsedată! a strigat deodată, apăsând pe accelerator. Obsedată! încă din copilărie; uite cum zboară gâsca sălbatică. Zboară, dincolo de fereastră, spre mare. Și am sărit (a încleștat puternic volanul) și m-am întins, gata să zbor după ea. Dar gâsca sălbatică zboară prea repede. Am văzut-o, aici – acolo – acolo – în Anglia, în Persia, în Italia. Și de fiecare dată zboară prea repede spre mare, și de fiecare dată mă întind după ea să o prind în cuvintele mele ca în niște plase pescărești (aici și-a întins mâna) care se strâng în ele însele, așa cum le-am văzut ghemuite pe punți de vapoare, plase care nu prinseseră decât ierburi de mare, şi, uneori, găseşti şi o pulbere de argint – şase cuvinte – la fundul plasei. Dar niciodată peştele cel mare, care trăieşte în grotele de coral. (Aici şi-a aplecat capul, reflectând profund.)

Şi în acest moment, când încetase să o mai cheme pe „Orlando", şi căzuse pe gânduri în legătură cu altceva, în acest moment a venit Orlando cea căutată, a venit de bunăvoie, ceea ce s-a reflectat pe dată în schimbarea care a survenit (tocmai trecuse de poartă şi intrase în parc).

Întreaga ei făptură s-a întunecat, s-a închegat, ca atunci când simpla adăugare a unui amănunt rotunjeşte şi întregeşte o suprafaţă; superficialul devine profund, apropiatul devine îndepărtat; şi totul pare să se afle acolo unde aparţine, ca apa în adâncul unei fântâni. Aşa era şi ea acum, întunecată, calmată şi, prin adăugarea doritei Orlando, devenise ceea ce se numeşte – pe drept sau pe nedrept – un eu unitar, adevăratul eu. Era tăcută. Pentru că atunci când oamenii îşi vorbesc cu glas tare, eurile (care, pare-se, întrec cifra de două mii) sunt conştiente de disonanţa dintre ele şi încearcă să comunice, iar când comunicarea e restabilită, se lasă tăcerea.

A parcurs cu aceeaşi măiestrie aleea curbă dintre ulmi şi stejari, apoi pajiştea povârnită din parc, a cărei înclinare era atât de lină, încât dac-ar fi fost făcută din apă ar fi acoperit plaja cu un flux verde, domol. Fagii şi stejarii, plantaţi în grupuri solemne, o mărgineau. Printre ei se iveau cerbii: unul alb ca zăpada, altul cu capul îndoit într-o parte, pentru că-şi agăţase coarnele într-o împletitură de sârmă. Orlando observa totul, copacii, cerbii, pajiştile, cu o mare mulţumire lăuntrică, de parcă spiritul ei se prefăcuse într-un fluid care se prelingea în jurul tuturor lucrurilor şi le încercuia. În următorul minut a intrat în curtea în care, timp de sute de ani, intrase călare pe spinarea unui cal, sau într-o trăsură trasă de şase bidivii, însoţită de călăreţi plasaţi în fața sau în spatele echipajului; panașele fluturaseră, torțele scânteiaseră și aceiași pomi înfloriți care-și lăsau acum frunzele să pice, își înfoiaseră pe atunci ciorchinii de flori. Acum era singură. Cădeau frunzele de toamnă. Portarul i-a deschis poarta cea mare.

— 'Mneața, James, i-a spus. Vezi că am adus niște lucruri în mașină. Ești bun să mi le duci înăuntru?

Cuvinte lipsite în sine de frumusețe, de interes sau de semnificație, dar, în clipa de față, atât de pline de înțelesuri, încât au căzut ca nucile pârguite din copac, dovedind că atunci când pielea zbârcită a cotidianului e umplută cu înțelesuri, oferă simțurilor o uluitoare satisfacție. Observație care se aplica acum fiecărei mișcări sau acțiuni, oricât de banale ar fi fost; așa încât, a o vedea pe Orlando schimbându-și, în trei minute, fusta cu o pereche de pantaloni în dungi și o jachetă de piele, era un act de o frumusețe fermecătoare, de parcă ai fi urmărit-o pe Madame Lopokova[1] pe culmile artei sale. După care, a intrat în sufrageria unde vechii ei prieteni, Dryden, Pope, Swift, Addison o priviseră la început cu rezervă, de parc-ar fi spus: „Uite cine o să ia premiul", dar când și-au dat seama că era vorba de două sute de guinee, au dat din cap aprobator. „Două sute de guinee, păreau ei să spună, două sute de guinee nu-s de colo..." Și-a tăiat o felie de pâine și o felie de șuncă pe care a lipit-o pe pâine și a început să mănânce, în timp ce se învârtea, cu pași mari, prin încăpere, lepădându-se, într-o clipită, fără să-și dea seama, de bunele ei maniere de salon. După ce a străbătut camera de vreo patru, cinci ori, și-a turnat un pahar de vin roșu spaniol; pe urmă, umplându-și încă un pahar pe care l-a luat în mână, a pornit de-a lungul coridorului imens, a intrat prin vreo duzină de saloane, și astfel a început pelerinajul prin

1 Lidia Lopokova, balerină rusoaică, prietenă a Virginiei Woolf.

casă, însoțită de dulăii și prepelicarii care acceptaseră să o urmeze.

Și asta făcea parte din rutina zilnică. Ar fi preferat să se despartă de bunica ei fără să o sărute, decât să renunțe la revizitarea casei. Își închipuia că încăperile se luminau când o vedeau intrând; că se dezmeticeau, deschideau larg ochii, după ce moțăiseră în absența ei. Își mai închipuia că, deși le văzuse de sute și mii de ori, camerele nu arătau niciodată la fel, de parcă o viață atât de lungă ca aceea a lor le crease miriade de stări sufletești, care se schimbau odată cu iarna și vara, cu vremea senină sau mohorâtă, sau în funcție de trăirile ei, ori de caracterul oamenilor care le vizitau. Cu străinii se arătau întotdeauna politicoase, dar puțin plictisite; cu ea se purtau deschis și se simțeau în largul lor. Și de ce nu? Se cunoșteau reciproc de aproape patru sute de ani. Nu aveau nimic de ascuns. Ea le cunoștea toate necazurile și bucuriile. Știa vârsta fiecăreia dintre piese, precum și micile lor secrete – câte un sertar ascuns, un dulap camuflat, sau poate câte o hibă, ca de pildă o parte restaurată, sau adăugată mai târziu. Și ele, la rândul lor, îi cunoșteau toate toanele și labilitatea. Nu le ascundea nimic; li se înfățișase ca băiat, ca femeie, plângând sau dansând, posomorâtă sau veselă. Pe bancheta de sub fereastra asta scrisese primele ei versuri, în capela aceea se căsătorise. Și tot aici va fi înmormântată, își spunea, lăsându-se în genunchi pe pervazul ferestrei din galeria cea lungă și sorbindu-și vinul spaniol. Deși nu-și putea imagina acel moment, știa că leopardul heraldic va proiecta pete de lumină galbenă pe podea, în ziua când o vor culca pe veci printre strămoșii ei. Orlando, care nu credea în nici o formă de nemurire, nu se putea împiedica să simtă că sufletul ei va bântui veșnic această casă, că va apărea și va dispărea odată cu reflexele roșii ale lambriurilor și cu verdele canapelei. Deoarece respectiva – cameră intrase în dormitorul ambasadorilor – avea lucirile unei cochilii care ar fi zăcut de veacuri în fundul mării, și pe care apele ar fi incrustat-o și pictat-o într-un milion de nuanțe. Radia reflexe trandafirii și galbene, verzi și de culoarea nisipului. Era o încăpere gingașă ca o scoică, și tot atât de irizată și de goală. Nici un ambasador nu va mai dormi în această încăpere. Ah, dar Orlando știa unde palpită încă adevărata inimă a casei. A deschis încetișor o ușă și a rămas în prag pentru ca (își imagina ea) încăperea să nu o vadă în timp ce pândea cum tapiseria se înalță și coboară în eterna briză ușoară care nu înceta niciodată să se strecoare și s-o facă să pulseze. Vânătorul continua să călărească, Daphne continua să fugă, în eternitate. Inima bătea încă, și-a spus Orlando, oricât de slab, oricât de îndepărtat, fragila inimă neîmblânzită a imensei clădiri continua să bată. Apoi, chemându-și escorta de câini, a străbătut galeria a cărei podea era confecționată din trunchiuri întregi de stejari, tăiați cu ferestrăul, retezați și lipiți. De-a lungul pereților se înșirau rânduri de jilțuri, cu catifeaua fanată, întinzându-și brațele ca să-i cuprindă pe Elizabeth, pe James, sau poate pe Shakespeare – cine știe? – sau pe Cecil care nu mai veneau. Priveliștea a întristat-o. A desfăcut șnurul care le îngrădea. S-a așezat în jilțul reginei; a deschis un manuscris care zăcea pe tăblia folosită de lady Betty; a răscolit cu degetele petale de trandafir uscate; și-a periat părul ei scurt cu periile de argint ale regelui Iacob; s-a trântit pe patul lui și s-a săltat în sus și-n jos (dar nici un rege nu va mai dormi vreodată în patul acela, cu tot așternutul nou al Louisei) și și-a lipit obrazul de cuvertura argintie, uzată. Pretutindeni erau presărate săculețe cu lavandă, menite să îndepărteze moliile, și avize scrise „Rugăm nu atingeți obiectele“, care, deși fuseseră plantate chiar de ea, păreau acum să o mustre. Casa nu mai era în întregime a ei, a oftat Orlando. Acum aparținea timpului, aparținea istoriei; trecuse dincolo de posesiunea și controlul celor în viață. Nimeni nu va mai stropi cu bere aici (trecuse acum în încăperea unde dormise bătrânul Nick Greene) și nu va mai găuri covorul cu țigara. Niciodată nu vor mai alerga, ciondănindu-se pe coridoare, două sute de slujnice, purtând încălzitoare de pat și crengi groase pentru focurile din căminele spațioase. Niciodată nu se va mai fabrica bere, nu se vor mai confecționa lumânări de seu și șei de piele și nu se va mai ciopli piatra în magaziile și atelierele din jurul casei. Ciocanele și nicovalele amuțiseră, scaunele și paturile erau goale; cănile de argint și de aur erau încuiate în vitrine de sticlă. Aripile tăcerii fâlfâiau peste casa pustie.

Și s-a așezat în capătul galeriei, în jilțul tare al reginei Elisabeta, iar câinii i s-au culcat la picioare. Galeria se întindea departe, până la un punct unde lumina aproape că pălea. S-ar fi zis că era un tunel adânc îngropat în trecut. Străduindu-se să scruteze întunericul, deslușea oameni care vorbeau și râdeau; marii oameni pe care îi cunoscuse: Dryden, Swift și Pope; și personalități de stat, prinse în discuții; și îndrăgostiți hârjonindu-se pe sub ferestre; și oaspeți care mâncau și beau la mesele lungi; și fumul lemnelor din cămin, care se împletea în jurul capetelor, făcându-i să strănute și să tușească. Într-un palier și mai îndepărtat, vedea superbe perechi de dansatori, unduindu-se într-un cadril. O muzică de flaut diafană, gingașă, dar fermă, își răspândea acordurile. O orgă mormăia. Un coșciug era purtat în capelă. Un alai de nuntași ieșea din capelă. Bărbați înarmați, cu coifuri pe cap plecau la război. Se întorceau din Flodden și Poitiers cu flamuri pe care le înfigeau în pereți. Galeria cea lungă se umplea; scrutind bezna în continuare, spre un punct și mai îndepărtat, avea impresia că deslușește chiar la capăt, dincolo de Elisabetani și de Tudori, o figură mai veche, mai estompată, mai întunecată, o siluetă cu glugă monahală, severă, un călugăr care-și ținea mâinile împreunate asupra unei cărți și murmura...

Ca un bubuit de tunet, ceasornicul grajdului a bătut ora patru. Nici un cutremur nu a năruit vreodată cu atâta duritate un întreg oraș. Galeria și figurile care au populat-o s-au prefăcut în pulbere. Fața lui Orlando, mohorâtă și sumbră cât timp scrutase tenebrele, se aprinsese, luminată parcă de o explozie de praf de pușcă. În aceeași lumină se profila acum, foarte distinct, tot ce o înconjura. A văzut două muște care-i dădeau târcoale și a observat luciul albastru al trupurilor lor; a zărit un nod în lemnul pe care se odihnea piciorul ei, a remarcat că urechea unui câine zvâcnea. Totodată, a auzit o creangă trosnind în grădină, o oaie behăind în parc, un strigăt scurt sub fereastră. Trupul îi era cuprins de un tremur, și se zgâlțâia de parcă ar fi stat goală într-un ger năprasnic. Totuși, spre deosebire de clipa năucitoare când orologiul bătuse de zece ori în Londra, acum era deplin stăpână pe sine (pentru că, de astă dată, era unitară și întregită, și poate că înfrunta cu o suprafață mărită șocul timpului). S-a ridicat, fără grabă, și-a chemat câinii, a coborât cu mișcări foarte sprintene scara și a ieșit în grădină. Umbrele plantelor se conturau miraculos de distinct. Distingea clar cocoloșii de pământ în răzoarele de flori, de parc-ar fi avut un microscop în ochi. Vedea limpede încâlceala rămurelelor din fiecare copac. Fiecare fir de iarbă se desena separat, ca și nervurile frunzelor sau petalele florilor. Stubbs, grădinarul, venea pe alee, și Orlando i-a remarcat fiecare nasture al ghetrelor, i-a văzut pe Betty și pe Prince, caii de la căruță, și până acum nu observase niciodată, cu atâta claritate, steaua albă din fruntea lui Betty și cele trei fire mai lungi, care le depășeau pe celelalte, din coada lui Prince. Afară, în curtea interioară pătrată, zidurile vechi cenușii ale casei aveau muchii zgrunțuroase ca într-o fotografie roasă; a auzit difuzorul de pe terasă transmițând o melodie de dans pe care oamenii o ascultau în acea clipă în sala cu fotolii de catifea roșie a operei din Viena. Oțelită și încordată ca să facă față momentului prezent, Orlando era stăpânită însă și de o spaimă ciudată, ca și cum ori de câte ori hăul timpului se căsca și lăsa să-i scape câte o secundă, aceasta ar fi putut să fie însoțită de o nouă primejdie. Tensiunea era prea continuă, prea inflexibilă pentru a putea fi îndurată fără neplăcere. Orlando mergea mai precipitat decât ar fi dorit, de parcă picioarele i-ar fi fost împinse de o forță străină pe aleile grădinii și apoi prin parc. Aici s-a silit, printr-un considerabil efort, să se oprească în fața atelierului de tâmplărie și să stea nemișcată, urmărindu-l pe Joe Stubbs care repara o roată de la căruță. Împietrise, cu privirea pironită pe mâna lui, când a auzit bătaia sfertului de oră. Sunetul a străbătut-o ca un meteor, atât de încins, că n-ai fi putut să-l atingi cu degetele. A observat, cu o dezgustătoare acuitate, că degetul mare de la mâna dreaptă a lui Joe nu avea unghie, ci o crescătură de carne roz, acolo unde ar fi trebuit să fie unghia. Priveliștea era atât de respingătoare, încât o clipă a simțit că o ia cu leșin, dar în momentul acela de întunecime, cât timp i s-au zbătut pleoapele, a fost eliberată de presiunea prezentului. Exista ceva ciudat în umbra aruncată de căderea pleoapelor (ceva ce ar putea încerca oricare dintre noi înălțându-și acum ochii spre cer), ceva ce e mereu absent din prezent – și de aici latura înfricoșătoare, caracterul său indescriptibil –, ceva ce nu poate fi fixat cu un nume, ceva ce nu poate fi definit ca frumusețe, pentru că e neîntrupat, e ca o umbră lipsită de substanță și de o caracteristică proprie, și care, totuși, deține forța de a schimba orice împrejurare căreia i se adaugă. Această umbră, în timp, ce lui Orlando i se zbăteau pleoapele în clipa de slăbiciune care o cuprinsese în atelierul de tâmplărie, s-a ivit la suprafață și, atașându-se la nenumăratele impresii receptate de ea în acea zi, le-a recompus într-o viziune suportabilă, comprehensibilă. În mintea lui Orlando s-a iscat un freamăt ca în apele mării. „Da“, și-a spus ea, cu un adânc suspin de ușurare, îndepărtându-se de atelierul de tâmplărie către urcușul dealului, „da, pot să încep să trăiesc din nou. Sunt lângă Serpentine, și vaporașul se cațără pe arcada albă a celor o mie de morți. Sunt pe cale să înțeleg...“

Acestea au fost vorbele rostite de Orlando, cât se poate de clar, totuși nu putem ascunde faptul că acum era un martor total indiferent la realitățile din jurul ei, în stare să confunde o oaie cu o vacă, sau un bătrân pe care-l chema Smith cu unul numit Jones, care n-avea nici o legătură cu celălalt. Căci umbra slăbiciunii provocate de degetul mare lipsit de unghie se imprimase acum în acel loc din spatele creierului ei (partea cea mai îndepărtată de ochii noștri) și se prefăcuse într-un lac în care lucrurile se cufundă într-o beznă atât de compactă, încât abia de le putem recunoaște. Ea privea acum în jos, în acest lac sau ocean în care se reflectă tot ce există – și, într-adevăr, unii afirmă că pasiunile noastre cele mai violente și arta, și religia nu sunt decât reflecții pe care le vedem în acea grotă întunecată din spatele creierului, atunci când lumea vizibilă intră într-o temporară eclipsă. A privit prelung, în profunzime și, pe dată, cărarea mărginită de ferigi pe care urca s-a metamorfozat, parțial, în Serpentine, iar hățișurile de mărăcini au devenit, în parte, doamne și gentilomi, care țineau în mână punguțe sau bastoane cu măciulii de aur; oile s-au prefăcut parțial în casele înalte din Mayfair; totul devenise în parte altceva ca și cum mintea ei se preschimbase într-o pădure, întretăiată ici, colo, de luminișuri; lucrurile se apropiau și se îndepărtau, se amestecau și se separau, și alcătuiau cele mai stranii îmbinări și combinări într-o nesfârșită tablă de șah făcută din lumini și umbre. Numai până ce

Canute, prepelicarul, a vânat un iepure, ceea ce i-a amintit lui Orlando că trebuie să fi fost, probabil, patru și jumătate – de fapt, era șase fără douăzeci și trei de minute – pierduse noțiunea timpului.

Cărarea mărginită de ferigi zigzaga, cu cotituri și șerpuiri, sus, din ce în ce mai sus, la stejarul înfipt în vârf. Copacul crescuse mult, era mai robust și mai noduros decât îl știuse cândva, prin anul 1588, dar se găsea încă în floarea vieții. Frunzele puternic crenelate, masive, fremătau pe crengi. Orlando s-a trântit pe pământ și a simțit rădăcinile osoase ale copacului ramificându-se sub spatele ei într-o parte și alta, asemenea coastelor dintr-o șiră a spinării. Îi plăcea gândul că stă călare pe spinarea lumii. Îi plăcea să se simtă parte din ceva atât de dur. Când s-a trântit pe jos, o cărțulie pătrată, legată în pânză roșie, a căzut din buzunarul de la piept al jachetei de piele: poemul ei, *Stejarul*. „Ar fi trebuit să iau cu mine o lopată“, și-a spus. Pământul care îmbrăca rădăcinile era atât de rarefiat, încât se îndoia că va putea împlini ceea ce avea de gând, anume să îngroape cartea. Și, desigur, câinii o s-o dezgroape. „Ceremoniile astea simbolice nu se bucură de reușită“, și-a spus în continuare. Poate c-ar fi mai bine să renunțe. Își pregătise și un mic discurs funerar, pe care avea de gând să-l rostească la înmormântarea cărții. (Era vorba de un exemplar din prima ediție, semnat de autor și de grafician). Se pregătise să spună: „Îngrop această carte ca un omagiu adus țărânei, ca o restituire a ceea ce mi-a dăruit ea mie“, dar, vai, Doamne! de îndată ce a început să articuleze cuvintele cu glas tare, și-a dat seama cât de găunos sunau. Și și-a adus aminte de bătrânul Greene, cum se urcase pe o estradă și o comparase cu Milton (minus orbirea lui Milton) și apoi îi înmânase cecul de două sute de guinee. În clipa aceea se gândise la stejarul de aici, de pe deal, și se întrebase ce legătură avea cu toate astea? Și ce legătură au elogiile și faima cu poezia? Ce legătură au șapte ediții (atâtea însumase cartea) cu valoarea conținutului? Creația poetică nu constituie oare o tranzacție tainică, o voce care răspunde altei voci? Așadar, toată vorbăria și laudele și criticile și întâlnirile cu oameni care te admiră și întâlnirile cu oamenii care nu te admiră nu se potriveau deloc cu lucrul în sine: o voce care răspunde altei voci. Ce putea fi mai tainic, mai lent, mai asemănător cu legătura dintre doi amanți, decât răspunsul stângaci pe care-l dăduse ea în toți acești ani cântecului murmurat al pădurilor, glasului fermelor, al cailor roibi care stau în poartă, grumaz lângă grumaz, al fierăriei și al bucătăriei și al câmpurilor care ne dăruiesc cu atâta râvnă grâul, napii, iarba, al grădinilor în care înfloresc irișii și lalelele?

Așa încât și-a lăsat cartea pe jos, să zacă neîngropată, răsfoită de vânt, și a cuprins cu privirea vasta panoramă, pitorească în seara aceea de parc-ar fi fost fundul oceanului, când luminată de soare, când întunecată de umbră. Printre ulmi se răspândea un sătuc cu turla bisericii; un conac cu un portal cenușiu, arcuit, se lăfăia într-un parc; o pată de lumină scânteia în sticla unei sere; o curte de fermă, presărată cu stoguri galbene. Câmpiile erau împestrițate de pâlcuri de copaci, negre, și dincolo de lanuri se întindea ținutul pădurilor, sclipirea fugară a unui râu, după care se ondulau iar dealurile. La mare depărtare, se zimțuiau stâncile colțuroase din Snowdon, albe printre nori; deslușea dealurile foarte îndepărtate ale Scoției și vâltoarea sălbatică a valurilor care scaldă Hebridele. Pândea să audă tunurile bubuind pe mare. Nu, doar vântul vuia. Nu, azi nu era război. Se terminase cu Drake, se terminase cu Nelson. „Și acolo“, și-a spus ea, lăsându-și privirile, care pribegiseră în depărtări, să se întoarcă la ținutul de la poalele ei, „acolo era cândva pământul meu; castelul acela dintre dune era al meu; și tot cuprinsul mlăștinos care coboară până la mare era tot al meu". În clipa aceea întreaga priveliște a tremurat (trebuie să fi fost o iluzie optică provocată de lumina care scăpăta), s-a scuturat, a lăsat ca tot balastul de case, castele, păduri să alunece dincolo de marginile în formă de cort. Și în fața ochilor ei au apărut munții golași ai Turciei. În lumina arzătoare a amiezii. Se uita drept la coasta dealului coaptă de soare. Caprele păşteau smocurile nisipoase de la picioarele ei. Un vultur a spintecat văzduhul deasupra ei. Și vocea zgrunțuroasă a bătrânului Rustum, țiganul, îi croncănea în urechi: „Ce înseamnă vechimea neamului tău, și avuțiile voastre în comparație cu toate astea? La ce-ți folosesc patru sute de dormitoare și capacele și farfuriile de argint, și slujnicele care deretică prin casă?"

Și în acel moment, orologiul bisericii a dăngănit în vale. Priveliștea cu formă de cort s-a spulberat, a pierit. Dușul rece al prezentului i-a împroșcat din nou capul, dar de astă dată, în lumina care asfințea, șocul a fost mai blând, nu i-a mai înfățișat toate detaliile, nu i-a mai oferit nimic mărunțit, ci numai câmpii încețoșate, case în care ardeau lămpile, o frântură de pădure adormită, și, undeva, o lumină ca un evantai care împingea întunericul din față către altă alee. Nu-și dădea seama dacă ceasornicul bătuse nouă, zece sau unsprezece. Se lăsase noaptea – noaptea pe care o îndrăgise mereu, noaptea când lucrurile reflectate în heleșteul întunecat al minții strălucesc cu mai multă claritate decât ziua. Nu mai era nevoie să leșine ca să poată privi adânc în bezna în care prind formă lucrurile, ca să-i vadă reflectați în heleșteul minții ba pe Shakespeare, ba o fată în pantaloni rusești, ba un vaporaș de jucărie plutind pe Serpentine, și, pe urmă, chiar Atlanticul răscolit de furtuni în talazuri furioase, dincolo de Capul Horn. Privea întunericul. Uite bricul soțului ei, înălțându-se pe creasta unui val. Urcă sus, tot mai sus, tot mai sus. Arcada albă a celor o mie de morți se ridică în fața lui. Ah, omule nesăbuit, omule ridicol care navighezi neîncetat, atât de zadarnic, în jurul Capului Horn! Dar uite că bricul a trecut de arcadă și s-a ivit de partea cealaltă, în sfârșit în siguranță!

— Extaz! a strigat. Extaz!

Și în clipa aceea vântul a amuțit, apele s-au liniștit, și, în clarul de lună, Orlando a văzut vălurelele unduind.

— Marmaduke Bonthrop Shelmerdine! a strigat ea, sprijinindu-se de stejar.

Frumosul, strălucitorul nume părea să fi picat din cer, ca o pană albastră ca oțelul. Orlando l-a urmărit căzând, răsucindu-se și rotindu-se ca o săgeată care despică încet, măreț, adâncurile văzduhului. Va veni, așa cum venea întotdeauna în clipele de calm deplin, când valurile se încrețesc lin și frunzele ruginite se desprind de pe ram și îi cad, încet, la picioare, în pădurile de toamnă; când leopardul stă nemișcat; când luna se răsfrânge în ape; când nimic nu mai mișcă între cer și pământ. Atunci venea.

Totul era acum încremenit. Se apropia miezul nopții. Luna se ridica încet deasupra ținutului. Clarul de lună înălța un castel fantomatic pe pământ. Iată casa cea mare cu toate ferestrele înmuiate în argint. Nici o urmă de zid, de materie. Totul plutește în fantomatic. Totul e încremenit. Totul e iluminat ca pentru întâmpinarea unei regine moarte. Privind în vale, Orlando a văzut panașe negre fluturând în curte, torțe licărind, și umbre îngenunchind. O regină a coborât încă o dată din caleașca ei.

— Întreaga casă e la dispoziția dumneavoastră, doamnă, a strigat ea, făcând o adâncă plecăciune. Nimic nu s-a schimbat. Lordul mort, tatăl meu, o să vă conducă înăuntru.

În timp ce vorbea, a răsunat prima bătaie din miezul nopții. Boarea rece a prezentului i-a suflat în obraji micile ei răbufniri de spaimă. Orlando a ridicat, îngrijorată, privirea spre cer. Bolta era acum întunecată de nori. Vântul îi vâjâia în urechi. Dar în vuietul vântului se auzea și vuietul unui avion care se apropia tot mai mult.

— Aici, Shel, aici! a strigat Orlando, dezgolindu-și sânii în fața lunii (care ieșise triumfală din nori), astfel încât perlele ei scânteiau ca ouăle unui gigantic păianjen lunar. Avionul s-a rupt din nori și a planat deasupra capului ei. Plutea deasupra ei. Perlele ardeau ca o flacără fosforescentă în beznă.

Și când Shelmerdine, ajuns acum un brav căpitan de marină, arătos, îmbujorat și sprinten, a sărit pe pământ, o pasăre sălbatică și-a luat zborul deasupra capului său.

— Gâsca! a strigat Orlando. Gâsca sălbatică...

Și a răsunat cea de-a douăsprezecea bătaie a miezului de noapte. Joi, unsprezece octombrie, una mie nouă sute douăzeci și opt.

La prețul de vânzare se adaugă 2%,
reprezentând valoarea timbrului literar.

În colecția **Raftul Denisei** au apărut

António Lobo Antunes, *Ordinea naturală a lucrurilor*
Jay Parini, *Ultima gară*
Yasunari Kawabata, *Vechiul oraș imperial*
Jeanette Winterson, *Sexul cireșilor*
Daniel Kehlmann, *Eu și Kaminski*
Richard Ford, *Ziua Independenței*
Douglas Coupland, *Miss Wyoming*
Pablo Tusset, *În numele porcului*
Kate Morton, *Casa de la Riverton*
Teru Miyamoto, *Brocart de toamnă*
Amos Oz, *Rime despre viață și moarte*
Yukio Mishima, *Zăpada de primăvară*
Steve Sem-Sandberg, *Ravensbrück*
Janice Y. K. Lee, *Profesoara de pian*
Cormac McCarthy, *Drumul*
Kurt Vonnegut, *Pușcăriașul*
J.M. Coetzee, *Jurnalul unui an prost*
Jennifer Johnston, *Bărbatul de la gară*
Herta Müller, *Încă de pe atunci vulpea era vânătorul*
Hong Ying, *K. Arta iubirii*
Jennifer Cody Epstein, *Pictorița din Shanghai*
Chang-rae Lee, *Zbor peste Long Island*
Ismail Kadare, *Mesagerii ploii*
Eric-Emmanuel Schmitt, *Evanghelia după Pilat*
Chang-rae Lee, *Zbor peste Long Island*
Yukio Mishima, *Tumultul valurilor*
Daína Chaviano, *Insula iubirilor nesfârșite*

Amos Oz, *Să nu pronunți: noapte*
Peter Carey, *Viața mea clandestină*
Karel G. van Loon, *Fructul pasiunii*
John Updike, *Rabbit e bogat*
Joshua Ferris, *Și atunci ne-au terminat*
Hanif Kureishi, *Am ceva să-ți spun*
Hubert Selby Jr., *Ultima ieșire spre Brooklyn*
Alonso Cueto, *Ora albastră*
Arto Paasilinna, *Anul iepurelui*
J.M. Coetzee, *Epoca de fier*
Yukio Mishima, *Confesiunile unei măști*
Yukio Mishima, *Cai în galop*
J.M. Coetzee, *Dezonoare*
Douglas Coupland, *Tânără în comă*
Jasper Fforde, *Cazul Jane Eyre*
Julia Franck, *Femeia din amiază*
António Lobo Antunes, *Arhipelagul insomniei*
Nikos Kazantzakis, *Ultima ispită a lui Hristos*
Ismail Kadare, *Accidentul*
Stefan Merrill Block, *Povestea uitării*
Anuradha Roy, *Un atlas al dorințelor zadarnice*
Eric-Emmanuel Schmitt, *Cea mai frumoasă carte din lume*
Kate Morton, *Grădina uitată*
James Meek, *Începem coborârea*
Matilde Asensi, *Totul sub Cer*
Nicole Krauss, *Un bărbat intră în cameră*
John Updike, *Rabbit se odihnește*
Giuseppe Tomasi di Lampedusa, *Ghepardul*
Tariq Ali, *Cartea lui Saladin*
Naghib Mahfuz, *Rhadopis din Nubia*
Ludmila Ulițkaia, *Daniel Stein, traducător*
Martin Suter, *Small World*

Yasunari Kawabata, *Lacul*
Ismail Kadare, *Cronică în piatră. Vremea nebuniei*
Jon Krakauer, *În sălbăticie*
Tash Aw, *Harta lumii nevăzute*
Nicole Krauss, *Marea casă*
Virginia Woolf, *Doamna Dalloway*
Horace McCoy, *Și caii se împușcă, nu-i așa?*
Virginia Woolf, *Valurile*
J.M. Coetzee, *Tinerețe*
Hong Ying, *Concubina din Shanghai*
Dave Eggers, *Opera sfâșietoare a unui geniu năucitor*
Giovanni Arpino, *Parfum de femeie*
Nagai Kafū, *Komayo. Povestea unei gheișe*
Ismail Kadare, *Spiritus*
Jeanne Kalogridis, *Eu, Mona Lisa*
Taichi Yamada, *N-am mai visat de mult că zbor*
Nikos Kazantzakis, *Raport către El Greco*
Stefan Zweig, *Douăzeci și patru de ore din viața unei femei*
Paula McLain, *Soția din Paris*
Kaui Hart Hemmings, *Descendenții*
Yukio Mishima, *Îngerul decăzut*
Mo Yan, *Obosit de viață, obosit de moarte*
Patrick Süskind, *Parfumul*
Naghib Mahfuz, *Miramar*
J.M. Coetzee, *Miezul verii*
Martin Suter, *Un prieten perfect*
Yasunari Kawabata, *Valsul florilor*
Aleksandr Soljenițîn, *O zi din viața lui Ivan Denisovici*
Vanessa Diffenbaugh, *Limbajul florilor*
Jon Krakauer, *În aerul rarefiat*
Michela Murgia, *Accabadora*
Jeanne Kalogridis, *Regina diavolului*
Virginia Woolf, *Orlando*